首届向全國推薦優秀古籍整理圖書

龔自珍詩集編年校注

上

〔清〕龔自珍　著
劉逸生　周錫韓　校注

上海古籍出版社

圖書在版編目(CIP)數據

龔自珍詩集編年校注／(清)龔自珍著;劉逸生,周錫輹校注. —上海: 上海古籍出版社, 2013.12 (2020.3 重印)
(中國古典文學叢書)
ISBN 978-7-5325-7074-4

Ⅰ.①龔… Ⅱ.①龔… ②劉… ③周… Ⅲ.①古典詩歌—詩集—中國—清代 Ⅳ.①I222.749

中國版本圖書館 CIP 數據核字(2013)第 234392 號

中國古典文學叢書
龔自珍詩集編年校注
(全二册)
[清]龔自珍 著
劉逸生 周錫輹 校注
上海世紀出版股份有限公司
上海古籍出版社 出版
(上海瑞金二路 272 號 郵政編碼 200020)
(1)網址: www.guji.com.cn
(2)E-mail: guji1@guji.com.cn
(3)易文網網址: www.ewen.co
上海世紀出版股份有限公司發行中心發行經銷
上海展强印刷有限公司印刷
開本 850×1168 1/32 印張 31.375 插頁 12 字數 668,000
2013 年 12 月第 1 版 2020 年 3 月第 5 次印刷
印數: 2,751—3,350
ISBN 978-7-5325-7074-4

I·2765 精裝定價: 168.00 元

如有質量問題, 請與承印公司聯系
電話: 021-66366565

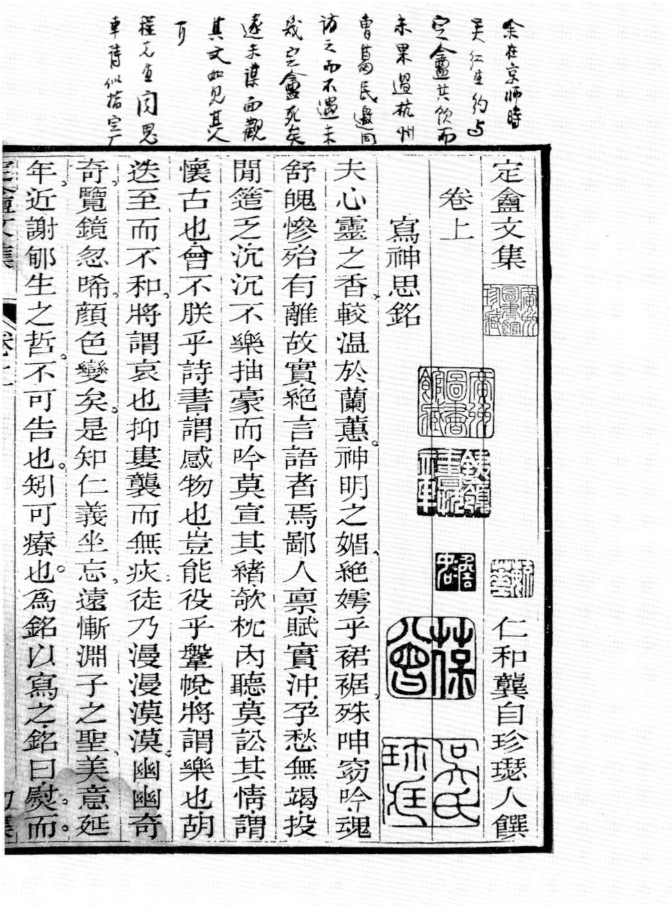

余在京師時
吳虹生約占
定盦其飲而
未果邇杭州
曹寫民遺同
訪之而不遇未
幾定盦死矣
遂未謀而獲
其文如見其
人
薩元世[?]思
車青似搭室广

定盦文集
卷上
寫神思銘
仁和龔自珍璱人譔

夫心靈之香較溫於蘭蕙神明之媚絕嫣乎裙裾殊呻窈吟魂
舒魄慘殆有離故實絕言語者焉鄙人稟賦實沖孕愁無竭投
閒簪乏沉沉不樂抽毫而吟莫宣其緒欲枕肉聽莫訟其情謂
懷古也會不朕乎詩書謂感物也豈能役乎聲欷將謂樂也胡
迭至而不和將謂哀也抑婁襲而無疚徒乃漫漫漠漠幽幽奇
奇覽鏡忽啼顏色變矣是知仁義坐忘遠慚淵子之聖美意延
年近謝郁生之哲不可告也划可療也爲銘以寫之銘曰熨而

清道光三年浙江仁和龔自珍自刻本《定盦文集》書影
（現藏廣州圖書館，王貴忱先生捐贈）

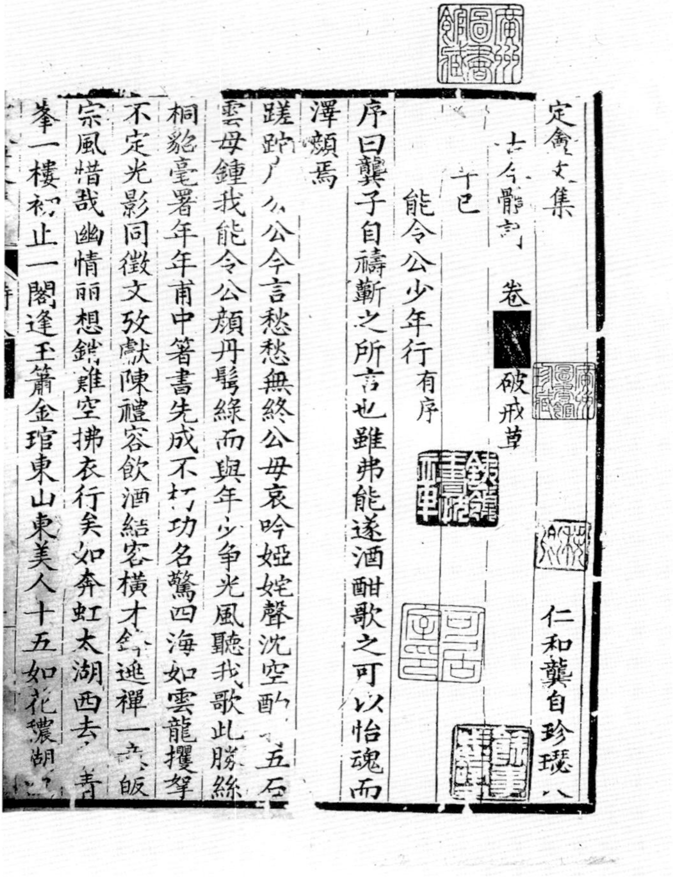
定盦文集

古今體詩　卷　破戒草

仁和龔自珍璱人

十已

能令公少年行有序

序曰龔子自禱祈之所言也雖弗能遂酒酣歌之可以怡魂而

澤顏焉

蹉跎乎公公今言愁愁無終公毋哀吟婭姹聲沈空酌我五石

雲母鍾我能令公顏丹鬢綠而與年少爭光風聽我歌此勝絲

桐貌毫署年年甫中箸書先成不朽功名驚四海如雲龍攫拏

不定光影同徵文攷獻陳禮容飲酒結客橫才鋒逃禪一意皈

宗風惜哉幽情丽想銷難空拂衣行矣如奔虹太湖西去青

峯一樓初止一閣逢玉簫金琯東山東美人十五如花穠湖

清道光七年刻本《定盦文集》之《破戒草》書影

（現藏廣州圖書館，王貴忱先生捐贈）

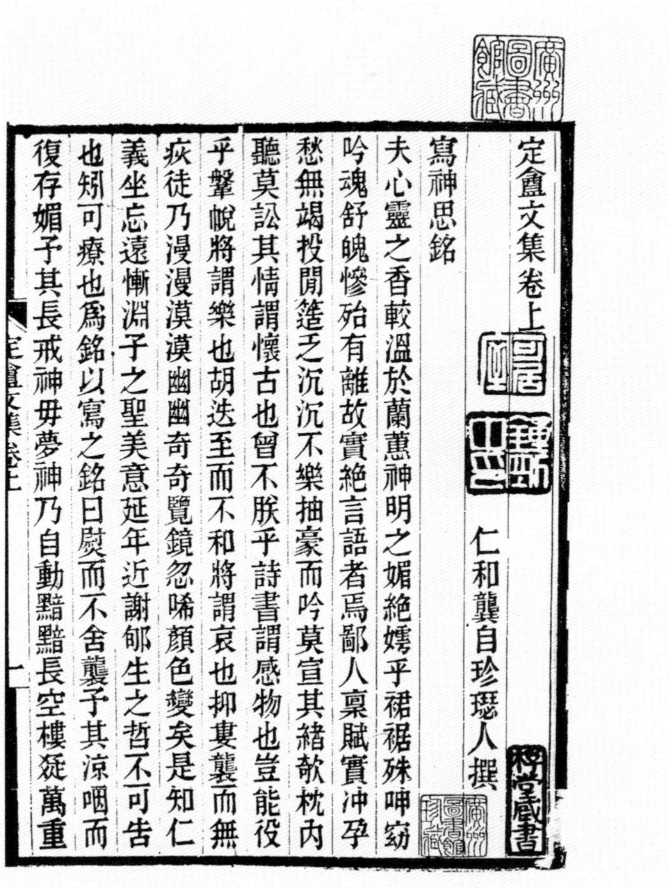
定盦文集卷上

仁和龔自珍璱人撰

寫神思銘

夫心靈之香較溫於蘭蕙神明之媚絕嫮乎裙裾殊呻窈吟魂舒魄慘殆有離故實絕言語者焉鄙人稟賦實冲孕愁無竭投閒簉乏沉沉不樂抽豪而吟莫宣其緒欹枕內聽莫訟其情謂懷古也曾不朕乎詩書謂感物也豈能役乎鞶帨將謂樂也胡迭至而不和將謂哀也抑裹襲而無疢徒乃漫漫漠漠幽幽奇奇覽鏡忽唏顏色變矣是知仁義坐忘遠慚淵子之聖美意延年近謝郇生之哲不可告也矧可療也爲銘以寫之銘曰熨而不舍襲予其涼咽而復存媚予其長戒神毋夢神乃自動黯黯長空樓疑萬重

定盦文集卷上　一

清光緒二十三年余氏寶墨齋刻本《定盦文集》書影

（現藏廣州圖書館，王貴忱先生捐贈）

己亥九秋予過袁浦盡今六日，溯河至袁浦一日大病醉夢時多醒時少已賦詩如干首，統為之曰懺詞

百卉芳馨殘夢壓鴆心前度諾
重題北斗挽毛三春媛些些梅
花靈七妻

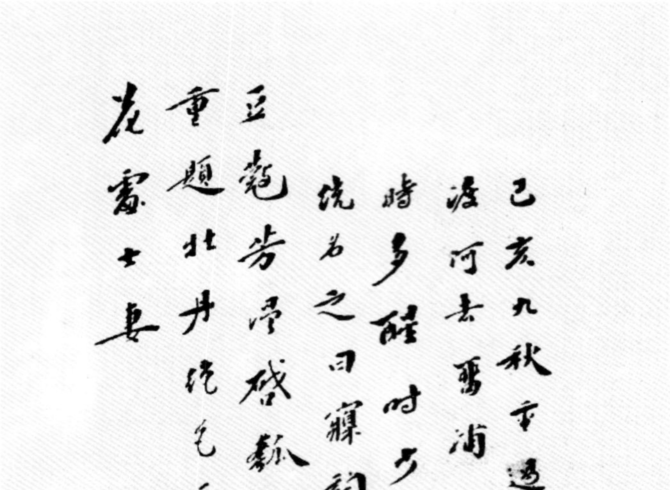

總目

前言

龔自珍(一七九二—一八四一),一名鞏祚,曾改名易簡,字瑟人,號定庵,浙江仁和(今杭州市)人。我國近代史揭幕之前傑出的啓蒙思想家、文學家。其詩沉鬱瑰麗,對近世詩壇有深巨的影響。

一

本書包括兩部分:一是龔自珍的大型組詩《己亥雜詩》,二是《己亥雜詩》之外的全部現存詩作,《己亥雜詩注》已單行,現收爲後編;前編之編年詩共二百九十四首。(《題紅禪室詩尾》三首我們斷爲僞作,故不算在内。但仍附於此,以供考索。)這些作品不是龔氏自己編定的。早在道光三年(一八二三)三十二歲的時候,他曾編過自己的詩集。時有詩三卷,附少作詩一卷,共四卷,但編而未刻(見道光三年自刻本《定庵初集·總目》),詩的細目及篇數均不得而詳。道光七年,又編録道光元年以來詩作成《破戒草》和《破戒草之餘》兩集,共收詩一百八十五首。四十七歲(道光十八年,一八三八)的時候,他把十五歲(一八〇六)到四十七歲的詩合編爲二十七卷(篇數不詳)。次年,刊刻《己亥雜詩》三百一十五首。這就是作者生前自編詩集的情況。可惜在他去世之後,這些集子多已散失,只有《破戒草》、《破戒草之餘》和《己亥雜詩》三種完整流傳下來,共有詩五百首。後來,經過好些人搜輯整理，陸續補充了一些。到一九五九年中華書局刊出王佩諍校《龔自珍全集》本（其中收詩六百零八首），才算讓我們看到比較完備的龔詩集。本書就是在前人辛勤勞動的基礎上進一步編訂成的，主要依據王校本，亦參考其他諸本。我們和王校本的不同點，一是改正了五首詩的編年；一是把《題紅禪室詩尾》三首斷爲僞作；一是補回漏收的《庚辰春日重過門樓胡同故宅》一首。另外就是在文字上依善本詳加覈校，酌予改定或勘正，以及標點稍有不同。

不過，所謂「完備」，也只是相對而言，以龔氏的大才，他的全部詩作當然遠遠超出此數。由於各種原因，散佚甚多，以致有的年份全然空白。所以，和《己亥雜詩》相較，我們只能遺憾地說：這是龔自珍殘缺不全的編年詩本，並不能代表龔詩創作的全貌。幸好，這裏面保存了許多無論就思想或藝術而言都是上乘的作品。打個不盡恰當的比方：正如《春秋》儘管被認爲「斷爛朝報」，却仍然反映了東周二百四十二年的主要歷史一樣，這個集子雖則殘缺，但只要與《文集》和《己亥雜詩》相比勘，仍可以讓我們考見龔氏思想、藝術的發展綫索。所以，這批作品不但是我國珍貴文學遺産的一部分，而且對於中國近代政治思想史和文化史的研究，也是重要的材料。

二

下面，我們就把龔氏現存的編年詩内容摘要向讀者介紹一下：

現存龔氏編年詩最早者繫於嘉慶二十四年（一八一九），共二十四首。是年龔氏二十八歲。據吴昌綬《定庵先生年譜》：「春，應恩科試，不售，留京師，始從武進劉申受禮部（逢禄）受《公羊春秋》，遂大明西京微言大義之學。」這一年龔氏第一次應禮部試，是在上年浙江鄉試中式第四名舉人之後，所以豪情勃發，意興甚高。這種情緒在本年詩中也有所反映。如《雜詩己卯自春徂夏在京師作得十有四首》之十云：

荷葉黏天玉蝀橋，萬重金碧影如潮。功成倘賜移家住，何必湖山理故簫？（《玉蝀橋馬上戲占》）

便透露出作者此時頗有「取功名如拾草芥」的豪氣。及至會試後落第，他也並未泄氣。同組詩第十三首還頗爲大方地説：

東抹西塗迫半生，中年何故避聲名？才流百輩無餐飯，忽動慈悲不與爭。

認爲「一擊不中」，事出偶然，不足介意。很可看出龔氏「自負不淺」的狂態。

同組詩中還有一首也值得注意：

昨日相逢劉禮部，高言大句快無加。從君燒盡蟲魚學，甘作東京賣餅家。（《就劉申受問公羊家言》）

作者從古文經學轉向今文經學，這是決定性的一年。研究龔氏思想歷程的人，自不能忽略此詩。

此外還有《題吴南薌東方三大圖》也值得注意。在此詩中，龔氏高度贊揚了「其文富滄海，其旨高蒼穹」的孔子，而且對嘉慶帝也充滿了幻想。詩中請求皇帝首謁孔林，次封泰山，次射滄海，三事立碑三通，以建不世之業。可見這一時期龔氏對清王朝統治者還是頗存不切實際的幻想的。

次年是嘉慶二十五年(一八二〇),龔氏第二次參加北京的禮部試,但仍然下第。本年共存詩四十五首,内容頗爲龐雜,有寄内之作,也有游覽山水、懷念友朋之作,但已看不到去年那種滿不在乎的狂態。其中《琴歌》詩説:

美人沈沈,山川滿心。吁嗟幽離,無人可思。

言下充滿了夢幻破滅之感,反映他此時的心情。下面這首詩更可以看出他下第以後的落寞情懷:

種花都是種愁根,没個花枝又斷魂。新學甚深微妙法,看花看影不留痕。(《昨夜》二首之二)

這年最重要的作品是《嗚嗚硜硜》。作者針對宋元以來的理學家拚命提倡「爲臣死忠,爲子死孝」的反動倫理道德進行强烈的攻擊,指出它不合理和自相矛盾的地方:

孝子忠臣一傳成,千秋君父名先裂!

還叫大家不要上當:

寄言後世艱難子,白日青天奮臂行。

此詩寫得尖鋭潑辣,很可以看出龔氏對理學家的批判態度。

本年還寫了《讀公孫弘傳》和《馬》,前者是諷刺庸沓無能的當政者,後一首便直是《明良論三》的縮寫:「然而因閲歷而審顧,因審顧而退葸,因退葸而尸玩;仕久而戀其籍,年高而顧其子孫,傫然終日,不肯自請去。」針對的仍然是尸位素餐的王公大臣。

正是他這種毫無顧忌的放言高論,使他又一次受到外來的政治壓力。雖然具體情況因文獻無徵，未能具指，僅從作者本年詩中隱約的透露，仍可看出片鱗隻爪：

心藥心靈總心病，寓言决欲就燈燒。（《又懺心一首》）

才盡不吟詩，非關象喙危。（《才盡》）

他要燒掉自己的「寓言」和自稱「才盡」了。還有下面這一首：

我昨青鸞背上行，美人規勸聽分明。不須文字傳言語，玉想瓊思過一生。（《鐵君惠書有玉想瓊思之語衍成一詩答之》）

可見當時不但政治上的敵人對他施加壓力，連朋友也勸他韜晦，免得在文字語言上惹禍。本年的《戒詩五章》便是在這種情況下寫的：

百臟發酸淚，夜涌如原泉。此淚何所從？萬一詩祟焉。今誓空爾心，心滅淚亦滅。有未滅者存，何用更留迹？（《戒詩五章》之二）

道光元年（一八二一），龔氏出任國史館校對官，旋應考軍機章京，因受權貴的排斥，未被録取，又破戒作詩。著名的《小游仙詞十五首》即作於本年。前人或以爲《小游仙詞》寫的是艷情，純屬誤會。作者不過借「游仙」作幌子，寫的則是軍機處内部情況以及龔氏本人應考被擯的内幕。軍機處屬於機密之地，内情不便公開，亦不便實指，所以作者運用廋詞隱語，借仙家之事，隱約曲折，加以表達。其中既有内幕的揭露，亦有尖刻的諷刺。表面一看，盡是神仙靈怪，明眼人却能窺出象外之象，弦外之音。可說是藝術手法非常超卓的一組隱喻詩。

這一年又有《夜讀番禺集書其尾》二首及《又書一首》，是龔氏在清王朝文字獄的高壓下敢於私藏禁書和偷讀禁書的唯一資料，不但反映作者蔑視朝廷禁令的膽略，也可以看出他對反清義士的同情。

同年還有七言古體《能令公少年行》，則是藝術手法很高的又一作品。此詩雖不過是嚮往山林隱逸的内容，而文字奇瑰，想像豐富，聲情遒上，是龔氏極用力的高作，難怪龔氏編《破戒草》時，即以此篇冠首。

道光二年是龔氏第三次會試失敗的一年。這一年中，他不僅受到落第的打擊，還遭受朝中某權貴的飛語陷害，處境極爲險惡。作品中的《十月廿夜大風不寐起而書懷》一首，即反映此事。詩中有這些話：

> 貴人一夕下飛語，絶似風伯驕無垠。平生進退兩顛簸，詰屈内訟知緣因。側身天地本孤絶，矧乃氣悍心肝淳！欹斜謔浪震四坐，即此難免群公瞋。

正是由於龔氏敢於提出改革政治的主張，觸痛了那些王公大臣，他們便不惜使用卑鄙的造謡污蔑的手段，進行陷害。在研究當時變革和反變革的鬥争中，這又是龔氏給我們保存下來的一則很好的資料。

還有兩首詩也很值得注意。一是《漢朝儒生行》。這首洋洋千餘言的長篇巨製，寫一個朝廷中的漢族將軍的不幸遭遇，反映了滿族統治者歧視漢族官員的事實。詩中指出「南軍北軍頗有私，北軍似姑南似嫂，嫂疏姑戚群僮窺」，大膽揭發清王朝最高統治者實行種族歧視政策，使一位盡忠爲國的漢族將軍不安於位，而滿族將軍則又肆意對少數民族劫殺搶掠，引致邊疆更嚴重的動亂。他大聲疾呼「况乃一家中國猶弟兄」，希望統治者泯除種族偏見，合力抵禦外敵。確是一篇洋溢愛國熱情的力作。

另一篇是《餺飥謠》，作者借「父老一青錢，餺飥如月圓；兒童兩青錢，餺飥大如錢」起興，指出前後不過數十年間，物價已飛漲數倍，人民生活日趨困苦，而寄望於「後五百歲，俾飽而玄孫」。

道光三年存詩二十一首。本年作者仍任内閣中書，位卑言微，第四次會試又失敗，心情鬱鬱，在《夜坐》二首中有很好的反映。「一山突起丘陵妒，萬籟無言帝座靈」，概括很廣，所指非一人一事；「沈沈心事北南東，一睨人材海内空」，正是眼前中國的現實；作者痛感當時「左無才相，右無才史，閫無才將，庠序無才士……當彼其世也，而才士與才民出，則百不才督之縛之，以至於戮之」的可悲現實；然而作者仍寄望於「萬一禪關砉然破，美人如玉劍如虹」，則又對清王朝寄予萬一的期待。《人草藁》也寫於本年，詩中對於只會大擺架子、實則既無實學也無心肝的封建官僚極盡譏諷之能事，也是頗爲成功之作。

是年七月，龔氏因母親段馴逝世，居憂無詩，直至道光五年（一八二五）臘月才恢復寫詩。道光五年寫的《咏史》，針對東南各省所謂「名流」的精神面目，加以冷刺，「避席畏聞文字獄，著書都爲稻粱謀」，這是一種人物；「牢盆狎客操全算，團扇才人踞上游」，這是又一種人物。這些人或以不學無術而竊據高位，或雖有學問而與國計民生無關；他們充斥於朝野上下，掀起了種種毫無實際意義的恩恩怨怨，作者對此是極感不滿的。

道光六年，龔氏又應了一次禮部試，仍然落第，這是第五次失敗了。同時落第的還有著名的思想家魏源。這一年龔氏三十五歲，在社會上已有相當高的名氣，但在科場上則是個屢次鎩羽者，這對龔氏的打擊是相當嚴重的。在編年詩中最著盛譽的《秋心》三首即寫於本年。在詩中，作者對於「斗大明星爛無數，長天一月墜林梢」的不合理現象，感到無限痛心，并發出「天問有靈難置對，陰符無效莫虛陳」的憤慨。龔氏精熟西北地理形勢，早已指出帝俄侵我邊疆的可慮，因而有「氣寒西北何人劍」的自況；龔氏早年詩詞譽滿東南，所以又有「聲滿東南幾處簫」的自負。作者痛惜老一輩人物的沉淪，又有「老輩填胸夜雨淪」的感嘆；但如今既是「槎通碧漢無多路」，他所想到的歸結，便只有「某水某山迷姓氏，一釵一佩斷知聞」了。這三首詩寫得鬱伊惝怳，曲折深微，百餘年來，萬口傳誦。

龔氏與繼配夫人何吉雲患難與共，感情甚篤。本年寫的《寒月吟》五首，也生動地反映了「龔子與其婦何歲暮共幽憂」，「相喻以所懷，相勖以所尚」的真摯感情。

特别值得一提的是《釋言四首之一》。龔氏十年間不斷提出變法革新的主張，震動了朝野，既獲得許多同情和支持，也招來許多敵對者，其中也有權貴大臣以「木有文章曾是病，蟲多言語不能天」爲理由，勸作者少發表些議論。本詩便是針對某大學士而發。最後兩句「守默守雌容努力，毋勞上相損宵眠」，表現了龔氏蔑視這些大人物的傲岸的氣概。可惜四首僅存其一，其餘三首，也許語氣更爲激烈，已被删削了。

本年還有一首題爲《同年生胡户部培翬集同人祀漢鄭司農於寓齋禮既成繪爲卷子同人爲歌詩龔自珍作祀議一篇質户部户部屬隱栝其指爲韻語以諧之》，本是一篇對漢代鄭玄的經學發表議論的著作，龔氏把它改爲韻語，對鄭氏兼治十三經的成績，評價頗爲中肯，詩中不滿鄭氏解釋《周禮》中的封建，貶《周禮》而信《孟子》，可以看出龔氏在經學中的見識，是後人研究龔氏經學思想的一篇重要作品。

次年，龔氏仍在京師内閣中書任上，本年存詩較多，共四十一首。其中《自春徂秋偶有所觸拉雜書之漫不詮次得十五首》是龔氏政治學術思想的集中反映。龔氏一開頭就説明，自己的社會變革思想是非常堅定的：「死我信道篤，生我行神空。障海使西流，揮日還於東。」大有「矢死靡他」的氣概。《僞鼎行》也是寫於本年。龔氏借用一件假古董被打破露出原形的故事，發揮一番議論，其意却在揭露朝廷中華冠簪纓之士的詐僞面目。

本年還有《西郊落花歌》，以豐富的藝術想像和比喻，歌頌了不幸沉淪下僚的才智之士。還有《常州高材篇》，列舉了乾、嘉兩朝常州籍的文化學術界高材異能之士，以簡括中肯的文字一一加以介紹，常州兩朝人才之盛，藉此可以概見。這種手法，雖是脱胎於老杜的《飲中八仙歌》，却更爲雄肆，也更有文獻價值。無怪李慈銘以《能令公少年行》、《漢朝儒生行》及本篇稱爲「一時之奇作」。

龔氏於道光七年十月後又戒詩，何年又破戒，今無可考。道光八年、九年，無詩留存。道光十年

（一八三〇）以後的詩，除《己亥雜詩》外，均爲後人輯集，而編年亦多可疑。王佩諍校輯本《龔自珍全集》第九輯，道光十年存詩十四首，其中三首誤入，實爲十一首。十一年存詩四首，其中三首誤入，實得一首。十四年存詩三首。十六年存詩一首。十七年存詩一首。十八年存詩九首。二十一年存詩一首。另有編年未詳一首。十二年間所存僅此，則知龔詩大量散佚，至今已無可踪迹了。

上面我們只是略舉了龔氏編年詩中最重要也最有代表性的作品，不是説龔詩的精華即盡於此。龔氏才大學博，其詩更是幽微曲折，不易窺測。如何探尋龔詩中的精蘊，還須後人繼續努力。

本注於一九八一年完成初稿，嗣以尚嫌簡略，因委周錫䪖先生補其未備，重行抄正，其有疑義，商酌改定，成爲今稿。限於能力和水平，缺點、錯誤知所難免，懇切地期待讀者批評指正。

劉逸生

一九八三年十二月於廣州

新版前言

一

龔自珍生前曾分別自刻過一本文集（《定盦初集》，含詞選）和兩本詩集（《古今體詩〈破戒草〉一卷、〈破戒草之餘〉一卷》與《己亥雜詩》），均在道光年間。《破戒草》、《破戒草之餘》收入由辛巳（道光元年，一八二一）至丁亥（道光七年，一八二七）之間的詩作共一百八十五首（另删除一百零五首，可見汰取甚嚴），於道光七年十月編成抄竣，約於其後付梓（見卷後龔氏「自識」及鄭振鐸《西諦書目》）。《己亥雜詩》則收録作者己亥（道光十九年，一八三九）辭官之年南北往返所作的三百一十五首七絶這一大型組詩，於次年庚子（道光二十年，一八四〇）夏付刊。另外，作者還有一些手迹留傳（可惜不太多）。以詩來説，最珍貴的，當數自寫《己亥雜詩》中「寱詞」等三十三首之長卷（書於道光二十年庚子九月，即《己亥雜詩》刊成後），一九三一年中華書局影印《龔定盦詩文真迹三種》列入此卷，二〇〇八年文物出版社出版李雪松編《龔定盦自寫詩卷》，將其單獨刊行。另還有「龔自珍行書七言絶句（「寱詞」二首）」詩軸，載中國古代書畫鑒定組編《中國古代書畫圖目》第一册（北京：文物出版社，一九八六年），圖版三三頁。以及龔自珍「與徐廉峰書」附詩四首，載《昭代名人尺牘續集》（宣統三年

［一九一一］印本），卷九。

而總括作者詩、文、詞之「全集」本，則要到龔氏歿後之同治年間才面世。最早刊本是同治七年（一八六八）的《定盦文集》（包括《定盦文集》上、中、下三卷，《續集》四卷及《定盦文集補》九卷，共十六卷），由曹籀校訂、吳煦付刊，通稱「吳本」。其《文集補》九卷内，即含有《古今體詩上卷〈破戒草〉、下卷〈破戒草之餘〉》，《雜詩〈己亥雜詩〉三百十五首》（另還有《詞選》與《詞録》等）。吳本之「文章」部分乃取自龔氏「手寫定本」傳抄本（見吳煦《刻〈定盦文集〉緣起》，載《定盦文集》卷首）；而「詩草」部分則以詩人兩本自刻詩集爲據（見吳煦《定盦文集補・後記》，載《定盦文集補》卷終。又魏季子《羽琌山民逸事》：「頃吳氏所刻者，《詩録》山民自訂。」［「神州國光社編印」山民，即龔自珍］，共收詩五百首，其《古今體詩》卷尾有道光七年丁亥十月龔氏編成此集付小胥抄竣後的題識，而《己亥雜詩》卷尾則有道光二十年庚子穀雨日（三月十九）程金鳳女士抄畢全詩付刻前的題跋。可見「吳本」已涵括了詩人生前刊行的全部詩作，保存了原刻本作品之基本面貌，甚可信據。正由於此，所以直至清代末年，各地出版的一些「定盦全集」都以它爲祖本，只是文集部分續有增添（最大宗爲光緒年間朱之榛編刊的《定盦文集補編》四卷，補入遺文六十六篇）；至於詩集部分，則數量全無增加，連編排都幾乎完全一致（只是偶見有個别異文）。那可以稱之爲「吳本系列」時期。此時期的代表性版本除吳（朱）本外，尚有刊印較佳的粵東萬本書堂精校本《龔定盦全集》二十卷（光緒二十三年丁酉［一八九七］刊；現《續修四庫全書》本即據之複製）、上海時中書局出版邃漢齋校訂本《定盦全集》（宣統元年［一九〇九」初版）、上海國學扶輪社出版皞皞子編訂《龔定盦全集》（宣統元年），而上海商務印書館《四部叢刊初編・集部》之《〈定盦文集〉、〈定盦文集補編〉》（前者據吳煦原刊本影印，後者僅爲文集，無詩，據朱氏校刻本影印，一九一九年初版，其後有縮印本），以及《萬有文庫》之《定盦文集》（詩集所收與《四部叢刊初編》本同，文集部分則略有不同，而全書皆有斷句；一九三五年初版、一九三九年有簡編本），編印亦精審。近年出版的則有《續修四庫全書・集部・別集類》之《龔定盦全集》（上海：上海古籍出版社，二〇〇二年，據萬本書堂校刊本影印）。以上皆屬「吳本」一系。除此之外，坊間尚有其他翻槧本，類皆陳陳相因，有的則校訂欠精，大都無甚參照價值。

由吳（朱）本「一統天下」的局面，直到龔橙編録、鄧實校刊的「風雨樓」本《〈龔定盦別集〉、〈定盦詩詞集定本〉、〈定盦集外未刻詩詞〉》問世（宣統二年「一九一〇」），才被打破。龔橙（一八一七—一八七八），字孝拱，是定盦長子，得乃父遺傳，能「以文學世其家」（魏源《定盦文録敘》），保管着定盦的遺著，故其所録可信性高。以詩篇部分而言，增加了一百零五首主要是道光元年辛巳（作者三十歲）以前、七年丁亥（作者三十六歲）以後的作品，令龔自珍詩集的内容更豐富、充實，展現相對較爲完整、可觀之面貌。其後，並促成了結合吳、鄧諸本内容並再加補苴完善的新一系版本——「綜合本」的産生。如王文濡編校並彙録多家評注之《龔定盦全集》（上海國學整理社，一九三五年，後有臺灣重印本。按，此即國學扶輪社所出皞皞子本的「加料」重編版）、夏田藍分類編纂之《龔定盦全集類編》（上海世界書局，一九三七年，後有臺北世界書局一九六〇年版）等，皆各具特色。其中致力甚勤、成果亦豐的王佩諍校本《龔自珍全集》（中華書局上海編輯所，一九五九年；另有香港中華書局一九七四年版、上海古籍出版社一九九九年新一版等）後來居上，最富代表性，共收詩六百零八首（剔除僞作不算），但仍有疏漏，如漏收《庚辰春日重過門樓胡同故宅》一首，而誤録入僞作《題紅禪室詩尾》三首；又將《紀夢七首》起至《秋夜聽俞秋圃彈琵琶》一首止共十四首編爲庚寅（道光十年，一八三〇）年作，另又淆亂龔氏《破戒草》原來編序，把《黄犢謡》一首從《送劉三》詩後移置原屬《破戒草之餘》的《薦主周編修……》詩後；以及某些引文有錯訛、脱漏等等。近年樊克政《龔自珍年譜考略》（北京：商務印書館，二〇〇四年，以下簡稱樊《譜》）也對龔氏作品進行了認真的探究，輯入多篇（段）佚文，一首佚詩，提供了不少可資借鑒的資料。（當然亦有若干可商之處，詳見後。）

本書在前人努力成果的基礎上，依據下列四類主要版本進行校訂：

一、「吴系」（以詩集論，相當於作者自刻本系）的吴煦刊本（簡稱「吴本」）、萬本書堂精校本（簡稱「堂本」）、邃漢齋校訂本（簡稱「邃本」）、《四部叢刊初編》本（簡稱「『四部』本」，按實際言，與「吴本」實同爲一本）、《萬有文庫》本（簡稱「『文庫』本」）、《續修四庫全書》本（簡稱「『續四庫』本」，按實際言，與「堂本」實同爲一本）；

二、鄧實、龔橙的「風雨樓」校刊本（簡稱「鄧本」）；

三、「綜合本」系的王文濡編校本（簡稱「王本」）、夏田藍《龔定盦全集類編》本（簡稱「類編本」）、王佩諍校本（簡稱「王校本」）；

四、還有手迹一系的《龔定盦自寫詩卷》（簡稱「自寫詩卷」）、「龔自珍行書七言絶句二首」（簡稱「行書七絶」）、《昭代名人尺牘續集》（簡稱「尺牘本」）。

另外，清林昌彝《射鷹樓詩話》（咸豐元年［一八五一］刊）卷十云：「《定盦詩集》四卷，仁和龔璱人儀部（自珍）著。」並全引定盦詩共十九首：《紀遊》、《秋夜花遊》、《過菩薩墳》（諸本無「過」字）、《世上光陰好》、《秋心》（三首選二）、《小遊仙詞》（十五首選十二）、《夢中述願作》。其篇目未出《破戒草》、《破戒草之餘》範圍外。但據現知，連《己亥雜詩》，當時龔詩已刻者全部亦只得三卷，故所稱「四卷」究爲何，尚待考。又，據此《詩話》所言，則早在咸豐元年（一八五一）之前，已有《定盦詩》的合集本單獨行世，但其刊本似從未見有其他研究著述録載，值得關注。由於《射鷹樓詩話》本（以下簡稱《詩話》本）問世比吴本要早，故所引《定盦詩集》作品有值得參考之處，有些並可訂正後出諸本之訛誤（雖然它本身也有其他誤字）。

以上一、三兩類，蓋皆自吴本、鄧本而出，故本書即以吴本爲主校本，再參以《詩話》本及上述其他各本。校訂的同時，並對詩中某些異文、歧句提出個人看法，以供愛好龔自珍詩之廣大讀者、研究者參考。

二

本書前身（《龔自珍編年詩注》）著成於一九八三年（見劉逸生先生所撰《前言》），至今恰三十載。

全書分兩部分：下册是龔自珍的《己亥雜詩注》，由劉先生從已出版之《己亥雜詩注》整體移置而來，而又有所增益。上册是《編年詩注》，收入《己亥雜詩》以外龔氏全部現存詩作，亦由劉逸生先生編年，其箋注已初定規模，嗣以尚嫌簡略，囑晚學以「無一字無來歷」之方式補加注釋，遂費一年之力，完成詳注。後來，復應出版社之需求，經劉先生精約，而成浙江古籍出版社一九九五年版本之面貌。

今蒙上海古籍出版社計劃重印本書，遂據上述四類十三種主要版本詳細校閲，并出校記。至於注文，因賢德已逝，請益無從，故不擬作大的更動，唯將個人認爲須修訂之處擇要説明，附於詩後，加「周按」以標明。

三

一般詩人的集外「佚詩」大致有三類：一類爲詩成後以稿本保存，未及結集出版者，或流傳於外而偶爾失收者；第二類是因涉及人事或政治等各種「非藝術」因素，爲作者有意摒除不録者；還有一類則是因藝術性不足，故由作者自行删汰者。從讀者與研究者角度看，對一、二類作品當然應盡量加以搜集，做到「有遺必録」；但若爲第三類之「輯佚」（包括某些「異文」在内），則實無太大意義，甚至會令詩人反感，由鄭板橋的「經典」表白或可見一斑：「板橋詩刻止於此矣，死後如有託名翻板，將平日無聊應酬之作改竄濫入，吾必爲厲鬼以擊其腦！」（鄭燮《後刻詩序》）蓋創作者追求完美，故「大匠不示人以璞」，何況是次品、劣作或顯著的瑕疵呢。而對讀者來説，這種東西參考價值亦不大。

唯一的「用處」，就是可供某些研究者多作點文章而已。

以上三類佚詩，相信定盦集外皆有存在。

據作者自言，《破戒草》、《破戒草之餘》一集編定時只留一百八十五首（原集尾作者自識之「四」字爲「五」之誤，王校本同誤），共删去一百零五首，估計屬第二、三類作品皆有，其中爲「非藝術」因素而删者當不在少數，否則汰除量不會如此之大。可惜的是，那些佚詩恐怕已難見廬山真面了。

爲什麽？諸位須知，「風雨樓」刊本中，龔橙所録，屬《破戒草》時期的「未刻詩」僅得壬午（道光二年，一八二二）《城南席上謡》一篇（另丁亥《程秋樵江樓聽雨卷周保緒畫》二首可能成於該年十月《破戒草》編成之後，故集中未收），可見其父之删稿他大多甚至完全未能得見。而除「風雨樓」本外，百多年來，人們發現的真正的龔氏佚詩至今亦僅得五篇。其中王佩諍校本輯得三篇：擬題作《此遊》之二、三兩首（此乃辛巳前記遊太湖之作，被龔橙擯而不録者，非定盦自删），另作年不詳的《失題》一首。吴昌綬《定盦先生年譜後記》有《書魏槃仲扇》一首（已收入王校本中）。又樊《譜》據龔家尚《家珍拾遺》録得《題龔薆生倚天圖》七古一首。末兩首都是晚期之作，遠在《破戒草》刻成之後，以時間及内容而言，都應屬第一類的佚詩（七古一篇雖有牢騷，而不算太「盛」）。看來，五篇佚詩中，僅有用義山「無題」手法，寫得迷離撲朔，而内容顯有所諷的《失題》一首疑似於第二類自删之作。由此推想，作者可能爲免麻煩，多已把那些太「惹火」的作品付之一炬了。這正是定盦删詩雖多，集外詩却如此難尋的其中一個主要原因。此並非無根據的臆測，實有先例可爲佐證。龔氏庚辰詩有《客春住京師之丞相胡同有丞相胡同春夢詩二十絶句春又深矣因燒此作而奠以一絶句》云：「春夢撩天筆一枝，夢中傷骨醒難支。今年燒夢先燒筆，檢點青天白晝詩。」那傷心徹骨之「春夢詩」二十首絶句，諒必感人，故詩藝差勁肯定不會是它們被「拉雜摧燒」的原因；況且，若果因「藝術欠佳」而燒的話，詩人又豈會鄭重其事地賦詩爲「奠」？除了火葬，尚有土埋。其《紙冢銘》便是爲「龔子瘞其所棄之言，三千七百九十一紙」而作，其辭曰：「一言一魂氣上縱，大光下泣萬星動。……」（載王校本《全集》第七輯），可見應也是牽魂動魄、刳心瀝血之作，龔氏實不得已而棄之，故戀戀不舍如此。還有他證：作者曾於嘉慶二十二年（一八一七）以詩、文稿各一册奉致吴中前輩王芑孫請教，王覆信直言：「詩中傷時之語，駡坐之言，涉目皆是，此大不可也。……甚至上關朝廷，下及冠蓋，口不擇言，動與世迕，足下將持是安歸乎？」（見張祖廉《定盦先生年譜外紀》。）可見龔詩必甚多「惹火」之言、犯忌之作。詩人儘管「桀驁不馴」之本性無改，但到正式結集出版時大概也會冷静考慮一下，從而有限度地接受師友的忠告。（例如，收入《破戒草之餘》的《釋言四首》，便删剩一首，後來龔橙編《定盦詩集定本》也僅能選入此首，可知其餘三首早已不存。但儘管如此，其「守默守雌容努力，毋勞上相損宵眠」之句，仍是語帶挑釁，調子尖刻，對高官很不客氣；「倖存」之作尚且如此，已删之三首便更可想而知。）

除以上三類之外，定盦佚詩還有較特殊的一類，就是非其本人自删，而是被兒子龔橙大量删棄者。那也是定盦集外詩如此稀見的另一個重要原因。原來定盦歿後，遺著由龔橙保存，次年，他先把遺稿初步編定（應已汰除不少：定盦本已編成文集百卷，其中詩集二十七卷。見《己亥雜詩》及自注），讓人録成清本，送父執魏源審訂。魏氏删定爲文録十二卷，另詩詞、雜著、考證又十二卷，共廿四卷，並謂「皆可殺青付繕寫」（見魏源《定盦文録敘》）。但龔橙不滿意魏氏定本，於咸豐十年（一八六〇）自己又重訂一次，削編爲文九卷，詩詞三卷，共十二卷。「其第十卷則孝拱編定《定盦詩定本》六十首，其第十一卷則《己亥雜詩定本》一百首，其第十二卷則《定盦詞定本》也。」故鄧實喟然歎曰：「然則此本既經孝拱重定，則魏氏所原定者，已失其真，故世人所想望欲見之魏氏定本，至是已不可復見。」（見「風雨樓」刊本《龔定盦别集·詩詞定本》卷首鄧實序。）而龔自珍一大批待刻而未刻之遺詩，也由此蕩然無存了。

據龔氏《己亥雜詩》第六五首（文侯端冕聽高歌）自注，他在道光十八年戊戌，即離世前三年，曾把自己從嘉慶十一年丙寅十五歲時開始到當年四十七歲的詩作編爲二十七卷，可見數量甚夥。他在次年己亥南歸時携帶的文集百卷，肯定包括這些詩卷在内。現在却僅餘「詩詞三卷」，相差何其大也！舉例來説，據定盦《與徐廉峰書》云：「余以戊寅歲（嘉慶二十三年，一八一八）來遊洞庭兩山，有《紀遊詩》一卷。」今此卷紀遊詩已全遭否棄，隻字不存；其後庚辰（嘉慶二十五年，一八二〇）一批再遊之作也僅抄録兩首，且亦抄而不選：由此足見龔橙「辣手摧詩」狠勁之一斑。

龔橙本也算博學多才，但性格狂傲，脾氣古怪，當時社會上已有關於他如何「無父無君」的不少逸聞流傳（晚清小説《孽海花》更有繪聲繪色的描寫）。此君對其先父的大作（包括詩、文、詞，這裏只談詩作)也毫不客氣,只憑自己口味,抄録了二百多首,最後選存一百六十篇,即「風雨樓」刊本之《定盦詩集定本》,上卷爲古今體詩六十首(含未刻詩十五首),下卷爲《己亥雜詩三百十五首》録存一百首,認爲只有這少量作品值得留存。多虧鄧實先生的慧識,把其抄而不選的九十首(鄧氏誤算爲八十六首)未刻詩也妥加保留,編爲《定盦集外未刻詩》,在「風雨樓」本一并刊出,才令定盦詩集的内容補充得較爲豐富(增加一百零五篇,即合共有詩六百零五篇)。但如果龔橙能利用他的有利條件,把乃父那二十七卷已編定的詩作全部(或至少大部分)妥加保存,而不妄加删棄,則今天可供我們研讀欣賞的作品定必數倍——甚至十數倍於此。正是「存也龔橙,毁也龔橙」。定盦曾有詩,題曰「以『子絶四』一節題課兒子爲帖括文,兒子括義云:『天地不仁,以萬物爲芻狗;聖人不仁,以天地爲芻狗。』閱之大笑」云云,現在却是「兒子不孝,以乃父爲芻狗」矣,嗚呼,定盦這回恐怕怎也笑不出來了吧。

今從樊《譜》(六一七頁)録入佚詩《題龔蘧生倚天圖》一首並試加箋釋,按作時繫於庚子道光二十年,以補本書之未備。如是,本書共收入龔自珍詩六百一十篇(即作者自刻詩集之五百首,加鄧本所補一百零五首,再加近人輯録佚詩五首),這是到目前爲止所知龔氏存詩之總數。

四

上文説,一般「佚詩」有三類。而見於不同版本或抄本之詩句異文也有幾種可能情況:

一、爲作者自擬,而難定去取,姑兩存之(古今詩人都偶有這種情況)。

二、作品已出版(或已面世),再修訂,只憑手迹流傳。遇到這種情形,其實應以後者爲準(倘能確定時間先後的話)。但對古人之作,孰爲先後有時也頗難分辨。

以上兩類異文都有參考價值。

三、作者在修改過程中,經斟酌推敲,已加删汰的詞句,却爲「有心人」掇拾録存。相信絶大多數情況下,原作者對此都並不領情。

四、抄寫或刻印時產生的異文、訛誤字。(此最無價值。)

一般而言,無論「佚詩」或「異文」,有參考價值者都只是前兩類。不過,話雖如此,要把所有各項歧文異字的性質完全甄別清楚,也並不容易,所以爲免「誤判」而落下「遺珍」,一般做法都是兼收並蓄,小大不捐。故本書的校訂也是「吾從衆」,全數抄録,讓讀者自行鑒別判斷(當然我們會加上自己的意見)。

但龔自珍詩也有些較特别的異文: 原來龔橙不僅大幅删汰先父遺作,其抄録的作品中,若干詩題或詩句也曾被他改動,幸而一般都有鄧實的注明,不致混淆不清; 而那些與别本不同又未加説明者,可能並非爲魏源或龔橙所改,而是原出於定盦手筆(包括兩種情況: 一是原稿如此,刻本有誤; 一是作者後來所改——從定盦自書詩卷真迹可知,詩人對已刊刻的作品也會加以修改),那一類「異文」便很值得參考,采納。後面將隨文指出。

在本書校閲過程中,責任編輯祝伊湄博士提出過寶貴意見,司徒國健博士、董就雄博士曾參與查索版本資料，陳芷珊博士及博士研究生謝向榮君亦熱心支持，香港大學圖書館善本室人員又提供古籍借閱的便利，而張慕貞女士更不憚煩勞惠予協助，令本人的工作得以順利完成。謹此衷心致謝！

校定盦詩既畢，因有感於時事，成絶句一組：

忽忽中原暮，沉沉秋夜長。匹夫何太忍，驚夢碎黃粱。

童真貯我心，萬象鯤鵬化。詩作御風行，文成擊鼓罵。定盦詩：「童心來復夢中身。」又：「莊騷兩靈鬼，盤踞肝腸深。」

日月如輪轉，悠悠百八年。神州舒國步，東海又狼烟。定盦辭世於一八四一年秋，其絶筆文有「海氛未靖」、「石公驗炮」等語。

泰岳東臨海，黃河上接天。欲圓中國夢，志士奮揚鞭。

周錫䪖

二〇一三年七月二十七日於香江天南海北之樓

編年詩

凡例

一、本册《編年詩注》以王校本爲底本，以新版前言所提及之四類十三種版本爲參校本，由周錫韍詳加覈校，如有改定及重要異文，均出校記。

二、本書采用新式標點，以利發明詩意。

三、本書各詩按王校本編年。但凡王校本據舊本編次有誤者，則予訂正，唯僅在注中說明理由，編次不再改動，以其難確定在某一年故也。

四、凡句意深曲或有喻意，或句法特殊，非加詮釋無法貫通者，則作串解。一般則只注語詞、典故。典故以窮源爲主；語詞則源流并重，引例惟求當意。其無注，或注而無引文者，除通行至今不言自明者外，一般爲當時口語或後起詞語。

五、復出詞語一般不再加注。或說明見於某詩某句注，或徑引前句，以資比照。字面同而用法、含義有别者，則仍加注。

六、注中凡稱「作者」，均指龔氏；所附按語，則爲注者私見。

七、《題紅禪室詩尾》三首來歷可疑，風格亦殊不類龔作，故不加注，但保留原文，以供稽索。

八、本册《編年詩注》與下册《己亥雜詩注》爲姊妹篇，詳於彼者自可略於此，祈讀者留意焉。

目録

辛巳 道光元年（一八二一）

壬午 道光二年（一八二二）

癸未 道光三年（一八二三）

乙酉 道光五年（一八二五）

丙戌 道光六年（一八二六）

丁亥 道光七年（一八二七）

庚寅 道光十年（一八三〇）

庚子 道光二十年（一八四〇）

辛丑 道光二十一年（一八四一）

編年未詳

己卯　嘉慶二十四年（一八一九）

吴山人文徵沈書記錫東餞之虎丘〔一〕

一天幽怨欲誰諳〔二〕？詞客如雲氣正酣。我有簫心吹不得〔三〕，落花風裏别江南〔四〕。

【校】

此從鄧本《定盦集外未刻詩》（以下簡稱《未刻詩》）補入。「落花風」：「花」，鄧本原作「梅」；王本、類編本同。王校本作「花」，誤，應據改。

〔一〕嘉慶二十四年（一八一九）春末，作者赴北京應己卯恩科會試，臨行時在江蘇蘇州虎丘山作。　吴文徵：字南薌，安徽歙縣人，畫家，亦能詩。蔣寶齡《墨林今話》：「歙縣吴南薌少府文徵，以畫名公卿間，游迹甚廣，與孫淵如方伯最善，方伯官山左，嘗以生平所歷乞其製圖，凡數十幀，各有詩紀之。南薌山水法元四家，亦間涉北宗，花卉雜品師白石翁，自尺箋以至丈幅，必盡心經營而後下筆。書工分隸行草，皆遒媚入古。亦精篆刻。曩在京師，曾上書論保甲事，議以爲狂，當得罪，上特宥之。晚歲寄居吴下，思以岐黄術行，大書於門，而延請者迄少，仍取給於筆墨。嘗寫蘆蟹巨幛，郭索數百輩，反側各殊，靡不生動，衆稱神品。後住維揚，不得志，旋返，鬱鬱以卒。有自畫《東方三大圖》，題者極富。」沈錫東：曾作作者父親龔麗正幕客。虎丘：在蘇州閶門外，又名海涌山。《越絶書》卷二：「闔廬（閭）冢在閶門外……築三日而白虎居上，故號爲虎丘。」顧禄《桐橋倚棹録》卷一引周《志》：「虎丘泉石既佳，去郭又近，登臨之人，歲無虚日。至如游宦兩京，行役四方者，率於此飲餞，及相贈言，多取山中古迹，分題賦詩。」

〔二〕諳：熟悉。此用爲「理解」之意。

〔三〕簫心：作者常用詞，借作詩心解，有時又指怨抑之情。

〔四〕落花風：暮春的風。杜牧《題禪院》詩：「今日鬢絲禪榻畔，茶烟輕颺落花風。」

周按：

「落梅風」這裏指仲春天氣，龔氏《發洞庭舟中懷鈕非石樹玉葉青原昶》詩亦曾用之：「西山春晝别，兩袖落梅風。……尊前荇葉白，舵尾茶華紅。」又同時《此遊》詩：「雲和風静裏，已度萬梅花。」可見確屬仲春時令，與古人以「落梅風」爲「五月信風」（《太平御覽》引應劭《風俗通》）者不同。本詩既爲嘉慶二十四年春作者赴北京應己卯恩科會試，臨行時在江蘇蘇州虎丘山作，則時間最遲當是仲春，而非春末。因會試自乾隆十年始，皆於三月上、中旬舉行，「均初九日爲第一場，十二日爲第二場，十五日爲第三場。先一日點入，次一日放出」。（禮部纂輯《欽定科場條例》卷一，五一頁，載沈雲龍主編《近代中國史料叢刊三編第四十八輯》，臺北：文海出版社，一九八九年。）另王先謙撰《東華續録·嘉慶二十四年己卯》又載：「三月甲午諭：……著自本科會試爲始，禮部於三月初四日將題本送閣，初五日進呈，初六日發下，即交捧本侍衛齎往。」（《續修四庫全書》三七五册，二一〇頁上；又見《嘉慶帝起居注》二十一册，九〇—九一頁。）而四月二十五日已會試放榜（見同上書）。故詩人要赴考，在一、二月時就必須動身。樊《譜》認爲：「本年龔自珍自蘇州北上的時間應是早春。」（見樊書一三〇、一三一頁，又「自序」第四頁。）然而，自珍之母段馴當時曾賦和詩四章送行，其三曰：「雲山没没水拖藍，畫出春容月二三。兩岸梅花香雪裏，數聲柔櫓別江南。」（見王洪軍《段馴龔自璋抄本詩集考》，載《文獻》一九九八年第二期。樊《譜》亦有引用。）「月二三」，即二三月，這裏實指二月；「二三」在此是偏義複詞，加「三」是爲了押韻。故據此可明確判定，《吴山人文徵沈書記錫東餞之虎丘》一詩應作於嘉慶二十四年（一八一九）仲春二月，不是春末，但也非早春。按編年，應置於《秋夜聽俞秋圃彈琵琶賦詩》後，而在《飲少宰王定九丈鼎宅》前。

題吴南薌東方三大圖圖爲登州蓬萊閣爲泰州山爲曲阜聖陵〔一〕

禽父始宅奄，猶未荒大東〔二〕。周王有命祀，名山止龜蒙〔三〕。尚父賜履海，泱泱表大風〔四〕；時無神仙言〔五〕，不睹金銀宫〔六〕。春秋貶宋父，坐失玉與弓〔七〕。祊田富湯沐，季旅何懜懜〔八〕！秦穆作西時，帝醉終可逢〔九〕。桓無三脊茅〔一〇〕，遂輟登山踪。頑哉魯與齊，靈氣不牖衷。孤負介海岱，海深岱徒崇〔一一〕。素王張三世，元始而麟終〔一二〕；文成號數萬，太平告成功〔一三〕。其文富滄海，其旨高蒼穹〔一四〕。於是海岱英〔一五〕，盡入孔牢籠。熙朝翠華至〔一六〕，九跪迎上公〔一七〕。厥典盛謁林〔一八〕，漢後無兹隆。惜哉有闕遺，未學金泥封〔一九〕。小臣若上議〔二〇〕，廷臣三日聾〔二一〕。首謁孔林畢，繼請行升中〔二二〕。繼請射滄海〔二三〕，三事碑三通〔二四〕。古體日霾晦〔二五〕，但嗤秦漢雄〔二六〕。周情與孔思，執筆思忡忡〔二七〕。

【校】

此從《未刻詩》補入。題：鄧本作《吴南薌東方三大圖圖爲登州蓬萊閣爲大山爲曲阜聖陵》，題下附：「（鄧）實按：原本『大山』作『泰州山』。」王本、類編本從鄧本，並引其按語。王校本改用原題，另注：「又題：《吴南薌東方三大圖圖爲登州蓬萊閣爲大山爲曲阜聖陵》，乃龔橙删節。」

〔一〕舊編在嘉慶二十四年，并無確據。從内容看，似是早年作品。吴南薌：即吴文徵。東方三大：指東海、泰山和曲阜孔林。玉堂居士《蠡莊詩話》卷四：「山東孔林、泰山、蓬萊閣謂之『三大』。余需次十餘載，曾兩至曲阜謁聖廟，瞻聖林，八度泰安，計前後登岱者五十餘次。觀海膠西，梓有赴膠紀事詩，而登州竟未一到，海市蜃樓，不知若何景象，真憾事也。」又云：「登州蓬萊閣，望海最爲豁目，春天尤佳，海市蜃樓，雲烟萬變，洵宇內之奇觀也。」薛福成《庸庵筆記》：「秦小峴侍郎瀛，博學工古文，而書法素非所長。始以舉人家居，聞高宗東巡泰山，特赴召試之典（按，乾隆四十一年）。過清江浦，偶於市中見鈔白破書一本，皆記零星典故，以五錢得之。歸而略一披閱，有一條曰：東方三大者，謂泰山也，東海也，孔林也。及試，題爲《「東方三大」賦》。首段渾冒三項，以下分點三段。大臣擬取十餘卷，上閱之，無當意者，因問大臣曰：通場試卷竟無一知題義者乎？大臣對曰：有一卷分點三大，以書法太劣，擯之。上曰：顧其學如何耳，何以書法爲哉！命亟以進，覽之稱善，御筆加圈點，拔置第一。遂授中書舍人，入直軍機處。不數年，授杭嘉湖分巡道，數遷而爲總督倉場侍郎。」　蓬萊閣：在山東蓬萊縣，瀕臨大海。《清一統志·登州府》：「丹崖山，在蓬萊縣北三里水城內。《縣志》：東西二面石壁巉岩，上有蓬萊閣、海市亭及半山獅子等十三洞。」史載秦始皇、漢武帝均先後來此。沈括《夢溪筆談》卷二十一：「登州海中，時有雲氣如宮室、臺觀、城堞、人物、車馬、冠蓋，歷歷可見，謂之海市。」　曲阜聖陵：指孔林。在曲阜縣城北，爲孔子及孔氏族人墓地。清代時，面積達三千畝，中多古樹。

〔二〕禽父：即伯禽。周公姬旦的兒子。周武王滅殷後，把奄地封給周公建立魯國。因爲周公留在朝廷，就派兒子伯禽代他到魯國治理。宅：居住。奄：古國名。約在今山東曲阜縣一帶。《帝王世紀》：「炎帝自陳營都於魯曲阜，又爲大庭氏之故國，又是商奄之地。」今曲阜縣東有奄里，傳即其地。荒：占有。大東：極東之地。《詩·魯頌·閟宮》：「泰山巖巖，魯邦所詹。奄有龜蒙，遂荒大東，至於海邦。」

〔三〕命祀：《左傳·哀公六年》：「三代命祀，祭不越望。」《漢書·郊祀志》：「（周）天子祭天下名山大川，懷柔百神，咸秩無文。五岳視三公，四瀆視諸侯。而諸侯祭其疆内名山大川。」龜蒙：二山名。《清一統志·兖州府》：「龜山在泗水縣東北五十里，與沂州府之蒙山相連。」又《沂州府》：「蒙山在蒙陰縣南接費縣界。舊《志》：蒙山綿亘百二十里，有七十二峰，三十六洞，古刹七十餘所。」（命：通行本作「名」，據龔橙本校改。）

〔四〕尚父：周武王對大臣吕尚的尊稱。意謂可尊尚的父輩。《詩·大雅·大明》：「維師尚父，時維鷹揚。」《傳》：「師，大師也；尚父，可尚可父。」《史記·齊太公世家》：「於是武王已平商而王天下，封師尚父於齊營丘。」履海：領域達到海邊。《史記·齊太公世家》：「及周成王少時，管、蔡作亂，淮夷畔周。乃使召康公命太公曰：『東至海，西至河，南至穆陵，北至無棣，五侯九伯，實得征之。』齊由此得征伐，爲大國，都營丘。」泱泱：弘大的樣子。《左傳·襄公二十九年》：「爲之歌齊，曰：美哉，泱泱乎，大風也哉！表東海者，其太公乎！」注：「泱泱，弘大之聲。太公封齊，爲東海之表式。」

〔五〕神仙：此指方士。

〔六〕金銀宫：指仙宫。《史記・封禪書》：「自威、宣、燕昭使人入海求蓬萊、方丈、瀛洲。此三神山者，其傳在勃海中，去人不遠；患且至則船風引而去。蓋嘗有至者，諸仙人及不死之藥皆在焉。其物禽獸盡白，而黄金銀爲宫闕。……及至秦始皇併天下，至海上，則方士言之不可勝數。」《列子・周穆王》：「化人之宫，構以金銀，絡以珠玉，出雲雨之上而不知下據，望之若雲屯焉。」

〔七〕宋父：魯定公，名宋，又稱宋父。《春秋・定公八年》：「盜竊寶玉大弓。」作者認爲這是貶責魯定公的話，因爲他把傳國重寶寶玉、大弓丢失了。坐：因爲。

〔八〕祊田：祊，邑名，在今山東費縣境内。《春秋・隱公八年》：「鄭伯使宛來歸祊。」注：「祊，鄭祀泰山之邑。在琅邪費縣東南。」《左傳》釋云：「鄭伯請釋泰山之祀而祀周公，以泰山之祊易許田。三月，鄭伯使宛來歸祊，不祀泰山也。」《公羊傳》釋云：「宛者何？鄭之微者也。邴（按，即「祊」）者何？鄭湯沐之邑也。天子有事於泰山，諸侯皆從，泰山之下，諸侯皆有湯沐之邑焉。」湯沐邑，是天子賜給諸侯的封邑，作朝見時食宿之處，並以邑内收入供諸侯作湯沐之用。兩段記載合起來看，意思是：鄭伯表示不再隨從周天子到泰山祭祀，所以不需要泰山下的祊邑，拿它同魯國調换許地的田。季：指魯國大夫季氏。或説是季康子，或説是季桓子，又有人説是季平子。旅：祭祀名。《書・禹貢》：「蔡蒙旅平。」

《傳》：「祭山曰旅。」《論語·八佾》：「季氏旅於泰山。子謂冉有曰：汝弗能救歟？對曰：不能。子曰：嗚呼！曾謂泰山不如林放乎？」按照周代禮制，大夫是没有資格祭祀泰山的，季氏却「越禮」去祭，因此孔丘大爲不滿，認爲泰山必將拒絶接受他的祭祀。懜懜：昏昧無知。賈誼《新書·道術》：「行充其宜謂之義，反義爲懜。」

〔九〕「秦穆」兩句：秦穆公祭祀白帝，終於使天帝在醉酒後賜給他秦的土地。西時：祭西方天神的地方。《漢書·郊祀志》：「秦襄公攻戎救周，列爲諸侯，而居西。自以爲主少昊之神，作西時，祠白帝。」帝醉：張衡《西京賦》：「昔者天帝悦秦穆公而覲之，饗以鈞天廣樂，帝有醉焉，乃爲金策，錫用此土而剪諸鶉首。」李善注：「盡取鶉首之分爲秦之境也。」《漢書·地理志》：「自井十度至柳三度，謂之鶉首之次，秦之分也。」

〔一〇〕桓：指齊桓公。俗本作「恒」，誤。三脊茅：古代祭祀、封禪時用來濾酒的一種茅草。《史記·封禪書》：「齊桓公既霸，會諸侯於葵丘，而欲封禪。於是管仲睹桓公不可窮以辭，因設之以事曰：古之封禪，鄗上之黍，北里之禾，所以爲盛；江淮之間，一茅三脊，所以爲藉也。東海致比目之魚，西海致比翼之鳥，然後物有不召而自至者十有五焉。今鳳凰、麒麟不來，嘉穀不生，而蓬蒿藜莠茂，鴟梟數至，而欲封禪，毋乃不可乎？於是桓公乃止。」劉敞《三脊茅記》：「三脊茅出江淮之間，皆楚、越國也。封禪者必以三脊茅，其意以爲能服楚、越，則三脊茅可致，而封禪乃宜矣。」

〔一一〕「頑哉」四句：批評魯、齊二國的國君頑劣不靈，辜負介居於泰山和東海之間的大好山河。牖：啓發，誘導。　介：間於。《左傳·襄公九年》：「介居二大國之間。」　岱：岱宗，即泰山。

〔一二〕素王：儒家對孔丘的尊稱，意爲有帝王之德而不在位的人。《漢書·董仲舒傳》：「孔子作《春秋》，先正王而繫萬事，見素王之文焉。」王充《論衡·定賢》：「孔子不王，素王之業在《春秋》。」　三世：即所見世、所聞世、所傳聞世。《公羊傳·隱公元年》何休《解詁》：於所傳聞之世，見治起於衰亂之中；於所聞之世，見治昇平；至所見之世，著治太平。　元始：指《春秋》始於魯隱公元年。　麟終：《春秋·哀公十四年》：「春，西狩獲麟。」杜預注：「麟者仁獸，聖王之嘉瑞也。時無明王出而遇獲。仲尼傷周道之不興，感嘉瑞之無應，故因魯春秋而修中興之教，絶筆於『獲麟』之一句。所感而作，固所以爲終也。」

〔一三〕「文成」兩句：《春秋》寫了數萬字，目的是希望天下太平，向上天報告成功。《史記·太史公自序》：「《春秋》文成數萬，其旨數千。」《白虎通·封禪》：「王者易姓而起，必升封泰山。何？教告之義也。始受命之時，改制應天，天下太平，功成封禪，以告太平也。」

〔一四〕蒼穹：青天。

〔一五〕英：精英。

〔一六〕熙朝：盛朝。多用作對本朝的稱頌語。　翠華：用翠羽飾於竿頂的旗。爲皇帝儀仗。

〔一七〕上公：公爵的尊稱。言位在諸爵之上。此指「衍聖公」（宋以來對孔子後裔的封號）。《清史稿·儒林·孔蔭植傳》：「上（按，高宗）諭曰：『闕里毓聖之鄉，唐、宋以來，率以聖裔領縣事。大宗主鬯，爵列上公。』」

〔一八〕謁林：參謁孔林。同上《孔蔭植傳》：「（康熙）二十三年，上東巡，釋奠孔子廟，留曲柄黄蓋。謁林，周覽遺迹，每事問，毓圻（按，孔子六十六代孫，「衍聖公」孔毓圻）謹以對。」

〔一九〕金泥封：指封禪。《漢書·武帝紀》：「上還，登封泰山。」孟康曰：「王者功成治定，告成功於天。……刻石紀號，有金策石函金泥玉檢之封焉。」金泥：用水銀和金爲泥；一説，金粉和膠爲泥。

〔二〇〕小臣：作者自稱。

〔二一〕三日聾：《景德傳燈録》卷六《懷讓禪師法嗣·懷海禪師》：「師謂衆曰：佛法不是小事，老僧昔再參馬祖，被大師一喝，直得三日耳聾眼暗。」

〔二二〕行升中：舉行封禪大典。升中，帝王祭天上告成功。即封禪。《禮·禮器》：「因名山升中於天。」孫希旦《集解》：「名山，謂五岳也。中，成也。升中於天，謂巡守至於方岳之下，燔柴祭天，而以治功之成，升而告之也。」

〔二三〕射滄海：到海邊舉行大射禮。杜佑《通典》卷七十七：「射有三焉：一曰大射，天子將有郊廟之事，與其來朝諸侯及畿内諸侯王之子弟、卿、大夫、士及諸侯所貢之士行之。」

〔二四〕三事：指上述謁孔林、行升中、射滄海三件事。

〔二五〕古體：猶古禮。霾晦：埋没。霾，通「埋」。

〔二六〕秦漢雄：指秦始皇、漢武帝兩位雄主。他們都曾登泰山封禪。

〔二七〕周情孔思：追懷周公、孔子的情思。李漢《昌黎先生集序》：「日光玉潔，周情孔思。」忡忡：憂心的樣子。《詩・召南・草蟲》：「憂心忡忡。」

按，作者對後世儒家頗爲不滿，時常予以尖鋭抨擊，但對孔丘本人則仍然尊崇。這首詩一面把孔子提到很高地位，一面又希望清王朝最高統治者實行封禪、射海，以表示「太平告成功」，反映了作者早年對孔丘的盲目崇拜，以及迷惑於清王朝的表面昇平，産生了不切實際的幻想。後來，作者的認識提高，這種看法已有所改變。

行路易〔一〕

東山猛虎不吃人，西山猛虎吃人，南山猛虎吃人，北山猛虎不食人〔二〕。漫漫趨避何所已？玉帝不遣牖下死〔三〕，一雙瞳神射秋水〔四〕。袖中芳草豈不香？手中玉麈豈不長〔五〕？中婦豈不姝〔六〕？座客豈不都〔七〕？江大水深多江魚〔八〕，江邊何嘵呶〔九〕？

人不足，盱有餘，夏父以來目瞿瞿〔一〇〕。我欲食江魚〔一一〕，江水澀嚨喉，魚骨亦不可以餐。冤屈復冤屈，果然龍蛇蟠我喉舌間，使我說天九難，說地九難〔一二〕，踉蹌入中門。中門一步一荊棘，大藥不療膏肓頑〔一三〕，鼻涕一尺何其孱！臣請逝矣逝勿還。嘈嘈舟師，三五詈汝〔一四〕：汝以白晝放歌爲可惜，而乃脂汝轄〔一五〕；汝以黄金散盡爲復來〔一六〕，而乃鞭其脢〔一七〕。紅玫瑰，青鏡臺〔一八〕，美人別汝光徘徊〔一九〕。膈膈膊膊〔二〇〕，鷄鳴狗鳴；淅淅索索，風聲雨聲；浩浩蕩蕩，仙都玉京〔二一〕。蟠桃之花萬丈明〔二二〕，淮南之犬彳亍行〔二三〕。臣豈不如武皇階下東方生〔二四〕？

亂曰〔二五〕：三寸舌〔二六〕，一枝筆〔二七〕，萬言書〔二八〕，萬人敵〔二九〕。九天九淵少顔色〔三〇〕。朝衣東市甘如飴〔三一〕，玉體須爲美人惜！

【校】

此從《未刻詩》補入。「目瞿瞿」：「瞿瞿」，王本、類編本作「矍矍」，誤。王校本從鄧本改「瞿瞿」，是。

〔一〕古樂府《雜曲歌辭》有《行路難》。《樂府詩集》引《樂府解題》云：「《行路難》備言世路艱難及離別悲傷之意，多以『君不見』爲首。」《行路難》本是漢代歌謡，古辭今不存。此題後世仿作的人極多。唐代又有人反其意，以「難」作「易」。《唐詩紀事》載：「陸暢，字達夫，韋臯雅所厚禮。天寶時，李白爲《蜀道難》，以斥嚴武；暢更爲《蜀道易》以美皋。」

〔二〕猛虎：比喻官場上有權勢的人物。按，起四句格調仿效杜甫《杜鵑》詩：「西川有杜鵑，東川無杜鵑，涪萬無杜鵑，雲安有杜鵑。」

〔三〕牖下：窗下。此指室内。

〔四〕「一雙」句：形容眼睛明亮清澈，有如秋水般閃耀。李賀《唐兒歌》：「骨重神寒天廟器，一雙瞳人剪秋水。」

〔五〕玉麈：用麈（一種似鹿的獸）尾製成的玉柄拂麈。《世説新語・容止》：「王夷甫容貌整麗，妙於談玄。恒捉白玉柄麈尾，與手都無分別。」

〔六〕中婦：漢樂府《相逢行》：「大婦織羅綺，中婦織流黄。」原指二兒媳婦；此借用爲妻子的代稱。

〔七〕都：美。

按，以上一段，大意説，社會上雖然「猛虎」很多，但是自己不能呆在家裏，因爲自己本來就有幹出一番事業的有利條件。

〔八〕江魚：比喻社會上安插人才的位置。《詩・周頌・潛》：「潛有多魚。」

〔九〕嘵呶：嘈吵。《詩・豳風・鴟鴞》：「予維音嘵嘵。」又《小雅・賓之初筵》：「賓既醉止，載號載呶。」

〔一〇〕「人不」三句：原因是社會上的分配很不平均，有人太多，有人又太少。盱、夏父：《公羊傳·昭公三十一年》載：邾婁國君叫顔，被周天子殺死，遺下兒子叫夏父，由繼位的君主叔術撫養。叔術也有個兒子叫盱。兩個孩子都受到寵愛，但在吃飯時却發生矛盾：「食必坐二子於其側而食之，有珍怪之食，盱必先取足焉。夏父曰：以來！人未足，而盱有餘！」

瞿瞿：原作「矍矍」，據鄧實校本改。《詩·齊風·東方未明》：「狂夫瞿瞿。」《説文》：「瞿，鷹隼之視也。」引申爲瞪視之貌。

〔一一〕食江魚：唐方干《滁上懷周賀》詩：「侯門昔彈鋏，曾共食江魚。」原指在貴族門下寄食；這裏則是指在社會上謀求一個位置。

〔一二〕天九、地九：《孫子·形篇》：「善守者藏於九地之下，善攻者動於九天之上。」梅堯臣曰：「九地，言深不可知；九天，言高不可測。」王晳曰：「九者，極言之耳。」

〔一三〕大藥：仙丹。葛洪《抱朴子·地真》：「服金丹大藥，雖未去世，百邪不近也。」膏肓：《左傳·成公十年》：「疾不可爲也。在肓之上，膏之下。」肓，是腹膈薄膜；膏，是心臟下面的脂肪。病進入這裏，藥不能及，古代醫者認爲是不治之症。這裏比喻官場惡習。

按，以上一段，指出社會財富和職位分配很不平均，因此引起争奪。自己初步進入官場，又碰了大釘子。滿眼腐敗現象，自己一句話也不能説，於是只好走開。

〔一四〕詈：責駡。《離騷》：「女嬃之嬋媛兮，申申其詈予。」汝：均指作者。

〔一五〕脂轄：涂油於車軸。指到處奔走。
〔一六〕「黄金」句：李白《將進酒》詩：「千金散盡還復來。」
〔一七〕鞭其脢：拿鞭子抽打馬背。意指出外遠行。
〔一八〕玫瑰、鏡臺：用玫瑰寶石裝飾的鏡臺。
〔一九〕光徘徊：《後漢書·南匈奴傳》：「呼韓邪臨辭，大會，帝召五女以示之。昭君豐容靚飾，光明漢宫，顧影裴回，竦動左右。」江淹《麗色賦》：「夫絶世獨立者，信東方之佳人……其少進也，如彩雲出崖，五光徘徊，十色陸離。」

按，以上一段大意是，由於自己追求事業功名，落得個時間浪費，黄金虚擲，連要好的女子也拋棄自己。
〔二〇〕膈膈膊膊：象聲詞。鷄鳴拍翼聲。古詩《兩頭纖纖》：「膈膈膊膊鷄初鳴，磊磊落落向曙星。」
〔二一〕仙都玉京：傳説中神仙所居。《海内十洲記》：「滄海島在北海中。……島中有紫石宫室，九老仙都，所治仙官數萬人居焉。」《雲笈七籤》卷三：「自玄都玉京已下合有三十六天。二十八天是三界内，八天是三界外。」按，此暗以仙境比喻朝廷。
〔二二〕蟠桃：傳説中的仙桃。《史記·五帝本紀》：「東至於蟠木。」《集解》引《海外經》曰：「東海中有山焉，名曰度索。上有大桃樹，屈蟠三千里。」《漢武故事》：「(西)王母至。……因出桃七枚，母自啖兩枚，與帝五枚。帝留核著前。王母問曰：『用此何爲？』上曰：『此桃美，欲種之。』母笑曰：『此桃三千年一著子，非下土所植也。』」

〔二三〕淮南之犬：升天的狗。葛洪《神仙傳》卷四：淮南王劉安白日升天，「臨去時，餘藥器置在中庭，鷄犬舐啄之，盡得升天。故鷄鳴天上，犬吠雲中也」。彳亍：小步行走，或走走停停的樣子。

〔二四〕武皇階下東方生：指東方朔。平原厭次（今山東惠民）人，字曼倩。漢武帝時任執戟郎，「持戟列陛側」。爲人滑稽多智。曾作《答客難》，引客問難之語以自嘲，有「悉力盡忠以事聖帝，曠日持久，積數十年，官不過侍郎，位不過執戟」之語。

按，以上一段攻擊腐敗的清王朝極爲辛辣。在那所謂「仙都玉京」的地方，只有鷄鳴狗叫，只有橫風冷雨，在美麗的蟠桃樹下，來往的是偶然吃了殘餘仙藥而升天的鷄犬。即使有個把像樣的人，像東方朔之類，也不過被視爲皇帝身邊的弄臣而已。至於自己，就連做執戟郎的資格也扳不上。

〔二五〕亂：古代樂曲的尾聲。

〔二六〕三寸舌：《史記・留侯世家》：「今以三寸舌爲帝者師。」

〔二七〕一枝筆：《南史・江淹傳》：「嘗宿於冶亭，夢一丈夫自稱郭璞，謂淹曰：『吾有筆在卿處多年，可以見還。』淹乃探懷中得五色筆一以授之。」

〔二八〕萬言書：《朝野類要》：「萬言書，上進天子之書也。」王安石有《上仁宗皇帝言事書》，蘇軾有《上神宗皇帝書》，均洋洋萬言。

〔二九〕萬人敵：《史記·項羽本紀》：「劍，一人敵，不足學；學萬人敵。於是項梁乃教籍兵法。」

〔三〇〕九天：參閱前面「天九、地九」有關注釋。九淵：水的最深處。《莊子·列禦寇》：「夫千金之珠，必在九重之淵。」

〔三一〕朝衣東市：《漢書·晁錯傳》：「乃使中尉召錯，紿載行市。錯衣朝衣斬東市。」飴：麥芽糖。

按，結尾一段，作者尖鋭諷刺那些拚命向上爬的人。他們受到皇帝寵信時洋洋得意，不可一世，但也免不了落得悲慘的下場。

夢得東海潮來月怒明之句醒足成一詩〔一〕

曇誓天人度有情〔二〕，上元旌節過雙成〔三〕。西池酒罷龍嬌語〔四〕，東海潮來月怒明。梵史竣編增楮壽〔五〕，花神宣敕赦詞精〔六〕。不知半夜歸環佩〔七〕，問是空峒第幾聲？空峒，天上琴名。

【校】

此從《未刻詩》補入。題：鄧本作《紀夢》，題下注：「原本作《夢得東海潮來月怒明之句醒足成一詩》。此爲孝拱所改。」王本、類編本一依鄧本。王校本則恢復原題，另注：「又題：《紀夢》，乃龔橙竄改。」

〔一〕這首詩寫得比較隱晦，細心尋繹，似是暗記嘉慶二十三年作者在杭州應浙江鄉試中式第四名舉人的事。

〔二〕曇誓天：道教所謂「四梵三界三十二天」之一。　有情：佛家稱衆生爲有情。

〔三〕上元：傳説中的女仙。《太平廣記》卷三《漢武帝》引《漢武内傳》：「王母乃遣侍女郭密香與上元夫人相問。……帝因問王母，不審上元何真也？王母曰：『是三天上元之官，統領十萬玉女名籙者也。』」　旌節：古代使者出行時所持的信物。竹製，上飾旄牛尾三重。

雙成：仙人侍女名。《漢武帝内傳》：「（王母）命侍女董雙成吹雲和之笙。」

〔四〕西池：指瑶池。《穆天子傳》卷三：「天子觴西王母於瑶池之上。」傳説其地在中國西部，故稱西池。

〔五〕梵：此指梵天。《雲笈七籤》卷三：「其次三界上四天，名爲種民天，亦名聖弟子天，亦名四梵天。此天人斷生死，三災之所不能及。」　竣：結束，完畢。　楮：樹名。其皮可以製紙，因作爲紙的代稱。又，紙質柔韌，比絹更耐久，故有「紙壽千年，絹壽五百年」之説。

〔六〕花神：司花之神。　宣敕：發布詔書。　詞精：指精於文詞的人。

〔七〕環佩：古人衣帶上所繫的佩玉，行時相觸作響。《禮·經解》：「行步則有環佩之聲。」

按，此詩第一句似用「度有情」比喻科舉考試。第二句指試官來到地方主考。第三句疑用「西池宴」喻舉人中式後之「鹿鳴宴」。第四句寫時節在八月上旬，地點在杭州。清代科舉制度，鄉試例在八月舉行，初九日考第一場，十二日考第二場，十五日考第三場，十六日士子便可出場等候放榜。杭州在海邊，正是「東海潮來月怒明」的時候。第五句的「梵史」暗指科舉文章。由於作者這次取中，故有「增楮壽」的話。第六句是考完以後准許士子出場回家，「赦詞精」便是此意。第七、八兩句，回家時正是夜間，作者對自己的文章頗爲自負，所以有「空峒第幾聲」的比喻。

又成一詩〔一〕

東海潮來月上弦〔二〕，空峒撫罷静諸天〔三〕。西池一宴無消息，替管桃花五百年〔四〕。

〔一〕這首詩意思也很隱晦，似是嘉慶二十四年（一八一九）作者考進士落第後有感而作。

〔二〕月上弦：指鄉試頭場之八月初九日。

〔三〕空峒：見前篇作者自注。　諸天：佛經説欲界有六天，色界四禪有十八天，無色界四處有四天，總稱諸天。道家也有「四梵三界三十二天」及「諸大羅天」等説法，見《雲笈七籤》卷二十一。

〔四〕替管桃花：《史記·五帝本紀》「東至於蟠木」《集解》引《海外經》：「東海中有山焉，名曰度索。上有大桃樹，屈蟠三千里。東北有門，名曰鬼門，萬鬼所聚也。天帝使神人守之，一名神荼，一名鬱壘，主閲領萬鬼。」五百年：《孟子·公孫丑》下：「五百年必有王者興，其間必有名世者。」

按，此詩開頭兩句暗指上年考中舉人。後面兩句則指會試落第，又須再等候三年；這就如同看守桃樹的神人，得看守個三五百年，不能登仙了。此詩雖與前一首連在一起，但不是同時所作。

鄰兒半夜哭

鄰兒半夜哭，或言憶前生〔一〕。前生何所憶，或者戀文名。我有一篋書，屬草殊未成〔二〕，塗乙迨一紀〔三〕，甘苦萬千并。百憂消中夜，何如坐經營。剪燭蹶然起〔四〕，婢笑妻復嗔。萬一明朝死，墮地淚縱横〔五〕。

〔一〕憶前生：舊時迷信説法，認爲嬰兒半夜啼哭，是由於憶起前世的事情。

〔二〕屬草：起草文稿。
〔三〕塗乙：塗改增删文字。乙，是勾添遺脱的符號。一紀：十二年。
〔四〕蹶然：急遽的樣子。《禮·孔子閑居》：「子夏蹶然而起。」
〔五〕墮地：出生。

雜詩己卯自春徂夏在京師作得十有四首〔一〕

其一

少小無端愛令名〔二〕，也無學術誤蒼生〔三〕。白雲一笑懶如此〔四〕，忽遇天風吹便行。

〔一〕嘉慶二十四年，作者來到北京，應己卯恩科會試。是年四月落第。這十四首詩是由春到夏陸續寫成的。徂：往，到。
〔二〕令名：好名聲。
〔三〕學術：學問、道術，指專門學問。誤蒼生：《晉書·王衍傳》：「（衍）總角嘗造山濤，濤嗟嘆良久，既去，目而送之曰：『何物老嫗，生寧馨兒！然誤天下蒼生者，未必非此人也。』」
〔四〕白雲句：王安石《招楊德逢》詩：「雲尚無心能出岫，不應君更懶於雲。」

按，這首詩説自己來北京是出於偶然。「天風」，借指在北京舉行的會試。

其　二

文格漸卑庸福近〔一〕，不知庸福究何如？常州莊四能憐我〔二〕，勸我狂刪乙丙書〔三〕。

〔一〕文：指應試的八股文。作者這裏是引用莊卿珊的話，認爲科舉文章不能追求高古，應該遷就考官的口味，那樣録取的機會就多些。庸福：庸人之福。這裏指考中進士。

〔二〕常州莊四：指莊綬甲，字卿珊，江蘇武進（清代屬常州府）人。莊存與之孫，縣學生。對經學有深入研究，著有《周官禮鄭氏注箋》、《尚書考異》、《拾遺補藝齋文鈔》等。

〔三〕乙丙書：即《乙丙之際箸議》，是作者二十四五歲時寫的一組議論政治、主張變革的文章。

其　三

情多處處有悲歡，何必滄桑始浩嘆〔一〕？昨過城西曬書地〔二〕，蠹魚無數訊平安〔三〕。過門樓胡同宅〔四〕。

〔一〕滄桑：「滄海桑田」的略語，喻世事的巨大變遷。《太平廣記》卷六十一《麻姑》引《神仙傳》：「麻姑自説云：『接侍以來，已見東海三爲桑田。』」

〔二〕曬書地：明劉侗、于奕正《帝京景物略》卷二《春場》：「六月六日，曬鑾駕，民間亦曬其衣物，老儒破書，貧女敝緼，反復勤日光，晡乃收。」清富察敦崇《燕京歲時記》：「京師於六月六日抖捩衣服書籍，謂可不生蟲蠹。」

〔三〕蠹魚：衣服書物中之蛀蟲。

〔四〕門樓胡同宅：作者十七八歲時，居北京門樓胡同西首寓齋。見作者《王仲瞿墓表銘》。

其四

手種江山千樹花，今年負殺武陵霞〔一〕。夢中自怯才情減，醒又纏綿感歲華〔二〕。

〔一〕武陵霞：借喻家鄉的桃花。陶潛《桃花源記》：「晉太元中，武陵人捕魚爲業，緣溪行，忘路之遠近。忽逢桃花林，夾岸數百步，中無雜樹，芳草鮮美，落英繽紛。」武陵，漢郡名，舊治在臨沅（今湖南常德市西）。

〔二〕歲華：猶歲時。這裏指美好的歲月。按，作者這年二十八歲。

其五

龐眉名與段公齊〔一〕，一脈東原高第題〔二〕。回首外家書帙散，大儒門祚古難躋〔三〕。

謁高郵王先生〔四〕，座主伯申侍郎之父也〔五〕，八旬健在，夙與外王父段先生著述齊名〔六〕。

〔一〕龐眉：老人黑白間雜的眉毛。用以指代老人。這裏指王念孫（一七四四—一八三二），當時已七十六歲。段公：指段玉裁（一七三五—一八一五），字若膺，號茂堂，江蘇金壇人。乾隆舉人，官貴州玉屏知縣、四川巫山知縣。年四十六去官歸隱。積數十年精力，專治《説文》及音韻之學，成《説文解字注》三十卷，又有《古文尚書撰異》、《毛詩故訓傳定本》、《經韻樓集》等。《清史稿》卷四八一有傳。他的女兒段馴是作者母親。李斗《揚州畫舫録》卷三：「段玉裁……受業於戴東原，與御史王念孫齊名。」

〔二〕東原：戴震（一七二三—一七七七），字東原，安徽休寧人。清中葉著名學者。幼年通曉《説文》，進而精研經籍，對文字、訓詁、天文、地理、算術、典章制度等均有深刻研究，所校《大戴禮記》、《水經注》稱爲精到。著述甚多，有《毛鄭詩考》、《尚書文考》、《儀禮考正》、《考工記圖》、《孟子字義疏證》、《方言疏證》、《聲韻考》、《直隸河渠書》等。王念孫、段玉裁都是他的弟子。高第：《史記·禮書》：「子夏，門人之高弟也。」索隱：「言子夏是孔子門人之中高弟者，謂才優而品第高也。」

〔三〕「回首」兩句：回看我外公家裏的書籍都已散失；王氏子孫却能繼承家學，這是自古以來十分難得的。外家：外祖父母家。書帙：書籍。帙，書的封套。按，段玉裁卒於嘉慶二十年，子孫没有繼承他的學業。門祚：門庭福蔭；家運。按，王念孫父子都精通經學，世稱高郵王氏父子。參閲《己亥雜詩注》一四八首。躋：登，上升。

〔四〕高郵王先生：指王念孫，字懷祖，號石臞，江蘇高郵人。乾隆進士，官至永定河道。精音韻訓詁之學，著《讀書雜志》八十二卷、《廣雅疏證》三十卷等，世稱精覈。

〔五〕座主：科舉時代應試中式的士子對考官的稱呼。嘉慶二十三年，王引之充浙江鄉試正考官，作者得中舉人，故稱王爲座主。伯申侍郎：王引之（一七六六——一八三四），字伯申，號曼卿，念孫子，嘉慶四年殿試第三人及第，任禮部左侍郎，官至工部尚書。能繼承家學，著《經義述聞》三十一卷、《經傳釋詞》十卷，解釋古籍文字，世稱精確。

〔六〕外王父：外祖父。

其六

昨日相逢劉禮部〔一〕，高言大句快無加〔二〕。從君燒盡蟲魚學〔三〕，甘作東京賣餅家〔四〕。就劉申受問公羊家言。

〔一〕劉禮部：指劉逢禄，字申受，號思誤居士，江蘇武進人。嘉慶十九年進士，官禮部主事。精研《春秋公羊傳》，以何休的《解詁》爲主，寫成《公羊何氏釋例》、《公羊何氏解詁箋》，成爲清代今文學家的中堅人物。《清史稿》卷四八二有傳。

〔二〕「高言」句：劉逢禄談論《公羊春秋》的經義，見解高超，議論正大，詞鋒凌厲無比。韓愈、孟郊《城南聯句》：「大句斡玄造，高言軋霄崢。」參見《己亥雜詩注》五九首。

〔三〕蟲魚學：對瑣屑考據之學的貶稱。因爲這種學問往往鑽到鳥獸蟲魚等瑣碎事物的解釋中，所謂「《爾雅》注蟲魚，定非磊落人」（韓愈《讀皇甫湜公安園池詩書其後》詩），所以被譏爲「蟲魚之學」。按，清代考據學從清初顧炎武開始，隨之有閻若璩、胡渭等人，到乾、嘉之間達到極盛，惠棟、戴震、段玉裁、王念孫等人都是其中著名人物。作者青年時期也從事這種學問，但由於看到社會危機日益嚴重，對政治現狀極感不滿，當聽到劉逢禄的《公羊》經説，主張「經世致用」（即以經學爲當前政治服務）以後，就决心拋棄繁瑣的考據，轉而鑽研《公羊春秋》的所謂「微言大義」，藉此推行自己的變法改制主張。

〔四〕東京賣餅家：對《公羊傳》的貶稱。《三國志・魏書・裴秀傳》注：「（嚴幹）折節學問，特善《春秋公羊》。司隸鍾繇不好《公羊》而好《左氏》，謂《左氏》爲大官，而謂《公羊》爲賣餅家。」東京：東漢首都洛陽。

其七

十年提倡受恩身〔一〕，慘緑年華記憶真〔二〕。江左名場前輩在〔三〕，敢將名氏厠陳人〔四〕。謝吾師蔣丹林副憲語〔五〕。

〔一〕提倡：又作「提唱」。佛家用語。指佛師向學徒提唱宗教教義加以引導。作者借用。受恩身：唐黄滔《下第東歸留辭刑部鄭郎中誠》：「萬里家山歸養志，數年門館受恩身。」按，蔣祥墀任國子監司業和祭酒時，作者曾在門下受業。

〔二〕慘緑年華：少年時代。唐張固《幽閑鼓吹》：「（潘）孟陽初爲户部侍郎……因遍招深熟者。客至，夫人垂簾視之。既罷會，喜曰：『皆爾之儔也，不足憂矣。末座慘緑少年何人也？』答曰：『補闕杜黄裳。』夫人曰：『此人全别，必是有名卿相。』」慘緑：淡緑色。

〔三〕名場：考試的闈場。因是士子争名之地，故稱。

〔四〕厠：置，列入。陳人：老朽無用的人。《莊子·寓言》：「年先矣，而無經緯本末，以期年耆者，是非先也。人而無以先人，無人道也；人而無人道，是之謂陳人。」

〔五〕蔣丹林：蔣祥墀，字丹林，湖北天門人。乾隆五十五年進士，官編修。嘉慶十年充會試同考官，升國子監司業，遷祭酒，改通政司副使、左副都御史等。晚年退休，主講金臺書院。（宣統《湖北通志》有傳。）副憲：副都御史的雅稱。

其八

偶賦山川行路難〔一〕，浮名十載避詩壇〔二〕。貴人相訊勞相護，莫作人間清議看〔三〕。

謝姚亮甫丈席上語〔四〕。

〔一〕行路難：按，現存作者集中没有《行路難》，只有一首《行路易》；但因作者詩稿散失很多，也難説没有寫過。從這首詩的後兩句推測，所謂「行路難」也許便是指那首《行路易》(見前)。

〔二〕浮名：猶虚名。　避詩壇：作者自稱「詩編年始嘉慶丙寅」，即嘉慶十一年(一八〇六)。由該年到二十四年，中間有無戒詩的事，不可考。所謂「避詩壇」，也許只是不與詩壇中人争名的意思，與戒詩無關。

〔三〕清議：公正的社會輿論，群衆的褒貶、議論。

〔四〕姚亮甫：姚祖同，見後《太常仙蝶歌》注。　按，作者《行路易》詩，諷刺尖刻，指斥甚廣，當時顯然會引起當權派的不滿。看來姚祖同曾替作者辯解，所以作者表示感謝。

其　九

萬柳堂前一柳無〔一〕，詞流散盡散樵蘇〔二〕。山東不少昇平相〔三〕，爲溯前茅馮益都〔四〕。同人訪萬柳堂址。

〔一〕萬柳堂：清初大學士馮溥修建的園亭。毛奇齡《毛西河全集·詩話四》：「京師萬柳堂在崇文門外，平疇曼衍，布以萬柳，塹坡疏沼，堳堨灣洿，此本益都夫子創置之，爲朝士游憩地，每歲逢上巳，夫子必率門下士修禊其中，飲酒賦詩，竟日而散。」《光緒順天府志》十六《寺觀》一：「拈花禪寺在廣渠門内，寺即臨朐馮相國溥別業，慕元廉希憲之萬柳堂，效而名之。康熙時開博學鴻詞科，待詔者嘗雅集於此，檢討毛奇齡曾製《萬柳堂賦》，今其基周圍一頃餘，内有小土山，即昔蓮塘花嶼也。後歸倉場侍郎石文桂。康熙四十一年，石氏建大悲閣、大殿、關帝殿，舍僧主持。聖祖御書拈花禪寺額賜僧德元，額懸大悲閣上。道光初年（按，應爲嘉慶十六年，見阮元《揅經室四集》卷九、宋湘《燕臺剩瀋》），朱處士野雲補種柳五百株。……近則柳枯水涸橋斷亭傾。」陳康祺《郎潛紀聞》：「京師廣渠門内萬柳堂，爲國初益都相國別業，康熙時大科初開，四方名士，待詔金馬門者，恒宴集於此。後歸倉場石文桂，旋施爲寺。……乾隆壬申，遼東李鷹青山人豸，招詩人修禊寺中，寧邸秋明主人聞之，携酒肴歌吹來會，凡二十有二人，咸有賦咏。余入都曾一叩寺門，孱僧捫虱，古佛卧階，萬樹垂楊，無復一絲青翠。」

〔二〕樵蘇：打柴割草。這裏指打柴人。

〔三〕山東：《漢書·辛慶忌傳·贊》：「秦漢以來，山東出相，山西出將。」山東：指崤山以東。昇平相：清代不設宰相，這裏是指内閣大學士。

〔四〕前茅：前哨。軍中的前哨斥候以茅爲旌，行軍時持旌先行，如有情況，則舉旌示警。這裏借指位於前列的人。馮益都：馮溥，字孔博，山東益都人。順治三年進士。康熙初，與鰲拜等號「輔政四大臣」，憐才愛士，有直聲。官至文華殿大學士，謚文毅。著有《佳山堂集》。《清史稿》卷二百五十六有傳。

其　十

荷葉黏天玉蝀橋〔一〕，萬重金碧影如潮。功成倘賜移家住，何必湖山理故簫〔二〕？

玉蝀橋馬上戲占。

〔一〕玉蝀橋：北京北海南面的大橋，在團城之西。嘉慶《清一統志》：「玉蝀橋在西華門西，一名御河橋，又名金海橋。明人題咏俱稱玉蝀橋。跨太液池上，廣約二尋，修數百步，下列九門，兩崖欄楯皆白石鐫鏤，爲禁苑往來大道。」嚴輜生《憶京都詞》注：「京都夏日，荷花最盛，御溝無處無荷，尤以金鰲、玉蝀爲勝。」

〔二〕理故簫：比喻重過當年野逸清狂的生活。按，清朝統治者對特别寵愛的漢族大臣，偶然也賜給内城一所邸宅，以示皇恩浩蕩。《清稗類鈔》載：「在京漢員，皆僑寓南城外，地勢湫隘，賃屋之值皆昂，漢員咸以爲苦。列聖每加體恤，故漢臣多有賜第内城者。如張文和廷玉，賜第護國寺胡同；蔣文肅廷錫，李公橋；裘文達曰修，石虎胡同；劉文定綸，阜成門大街；劉文正統勛，東西牌樓；汪文端由敦，汪家胡同；梁文定國治，拜斗殿；董太保誥，新街口。皆榮遇也。」

其十一

交臂神峰未一登〔一〕，夢吞丹篆亦何曾〔二〕？ 丈夫三十愧前輩：識字游山兩不能。

江都汪孟慈見示其先人所爲鐵筆篆書〔三〕，所篆乃黄山三十六景也〔四〕。 棖觸昔游〔五〕。

〔一〕交臂：臂碰着臂，意爲非常接近。《莊子・田子方》：「吾終身與汝交一臂而失之，可不哀與！」 神峰：指黄山的高峰。按，作者在嘉慶十九、二十年間曾游黄山，並寫了《黄山銘》。 這裏説「未一登」，指黄山的高峰而言。

〔二〕夢吞丹篆：《龍城録・韓退之夢吞丹篆》：「退之嘗説，少時夢人與丹篆一卷，令强吞之，旁一人拊掌而笑，覺後亦似胸中如物噎，經數日方無恙。尚記其上一兩字筆勢，非人間書也。」作者因看了汪中的篆書，所以聯想到這個典故。

〔三〕汪孟慈：汪喜荀（一七八六—一八四七），原名喜孫，字孟慈，江蘇江都（今揚州市）人。汪中長子。嘉慶十二年（一八〇七）舉人，官户部員外郎、懷慶知府等。著有《大戴禮記補》、《國朝名臣言行録》、《且住庵詩文稿》等。參閲《己亥雜詩注》二七九首。 其先人：汪喜荀父親汪中（一七四五—一七九四），字容甫，年幼喪父，家貧，由母親教授識字，博通經史，有志於用世，對民生利病致力探究。乾隆四十二年（一七七七）成拔貢，因母老，不赴朝考。曾入兩湖總督畢沅幕下，又校《四庫全書》於浙江文瀾閣。工駢文，能詩，尤精史學。著有《述學》内外篇、《廣陵通典》、《左氏春秋釋疑》、《尚書考異》、《容甫先生遺詩》等。鐵筆篆書：篆書的一體，筆畫纖細如綫而剛挺如鐵。一説，鐵筆即刻印之刀。

〔四〕黄山三十六景：黄山在安徽歙縣、太平、休寧、黟縣間，方圓二百餘公里。古名黟山，唐天寶六載（七四七）改今名。《方輿勝覽》：「黄山山峰三十六，水源亦三十六，溪二十四，洞十二，岩八，水流而下，合揚之水，爲浙江之源。」據《清一統志》引《縣志》，三十六峰爲「天都峰、煉丹峰、青鸞峰、紫石峰、鉢盂峰、桃花峰、朱砂峰、獅子峰、蓮花峰、石人峰、雲際峰、叠嶂峰、浮丘峰、容成峰、軒轅峰、仙人峰、上升峰、清潭峰、翠微峰、仙都峰、望仙峰、九龍峰、聖泉峰、石門峰、棋石峰、石柱峰、雲門峰、布水峰、石床峰、丹霞峰、雲外峰、松林峰、紫雲峰、芙蓉峰、飛龍峰、采石峰」。

〔五〕棖觸：感觸。

其十二

樓閣參差未上燈，菰蘆深處有人行〔一〕。憑君且莫登高望：忽忽中原暮靄生〔二〕。

題陶然亭壁〔三〕。

〔一〕菰蘆：兩種植物名。菰，多年生水生宿根草本，基部肥大嫩莖即茭白，果實名菰米，均可食。喜長於低窪地。蘆，即蘆葦，亦多年生草本，多長於池沼、河岸。按，陶然亭一帶地勢低下，從前稱爲南下窪，湖水彎環，蘆葦叢生。

〔二〕「忽忽」句：作者借景寓意，暗指清王朝的統治日趨没落，衰敗現象在中原地區到處可見。

〔三〕陶然亭：在北京外城先農壇西側。遼時爲京都郊壤，元代在此建慈悲庵，明朝時這一帶闢爲窑廠，清初江藻始建陶然亭，士大夫們常在這裏游宴。近人崇彝《道咸以來朝野雜記》：「陶然亭，在右安門、安踞高阜上，本爲文昌閣。院中廊宇四周開窗，俯臨郊原，萬葦一碧，爲夏日宴飲之地。當年諸文士尤喜流連於此。又名錦秋墩，南望南西門（原注：「右安」俗名）女牆，近在眉睫間。又名江亭。康熙間工部郎江藻所建。」徐世昌《晚晴簃詩話》卷五十：「魚依（按，江藻）擢工部郎中，充窑廠監督，見南廠有慈悲庵，庵西陂池水草，極望清幽，因構亭於其側，用樂天『一醉一陶然』語，書榜懸楣。是歲爲康熙乙亥（按，康熙三十四年，一六九五）。自是遂爲城南游宴勝地。乾嘉以後，名人集中往往有題咏，至今二百餘年，春秋佳日，登臨憑眺，蓋猶未替。」王夢生《梨園佳話》：「南下窪即陶然亭下曠地，葦荻甚多，采蘭贈芍人多會此，北京之溱洧也。」

其十三

東抹西塗迫半生〔一〕，中年何故避聲名？才流百輩無餐飯，忽動慈悲不與爭〔二〕。

〔一〕東抹西塗：王定保《唐摭言》卷三：「薛監（按，薛逢）晚年，厄於宦途，策羸赴朝，值新進士榜下，綴行而出。時進士團所由輩數十人，見逢行李蕭然，前導曰：『回避新郎君！』逢囅然，即遣一介語之曰：『報道莫貧相！阿婆三五少年時，也曾東塗西抹來。』」元好問《自題寫真》詩：「東塗西抹竊時名，一綫微官誤半生。」

〔二〕「才流」二句：數以百計的才子們没有吃飯的位置，我忽然動了慈悲之心，不同他們争奪飯碗了。

按，這首詩是作者會試落第後寫的。由於是首次參加進士考試，雖然没有考上，却認爲不過是偶然的事，所以話説得很輕鬆，也很俏皮。

其十四

欲爲平易近人詩，下筆清深不自持。洗盡狂名消盡想，本無一字是吾師。

按，這首詩前兩句説明自己爲什麼不寫平庸的詩，是由於心中藴藏着鬱勃不平的思想感情，抑制不了，只能以清峭深刻的筆墨去寫。後兩句則是憤激的話，有人認爲我清峭深刻不好，其實我何嘗想故意這樣，假如這個社會現實不是迫使我以狂態出現，不是使我心中産生鬱勃不平的感慨，那我本來是可以一個字都没有的。這段話正是對於勸告他不要用文字來「譏切時政」的人的答覆。

題紅蕙花詩册尾 并序

蘇州袁廷檮〔一〕，字又凱，有王晉卿〔二〕、顧仲瑛之遺風〔三〕，文酒聲伎，江南北罕儷者。當時座客，極東南選，而家大人未第時，亦曾過其宅。君死後，家資泯然。今年冬，有晳而秀者，來謁於蘇松太道官署〔四〕，寒甚，出晉硯求易錢，則又凱嗣君也〔五〕。大人贈以資，不受其硯。噫！西華葛帔，劉峻著書〔六〕，所從來久矣。鈕非石亦其座上客〔七〕。非石嘗爲君致洞庭山紅蕙花一本〔八〕。君大喜，貯以汝州瓷〔九〕，繪以宣州紙〔一〇〕，顔其室曰「紅蕙花齋」，名其詩文曰《紅蕙齋集》，刻其管曰「紅蕙齋筆」；又自製《紅蕙花樂府》，付梨園部〔一一〕；又徵人賦紅蕙詩，海内詞流，吟咏殆遍。今嗣君抱來烏絲闌素册高尺許〔一二〕，皆將來蕙故也〔一三〕。君之風致可想見矣。余悲盛事不傳，感而題於册尾。

〔一〕袁廷檮：字又愷，江蘇吴縣（今屬蘇州）人，監生。六歲喪父，由母親韓氏教養成立。家頗豪富，藏書萬卷。招致名流學者如錢大昕、王昶、王鳴盛、江聲、段玉裁、黄丕烈等討論學問。其後家道中落，曾在鹽運使曾燠幕下助修《揚州圖經》。卒年四十八。著有《五硯樓書目》、《漁隱録》、《紅蕙山房詩集》等。（見同治《蘇州府志》）或作「袁廷儔」。江藩《漢學師承記》卷四：「袁上舍廷檮，字又愷，一字壽階，吳縣人也。明六俊之後，爲吳下望族。饒於資，築小園於楓江，有水石之勝。又得先世所藏五硯，爲樓弆之；蓄書萬卷，皆宋槧元刻，秘笈精妙，以及法書名畫、金石碑版，貯於五硯樓中。又得洞庭山徐尚書健庵留植於金氏聽濤閣下之紅蕙，種之階前，名其室曰「紅蕙山房」，遇春秋佳日，招雲間汪布衣墨莊、胡上舍元謹，同邑鈕布衣非石、顧秀才千里、戈上舍小蓮，爲文酒之會。時錢竹汀先生主講紫陽講席，王西沚先生、段大令懋堂三寓公，亦時相過從。袁大令枚、王蘭泉先生往來吳下，皆主其家。於是四方名流莫不拏舟過訪，詩酒流連，應接不暇。壽階性愛讀書，不治生產，且喜揮霍，急人之難，坐是中落。乃奔走江浙間，歲無虛日矣。後江觀察頡雲延之康山賓館。頡雲爲俗僧小石構精舍於浙之西溪，屬壽階董其事。冒暑熱，徒步山中，得痢下疾，死於家，年四十有七。」王昶《蒲褐山房詩話》：「又愷嗜風雅，好友朋，又得王岡齡小停雲館：楓橋西來繞其前，中爲漁隱小圃，有貞節堂、竹柏樓、紅蕙山房、楓江草堂、吟暉亭、五硯樓等十六景。樓西見楞伽、靈巖諸山，花藥扶疏，賓朋翕集。」

〔二〕王晉卿：王詵，字晉卿，北宋太原（今屬山西）人，居開封。宋英宗駙馬，官利州防禦使。能詩，尤擅書畫。與蘇軾、黃庭堅、米芾等過從，風流蘊藉，有王、謝子弟風姿。

〔三〕顧仲瑛：顧德輝，字仲瑛，自號金粟道人，元代崑山（今屬江蘇省）人。至正末，以子恩封武略將軍，錢塘縣男。平生輕財結客，築別墅於茜涇西，與賓客置酒賦詩，四方文士廣受接待。

明初，徙居臨濠，卒。著《玉山璞稿》、《草堂名勝集》等，有《制曲十六觀》，所論皆填詞事。

〔四〕蘇松太道：清代制度，省以下設分守、分巡、糧儲、鹽法各道機構，或兼兵備，或兼河務、水利、學政等。當時作者父親龔麗正任蘇松太兵備道，官署設在上海。

〔五〕又凱嗣君：袁廷檮的兒子，名未詳。

〔六〕「西華」兩句：《南史·任昉傳》：「昉樂人之樂，憂人之憂，虛往實歸，忘貧去吝。行可以厲風俗，義可以厚人倫。……有子東里、西華、南容、北叟，並無術業，墜其家聲，兄弟流離，不能自振。平生舊交，莫有收恤。西華冬月著葛帔練裙，道逢平原劉孝標，泫然矜之，謂曰：『我當爲卿作計。』乃著《廣絶交論》，以譏其舊友。……到溉見其論，抵之於地，終身恨之。」葛帔：葛布披肩。按，任昉：南朝梁人，文學家，官新安太守。劉孝標：即劉峻，曾爲《世説新語》作注，極有名。到溉：少有文名，官至國子祭酒。

〔七〕鈕非石：鈕樹玉，字藍田，又字非石、匪石，世居太湖東洞庭山，從事商業。精研文字聲音訓詁之學，著有《説文新附考》、《段氏説文注訂》、《説文考異》、《匪石居吟稿》。

〔八〕洞庭山：在蘇州西南太湖中，靠湖西面者稱洞庭西山，靠東面者稱洞庭東山，風景佳美。紅蕙花：《廣群芳譜·花譜》廿三《蕙草》：「蕙草一名薰草，一名香草，一名燕草，一名黄陵香，即今零陵香也。……生下濕地方，莖葉如麻相對生，七月中旬開赤花甚香，黑實。江淮亦有，但不及湖嶺者更芬鬱耳。」

〔九〕汝州瓷：即汝窑的瓷器。汝窑爲宋代名窑，窑址在今河南臨汝，宋代屬汝州，故名。瓷器釉色以淡青爲主，蒼翠欲滴，亦有豆青、蝦青及茶末等色，質極滋潤。

〔一〇〕宣州紙：即宣紙，安徽宣城涇縣等地所産的紙，因在宣城（唐代屬宣州）集散，故名。自唐以來，即爲書畫及印書用的名紙。

〔一一〕梨園部：戲班子。《新唐書·禮樂志》十二：「玄宗既知音律，又酷愛法曲，選坐部伎子弟三百教於梨園，聲有誤者，帝必覺而正之，號『皇帝梨園弟子』。宮女數百，亦爲梨園弟子，居宜春北院。」後世因稱戲班爲梨園。

〔一二〕烏絲闌素册：畫有黑色欄格的册子。李肇《國史補》卷下：「宋亳間有織成界道素絹，謂之烏絲欄、朱絲欄。」

〔一三〕蕙故：蕙花的掌故。

其一

香滿吟箋酒滿卮，楓橋賓客夜燈時〔一〕。故家池館今何許〔二〕？紅蕙花開空染枝。

〔一〕楓橋：在蘇州閶門外十里楓橋鎮，始建於唐代，以張繼《楓橋夜泊》詩聞名。袁廷檮的住宅就在附近。

〔二〕故家：謂世家大族。《孟子·公孫丑上》：「其故家遺俗，流風善政，猶有存者。」

其二

讀罷一時才子句，騷香漢艷各精神〔一〕。十年我恨生差晚，不見風流種蕙人〔二〕。

〔一〕騷香漢艷：指《楚辭》的芬芳與漢賦的穠麗。騷：《離騷》的省稱。這裏用來指代《楚辭》。

〔二〕風流種蕙人：指袁廷檮。

其三

歌板無聊舞袖涼〔一〕，江南詞話斷人腸。人生合種閑花草，莫遣黄金怨國香〔二〕。

〔一〕歌板：即拍板。樂器名。

〔二〕國香：蘭花的美稱。《左傳·宣公三年》：「以蘭有國香，人服媚之如是。」按，末句倒裝，應讀作「國香（因你吝惜）黄金（而）怨」。

其四

眼前誰是此花身？寂寞猩紅萬古春。花有家鄉儂替管，五湖添個泛舟人〔一〕。非石云：「山中此花易得。」予固有買宅洞庭之想，故云爾。

〔一〕五湖泛舟人：暗用范蠡功成名遂，爲免禍而泛舟五湖的典故。

庚辰　嘉慶二十五年（一八二〇）

驛鼓三首〔一〕

其一

河燈驛鼓滿天霜，小夢温馨亂客腸〔二〕。夜久羅幬梅弄影〔三〕，春寒銀銚藥生香〔四〕。慈闈病減書頻寄〔五〕，稚子功閑日漸長〔六〕。欲取離愁暫抛却，奈君針綫在衣裳〔七〕。

〔一〕嘉慶二十五年（一八二〇）春，作者在上海小住，憶妻而作。

〔二〕温馨：猶温馨。李商隱《魏侯第東北樓堂郢叔言別》詩：「漸近火温馨。」

〔三〕羅幬：絲製的帳子。

〔四〕銚：煮水或熬東西用的器具。

〔五〕慈闈：對母親的敬稱。

〔六〕稚子：作者的大兒子龔橙，這一年是三歲左右（生於嘉慶二十二年）。

〔七〕針綫在衣裳：宋姜夔《踏莎行》詞：「别後書辭，别時針綫，離魂暗逐郎行遠。」

其二

釵滿高樓燈滿城，風花未免態縱横〔一〕。長途借此銷英氣〔二〕，側調安能犯正聲〔三〕？緑鬢人嗤愁太早〔四〕，黄金客怒散無名。吾生萬事勞心意，嫁得狂奴孽已成〔五〕。

〔一〕風花：比喻風塵中的女子。

〔二〕英氣：猶豪氣。姜夔《翠樓吟》詞：「仗酒祓清愁，花消英氣。」

〔三〕「側調」句：以俚歌俗曲不能侵犯正統音樂，比喻自己偶然親近歌兒舞女不過是逢場作戲而已，絶不會沉溺其中，影響對妻子的感情。

〔四〕緑鬢：黑髮。指年紀輕。

〔五〕「吾生」兩句：我的一切事情都要麻煩你操心，嫁給這樣的丈夫，一輩子注定要受苦了。這是對妻子的歉仄之詞。狂奴：狂生。作者自指。

其　三

書來懇款見君賢〔一〕，我欲收狂漸向禪。早被家常磨慧骨，莫因心病損華年。花看天上祈庸福〔二〕，月墜懷中聽幻緣〔三〕。一卷金經香一炷〔四〕，懺君自懺法無邊〔五〕。

〔一〕懇款：真誠懇摯。

〔二〕花看天上：《法華經》：「佛説此經已，是時天雨曼陀羅花、摩訶曼陀羅花、曼殊沙花、摩訶曼殊沙花，而散佛上。」看：讀平聲。　庸福：指科舉考試成功。

〔三〕月墜懷中：喻生女孩。《漢書·元后傳》：「初，李親任（妊）政君在身，夢月入其懷。」

〔四〕金經：佛經。《元史·吴澄傳》：「粉黄金爲泥，寫浮屠藏經。」

〔五〕懺君自懺：替你向佛前懺悔，也爲我自己懺悔。　法無邊：法力無邊。謂佛法之力。《維摩詰所説經·佛國品》：「法王法力超群生。」

周按：

《定盦集外未刻詩》繫於己卯（一八一九），但龔橙於題下自注云：「此似庚辰作。」樊《譜》謂「故該詩當作於本年（己卯）或明年」（樊書一四四頁），疑不能定。按，龔自珍在嘉慶二十四年己卯離蘇州北上參加「恩科」會試時間，是仲春，不是早春，已見上述，故本詩不可能是該年之作。會試落第後，龔氏在北京盤桓一段時間，至秋冬南返，回到其父任蘇松太兵備道在上海的官署。至嘉慶二十五年庚辰（一八二〇，二十九歲）早春，爲參加本年的會試，又再度離家出行。先經太湖洞庭山訪友，「補前遊所未至」，然後過揚州，均有詩（見《發洞庭舟中懷鈕非石樹玉葉青原昶》、《此遊》、《過揚州》）；再北上京師。《驛鼓三首》便是從上海赴太湖途中寄内之作。據詩中「河燈驛鼓滿天霜，小夢温馨亂客腸。夜久羅幬梅弄影，春寒銀銚藥生香」及「叙滿高樓燈滿城，風花未免態縱横。長途借此銷英氣，側調安能犯正聲」等句，其時似正在蘇州旅邸。

發洞庭舟中懷鈕非石樹玉葉青原昶〔一〕

西山春晝别〔二〕，兩袖落梅風。不見小龍渚〔三〕，尚聞隔渚鐘。樽前荇葉白〔四〕，舵尾茶華紅〔五〕。仙境杳然杳，酸吟雨一篷。

〔一〕太湖有東西兩洞庭山。這是作者在嘉慶二十五年第二次游歷後作。鈕非石：見前注。葉青原：葉昶，字青原，太湖洞庭山東里人。能詩，好客，隱居不仕。

〔二〕西山：洞庭西山，又名林屋山，在太湖中，四面臨水，面積約九十平方公里。主峰縹緲峰，又名杳眇峰，海拔三百餘米。重岡叠嶂，縈洲曲渚，景色極佳。

〔三〕小龍渚：在西山西南角銷夏灣附近，有大龍渚、小龍渚。
〔四〕荇：荇菜。多年生草本。生於水中，葉有長柄，浮水面，嫩者可食。
〔五〕茶華：茶花。

周按：

王校本題注：「《昭代名人尺牘（續）》録龔氏《致徐廉峰書》，附詩四首（包括《發洞庭舟中懷鈕非石樹玉葉青原昶》、《此遊》三首），兹缺二首，殆爲龔橙所删。」「據《昭代名人尺牘（續）》補之。」按，從詩意看，王校本補入之《此遊》後兩首（「舟到西山岸」、「風意中流引」）乃描述與友人同遊湖山勝景之樂，而《發洞庭舟中懷鈕非石樹玉葉青原昶》則抒寫辭别之際與别後的感受情懷，時間上一先一後，信中原詩序次亦然，故該兩首實應移置《發洞庭舟中懷鈕非石樹玉葉青原昶》之前。

此游〔一〕

其一

此游好補前游罅〔二〕，揮手雲聲浩不聞〔三〕。兩度山靈濡筆記：錢塘君訪洞庭君〔四〕。余家錢塘，戲用唐小説爲比。

【校】

此從《未刻詩》補入。　詩末自注：龔氏《致徐廉峰書》信中原注：「戲用唐人小説，予籍錢塘故也。」《未刻詩》作：「余家錢塘，戲用唐小説爲此。」（王校本同。）殆爲作者後來所改。然「爲此」之「此」字疑爲抄手筆誤，王本、類編本改作「比」，可從。

〔一〕這三首詩，與上一首寫於同一時期。其二、其三乃王佩諍據《昭代名人尺牘》（續）補入。

〔二〕罅：裂縫。

〔三〕雲聲：南朝宋劉敬叔《異苑》卷五：「陳思王游山，忽聞空裏誦經聲，清遠遒亮。解音者則而寫之，爲神仙聲；道士效之，作步虚聲。」

〔四〕「錢塘」句：唐人李朝威《柳毅傳》，叙述柳毅替龍女傳遞書信的事，其中有洞庭龍王和錢塘龍王宴會的情節。作者是杭州人，杭州在清代有錢塘、仁和兩個屬縣，作者訪問的朋友葉昶則是洞庭山東里人，所以作者借用唐人小説的故事以錢塘君自比，以洞庭君比葉昶。

其二

舟到西山岸，尋幽迤邐斜〔一〕。居然六七里，無境不烟霞。遂發石公寺〔二〕，定過神女家〔三〕。雲和風静裏，已度萬梅花。

〔一〕迤邐：曲折而行的樣子。

〔二〕石公寺：在西洞庭山石公山上。《吴縣志》：「石公庵在石公山上，初建無考。清同治中里人重修。」

〔三〕神女家：指神女祠。《吴縣志》：「縹緲峰之東，山勢分爲二。其北向迤邐者爲馬石山，又北爲鴻鶴山，上有神女祠，亦名勝姑山。」

其　三

風意中流引，香烟在嶼遲。悠揚聞杜若〔一〕，仿佛邀蛾眉〔二〕。白日憺明鏡〔三〕，春空飄彩旗。湖東一回首，萬古長相思。

〔一〕杜若：香草名。夏日抽花軸開小白花。屈原《九歌·湘君》：「采芳洲兮杜若，將以遺兮下女。」

〔二〕「仿佛」句：勝姑山上有聖女祠，所以作者有這種想像。

〔三〕憺：安詳，安然。

過揚州〔一〕

春燈如雪浸蘭舟，不載江南半點愁。誰信尋春此狂客〔二〕，一茶一偈過揚州〔三〕。

〔一〕嘉慶二十五年，作者匆匆經過揚州。寂寞的心情和熱鬧的市容很不協調，因此寫下這首詩。揚州：位於江蘇長江和運河交匯處，清代由於鹽商集中在此，加上旅客往來頻繁，市場十分興旺。

〔二〕尋春狂客：唐杜牧曾在揚州淮南節度使幕任僚屬，生活放浪，有輕狂之稱。其《嘆花》詩云：「自是尋春去較遲。」這裏是作者自比。

〔三〕偈：梵語偈陀的簡稱，義釋爲「頌」，就是佛經中的唱詞。通常是以四句爲一偈，但每句字數却不論。後來有些詩人把一首詩也稱爲一偈。龔氏這裏所謂「一偈」，也是一首詩的意思。《法華經·法師品》：「妙法華經，一偈一句。」

觀心〔一〕

結習真難盡〔二〕，觀心屏見聞〔三〕。燒香僧出定〔四〕，嘩夢鬼論文〔五〕。幽緒不可食〔六〕，新詩如亂雲。魯陽戈縱挽〔七〕，萬慮亦紛紛。

〔一〕此詩寫於嘉慶二十五年。觀心：佛教徒修煉身心的一種方法。指通過自心修煉，達到澄明境界，然後進入内心觀照，求得對宇宙人生的悟解。是佛教天台宗提倡的修煉方法之一。《大乘義章》：「粗思曰覺，細思名觀。」

〔二〕結習：佛家語。指人世的欲望等煩惱；亦指一般人某種牢固的行爲習慣。從佛教徒的觀點來説，它是妨礙修煉佛法的。《維摩詰所説經·觀衆生品》：「時維摩詰室有一天女，見諸大人，聞所説法，便現其身，即以天華散諸菩薩、大弟子上，華至諸菩薩，即皆墮落，至大弟子，便著不墮。……曰：『結習未盡，華著身耳；結習盡者，華不著也。』」

〔三〕屏見聞：去除一切耳目所接觸的。所謂「專念」，「專想」，專觀一境而心不散。屏：除去。

〔四〕「燒香」句：佛教徒認爲把思想定著於一處，不言不動不作雜念，稱爲入定；由入定狀態回到平常狀態，就叫出定。《太平廣記》卷一百十四《費崇先》引《法苑珠林》：「宋費崇先受菩薩戒，寄齋於謝惠遠家，二十四日晝夜不懈。每聽經，常以鵲尾香爐置膝前。初齋之夕，見一人，容服不凡，徑來取爐去。崇先視膝前，爐猶在，方悟神異。自惟衣裳新濯，了無不净，唯坐側有唾壺。既撤去壺，即復見此人還爐於前。未至席，猶見二爐，既至即合爲一。然則此神人所提者，蓋爐影耳。」這種狀態，從觀心的人看來，就是結習未盡，妄念没有去除，所以看見香爐來來去去。

〔五〕「嘩夢」句：《太平廣記》引《紀聞》：「牛肅長女曰應貞，適弘農楊唐源。少而聰穎，年十二，凡誦佛經三百餘卷，儒書子史數百卷。每夜眠熟，與文人談論，皆古之知名者，或稱王弼、王衍、陸機，往來答難，議論蜂起，往往數夜不已。又夢裂書而食之，每食數卷，則文體一變。所遺文名曰《遺芳集》。」在觀心的人看來，這也是妄念所産生的。

〔六〕幽緒：深沉鬱結的思緒。　不可食：言吞而復吐，無法平静。

〔七〕魯陽戈：《淮南子·覽冥訓》：「魯陽公與韓構難，戰酣日暮，援戈而撝之，日爲之反三舍。」三舍，三個星座的距離。

按，這首詩反映作者崇奉佛法、練習「觀心」時的感受。「觀心」必須去除雜念，而他的思想却四處飛馳，無法平静。中間兩聯寫的便是這種雜亂的心境。

又懺心一首〔一〕

佛言劫火遇皆銷〔二〕，何物千年怒若潮〔三〕？經濟文章磨白晝〔四〕，幽光狂慧復中宵〔五〕。來何洶涌須揮劍〔六〕，去尚纏綿可付簫〔七〕。心藥心靈總心病〔八〕，寓言决欲就燈燒〔九〕。

〔一〕懺：梵語「懺摩」之略，有自陳懊悔，請人忍恕的意思。此詩大約作於嘉慶二十四或二十五年，表達了作者洞察政治黑暗現象而又無可如何的悲憤心情。

〔二〕劫火：佛教認爲自然界的生滅，經歷四種大劫，即成、住、壞、空。成劫是由初禪天到地獄界逐步成立時期；住劫是世界安穩成住時期；壞劫是世界發生火、水、風三大災，蕩盡色界初禪天、二禪天和三禪天以下的時期；空劫是破壞後空無一物時期。所謂「劫火」，便是壞劫中的火災，世界一切都被大火銷毁。《新譯仁王經》：「劫火洞然，大千俱壞。」

〔三〕「何物」句：是什麼東西連劫火也銷毁不了，千年之久仍像潮水一樣洶涌？暗指自己的思想感情無法平静。

〔四〕經濟文章：指作者寫的有關社會、政治、經濟方面的論文。

〔五〕幽光：潛藏的光輝。比喻心中的思緒。蘇軾《孫莘老寄墨四首》之四：「幽光發奇思，點黮出荒怪。」狂慧：散亂不定的斷想。《觀音經義》：「若慧而無定者，此慧名狂慧。譬如風中燃燈，摇颺摇颺，照物不了。」

〔六〕揮劍：《華嚴經・如來出現品》：「爲求聲聞乘衆生雨大法雨，各以大智慧劍，斷一切煩惱想。」《廣弘明集》卷二十九下釋道安《破魔露布文》：「慧劍一揮，則群邪俱斃。」

〔七〕去尚句：思潮消退以後，留下纏綿未盡的餘情，就交給詩詞去抒發。簫：比喻文藝作品。

〔八〕心藥：佛家語。指佛法的教義。《秘藏寶鑰》：「九種心藥，拂外塵而遮迷。」心靈：佛家語。指人的精神意識。《楞嚴經》卷一：「汝之心靈，一切明了。」心病：《景德傳燈録》卷二十八《諸方廣語・從諗和尚語》：「若與空王爲弟子，莫教心病最難醫。」

〔九〕寓言：有所寄托或比喻之言。《莊子・寓言》：「寓言十九，重言十七。」

庚辰春日重過門樓胡同故宅〔一〕

城西郎官屯〔二〕，多官閱一宅〔三〕。家公昔爲郎〔四〕，有此湫隘室〔五〕。朝陽與夕陽，屋角紅不積〔六〕；春雨復秋雨，雙扉故釘嗌〔七〕。無形不知老，有質乃易蝕〔八〕；往事思之悔，至理悟獨立。中有故我魂，三呼如欲出。

〔一〕這首詩收在風雨樓本集外未刻詩中，王佩諍校本《龔自珍全集》不收，未知何故。現據風雨樓本補上。　門樓胡同：在北京外城西城右安門附近。清人陳浩《移居門樓胡同》詩有云：「右安門近尋芳路，且喜春風上柳梢。」作者少年時代曾在此居住。《王仲瞿墓表銘》有云：「己巳春，見龔自珍於門樓胡同西首寓齋。時自珍十有八矣。」己巳爲嘉慶十四年（一八〇九），庚辰爲嘉慶二十五年（一八二〇）。

〔二〕郎官屯：地名。

〔三〕閱：容納，經歷。

〔四〕家公：家父。郎指郎官。作者父親龔麗正在嘉慶初年曾官禮部主事，後來又任軍機章京，正當作者少年時候。

〔五〕湫隘室：低窪窄小的居室。《左傳·昭公三年》：「初，景公欲更晏子之宅，曰：『子之宅近市，湫隘囂塵，不可以居，請更諸爽塏者。』」注：「湫，下；隘，小。」

〔六〕紅不積：指陽光照射不到。

〔七〕「雙扉」句：兩扇門板上的舊鐵釘都已銹損不全。

〔八〕「無形」兩句：没有形體的東西也就没有衰老；有了形體，自然就容易腐蝕。

因憶兩首〔一〕

其一

因憶横街宅〔二〕，槐花五丈青。文章酸辣早〔三〕，年十三，住横街宅，嚴江宋先生評其文曰：行間酸辣〔四〕。知覺鬼神靈〔五〕作《知覺辨》一首，是文集之托始。大撓支干始〔六〕，是爲甲子歲。中年記憶熒〔七〕。東牆涼月下，何客又横經〔八〕？

〔一〕作於嘉慶二十五年，作者二十九歲。

〔二〕横街：在北京外城、中城與西城之間，又稱南横街。街的西部屬西城，有圓通觀、華嚴庵、粵東會館等。作者在十三歲至十七歲時，隨父親住在横街。

〔三〕酸辣：謂無甜熟之筆。

〔四〕嚴江宋先生：宋璠，字魯珍，浙江嚴州府建德縣人。嘉慶九年舉人。十五年卒，年三十三。在京時，曾任龔自珍家庭教師。長於經學。見龔氏《宋先生述》。

〔五〕「知覺」句：辯論知覺的文章，可以通靈於鬼神。作者早年有《辯知覺》一文，現存集中。文章把「知」和「覺」分開，認爲「知」是後天的，「覺」則是先天的，或不可知的。反映了作者二元論的思想。

〔六〕大撓：相傳是黄帝時的史官，發明用十干十二支相配的方法記録日期。《世本》：「大撓作甲子。」按，嘉慶九年甲子，作者十三歲，《辯知覺》一文即寫於該年。

〔七〕記憶熒：依稀記得。熒：光微弱的樣子。

〔八〕横經：攤開經書學習。《北齊書·儒林傳·序》：「横經受業之侶，遍於鄉邑。」

其二

因憶斜街宅〔一〕，情苗茁一絲。銀釭吟小别〔二〕，書本畫相思。亦具看花眼，年八歲，是爲嘉慶己未〔三〕，住斜街宅，宅有山桃花。難忘授選時。家大人於其放學後，抄《文選》授之〔四〕。泥牛入滄海〔五〕，執筆向空追。

〔一〕斜街：北京宣武門南，有上斜街、下斜街，下斜街又稱槐樹斜街。查慎行《人海記》：「槐樹斜街即土地廟斜街，舊時古槐夾路，今每月逢三日爲集。」按，作者友人如吴嵩梁、錢林、謝階樹等，均曾寓下斜街。

〔二〕銀釭：燈的美稱。

〔三〕嘉慶己未：嘉慶四年，公元一七九九年。

〔四〕文選：又稱《昭明文選》，爲現存最早的詩文選集，南朝梁昭明太子蕭統纂輯，收録戰國至齊、梁的詩文賦序等共三十卷（後析爲六十卷），是研究古代文學作品的重要參考資料。

〔五〕泥牛入海：《景德傳燈録》卷八《龍山和尚》：「洞山又問和尚：『見個什麽道理，便住此山？』師云：『我見兩個泥牛鬥入海，直至如今無消息。』」

客春住京師之丞相胡同有丞相胡同春夢詩二十絶句春又深矣因燒此作而奠以一絶句〔一〕

春夢撩天筆一枝，夢中傷骨醒難支〔二〕。今年燒夢先燒筆，檢點青天白晝詩。

〔一〕此詩寫於嘉慶二十五年。　丞相胡同：又名蠅匠胡同，屬北京外城宣南坊。北有伏魔寺，有中州、休寧、潮州諸會館。見朱一新《京師坊巷志稿》。

〔二〕傷骨：指傷及心靈深處。

春晚送客

潞水滔滔南向流〔一〕，家書重疊附征郵〔二〕。行人臨發長亭晚〔三〕，更折梨花寄暮愁〔四〕。

〔一〕潞水：現在的北運河，又叫白河，由北京通州區東南流入天津市。

〔二〕征郵：古代設立郵亭，傳遞文書，又稱郵置。但民間書信通常是托人捎帶。征郵，這裏指捎信的朋友。

〔三〕長亭：建在路旁供旅客歇脚的亭子，送客也常在這個地方。《白孔六帖》：「十里一長亭，五里一短亭。」

〔四〕折花：暗用陸凱寄梅與范曄事，見《荆州記》。南朝宋陸凱《贈范曄詩》：「折花逢驛使，寄與隴頭人。江南無所有，聊贈一枝春。」

琴歌〔一〕

之美一人〔二〕，樂亦過人，哀亦過人。一解〔三〕。
月生於堂。匪月之精光，睇視之光。二解。
美人沈沈，山川滿心。落月逝矣，如之何勿思矣？三解。
美人沈沈，山川滿心。吁嗟幽離〔四〕，無人可思。四解。

〔一〕琴歌，即琴曲，來源很古。據説先秦時代就有五曲、九引、十二操（見《樂府詩集》卷五十七《琴曲歌辭》）。這首詩是琴曲的仿作。
〔二〕之：此，這個。指示代詞。
〔三〕一解：第一節。解：樂曲、詩歌的章節。
〔四〕幽離：月落。幽，指月亮。

偶感〔一〕

崑山寂寂弇山寒〔二〕，玉佩瓊琚過眼看〔三〕。一事飛騰羨前輩，昇平時世讀書官〔四〕。

〔一〕嘉慶二十五年，作者曾到江蘇崑山、太倉等地旅行，這首詩是抒發此行的感想。

〔二〕崑山：江蘇崑山。這裏是指徐乾學。徐字原一，號健庵，崑山人。康熙九年（一六七〇）進士第三人及第，授編修，歷任翰林院侍講學士、内閣學士、刑部尚書等。在崑山建築遂園，經常邀集文人聚會。弇山：弇山園。在江蘇太倉縣龍福寺西，又名弇州園，廣七十餘畝，中疊上弇、中弇、下弇三峰，林木園亭極一時之勝。原是明代王世貞的别墅，清乾隆時歸畢沅所有。這裏是指畢沅。畢字秋帆，江蘇鎮洋人。乾隆二十二年舉人，官内閣中書，二十五年（一七六〇）進士第一人及第，授修撰，歷任陝西、河南、山西等省巡撫，官至湖廣總督。

〔三〕玉佩：衣服上的佩玉。瓊琚：美玉。指代高級官員。韓愈《祭柳子厚文》：「玉佩瓊琚，大放厥詞。富貴無能，磨滅誰記？子之自著，表表愈偉。」王安石《雜咏》：「白頭重到太寧宫，玉佩瓊琚在眼中。」這裏指徐乾學和畢沅，兩人都是高官顯宦。

〔四〕「一事」兩句：羡慕徐、畢這兩位前輩在昇平時世能做一個有充裕時間讀書的官員。飛騰：杜甫《偶題》：「前輩飛騰人，餘波綺麗爲。」按，徐乾學在任職期間，曾纂輯《清會典》、《古文淵鑒》等，自著有《讀禮通考》等。畢沅在任職期間，也有不少時間從事著述，著有《續資治通鑒》、《經典辨正》等。作者認爲，社會局面安定，才有時間安心讀書，藉此暗示嘉慶末年社會局面已遠非昔日可比。

趙晉齋魏顧千里廣圻鈕非石樹玉吳南薌文徵江鐵君沅同集虎丘秋讌作〔一〕

盡道相逢日苦短，山南山北秋方腴〔二〕。兒童敢笑詩名賤〔三〕，元氣終須老輩扶〔四〕。四海典彝既旁達〔五〕，兩山金石誰先儲。趙、鈕各有金石著録之言〔六〕。影形各各照秋水，渣滓全空一世無〔七〕。

〔一〕詩寫於嘉慶二十五年。趙晉齋：名魏，號晉齋，浙江仁和人。歲貢生。博學嗜古，精於金石文字，著有《竹崦庵金石目》五卷、《傳鈔書目》一卷。阮元《積古齋鐘鼎彝器款識》及王昶《金石萃編》皆其手定。參閲《己亥雜詩注》一七七首。顧千里：名廣圻，字千里，號澗蘋，江蘇元和（今屬蘇州）人，縣學生。精目録校讎之學。著有《思適齋文集》十八卷。參閱《己亥雜詩注》一三六首。鈕非石：見《題紅蕙花詩册尾》詩注。吴南薌：見《吴山人文徵沈書記錫東餞之虎丘》詩注。江鐵君：名沅，字子蘭，一字鐵君，江蘇吴縣（今屬蘇州）人。嘉慶十二年（一八〇七）優貢生。爲段玉裁弟子，精古文字學，兼擅篆書。著有《説文釋例》、《入佛問答》、《染香閣詞鈔》等。參閱《己亥雜詩注》一四一首。虎丘：山名，在蘇州。參閱《吴山人文徵沈書記錫東餞之虎丘》詩注。

〔二〕秋方腴：秋色正濃。腴：豐肥。

〔三〕兒童：指不學無術而又信口開河的人。按，自宋代儒家理學流行以後，有些理學家十分輕視文學創作，胡説什麽「一爲文人，便無足觀」；「玩物喪志，爲文亦玩物也」。作者稱這些人爲「兒童」，辛辣地加以反擊。

〔四〕元氣：原指所謂天地間原始之氣，這裏借指社會上的正氣。老輩：指趙、顧、鈕、江。趙魏生於乾隆十一年（一七四六），這年七十五歲；顧廣圻生於乾隆三十五年（一七七〇），五十一歲；鈕樹玉生於乾隆二十五年（一七六〇），六十一歲；江沅生於乾隆三十二年（一七六七）年，五十四歲。吴生年不詳。而作者這年只有二十九歲，所以稱他們爲老輩。

〔五〕四海：猶天下。《書·大禹謨》：「文命敷於四海。」典彝：朝廷頒布的律令條例等。旁達：遍及。

〔六〕兩山：指趙魏和鈕樹玉。趙是杭州人，鈕是太湖洞庭山人，兩人都是金石著録家。全句暗用「藏之名山」（司馬遷《報任安書》）之意。

〔七〕「影形」二句：推許諸老清高絶俗，可與澄明的秋水相映照，爲世所罕見。　秋水：比喻人的精神境界。杜甫《徐卿二子歌》：「秋水爲神玉爲骨。」

按，這首七律，仿效杜甫的「吴體」，所以用了許多拗句。

題虎跑寺〔一〕

南山蹕路丙申開〔二〕，庚子詩碑鎖緑苔〔三〕。曾是純皇親幸地〔四〕，野僧還盼大行來〔五〕。時大行遺詔尚未頒至浙中。

〔一〕虎跑寺：在杭州西湖西南隅大慈山下。據《虎跑寺志》載：唐元和十四年（八一九），寰中禪師結庵居此，感二虎跑山，泉源涌沸，故稱虎跑。憲宗賜額廣福院。宣宗大中八年改額大慈禪寺。宋末兵毀，元初重建。明洪武二十四年（一三九一）立爲叢林，名虎跑禪寺。　跑：用脚刨地。

〔二〕南山：指杭州西湖西南面的大慈山。　蹕路：皇帝經行的路。　丙申：乾隆四十一年

（一七七六）。當時清高宗預定乾隆四十五年庚子（一七八〇）南巡，地方官員爲了迎接聖駕，早在四年前就在西湖南山開闢一條御道。

〔三〕庚子詩碑：乾隆四十五年三月，清高宗到達杭州，游歷西湖名勝，又一次來到虎跑寺，寫了一首《虎跑泉再叠蘇東坡韻》的七古詩，刻石立在寺前。

〔四〕純皇：高宗弘曆謚號爲「法天隆運至誠先覺體元立極敷文奮武孝慈神聖純皇帝」，簡稱純皇。　幸：帝王駕臨。

〔五〕大行：剛死的皇帝稱爲大行皇帝。《小爾雅·廣名》：「諱死謂之大行。」《正字通》：「韋昭曰：大行者，不反（返）之辭。」《事文前集》卷四十六引《風俗通義》：「皇帝新崩，未有定謚，故總其名曰大行皇帝。」這裏是指清仁宗顒琰。他死於嘉慶二十五年（一八二〇）七月，作者寫此詩時，已知皇帝駕崩，但因遺詔未到杭州，寺裏的和尚還不知道。

附録：清高宗《虎跑泉再叠蘇東坡韻》：

石罅噴花雪飛上，跑傳有虎威靈仰。性空大德既居之，何愁無水煩神掌？古藤喬木蓊蔚間，重來試一聽清響。玉局險韻一再賡，亦曰非想非非想。

杭州龍井寺〔一〕

紅泥亭倒客來稀〔二〕，鐘磬沉沉出翠微〔三〕。無分安禪翻破戒〔四〕，盗他常住一花歸〔五〕。

〔一〕這首詩反映了作者青年時代的狂態。　龍井寺，在杭州西湖西面風篁嶺上，以龍井得名。《西湖游覽志》：「龍井寺，唐乾祐二年建，名報國看經院。宋熙寧中改壽聖院，蘇軾書額。明弘治中寺廢。萬曆間，司禮監孫隆命僧真果重建。」陳康祺《郎潛紀聞》卷七：「西湖龍井寺以秦淮海倅杭時與寺僧辨才往還，遂成名勝。乾隆二十七年高宗皇帝親奉慈輿，省方南服，駐蹕湖壖，旬日中翠華四幸，宸章題咏多至三十一章，自來勝刹精藍，莫之與比。見莊中丞有恭碑記。」

〔二〕「紅泥」句：按，乾隆二十七年，龍井寺新建行宫，準備皇帝臨幸，現在亭子倒塌，游客稀少，一派破敗荒凉景象。字裏行間，隱含着與上一首詩同樣的感慨。

〔三〕翠微：山上樹木雲氣映射出來的顔色。

〔四〕安禪：指佛教徒收斂身心進入禪定狀態。　破戒：指受戒僧人違反戒律。

〔五〕常住：無生滅變遷的意思。寺院、道觀及僧、道之物均可稱爲常住。

懷沈五錫東莊四綬甲〔一〕

白日西傾共九州〔二〕，東南詞客愀然愁〔三〕。沈生飄蕩莊生廢〔四〕，笑比陳王喪應劉〔五〕。

〔一〕沈錫東：曾作龔麗正幕客。　莊綬甲：字卿珊，江蘇武進人。擅長經學。

〔二〕白日西傾：暗喻清王朝的統治已進入衰世。漢秦嘉《贈婦詩一首》：「曖曖白日，引曜西傾。」

〔三〕愀然：發愁的樣子。

〔四〕「沈生」句：沈錫東東飄西蕩，依人作客，莊綬甲廢居在家，無所作爲。　按，沈是一個幕僚，莊是一個縣學生，在仕途上都是失意的人。

〔五〕陳王：指曹植，他在魏太和六年（二三二）封爲陳王。　應劉：《三國志·魏書·王粲傳》：「始，文帝爲五官將，及平原侯植，皆好文學。粲與北海徐幹、廣陵陳琳、陳留阮瑀、汝南應瑒、東平劉楨，並見友善。」曹丕《與吴質書》：「昔年疾疫，親故多離其災。徐、陳、應、劉，一時俱逝。」南朝宋謝莊《月賦》：「陳王初喪應、劉，端憂多暇。」

嗚嗚硜硜〔一〕

黄犢怒求乳〔二〕，朴誠心無猜〔三〕；犢也爾何知，既壯恃其孩。古之子弄父兵者〔四〕，喋血市上寧非哀〔五〕？　亦有小心人，天命終難奪〔六〕；　授命何其恭〔七〕？　履霜何其潔〔八〕？　孝子忠臣一傳成，千秋君父名先裂〔九〕。　不然冥冥鴻〔一〇〕，無家在中路；　恝哉心無瑕〔一一〕，千古孤飛去。　嗚嗚復嗚嗚〔一二〕，古人誰智誰當愚？　硜硜復硜硜〔一三〕，智亦未足重，愚亦未可輕。　鄙夫較量愚智間，何如一意求精誠〔一四〕？　仁者不訹愚癡之萬死〔一五〕，勇者不貪智慧之一生。　寄言後世艱難子〔一六〕，白日青天奮臂行〔一七〕！

〔一〕嗚嗚：形容一種歌聲。漢楊惲《報孫會宗書》：「家本秦也，能爲秦聲。……酒後耳熱，仰天撫缶而呼烏烏（嗚嗚）。」　硜硜：形容一種堅實聲音。作者拿這四個字爲題，含意深曲。它針對理學家提倡爲臣死忠、爲子死孝的封建倫理道德進行强烈攻擊，指出它的不合理和自相矛盾的地方，叫大家不要上當。

〔二〕怒求乳：《後漢書·仇覽傳》引謝承《後漢書》：「羊元凶惡不孝，其母詣覽言元。覽呼元，誚責元以子道，與一卷《孝經》，使誦讀之。元深改悔，到母床下，謝罪曰：『元少孤，爲母所驕。諺曰：「孤犢觸乳，驕子罵母。」乞今自改。』」

〔三〕猜：疑忌，嫌恨。

〔四〕子弄父兵：太子調動皇帝的軍隊造成流血事件。如漢武帝太子劉據（戾太子）、唐中宗太子李重俊（節愍太子），都是開頭受到壞人陷害或侮辱，氣憤不過，藉父親的軍隊進行反抗，結果京城流血，自己也兵敗身死。作者對他們表示同情。《漢書·車千秋傳》：「衛太子爲江充所譖敗，久之，千秋上急變訟太子寃，曰：『子弄父兵，罪當笞；天子之子過誤殺人，當何罪哉！』」

〔五〕喋血：猶踏血。極言流血之多。

〔六〕「亦有」兩句：也有小心謹慎的人，認爲君、父地位是由天命決定的，不可改變，因此決不能違反天的意志。奪：强行改變。

〔七〕「授命」句：他們把生命交出去的時候，何等畢恭畢敬。《論語·憲問》：「見危授命。」集注：「授命，言不愛其生，持以與人也。」

〔八〕履霜：《易·坤》：「履霜堅冰至。」脚下踩着霜就知道堅冰會出現。比喻防微杜漸。又，琴曲有《履霜操》，相傳爲尹吉甫子伯奇所作。伯奇因後母之讒而被逐，清晨履霜，感傷而作此曲。

〔九〕「孝子」兩句：按，歷史上這類情况出現不少。如春秋時代，晉獻公殺了兒子申生。申生被稱爲孝子，晉獻公就是個不好的父親。商朝末年，比干被紂王殺死。比干被捧爲忠臣，紂王就變成壞皇帝。作者尖鋭指出提倡臣忠子孝的人，必然會陷入如此可笑的矛盾之中。又按，清人馮班《鈍吟雜録》有一條説：「儒者之死忠死孝，仁之至，義之盡也。然子死孝，父必不全；臣死忠，君必有患。忠臣孝子，平居無事，不忍言之。近代有平居無事，處心積慮，冀君父之有難，以成其名者。其人名不便言，此亂臣賊子不若也。」馮班只看到有人希望君父有難來造成自己的忠孝之名，是「好名之患」。龔氏卻直截了當地戳穿它的虛僞性。

〔一〇〕冥冥：高遠的樣子。揚雄《法言・問明》：「鴻飛冥冥，弋人何篡焉。」

〔一一〕恝哉：無憂無慮的樣子。《孟子・萬章上》：「公明高以孝子之心，爲不若是恝。」注：「恝，無愁之貌。」

〔一二〕「嗚嗚」句：西漢楊惲，是丞相楊敞的兒子，因功封平通侯，官至光禄勛。爲人耿直不私，輕財好義。後因與太僕戴長樂不和，被戴揭發他曾説過對皇帝不敬的話，廢爲庶人，在家鄉經營商業。他的朋友孫會宗寫信給他，認爲「大臣廢退，當闔門惶懼，爲可憐之意，不當治産業，通賓客，有稱譽」。楊惲回了一信，語氣激烈，并帶嘲諷。後因日蝕，有人告發楊惲，説日蝕是此人引起的，因而被捕下獄。又搜出他答孫會宗的信。宣帝看了震怒，楊惲腰斬，妻子徙居酒泉郡。見《漢書・楊惲傳》。「嗚嗚復嗚嗚」，是作者取楊惲答孫會宗信中的話：「仰天撫缶而呼嗚嗚。」暗指有些人只因爲對皇帝不是那麽惶恐恭敬，便落得殺身的下場。

〔一三〕「硜硜」句：楊惲在罷官以前，有個大臣韓延壽因罪下獄，楊惲上書替他辯解。郎中丘常問他：韓能因此免罪嗎？楊答道：「事何容易！脛脛者未必全也。我不能自保。」脛脛，通「硜硜」。形容倔强正直。

〔一四〕精誠：極其真誠。《莊子・漁父》：「真者，精誠之至也，不精不誠，不能動人。」王充《論衡・感虚篇》：「精誠所加，金石爲虧。」

〔一五〕訹：通「怵」，恐懼。
〔一六〕艱難子：指那些因正道直行而處境艱困的臣子。
〔一七〕白日青天：韓愈《與崔群書》：「青天白日，奴隸亦知其清明。」轉喻心胸開朗。朱熹《朱子文集》引薛文清云：「大丈夫心事，當如青天白日。」

幽人

幽人媚清曉〔一〕，落月淡林光。欲采蘅蘭去〔二〕，春空風露香。阿誰叫橫玉〔三〕？驚起緑烟床〔四〕。亦有梅花夢〔五〕，積鬘待太陽〔六〕。

〔一〕幽人：隱士。《易・履》：「履道坦坦，幽人貞吉。」
〔二〕蘅蘭：兩種香草名。蘅：指杜蘅（一作衡）。又名杜葵、馬蹄香等。馬兜鈴科多年生草本，冬日開暗紫色小花。蘭：指蘭草或澤蘭，菊科多年生草本，秋末開淡紫色小花，通體有香氣。屈原《九歌・山鬼》：「被石蘭兮帶杜蘅，折芳馨兮遺所思。」
〔三〕叫橫玉：吹笛。橫玉：短笛。唐崔櫓《聞笛》詩：「橫玉叫雲天似水，滿空霜逐一聲飛。」
〔四〕緑烟床：形容晨霧籠罩的緑色原野。

〔五〕梅花夢：《龍城録》載：隋開皇中，趙師雄游羅浮，日暮於林間酒肆旁舍見美人淡妝出迎，師雄與語，言極清麗，芳香襲人。與之叩酒家共飲，一緑衣童子歌舞於側。師雄醉卧。久之，東方既白，起視乃在大梅花樹下，上有翠羽啾嘈，月落參横，但惆悵而已。

〔六〕積鬟：低垂着的雲鬟。鬟：古代婦女的鬟形髮髻。

寒夜讀歸佩珊夫人贈詩有删除蓋篋閑詩料湔洗春衫舊淚痕之語憮然和之〔一〕

風情減後閉閑門，襟尚餘香袖尚温。魔女不知侵戒體〔二〕，天花容易隕靈根〔三〕。蘼蕪徑老春無縫〔四〕，薏苡讒成淚有痕〔五〕。多謝詩仙頻問訊〔六〕，中年百事畏重論。

【校】

此從《未刻詩》補入。　題：鄧本作《寒夜讀歸佩珊贈詩有删除蓋篋閑詩料湔洗春衫舊淚痕之語憮然和之》，題下注：「原本『佩珊』上有『夫人』二字。」王本、類編本一依鄧本。王校本題爲《寒夜讀歸佩珊夫人贈詩有删除蓋篋閑詩料湔洗春衫舊淚痕之語憮然和之》，另注：「又題：《寒夜讀歸佩珊贈詩有删除蓋篋閑詩料湔洗春衫舊淚痕之句憮然和之》，乃龔橙删節。」周按，依鄧實注，王校本詩題「夫人」應移置「佩珊」前（本書亦然）；另定盦《懷人館詞選·百字令（揚帆十日）》題下自注云：「蘇州晤歸夫人佩珊，索題其集。」亦可證。又，王校本所引龔橙題中，「之句」爲「之語」之誤。

〔一〕這是一首事後才補和的詩。　歸佩珊：歸懋儀，字佩珊，江蘇常熟人，歸朝煦之女，李學璜妻。長於作詩，有「女青蓮」之稱。兼擅書、畫。著有《綉餘小草》、《聽雪詞》。徐世昌《晚晴簃詩話》：「佩珊詩清婉綿麗，與席浣雲爲閨中畏友，時相唱和。負盛名數十年，往來江、浙，爲閨塾師。晚年結廬滬上，有復軒、一燈雙管草堂諸勝。平生所爲詩凡千餘首。王叔彝題其稿云：『難得佳人能享壽，相隨名士不妨貧。』足以括其平生。」　藎篋：用藎草染黄的書篋。元稹《遣悲懷》之一：「顧我無衣搜藎篋。」澣：洗。

〔二〕魔女：又稱魔登伽女，據説是印度摩登伽神的淫女。《楞嚴經》：「阿難因乞食次，遭大幻術摩登伽女，以娑毗迦羅先梵天神咒，攝入淫席。」　戒體：佛教認爲受戒的人自身能産生防止邪惡入侵的能力，稱爲戒體。《楞嚴經》：「淫躬撫摸，將毁戒體。」句意指自己曾經犯了色戒而不知覺。

〔三〕天花：天女向佛教大弟子撒下的花（見《維摩詰所説經·觀衆生品》）。這裏比喻色欲的引誘。　靈根：智慧的身體。陸機《君子有所思行》：「宴安消靈根。」

〔四〕蘼蕪：草名。亦名江蘺。

〔五〕薏苡讒成：《後漢書·馬援列傳》：「援在交阯，常餌薏苡實，用能輕身省欲，以勝瘴氣。南方薏苡實大，援欲以爲種，軍還，載之一車。時人以爲南土珍怪，權貴皆望之。……及卒後，有上書譖之者，以爲前所載還，皆明珠文犀。」薏苡：禾本科，一年生或多年生草本。種仁又稱薏米，供食用和藥用。

〔六〕詩仙：這裏指歸佩珊。

昨夜〔一〕

其一

昨夜江潮平未平？篷窗有客感三生〔二〕。藥爐卧聽渾如沸，不似牆東釵釧聲〔三〕。

其二

種花都是種愁根，没個花枝又斷魂。新學甚深微妙法〔四〕，看花看影不留痕。

〔一〕嘉慶二十五年，作者第二次參加進士考試，又告失敗，心情很不好，於是寫下這兩首詩。

〔二〕篷窗：指船窗。　三生：佛家語。即過去世、現在世、未來世。句意暗用唐代李源與僧圓觀「三生石」的故事(見唐袁郊《甘澤謡·圓觀》),似有所指。

〔三〕釵釧聲:《五燈會元》卷十:「因四衆士女入院,法眼問道潛師曰:『律中道:隔壁聞釵釧聲,即名破戒。見睹金銀合雜,朱紫駢闐,是破戒不是破戒?』」釵:兩股合成的髮簪。釧:手鐲。都是婦女飾物。

〔四〕甚深微妙法:指精微的佛法。《大明三藏法數》十九:「五種甚深:一義甚深,謂如來所證種智性義,微妙不可思議也;二實體甚深,謂如來所證實相理體,不空不有非如非異不可思議也;三内證甚深,謂如來所證所得一切智慧,甚深無量,其智慧門難解難入,不可思議也;四依止甚深,謂如來所證真如法體遍一切處,無染無净不變不遷,於一切法不即不離,不可思議也;五無上甚深,謂如來所證阿耨多羅三藐三菩提,而一切聲聞辟支佛等,所不能思議也。」《妙法蓮華經·方便品》:「甚深微妙法,難見難可了。」

按,這兩首詩似是以懷念「所思」的形式表達會試落第的失意感。第一首暗指落第後的寂寞:自己只是「藥爐卧聽」而釵釧聲却由别人領略,可謂對比强烈。第二首意思是,考進士有如種花,没有給自己帶來愉快,但不考又不甘心。現在學來了「微妙法」,把科舉功名當做花的影子,似真似幻,亦真亦幻。這樣一來,就不至於惹起許多苦惱了。

紫雲回三疊 有序

宋于庭妹之夫曰繆中翰〔一〕，分校禮部試〔二〕。于庭以回避不預試〔三〕。余按，樂府有《紫雲回》之曲〔四〕，其詞不傳。戲補之，送于庭出都。

〔一〕宋于庭：宋翔鳳（一七七六—一八六〇），字虞廷，一字于庭，江蘇長洲（今屬蘇州）人。早年堅苦力學，從舅父莊述祖受今文經學，又從段玉裁治《説文》。中嘉慶五年舉人，官泰州學正、旌德縣訓導，晚年授湖南興寧、耒陽等縣知縣。著有《尚書略説》、《周易考義》、《樸學齋文録》、《憶山堂詩録》等。參閲《己亥雜詩注》一三九首。繆中翰：王佩諍云：「繆薇初，官内閣中書。」中翰是内閣中書的雅稱。

〔二〕分校禮部試：嘉慶二十五年庚辰科會試，繆薇初是同考官，又稱房官。清制，康熙三年以後，會試每科同考官用十八人，稱爲十八房。

〔三〕回避：科舉考試爲了防止作弊，規定回避制度。清乾隆九年後，凡鄉試、會試的主考官、房官、知貢舉、監臨、監試、提調的子孫及宗族例應回避（不參加這次考試）。乾隆二十一年，更推及受卷、彌封、謄録、對讀、收掌等官員的子弟近戚均一體回避。（見商衍鎏《清代科舉考試述録》）宋于庭是繆薇初妻舅，因此不能參加考試。

〔四〕紫雲回：宋樂史《楊太真外傳》上：「玄宗嘗夢仙子十餘輩，御卿雲而下，各執樂器懸奏之，曲度清越，真仙府之音。有一仙人曰：『此神仙《紫雲回》，今傳陛下爲正始之音。』上喜而傳受。寤後餘響猶在。旦，命玉笛習之，盡得其節奏也。」唐代有《紫雲回》樂曲，但其詞失傳。

其一

安香舞罷杜蘭催〔一〕，水瑟冰璈各費才〔二〕。別有傷心聽不得，珠簾一曲紫雲回。

〔一〕安香：段安香，女仙名。見《漢武帝内傳》。杜蘭：杜蘭香，女仙名。《太平御覽》卷六七六引《集仙籙》：「杜蘭香，女仙也。於洞庭包山降張碩家。碩蓋修道者也。授以飛化之道，留玉簡玉唾盂。」

〔二〕瑟：彈奏樂器，二十五弦。璈：彈奏樂器，形制不詳。

按，這首詩拿《紫雲回》比擬科舉考試的回避制度。本來宋于庭已到京準備應試，不料試期前三天，才知道自己要回避（會試第一場在三月初九，會試考官則在三月初六簡放，事前嚴守秘密，外間無從得悉），所以有「傷心聽不得」的話。

其二

神仙眷屬幾生修〔一〕？小妹承恩阿姊愁〔二〕。宮扇已遮簾已下〔三〕，癡心還伫殿東頭〔四〕。

〔一〕神仙眷屬：指宋于庭和繆薇初有親屬關係。繆任内閣中書，官職清貴，所以比作「神仙」。

〔二〕「小妹」句：科舉時代，被派充考官認爲是榮耀的事，所以説「小妹承恩」。宋于庭是繆的大舅，不能參加會試，所以説「阿姊愁」。

〔三〕「宮扇」句：清代制度，會試考官於三月初六簡放，這天早晨，乾清門侍衛領旨到午門交大學士拆封，同稽察御史宣旨唱名，凡先前列名的内外簾官，各備朝服行李，前往聽宣，得旨簡放，不得逗留，不回私宅，即日入闈。所以作者有這句比擬。

〔四〕「癡心」句：指宋于庭還舍不得馬上離京。

其三

上清丹籙姓名訛〔一〕，好夢留仙夜夜多〔二〕。争似芳魂驚覺早，天鷄不曙渡銀河〔三〕。

〔一〕「上清」句：指宋于庭還希望消息不確實，也許内廷傳出的姓名弄錯了。上清丹籙：道家符籙之一。這裏比喻簡放考官的名録。

〔二〕「好夢」句：宋于庭還做着好夢，希望能够應試。留仙：《趙飛燕外傳》：「中流歌酣，風大起，后揚袖曰：『仙乎！去故而就新乎！』帝令左右持其裙。……號留仙裙。」

〔三〕「争似」兩句：不如早點從夢中醒覺過來，趁天還未亮，就離開京師。天鷄：梁任昉《述異記》卷下：「東南有桃都山，上有大樹名曰桃都，枝相去三千里，上有天鷄，日初出照此木，天鷄即鳴，天下鷄皆隨鳴之。」

按，作者表面上像是嘲笑宋于庭，實際上是抨擊不合情理的回避制度。爲了防止作弊，竟有一大批人被排斥在科場之外，而且事情來得那樣突然，真使身受的人哭笑不得。寓怒罵於嘻笑，這是作者高明的手法。

附録：宋翔鳳《珍珠簾》（余庚辰應禮部試，以回避先出都門。龔定庵賦《紫雲回》三絶相送。紬繹已久，因度此詞以答之。）

斷腸只有春明路，盡年年，水瑟雲璈空賦。不盡玉階情，又一番風露。但見盧溝橋上月，肯照取蹇驢歸去？難去，爲引夢千絲，傷心幾樹。　簾底任我徘徊，漸啼烏悄悄，清宵難曙。欲待問青天，怕總無憑據。都是杏花消息早，恁不把花魂留住？誰住？分樓殿茫茫，江湖處處。

咏史

其一

宣室當年起故侯〔一〕，銜兼中外轄黄流〔二〕。金鑾午夜聞乾惕〔三〕，銀漢千尋瀉豫州〔四〕。猿鶴驚心悲皓月〔五〕，魚龍得意舞高秋〔六〕。雲梯關外茫茫路〔七〕，一夜吟魂萬里愁。

〔一〕宣室：漢代長安宮室名。《漢書·賈誼傳》：「上方受釐，坐宣室。」注：「宣室，未央（宮）前正室也。」這裏指代皇帝。李商隱《賈生》詩：「宣室求賢訪逐臣。」故侯：《史記·蕭相國世家》：「召平者，故秦東陵侯，秦破，爲布衣，貧，種瓜於長安城東。」這裏比喻罷了官的大臣。

〔二〕銜兼中外：清代乾隆四十八年以後，河道總督例兼兵部侍郎、左副都御史銜。總督是外官，故稱外；侍郎、御史是中樞官員，故稱中。　黄流：指黄河。

〔三〕金鑾：唐代宫殿名。　午夜：半夜。　乾惕：警惕，不敢怠慢。《易·乾》：「君子終日乾乾，夕惕若。」

〔四〕銀漢千尋：喻黄河的洪水。尋：古代長度單位，一尋或説等於八尺。豫州：古代九州之一，其大致位置相當於現在河南省。

〔五〕猿鶴：指受災的人民。《藝文類聚》卷九十《鳥部上・鶴》引《抱朴子》：「周穆王南征，一軍盡化。君子爲猿爲鶴，小人爲蟲爲沙。」

〔六〕魚龍：似指發災難財的貪官污吏。

〔七〕雲梯關：在今江蘇濱海縣西南，明中葉以前爲黄河出海口所在，設關戍守。清康熙年間，治河官員靳輔在此修築長堤一萬八千餘丈，約束河水，避免漫溢。由於河沙冲積，海岸迅速擴展，至咸豐年間黄河北徙時，關址已距海一百四五十里。包世臣《中衢一勺・籌河芻言》：「雲梯關下，其北岸自馬港河起，東下至現在海口青紅二沙，淤成堆阜，迤北之雲臺山，已成平陸，地隸海安阜三州縣，民竈相雜，淤出新地約方二百里。」按，嘉慶二十四年八月，河南蘭陽、儀封北岸黄河缺口，命吴璥馳往會同琦善堵築。見王先謙《東華續録》。

其二

一樣蒼生繫廟廊〔一〕，南風愁絶北風狂〔二〕。羽書顛倒司農印〔三〕，幕府縱横急就章〔四〕。奇計定無賓客獻〔五〕，冤氛可顧子孫殃〔六〕？何年秘閣搜詩史〔七〕，輸與山東客話長。

〔一〕蒼生：《書·益稷》：「帝光天之下，至於海隅蒼生。」疏：「蒼蒼然生草木之處。」後借指百姓。　廟廊：指朝廷。

〔二〕南風愁絶：指南方受災，令人憂悶。《左傳·襄公十八年》：「晉人聞有楚師，師曠曰：『不害。吾驟歌北風，又歌南風，南風不競，多死聲，楚必無功。』」　北風狂：似指北方天理教起義事。嘉慶十八年，天理教起義隊伍曾攻陷山東曹州、定陶，河南滑縣，並一度突入北京紫禁城，未幾即因清軍鎮壓而失敗。《詩·邶風·北風》：「北風其凉，雨雪其雱。」

〔三〕羽書：報告軍情的文書，上插羽毛，表示快速。　顛倒司農印：《資治通鑒·唐紀》：「（朱）泚遣涇原兵馬使韓旻，將鋭兵三千，聲言迎大駕，實襲奉天（按，唐德宗此時逃亡到奉天，即今陝西乾縣）。時奉天守備單弱。段秀實謂岐靈岳曰：事急矣。使靈岳詐爲姚令言（按，朱泚死黨）符，令旻且還，當與大軍俱發。竊令言印未至，秀實倒用司農印（按，時段官司農卿）印符，募善走者追之。旻至駱驛，得符而還。」倒用印表示情勢緊急，臨時借用印信，所以也有效力。

〔四〕「幕府」句：軍隊裏的幕客也緊急起草文書。　幕府：軍隊出發，在駐地張設帳幕，因稱將軍或其府署爲幕府。明清的督撫衙門亦稱幕府。　急就章：漢代史游作《急就章》（一名《急就篇》），爲學童識字課本，以首句有「急就」二字名篇。一説如遇難字，緩急可就而求焉，故名。後借喻匆促完成的文章。

〔五〕賓客：作者以之暗指漢人。見《古史鈎沉論四》：「賓也者，異姓之聖智魁傑壽耇也。……祖宗之兵謀，有不盡欲賓知者矣，燕私之禄，有不盡欲與賓共者矣；宿衛之武勇，有不欲受賓之節制者矣。」

〔六〕冤氛：怨憤之氣。子孫殃：禍及子孫。《戰國策・趙策四》：「此其近者禍及身，遠者及其子孫。」

〔七〕秘閣：政府收藏書籍、文獻的機構。《宋史・藝文志》一：「（太宗）分三館書萬餘卷，别爲書庫，目曰『秘閣』。閣成，親臨幸觀書。」按，「秘閣」，據王文濡校本及鄧實刊本。通行本作「秘客」。疑誤。

逆旅題壁次周伯恬原韻〔一〕

名場閲歷莽無涯〔二〕，心史縱横自一家。秋氣不驚堂内燕〔三〕，夕陽還戀路旁鴉〔四〕。東鄰嫠老難爲妾〔五〕，古木根深不似花。何日冥鴻踪迹遂〔六〕，美人經卷葬年華〔七〕。

〔一〕此詩是嘉慶二十五年會試下第後，自京南返途中作。周伯恬：周儀暐（一七七七—一八四六），字伯恬，江蘇陽湖人。嘉慶九年舉人，選宣城縣訓導，改授陝西山陽知縣，署鳳翔知縣。工詩，與同里陸繼輅、李兆洛並負盛名。著有《夫椒山館詩集》。民國《陝西通志稿》卷六十九：「（周儀暐）嘉慶甲子舉於鄉，大挑得宣城縣訓導，俸滿選授陝西山陽縣知縣。地故瘠而薪炭棚架之供如故，儀暐到官，悉罷之。或曰：『俗好訟，宜少立威，自見於上官。』儀暐曰：『吾老矣，乃復與少年輩爭名聲耶！』鄧廷楨先見儀暐《韓城驛》詩，愛重之，及巡撫陝西，語僚屬曰：『周君故名士，且老矣，可使無以歸乎？』調署鳳翔知縣，而廷楨旋卒。儀暐尋亦以老病乞休。以道光二十六年卒，年七十。儀暐詩宗漢魏六朝，出入三唐諸家，奄有其勝。」楊鍾羲《雪橋詩話》：「陽湖周伯恬儀暐，故岐山令。深於詩。嘗客授廣州，當道爭相引重，一無所干。歸惟積詩盈册。道過南昌，訪宋于庭，于庭贈詩，有『羸得詩篇説壯游』之句。」

〔二〕名場：爭名的地方，指科舉考場。唐章孝標《錢塘贈武翊黄》詩：「曾將心劍作戈矛，一戰名場造化愁。」

〔三〕「秋氣」句：比喻整個社會已經像秋天那樣衰颯，但貴官大臣却像深藏堂中的燕子，毫無感覺。《孔叢子·論勢》：「先人有言，燕雀處屋，子母相哺，煦煦焉其相樂也，自以爲安矣。竈突炎上，棟宇將焚，燕雀顔色不變，不知禍之及己也。」

〔四〕「夕陽」句：比喻頑固守舊的人物還死死抱住行將没落的東西不肯放手。

〔五〕東鄰：指美女。宋玉《登徒子好色賦》：「天下之佳人，莫若楚國；楚國之麗者，莫若臣里；臣里之美者，莫若臣東家之子。」司馬相如《美人賦》：「臣之東鄰，有一女子，雲髮豐艷，蛾眉皓齒。」李白《效古二首》之二：「自古有秀色，西施與東鄰。」嫠：寡婦。

〔六〕冥鴻：高飛遠舉的鴻雁。揚雄《法言·問明》：「鴻飛冥冥，弋人何篡焉。」後用以比喻隱士。

〔七〕「美人」句：伴着美人和經卷，就此了結自己的一生。

附録：周儀暐《富莊驛題壁和龔孝廉自珍韻》

何曾神女有生涯，漸覺年來事事賒。夢雨一山成覆鹿，頹雲三角未盤鴉。春心易屬將離草，歸計宜栽巨勝花。扇底本無塵可障，一鞭清露別東華。（《夫椒山館詩集》卷十八。按，第二句龔與周用韻不同。）

又梁章鉅《楹聯叢話》卷五：「毗陵周伯恬（儀暐）先世豐於財，闢鷗盟館，結客極盛。家落，旋售去。龔定庵（鞏祚）來游，留一聯云：『別館署盟鷗，列兩行玉佩珠簾，幻出空中樓閣；新巢容社燕，約幾個晨星舊雨，來尋夢裏家山。』」

贈伯恬〔一〕

毗陵十客獻清文〔二〕，五百狻猊屢送君〔三〕。從此周郎閉門卧，落花三月斷知聞〔四〕。

五百狻猊在盧溝橋。

〔一〕周儀暐屢次應試落第，作者寫了這首詩安慰他。

〔二〕毗陵：江蘇武進縣的古稱。　十客：指周儀暐等十人。　獻清文：指到京師參加進士考試。清文：清麗的文章。南朝陳徐陵《〈玉臺新咏〉序》：「清文滿篋，非惟芍藥之花；新制連篇，寧止蒲萄之樹。」這裏指考試的文章。

〔三〕五百狻猊：指盧溝橋欄杆上的石刻獅子。五百爲約數。狻猊：獅子。《帝京景物略》卷三《盧溝橋》：「盧溝橋跨盧溝水，金明昌初建，我正統九年修之。橋二百步，石欄列柱頭，獅母乳，顧，抱，負，贅，態色相得，數之輒不盡。俗曰：魯公輸班神勒也。」按，盧溝橋過去是由南面進出京師的門户，周儀暐多次應試不第，故云「狻猊屢送君」。橋上石獅子共四百八十五頭。其中望柱頭上大獅子二百八十一頭，附於大獅身上的小獅一百九十八頭，另橋東端頂柱欄杆的大石獅二頭，橋兩頭華表頂上石獅共四頭。其年代由金、元至明、清均有。

〔四〕落花三月：清代進士考試在農曆三月中舉行，其時正是暮春花落的時候。

按，周儀暐在嘉慶九年中舉人，到嘉慶二十五年，已參加過七次進士考試。他有《又贈汪大竹海》詩，寫於嘉慶二十四年己卯，序中説：「儀暐困頓風塵，偕計吏者六次被放，無所適。」則知二十五年庚辰，他已參加了七次會試。第七次失敗後，他表示從此放棄應試，所以作者有「閉門卧」和「斷知聞」的話。

廣陵舟中爲伯恬書扇〔一〕

紅豆生苗春水波〔二〕，齊梁人老奈愁何〔三〕？逢君只合千場醉，莫恨今生去日多〔四〕。

〔一〕嘉慶二十五年南歸途中作。廣陵：今江蘇揚州市。

〔二〕紅豆：又名相思子。紅豆樹、海紅豆及相思子等植物種籽的統稱。王維《紅豆》詩：「紅豆生南國，春來發幾枝？願君多采擷，此物最相思。」春水波：江淹《别賦》：「春草碧色，春水緑波。送君南浦，傷如之何！」

〔三〕齊梁：南朝的兩個朝代。這裏泛指南朝。周儀暐擅長寫六朝風格的文章，作者比擬他爲「齊梁人」。

〔四〕去日多：曹操《短歌行》：「譬如朝露，去日苦多。」按，周儀暐生於乾隆四十二年（一七七七），這一年是四十四歲。

讀公孫弘傳

三策天人禮數殊〔一〕，公孫相業果何如〔二〕？　可憐秋雨文園客〔三〕，身是貲郎有諫書〔四〕。

〔一〕三策：《漢書·公孫弘傳》載：公孫弘，菑川薛人，漢武帝元光五年（前一三〇），下詔徵求賢良文學，公孫弘再度受到州郡推薦。武帝親自策問，其中有：「敢問子大夫：天人之道，何所本始？吉凶之效，安所期焉？」公孫弘寫了一篇對策，漢武帝看了，認爲是一百多篇中答得最好的，拜爲博士，待詔金馬門。公孫弘再上一疏，勸武帝教化人民。武帝用册書答覆。公孫弘又寫了一篇對策，指出教育可以很快使人民思想轉變。元朔年間拜爲丞相，封平津侯。年八十，卒於任内。作者認爲，公孫弘寫了三篇對策，便拜相封侯，這種情況是很特殊的。天人：指天道與人事的關係，即順應天道實行統治國家的辦法。

〔二〕相業：丞相的功業。　按，全句意指公孫弘當了丞相，並没有做出變革社會政治的大事業。

〔三〕秋雨文園客：指司馬相如。《史記·司馬相如列傳》載：司馬相如，字長卿，成都人。擅長辭賦，曾作梁孝王門下賓客。漢武帝愛讀他的《子虚賦》，召他到長安，他又寫了《上林賦》，拜爲郎。因曾任孝文園令，後人又稱爲「文園」。李商隱《寄令狐郎中》：「休問梁園舊賓客，茂陵秋雨病相如。」梁園，梁孝王園名。

〔四〕貲郎：《漢書·司馬相如傳》：「以訾爲郎，事孝景帝。」顔師古曰：「訾讀與『貲』同。貲，財也。以家財多得拜爲郎也。」諫書：指司馬相如的《諫獵書》、《哀秦二世賦》等意含規正的文章。司馬遷認爲：「相如雖多虚詞濫説，然其要歸引之節儉，此與詩之風諫何異。」（《史記·司馬相如列傳》）

按，這首詩純是借古諷今，諷刺那些身居高位的大臣，只知尸位素餐，無所作爲，有些下級官員反而敢於發表改革社會的言論。

馬〔一〕

八極曾陪穆滿游〔二〕，白雲往事使人愁〔三〕。最憐汗血名成後〔四〕，老踞殘芻立仗頭〔五〕。

〔一〕這首詩諷刺那些貪戀禄位、老憊無能的朝廷大臣。

〔二〕八極：八方極遠之處。　穆滿：即周穆王，名滿，是周朝第五代天子。傳説他曾周游天下。有馬八匹，都是日行千里的駿馬。《穆天子傳》卷四：「天子命駕八駿之乘，赤驥之駟，造父爲御，南征翔行。」

〔三〕白雲：《穆天子傳》卷三：「天子觴西王母於瑤池之上，西王母爲天子謡曰：『白雲在天，山陵自出。道里悠遠，山川間之。將子無死，尚能復來。』」

〔四〕汗血：古代西域出産的名馬。《史記·大宛列傳》：「大宛……多善馬，馬汗血，其先，天馬子也。」

〔五〕芻：草料。　立仗：站在宫殿下的帝王儀仗。《新唐書·李林甫傳》：「李林甫居相位凡十九年，固寵市權，蔽欺天子耳目，諫官皆持禄養資，無敢正言者。補闕杜璡再上書言政事，斥爲下邽令。因以語動其餘曰：『……君等獨不見立仗馬乎？終日無聲，而飫三品芻豆，一鳴，則黜之矣。後雖欲不鳴，得乎？』」後因以立仗馬比喻貪戀禄位而不敢有所作爲的大臣。

按，作者《明良論三》曾指出：「夫自三十進身，以至於爲宰輔，爲一品大臣，其齒髮固已老矣，精神固已憊矣，雖有耆壽之德，老成之典型，亦足以示新進，然而因閱歷而審顧，因審顧而退葸，因退葸而尸玩；仕久而戀其籍，年高而顧其子孫，傫然終日，不肯自請去。」這幾句話，正活畫出「老踞殘芻立仗頭」的形象。

吴市得題名録一册乃明崇禎戊辰科物也題其尾一律〔一〕

天心將改禮闈徵〔二〕，養士猶傳十四陵〔三〕。板蕩人才科目重〔四〕，蓁蕪文體史家憑〔五〕。朱衣點過無光氣〔六〕，淡墨堆中有廢興〔七〕。資格未深滄海换〔八〕，半爲義士半爲僧〔九〕。

〔一〕吴市：今江蘇蘇州市。　題名録：科舉時代，鄉試、會試放榜後，把榜上有名的士子和考試官員的姓名、籍貫等匯集成爲一册，稱題名録（或登科録）。　崇禎戊辰科：明崇禎元年（一六二八）四月舉行會試，劉若宰等賜進士及第。

〔二〕天心將改：指朝代快要變换。明崇禎十七年清兵入關，占領北京，明朝覆亡。　禮闈：唐以後指禮部或禮部試進士之所，明清時亦指禮部主持的進士考試。　徵：徵兆。

〔三〕養士：《漢書·賈山傳》：「地之美者善養禾，君之仁者善養士。」明朝用法令規定一套學校和考試制度，在京城設國子監，在府、州、縣設立學校，又定期舉行考試，從中選拔官吏。這套制度便稱爲「養士」。　十四陵：指明代自太祖朱元璋至毅宗朱由檢十四位皇帝的陵墓。

〔四〕板蕩：《板》、《蕩》是《詩·大雅》的兩首詩，前人認爲是指斥周厲王無道的作品。後來通用爲世亂的代詞。崇禎一代，農民起義聲勢越來越大，滿洲貴族又不斷出兵向南進犯，作者認爲是「板蕩之世」。科目：分科取士的項目。指科舉考試制度。《新唐書・選舉志》上：「唐制取士之科，多因隋舊，其科之目有秀才，有明經，有俊士，有進士。大抵衆科之目，進士尤爲貴。」明、清雖僅有一科，仍沿稱科目。按，明代初期，任用各級官吏，主張「三途並用」。即進士出身一途，州縣薦舉一途，下級吏員升拔一途。但後來逐步偏重於進士出身。《明史・選舉志》：「成祖初年，内閣七人，非翰林者居其半，翰林纂修亦諸色參用。自天順二年李賢奏定纂修專選進士，由是非進士不入翰林，非翰林不入内閣。南北禮部尚書、侍郎及吏部右侍郎非翰林不任。而庶吉士始進之時，已群目爲儲相。通計明一代，宰輔一百七十餘人，由翰林者十九。」

〔五〕蓁蕪文體：雜亂不純的文章風格。蓁蕪：同「榛蕪」。穢雜之意。《隋書・經籍志》四：「世有澆淳，時移治亂，文體遷變，邪正或殊。……斯亦所以關乎盛衰者也。」按，明代科舉文章風格變遷，《明史・選舉志》云：「論者以明舉業文字比唐人之詩：國初比初唐，成、弘、正、嘉比盛唐，隆、萬比中唐，啓、禎比晚唐云。」史家憑：後代的歷史家可以拿它們作爲末世的憑證。

〔六〕朱衣點過：指文章被取中之後。陳耀文《天中記》卷三十八引《侯鯖録》：「歐陽公知貢舉日，每遇考試卷，坐後常覺一朱衣人時復點頭，然後其文入格。始疑侍吏，及回視之，一無所見。」後人因稱科舉獲中爲「朱衣點頭」。

〔七〕淡墨堆：指考中的進士們。淡墨：王定保《唐摭言》卷十五《雜記》：「進士榜頭，竪粘黄紙四張，以氈筆淡墨衮轉書曰『禮部貢院』四字。」後因稱進士榜爲「淡墨榜」。廢興：指有些人仕途得意，有些人却不是。《周禮·地官·州長》：「三年大比，則大考州里，以贊鄉大夫廢興。」注：「廢興，所廢退所興進也。」

〔八〕資格未深：指中進士後當官的時間不長，資歷尚淺。滄海换：猶滄桑之變。這裏指明朝覆亡。

〔九〕「半爲」句：按，如史可法、徐汧等便成了殉國的義士，如戴重、萬壽祺、姚思孝等人便遁入空門，當了和尚。句意似暗諷明末那些當官資格老的人反而不少投敵叛國。

以漢瓦琢爲硯賜橙兒因集齋中漢瓦拓本字成一詩並付之〔一〕

平生自憙〔二〕，傳世千秋。高官上第〔三〕，甘與阿侯〔四〕。「平樂宫阿」瓦、「長生未央」瓦、「仁義自成」瓦、「有萬憙」瓦、「傳」字瓦、「高安萬世」瓦、「千金」瓦、「千秋萬歲」瓦、「與天無極」瓦、「上林農官」瓦、「上林」瓦、「第二十五」瓦、「甘林」瓦、「宜侯王」磚。

〔一〕漢瓦：漢代宮殿等建築物上的瓦當，通常印有文字，其瓦身如半筒，厚約一寸，背平可以研墨，唐宋以來人即去其身以爲硯，俗呼瓦頭硯。　橙兒：作者的長子。作者於嘉慶十七年夏與段玉裁孫女結婚，次年秋，段氏病逝。嘉慶二十年，續娶何吉雲爲繼室，二十二年生子橙。此詩寫於二十五年，龔橙年三歲。

〔二〕自憙：自己所愛好的。《説文》段注：「憙與『嗜』義同，與『喜』、『樂』義異。」

〔三〕上第：考試成績優秀、列爲上等的人。《後漢書·獻帝紀》：「試儒生四十餘人，上第賜位郎中。」

〔四〕阿侯：梁武帝《河中之水歌》：「河中之水向東流，洛陽女兒名莫愁。十五嫁爲盧家婦，十六生兒字阿侯。」這裏指龔橙。

按，這首詩不啻是作者的志願聲明書，他已經立定決心，要「傳世千秋」而不希罕「高官上第」。

才盡〔一〕

才盡不吟詩，非關象喙危〔二〕。青山有隱處，白日無還期。病骨時流恕〔三〕，春愁古佛知。觀河吾見在〔四〕，莫畏鏡中絲。

〔一〕江淹早年以文章見稱於世，晚年才思減退，詩文無佳句，時人謂之才盡。見《南史·江淹傳》。
〔二〕象喙危：《左傳·襄公二十四年》：「象有齒以焚其身。」這裏加以活用。喙：嘴巴。
〔三〕病骨：李賀《示弟》詩：「病骨猶能在，人間底事無。」這裏指自己性情、氣質上的弱點。時流：猶時輩。
〔四〕觀河：《楞嚴經》卷二：「佛告波斯匿王：『我今示汝不滅性。……汝三歲見此河（按，指恒河）時，至年十三，其水云何？』王言：『如三歲時，宛然無異。乃至於今年六十二，亦無有異。』佛言：『汝今髮白面皺，其面必皺於童年，則汝今時觀此恒河與昔童時觀河之見，有童耄否？』王言：『否也。』佛言：『汝面雖皺，而此精神未曾皺，皺者爲變，不皺非變，變者受滅，彼不變者元無生滅。』」見在：眼前存在。

鐵君惠書有玉想瓊思之語衍成一詩答之〔一〕

我昨青鸞背上行〔二〕，美人規勸聽分明〔三〕。不須文字傳言語〔四〕，玉想瓊思過一生〔五〕。

〔一〕嘉慶二十五年，作者考取内閣中書。這是作者進入仕途的開始。清代内閣設中書若干員，又中書科中書舍人若干員。按其職務，分爲滿本房、漢本房、蒙古本房以及滿票簽處、漢票簽處。作者分在漢票簽處，負責繕寫票簽、記載諭旨和撰文，官階爲從七品。鐵君：作者的朋友江沅。他曾有信給作者，規勸進入仕途以後，小心説話；即使有自己的想法或見解，也藏在心裏。作者接信後，寫了這首詩答覆。

〔二〕青鸞：鳳凰一類的神鳥，青色。唐武后光宅元年，改中書省爲鳳閣，改門下省爲鸞臺。唐代中書省、門下省相當於清代內閣，所以作者把出任內閣中書説成是「青鸞背上行」。按，唐代設立中書舍人，職務和明、清的中書不同。清永瑢《歷代職官表·內閣》按語云：「（唐）中書舍人所掌爲詔旨、制敕，進畫署行，殆如今內閣之讀本、批本，亦與學士爲相仿。至今之內閣中書，其官置自明初，雖亦沿中書舍人之舊稱，其實乃唐、宋三省掾屬，非復舍人之職矣。」

〔三〕美人：指江沅。

〔四〕「不須」句：不需要文字，也不用語言來表達自己的主張和見解。《五燈會元》卷二：「文殊又問維摩：『仁者當説何等是菩薩入不二法門？』維摩默然。文殊贊曰：『乃至無有語言文字，是菩薩真入不二法門。』」按中國佛教禪宗，强調「真如」（佛法）不能用語言、文字加以表達，根本否定概念、推理、判斷，一切理性思維、邏輯抽象可以反映真實，所以有「言語道斷」的説法。江沅是學佛的居士，可能用這些話來勸告作者。

〔五〕「玉想」句：保持自己的美好心靈、純潔理想，度過這一生。唐韋渠牟《步虚詞》：「道宫瓊作想，真帝玉爲名。」

戒詩五章〔一〕

其一

蚤年攖心疾〔二〕，詩境無人知。幽想雜奇悟，靈香何鬱伊〔三〕。忽然適康莊〔四〕，吟此天日光。五岳走驕鬼〔五〕，萬馬朝龍王。不遇善知識〔六〕，安知因地孽〔七〕？戒詩當有詩，如偈亦如喝〔八〕。

〔一〕作者的朋友江沅曾勸他「玉想瓊思」，作者於是打算連詩也戒掉，並且寫了五首《戒詩》詩表示決心。但是過了不久，又破戒作詩了。一個「哀樂過於人」的思想家和詩人，要他「玉想瓊思過一生」，畢竟是不可能的。

〔二〕攖心疾：得了種心病。作者在《冬日小病寄家書作》詩中自注説：「予每聞斜日中簫聲則病，莫喻其故。」所謂「心疾」或指此。

〔三〕靈香：《海内十洲記》：「月支國王遣使獻香四兩，帝以付外庫。使者曰：『靈香雖少，更生之神丸也。』」《集仙録》：「忽有靈香鬱烈，祥雲滿庭。」這裏比喻美好的思想。鬱伊：蘊結。

〔四〕適：往。康莊：四通八達的大路。

〔五〕五岳：《爾雅·釋山》：「泰山爲東岳，華山爲西岳，霍山爲南岳，恒山爲北岳，嵩高爲中岳。」

〔六〕善知識：佛家語，即益友。《法華文句》：「聞名爲知，見形爲識，是人益我菩提之道，名善知識。」

〔七〕因地：佛家語，處於修煉地位稱爲「因地」，相對於已登佛位的果地來説。孽：惡因。

〔八〕偈：宣傳佛教教義的文體之一。喝：指棒喝，是佛教禪師藉以促人覺悟的手段，後期禪宗盛行這種做法。《禪林句集·坤》：「一喝大地震動，一棒須彌粉碎。」

其二

百臟發酸淚〔一〕，夜涌如原泉〔二〕。此淚何所從？萬一詩祟焉〔三〕。今誓空爾心，心滅淚亦滅。有未滅者存〔四〕，何用更留迹〔五〕！

〔一〕百臟：身體各種器官。

〔二〕原泉：有本原的泉水。《孟子·離婁》下：「原泉混混，不舍晝夜。」

〔三〕詩祟：詩在作怪。陸游《次韻王給事見寄》詩：「末路愈窮詩有祟。」

〔四〕未滅者：指思想感情。

〔五〕迹：指詩歌，即語言文字。

其三

行年二十九，電光豈遽收〔一〕。觀河生百喟〔二〕，何如泛虚舟〔三〕。當喜我必喜，當憂我輒憂。盡此一報形〔四〕，世法隨沉浮〔五〕。天龍爲我喜〔六〕，波旬爲我愁〔七〕。波旬爾勿愁，咒汝械汝頭。

〔一〕電光：比喻人短暫的生命。《金剛經論釋》：「譬如電光刹那不住，現在諸法亦復如是。」

〔二〕觀河：見《才盡》詩注。

〔三〕泛虚舟：意謂隨緣自得，與世浮沉。《莊子·列禦寇》：「巧者勞而知者憂，無能者無所求，飽食而遨游，泛若不繫之舟，虚而遨游者也。」

〔四〕一報形：佛教天台宗有所謂法、報、應三身。「一報形」即報身，是由智慧聚成的身體。

〔五〕世法：佛家語。指世間一切生滅無常的事情。《華嚴經·世主妙嚴品》：「佛觀世法如光影。」

〔六〕天龍：佛教分諸天神、鬼及龍爲八部。《翻譯名義集·八部》：「一天，二龍，三夜叉，四乾闥婆，五阿修羅，六迦樓羅，七緊那羅，八摩睺羅伽。」《盧至長者因緣經》：「爾時世尊，天龍八部，四衆圍繞。」

〔七〕波旬：佛家語。魔王名，爲欲界第六天之主，義爲惡者。《大明三藏法數》三十引《釋迦譜》：「菩薩於菩提樹下將成道時，大地震動，放大光明，隱蔽魔宫。時魔波旬即令三女亂其凈行。菩薩以神力故，變其魔女皆成老母。魔王大怒，遍敕部從，上震天雷，雨熱鐵丸，刀輪器仗，交横空中。挽弓放箭，箭停空中，變成蓮花不能加害。群魔憂戚，類皆迸散。」這裏作者把自己心中的情感比作波旬。

其　四

律居三藏一〔一〕，天龍所護持。我今戒爲詩，戒律亦如之〔二〕。墮落有時有〔三〕，三塗報則否〔四〕。舌廣而音宏〔五〕，天女侍前後〔六〕。遍召忠孝魂，座下賜卮酒。屈曲繚戾情，千義聽吾剖。不到辨才天〔七〕，安用哆吾口？

〔一〕律：指佛教戒律。　三藏：佛教徒把經、律、論稱爲「三藏」，認爲這三者包括一切法義。其中經説的是「定學」，律説的是「戒學」，論説的是「慧學」。《大明三藏法數》第八：「三藏者，謂經、律、論，各各含藏一切文理，故皆名藏。」

〔二〕戒律：僧、道所遵守的法規。佛教有五戒、十戒、二百五十戒等。道教有五戒、十戒、一百八十戒等。

〔三〕墮落：佛教認爲在文字語言上犯過失，也是墮落的一種表現。

〔四〕三塗：佛教稱火塗、血塗、刀塗爲三塗。火塗是地獄中猛火燃燒之處，血塗是畜生道互相啖食之處，刀塗是餓鬼道被刀劍脅迫之處。墮落三塗是作惡的報應。

〔五〕「舌廣」句：佛經稱釋迦牟尼有三十二種相，其中一相是廣長舌，伸出能遮蔽面部。又稱佛在説法時，不論遠近，聽者都如近在身旁。《法華經・如來神力品》：「現大神力，出廣長舌，上至梵世。」《净名經》：「佛以一音演説法，衆生隨類各得解。」

〔六〕天女：佛經稱天女是欲界天的女性。《上生經》：「時諸閣間有百千天女，手執樂器。時樂音中演説苦空、無常、無我。」

〔七〕辨才天：演説佛法的地方。辨，又作「辯」。《大明三藏法數》第四十六：「十大辯天：謂得大智慧功德，成就大辯才也。此天或居山岩深險處，或在坎窟大樹叢林在處，常翹一足八臂莊嚴，常持弓箭刀鞘長杵鐵輪，帝釋諸天常加供善贊嘆，具無礙辯。」

其五

我有第一諦〔一〕，不落文字中。一以落邊際〔二〕，世法還具通〔三〕。横看與側看〔四〕，八萬四千好〔五〕。泰山一塵多，瀚海一蛤少〔六〕。隨意撮舉之，龔子不在斯〔七〕。百年守尸羅〔八〕，十色毋陸離〔九〕！

〔一〕第一諦：佛教把深妙的佛理稱爲第一諦，是對世俗諦而言。又稱真諦、聖諦、勝義諦。《涅槃經》：「如出世人所知者，第一義諦。世間人所知，名爲世諦。」

〔二〕邊際：佛家認爲中道和邊際是對立的，中道是教義的真理所在，邊際則是可以隨意變化的。

〔三〕世法：指世間各種生滅無常的事情。

〔四〕横看側看：蘇軾《題西林壁》：「横看成嶺側成峰，遠近高低各不同。」

〔五〕八萬四千：佛家語。形容衆多。參閲《西郊落花歌》注。

〔六〕「泰山」兩句：泰山上一顆微塵，可以説它很多；大海中一隻蛤蚌，自然可説是很少。意説數量並不是絶對的。

〔七〕「龔子」句：謂自己的真意並不在這裏。

〔八〕守尸羅：指精進持戒，防止身口作惡。尸羅：佛家語。又譯爲尸怛羅，義爲戒律。《大乘義章》：「言尸羅者，此名清凉，亦名爲戒。以能防禁，故爲戒。」

〔九〕「十色」句：謂不受各種色相誘惑。陸離：五光十色、參差斑駁的樣子。

辛巳 道光元年（一八二一）

能令公少年行 有序〔一〕

序曰：龔子自禱祈之所言也。雖弗能遂，酒酣歌之，可以怡魂而澤顏焉。

蹉跎乎公！公今言愁愁無終，公毋哀吟婭姹聲沉空〔二〕。酌我五石雲母鍾〔三〕，我能令公顏丹鬢緑而與年少争光風〔四〕。聽我歌此勝絲桐〔五〕。貂毫署年年甫中〔六〕，著書先成不朽功〔七〕，名驚四海如雲龍，攫拿不定光影同〔八〕。徵文考獻陳禮容〔九〕，飲酒結客横才鋒。逃禪一意皈宗風〔一〇〕，惜哉幽情麗想銷難空！拂衣行矣如奔虹〔一一〕，太湖西去青青峰〔一二〕。一樓初上一閣逢，玉簫金琯東山東〔一三〕。美人十五如花穠〔一四〕，湖波如鏡能照容，山痕宛宛能助長眉丰。一索鈿盒知心同〔一五〕，再索斑管知才工〔一六〕，珠明玉暖春朦朧。吴歈楚詞兼國風〔一七〕，深吟淺吟態不同，千篇背盡燈玲瓏。有時言尋縹渺之孤踪〔一八〕，春山不妒春裙紅。笛聲叫起春波龍，湖波烟雨來空濛〔一九〕。桃花亂打蘭舟篷，烟新月舊長相從。十年不見王與公，亦不見九州名流一刺通〔二〇〕。其南鄰北舍誰與相過從〔二一〕？佝僂丈人石户農〔二二〕，嶔崎楚客〔二三〕，窈窕吳儂〔二四〕，敲門借書者釣翁，探碑學拓者溪童〔二五〕。賣劍買琴，鬥瓦輸銅〔二六〕，銀針玉薤芝泥封〔二七〕，秦疏漢密齊梁工〔二八〕，佉經梵刻著録重〔二九〕，千番百軸光熊熊，奇許相借錯許攻〔三〇〕。應客有玄鶴〔三一〕，驚人無白驄〔三二〕。相思相訪溪凹與谷中，采茶采藥三三兩兩逢，高談俊辯皆沈雄。公等休矣吾方慵，天凉忽報蘆花濃，七十二峰峰峰生丹楓〔三三〕。紫蟹熟矣胡麻饛〔三四〕，門前釣榜催詞筩〔三五〕。余方左抽毫，右按譜，高吟角與宫〔三六〕。三聲兩聲棹唱終〔三七〕，吹入浩浩蘆花風，仰視一白雲卷空。歸來料理書燈紅，茶烟欲散頽鬟濃〔三八〕。秋肌出釧凉瓏鬆〔三九〕，夢不墮少年煩惱叢。東僧西僧一杵鐘，披衣起展華嚴筒〔四〇〕。噫嚱！少年萬恨填心胸，消災解難疇之功〔四一〕？吉祥解脱文殊童〔四二〕，著我五十三參中〔四三〕。蓮邦縱使緣未通〔四四〕，他生且生兜率宫〔四五〕。

〔一〕寫於道光元年（一八二一）。作者本意在經世致用，後來因「名高謗作」，才産生隱居太湖的願望。這首詩想像自己將來隱居太湖時的閑適生活，充滿了浪漫主義的憧憬。公：作者自稱。行：古詩的一種體裁。

〔二〕婭姹：象聲詞。這裏指哀吟之聲。

〔三〕五石：指容量。這裏帶誇張色彩，是虚數。《莊子·逍遥游》：「魏王貽我大瓠之種，我樹之成，而實五石，以盛水漿。」雲母鍾：用雲母裝飾的酒鍾。

〔四〕顔丹鬢緑：臉色紅潤，鬢髮烏黑。指年輕。

〔五〕絲桐：指代琴。王粲《七哀詩》之二：「絲桐感人情，爲我發悲音。」貂毫：指代毛筆。

〔六〕年甫中：剛到中年。按，時作者年三十歲。

〔七〕不朽功：《左傳·襄公二十四年》：「太上有立德，其次有立功，其次有立言。雖久不廢，此之謂不朽。」這裏指著書立説。

〔八〕攫拿：搏取執持。

〔九〕徵文考獻：考證古代文獻。陳禮容：陳列禮制儀式。《史記·孔子世家》：「孔子爲兒嬉戲，常陳俎豆，設禮容。」

〔一〇〕逃禪：躲進佛教的天地。杜甫《飲中八仙歌》：「醉中往往愛逃禪。」皈：同「歸」。佛家語。指歸向依附。宗風：佛家某一宗派獨有的風範。多指禪宗各派而言。

〔一一〕拂衣：指歸隱。《後漢書·楊彪傳》：「孔融魯國男子，明日便當拂衣而去，不復朝矣。」奔虹：《記事紺珠》：「貞觀中，有良馬流雲駟、奔虹赤諸名。」

〔一二〕青青峰：這裏指太湖西洞庭山。

〔一三〕玉簫金琯：李白《江上吟》：「木蘭之枻沙棠舟，玉簫金琯坐兩頭。」琯，同「管」。東山東：南朝梁吴均《别王謙》詩：「倘遺故人念，僕在東山東。」

〔一四〕如花穠：《詩·召南·何彼穠矣》：「何彼穠矣？唐棣之華（花）。」穠通「穠」。美盛的樣子。唐彦謙《春日偶成》詩：「美人顔色正如花。」
〔一五〕鈿盒：用金花鑲嵌的盒子。陳鴻《長恨歌傳》：「定情之夕，授金釵鈿盒以固之。」
〔一六〕班管：斑竹毛筆。班：通「斑」。
〔一七〕吴歈：吴地的民歌。《楚辭·招魂》：「吴歈蔡謳，奏大吕些。」
〔一八〕言尋：尋訪。言：助詞，無義。　縹渺：遠望隱約之貌。按，洞庭西山有峰名縹緲。
〔一九〕空濛：迷濛的樣子。蘇軾《飲湖上初晴後雨》詩：「水光瀲灩晴方好，山色空濛雨亦奇。」
〔二〇〕刺：名片。
〔二一〕南鄰北舍：左思《咏史八首》之四：「南鄰擊鍾磬，北里吹笙竽。寂寂揚子宅，門無卿相輿。」
〔二二〕佝僂丈人：彎腰曲背的老人。《莊子·達生》：「仲尼適楚，出於林中，見痀瘻者承蜩。」石户農：《莊子·讓王》：「舜以天下讓其友石户之農。石户之農……於是夫負妻戴，携子以入於海，終身不反也。」成玄英疏：「石户，地名也。農，人也，今江南唤人作農，此則舜之友人也。」
〔二三〕嶔崎：原爲山石高峻的樣子，亦以喻人之傑出不群。《世説·容止》：「桓茂倫嶔崎歷落可笑人。」
〔二四〕窈窕：嬌好。　吴儂：吴人。吴人稱人或自稱皆曰儂。

〔二五〕探碑學拓：尋訪古碑，摹拓碑文。

〔二六〕鬥瓦：拿出古代瓦當互相比較。　輸銅：把古銅器互相贈送。輸：送。

〔二七〕銀針、玉薤：兩種書體名。　芝泥：即印泥，封泥。

〔二八〕「秦疏」句：指古代碑版文字的不同風格：秦碑清疏，漢碑厚密，齊、梁兩代碑刻工整。

〔二九〕佉經梵刻：即佛經。佉、梵：佉盧和梵。傳説是印度創造文字的人。《三藏記》：「昔造書之主，凡有三人：長名曰梵，其書右行；次曰佉樓，其書左行；少者蒼頡，其書下行。梵及佉樓，居於天竺；黄史蒼頡，在於中夏。」佉樓，即「佉盧」。

〔三〇〕「奇許」句：奇書答應互相借閲，錯誤彼此指正。　攻：批評，指責過失。

〔三一〕「應客」句：像林逋一樣，有兩隻鶴可以接待客人。沈括《夢溪筆談》卷十：「林逋隱居杭州孤山，常畜兩鶴，縱之則飛入雲霄，盤旋久之，復入籠中。逋常泛小艇游西湖諸寺，有客至逋所居，則一童子出應門，延客坐，爲開籠縱鶴，良久，逋必棹小船而歸，蓋常以鶴飛爲驗也。」玄鶴：崔豹《古今注》卷中《鳥獸》：「鶴，千歲化爲蒼，又千歲變爲黑，所謂玄鶴是也。」

〔三二〕「驚人」句：没有騎着驄馬、威風十足、令人驚恐的達官貴人。《後漢書·桓典傳》：桓典爲侍御史，「常乘驄馬，京師畏憚，爲之語曰：『行行且止，避驄馬御史。』」驄：青白色的馬。

〔三三〕七十二峰：同治《蘇州府志》引《七十二峰記》：「太湖之山，發自天目，迤邐至宜興，入太湖，融爲諸山。湖之西北爲山十有四，馬蹟最大；又東爲山四十有一，西洞庭最大；又東爲山十有七，東洞庭最大。」

〔三四〕胡麻饛：胡麻做成的飯，盛得滿滿的。胡麻：芝麻。饛：盛滿的樣子。《詩·小雅·大東》：「有饛簋飧。」《集傳》：「饛，滿簋貌。」

〔三五〕釣榜：釣船。這裏指代釣魚人。榜：通舫。即船。詞筩：猶詩筒，盛詩的竹筒。王讜《唐語林》卷二《文學》：「白居易，長慶二年以中書舍人爲杭州刺史……時吴興守錢徽、吴郡守李穰，皆文學士，悉生平舊友，日以詩酒寄興。官妓高玲瓏、謝好好巧於應對，善歌舞。從元稹鎮會稽，參其酬唱。每以筒竹，盛詩來往。」筩：同「筒」。

〔三六〕角與宫：樂曲的律調。我國古代以宫、商、角、徵、羽爲五音。

〔三七〕棹唱：漁歌。

〔三八〕頹鬟：下垂的髮髻。這裏指代侍女。

〔三九〕釧：手鐲。瓏鬆：元好問《游天壇雜詩》：「總道楂花香氣好，就中偏愛玉瓏鬆。」自注：「花名有玉瓏鬆。」

〔四〇〕華嚴筒：指《華嚴經》。以前佛經用的是卷軸裝，卷作筒形，故稱。

〔四一〕疇：誰。

〔四二〕文殊童：佛教菩薩文殊師利，義爲妙吉祥。密教的文殊像是頭紮五髻的童子形狀，所以又稱文殊師利童子。這位菩薩通常和普賢菩薩一對，侍立在釋迦牟尼左右。

〔四三〕五十三參：《華嚴經·入法界品》載：善財童子，先於福城之東莊嚴幢娑羅林中，聞文殊説法，依照文殊指引，次第南行，遍參五十三位「善知識」（有道術的人），聽他們説法，而得善果。

〔四四〕蓮邦：佛祖誕生地。即西方極樂世界。又稱蓮華世界。《華嚴經》：「蓮華世界，是盧舍那佛成道之國，一蓮華有萬億國。」

〔四五〕兜率宫：即兜率天。是佛教所謂欲界六天中的第四天，泛指人死後所登的「天界」。兜率，是知足、妙足之意。《法華經》：「若有人受持誦讀，解其義趣，是人命終，即往兜率天，上彌勒菩薩所。」

寥落

寥落吾徒可奈何〔一〕？青山青史兩蹉跎〔二〕。乾隆朝士不相識，無故飛揚入夢多。

〔一〕吾徒：指與作者志同道合的朋友。

〔二〕青山：意指歸隱山林。青史：即史書。古人以竹簡記事，故稱。這裏意指名留後世。李白《過四皓墓》詩：「青史舊名傳。」

按，作者這首詩是借乾隆時代的當朝人物，譏刺嘉慶年間的當政大臣，認爲他們尸位素餐，毫無建樹，因循守舊，使政治日趨腐敗，社會日趨混亂。在十分不滿之餘，只有向夢裏追尋理想的人物。

暮雨謡三疊〔一〕

暮雨憐幽草，曾親擷翠人〔二〕。林塘三百步〔三〕，車去竟無塵。

〔一〕這首詩借暮雨爲題，思念一位同他要好的女子。

〔二〕擷翠：猶「拾翠」。原指拾取翠鳥羽毛以爲裝飾，後泛指女子春游景象。擷：采摘。曹植《洛神賦》：「或采明珠，或拾翠羽。」杜甫《秋興八首》之八詩：「佳人拾翠春相問。」

〔三〕步：長度單位。歷代不一。周代以八尺爲步，秦代以六尺爲步，舊制以營造尺五尺爲步。

雨氣侵羅襪〔一〕，泥痕涴畫裳〔二〕。春陰太蕭瑟，歸費夕爐香。

【校】

此爲《破戒草》詩。　「畫裳」：吴本、堂本、邃本、「四部」本、「文庫」本、「續四庫」本、王本、類編本、王校本並同。「畫」下邃本注：「一作『華』。」王本、類編本、王校本注：「一本作『華』。」本書從吴本。

〔一〕侵羅襪：李白《玉階怨》詩：「玉階生白露，夜久侵羅襪。」

〔二〕黦：黄黑色。這裏用作動詞，意爲染污。韋莊《應天長》詞：「淚沾紅袖黦。」

想見明燈下，簾衣一桁單〔一〕。相思無十里，同此鳳城寒〔二〕。

〔一〕簾衣：簾幕。桁：衣架。這裏作量詞。一桁，猶「一道」。

〔二〕鳳城：京城。杜甫《夜》詩：「銀漢遥應接鳳城。」仇兆鰲注引趙次公曰：「秦繆公女吹簫，鳳降其城，因號丹鳳城。其後言京城曰鳳城。」

城北廢園將起屋雜花當楣施斧斤焉與馮舍人啓蓁過而哀之主人諾馮得桃余得海棠作救花偈示舍人〔一〕

門外閑停油壁車〔二〕，門中雙玉降臣家〔三〕。因緣指點當如是，救得人間薄命花。

〔一〕這是在北京發生的一件趣事。當時作者和馮氏都任内閣中書。馮啓蓁：字晉漁，廣東鶴山人。嘉慶十五年舉人，初官咸安宫教習、内閣中書，兼國史館分校。離京後，寓居南京，主講鳳池書院。後任山西某州知州。偈：這裏指七絶。

〔二〕油壁車：車壁以油塗飾的車子，爲婦女所乘。南朝《錢塘蘇小歌》：「妾乘油壁車。」

〔三〕雙玉：徐度《却掃編》卷上：「許少伊右丞，宣和間初除監察御史，夜夢緑衣而持雙玉者隨其後，未幾劉希范資政珏繼有是除。靖康初爲太常少卿，復夢緋衣而持雙玉者隨其後，未幾劉亦繼爲奉常。」這裏指兩株海棠花。

柬陳碩甫奐並約其偕訪歸安姚先生〔一〕

其一

中夜栗然懼〔二〕，沈沈生鬢絲。開門故人來，驚我容顔羸〔三〕。霜雪滿天地，子來寧無饑？且坐互相視，冰落鬢與眉。

〔一〕道光元年，作者在北京，充國史館校對官。陳奐（一七八六——一八六三）：字倬雲，號碩甫，晚號南園，江蘇長洲（今屬蘇州）人。清代經學家。從學於段玉裁、江沅，後至京獲交王念孫父子及郝懿行等，請質疑義，學乃大進。著有《詩毛氏傳疏》、《毛詩説》、《毛詩音》、《三百堂文集》等。參閲《己亥雜詩注》一八一首。　姚先生：姚學塽（一七六七—一八二七），字晉堂，一字鏡堂，浙江歸安（今吴興縣）人。嘉慶元年進士，官至兵部郎中。學問贍博，尤工制藝。著有《姚兵部詩文集》、《竹素軒制義》。參閲《己亥雜詩注》六十首。

〔二〕中夜：夜半。　栗然：恐懼的樣子。

〔三〕羸：瘦弱。

其二

切切兩不已〔一〕，喁喁心腑温〔二〕。自入國西門〔三〕，此意何曾宣。飴我客心苦〔四〕，驅我真氣還。華冠闖然入〔五〕：公等何所論？

〔一〕切切：形容細聲懇摯。

〔二〕喁喁：低語聲，又是相傾慕的樣子。

〔三〕國西門：京師西門。作者那時住在宣武門南，地近外城偏西。

〔四〕飴：用麥芽製成的糖漿。

〔五〕華冠：《晉書·輿服志》：「建華冠，以鐵爲柱卷，貫大銅珠九枚，古用雜木珠，原憲所冠華冠是也。」這裏指代穿着高貴服裝的達官貴人。

其　三

進退兩無依，悲來恐速老。愁魂中夜馳，不如起爲道〔一〕。枯庵有一士〔二〕，長貧顔色好〔三〕。避人偕訪之，一覿永相保〔四〕。

〔一〕「愁魂」兩句：與其讓愁苦的魂魄在半夜裏徬徨，倒不如起來尋求真理。屈原《九章·哀郢》：「魂一夕而九逝。」《老子》：「爲學日益，爲道日損。」

〔二〕有一士：指姚學塽。魏源《歸安姚先生傳》：「官京師數十年，未嘗有宅，皆僦居僧寺中，紙窗布幕，破屋風號，霜華盈席，危坐不動。暇則向鄰寺尋花看竹。僧言雖彼教中持戒律苦行僧，不是過也。」

〔三〕「長貧」句：陸以湉《冷廬雜識》：「歸安姚鏡堂兵部學塽，學問贍博，品尤高卓。官京師數十年，寓破廟中，不携眷屬。……貧特甚。出不乘車，隨一僮持衣囊而已。所服皮衣冠，毛墮半，見其鞹。每行道中，群兒争笑指之，兵部夷然自若也。」

〔四〕覿：見。　永相保：永遠抱持，保有。

自「枯庵」以下四句，隱括陶潛《擬古九首》之五詩意：「東方有一士，被服常不完。三旬九遇食，十年著一冠。辛苦無此比，常有好容顔。我欲觀其人，晨去越河關。……願留就君住，從今至歲寒。」

冬日小病寄家書作〔一〕

黄日半窗暖，人聲四面希。餳簫咽窮巷〔二〕，沈沈止復吹。小時聞此聲，心神輒爲癡。慈母知我病，手以棉覆之。夜夢猶呻寒，投於母中懷。行年迨壯盛，此病恒相隨。飫我慈母恩〔三〕，雖壯同兒時。今年遠離别，獨坐天之涯。神理日不足，禪悦詎可期〔四〕。沈沈復悄悄，擁衾思投誰？予每聞斜日中簫聲則病，莫喻其故，附記於此。

〔一〕寫於道光元年冬，時作者在北京。

〔二〕餳簫：賣糖人所吹的簫。

〔三〕飫：飽足地領受。隋牛弘《宴群臣登歌》：「飫和飽德，恩風長扇。」

〔四〕禪悦：佛家語。指進入禪定以後心情的愉快狀態。《維摩詰經》静影疏：「禪定懌神，名之爲悦。」

夜讀番禺集書其尾〔一〕

其一

靈均出高陽〔二〕，萬古兩苗裔〔三〕。郁郁文詞宗〔四〕，芳馨聞上帝。

其二

奇士不可殺，殺之成天神〔五〕。奇文不可讀，讀之傷天民〔六〕。

〔一〕番禺集：指清初反清義士屈大均的詩文集。由於清王朝統治者嚴禁屈氏的著作，作者不敢明指，用這三個字代替。屈大均（一六三〇——一六九六）：字介子、翁山，廣東番禺人。明亡時僅十五歲，清軍進攻廣東，他投奔永曆帝，參加抗清工作。失敗後，削髮爲僧，名今種，字一靈。三十二歲還俗。吴三桂在雲南反清時，他又曾奔走聯絡。後還鄉，過着半隱居生活以終。著有《四朝成仁録》、《翁山詩外、文外》、《翁山詩略》、《道援堂集》、《廣東新語》等。他的詩文懷念故國，感傷時事，反清情緒十分激烈。據清代檔案，他的著作在雍正八年開始查禁，乾隆間查禁更嚴，但仍有人私下收藏，故作者能够讀到。

〔二〕靈均：楚國詩人屈原，字靈均。他在《離騷》中自稱：「帝高陽之苗裔兮。」

〔三〕「萬古」句：屈原和屈大均，二千年相隔，是高陽氏兩個後裔。苗裔：後代子孫。陳維崧《念奴嬌·讀屈翁山詩有作》詞：「靈均苗裔，羡十年學道，匡廬山下。」認爲屈大均就是屈原的後代。按，屈大均的詩，其中一部分富於浪漫主義氣息，頗受屈原《楚辭》的影響。

〔四〕文詞宗：文詞的宗匠。文詞，兼指散文、詩歌而言。

〔五〕「奇士」二句：屈大均並未被殺，這兩句只是反映作者對清統治者屠殺政策的鄙視和嘲笑。

〔六〕天民：謂有道而不在位的人。《莊子·庚桑楚》：「有恒者，人舍之，天助之。人之所舍，謂之天民；天之所助，謂之天子。」

又書一首

卷中覿幽女〔一〕，悄坐憺妝束〔二〕。豈無紅淚痕〔三〕，掩面面如玉。

〔一〕幽女：幽居怨抑的美女。這裏比喻屈大均。

〔二〕憺：安然地。

〔三〕紅淚：指女子的眼淚。晉王嘉《拾遺記》卷七：薛靈芸，常山人，容貌絶世。谷習出守常山郡，聘之以獻魏文帝。「靈芸聞别父母，歔欷累日，淚下沾衣。至升車就路之時，以玉唾壺承淚，壺則紅色。既發常山，及至京師，壺中淚凝如血。」

夜直〔一〕

天西涼月下宫門，夕拜人來第一番〔二〕。蠟燭飽看前輩影〔三〕，屋梁高待後賢捫〔四〕。累朝朱簽及絲綸簿〔五〕，皆皮床頂〔六〕，須梯而升，皆史官底本也。沈吟章草聽鐘漏〔七〕，迢遞湖山赴夢魂〔八〕。安得上言依漢制，詩成侍史佐評論〔九〕。

〔一〕作者官内閣中書時，在内閣值夜所作。

〔二〕夕拜：《漢舊儀》：「黄門郎日暮入對青瑣門拜，故謂之夕郎。」作者值夜，所以稱爲夕拜。第一番：第一班。番，輪班。

〔三〕「蠟燭」句：清代内閣大庫是收藏歷朝皇帝詔令和臣下章奏的地方，值班中書可以隨便翻閲。因爲讀到不少前代官員的章奏，所以比喻爲看到前輩的身影。

〔四〕「屋梁」句：屋梁上高高放着的文件，只等後來的人翻查。

〔五〕朱簽、絲綸簿：皇帝對臣下奏章的批示，例用朱筆，稱爲朱簽或朱批。皇帝詔令稱爲絲綸，集成一册称爲絲綸簿。《禮·緇衣》：「王言如絲，其出如綸。」阮葵生《茶餘客話》卷一：「内閣大庫藏歷代策籍，並封貯存案之件。漢票籤之内外紀，則具載百餘年詔令、陳奏事宜。九卿翰林部員，有終身不得窺見一字者。部庫只有本部通行，惟閣中則六曹咸備。故中書品秩雖卑，實可練習政體，博古通今。予辛巳夏值票籤，計百餘日中，粗幡外紀；一遇夜直之期，檢閲尤便。每次携帶長蠟三枚，竟夕披覽不倦。」可見中書值夜情況一斑。

〔六〕庋：放置，收藏。

〔七〕章草：指奏章。草：草稿。

〔八〕迢遞湖山：指故鄉邈遠的湖山。迢遞：形容遥遠。

〔九〕侍史：《後漢書·鍾離意傳》：「藥崧者，河内人，天性樸忠。家貧爲郎，常獨直臺上，無被，枕杫，食糟糠。帝每夜入臺，輒見崧，問其故，甚嘉之，自此詔太官賜尚書以下朝夕餐，給帷被、皂袍及侍史二人。」注引蔡質《漢官儀》曰：「尚書郎入直臺中，官供新青縑白綾被，或錦被，晝夜更宿。……尚書郎伯使二人，女侍史二人，皆選端正者。伯使從至止車門還，女侍史絜被服，執香爐燒熏，從入臺中，給使護衣服。」按，方濬師《蕉軒隨録》引潘漱庭（曾綬）《省中雜詩》云：「秋高萬籟静無聲，官燭名花照眼明。不見熏香雙侍史，窺人只有月多情。」注云：「徐中丞士林，康熙癸巳進士，初官中書，有句云：『歸來惹得山妻問，侍女熏香近有無？』」内閣中書值夜詩，常用侍史典故，因附録於此。

賦得香〔一〕

我有香一段〔二〕，煎熬刳斫成〔三〕。德堅能不死〔四〕，心苦惜無名。大玉煩同薦〔五〕，群靈感至誠〔六〕。偶留閨閣愛，結習愧平生〔七〕。

〔一〕「賦得」，是科舉時代試帖詩的體裁。作者這首詩並非應試所作，不過仿效試帖詩體，以「香」爲題，所以不是八韻，也不是六韻。

〔二〕香一段：指沉香、檀香之類的香料，原是樹木的根莖，加工後成爲塊狀或條狀，所以説一段。

〔三〕煎熬刳斫：製造香料時，要經過砍、挖、煎熬等工序。刳：剖挖。斫：砍伐。

〔四〕不死：《涅槃經》卷二十五：「雪山之中，有上香藥，名曰娑訶，有人見之，得壽無量，無有病死，往生十因，曰雪山不死藥。」

〔五〕「大玉」句：香是和玉一同獻出的。意説它不會混雜鄙俗不潔的東西。大玉：美玉。薦：獻。

〔六〕群靈：諸神。

〔七〕結習：佛家語。指人世的欲望等煩惱。《維摩詰所説經・觀衆生品》：「結習未盡，花著身耳；結習盡者，花不著也。」後泛指積久難破的習慣。

奴史問答〔一〕

朝荈一卮〔二〕，五百學士偷文詞。暮酒一杓，四七辨士記匡略〔三〕。長眉寫書小史云〔四〕：主人者誰？入亦無姝〔五〕，出亦無車〔六〕。一史致詞：出無車，迷不知東街與西街，懷中墮出西海圖〔七〕；入無姝，但見瑶琴愔愔〔八〕，紅燭華都〔九〕。主人中夜起，彈琴對燭神踟躕。鄰宅大夫〔一〇〕，私問奴星〔一一〕：主人者誰？朝誦聖賢文〔一二〕，夕誦聖賢文？奴言從主人一紀有餘〔一三〕，主人朝癯夕腴〔一四〕，夕腴朝又癯。尚不見主人之眉髮美與醜，惟聞喃喃呢呢朝誦貝葉文〔一五〕，夕誦貝葉文。比來長安〔一六〕，出亦無車，入亦無姝；日籍酒三五六斤〔一七〕，苦荈亦三斤。長安無客不踏主人門。客稱主人人一喙〔一八〕，不知主人誰喜誰所嗔〔一九〕。歲星在前奴在後〔二〇〕，又聞昨夜宅神巷鬼言〔二一〕：包山老龍饞不得歸〔二二〕，談破長安萬張口。萬張口奴皆聞之。奴能算天九，算地九〔二三〕，能使梭化龍而雷飛〔二四〕，石赴波而海走〔二五〕；又能使大荒之山麒麟之角移贈狗〔二六〕。奴不信主人行藏似誰某〔二七〕。

〔一〕這首詩通過「奴」、「史」的問答，描寫一個行爲怪異的人物。其實是作者爲自己寫照。
〔二〕荈：茶。　一卮：猶一樽，一杯。
〔三〕四七：二十八。　辨士：善辯的人。辨，通「辯」。　厓略：同「崖略」。意爲大略。
〔四〕寫書小史：抄寫人員。
〔五〕無姝：没有妻妾。揚雄《太玄經》：「視無姝。」姝：美女。
〔六〕出亦無車：戰國時馮諼爲孟嘗君門客，起初不受重視，他曾彈劍而歌：「長鋏歸來乎，出無車！」見《戰國策·齊四》。
〔七〕西海圖：畫着西北邊境形勢的地圖。西海：指今青海省的青海湖，西漢末於其地置西海郡。或説指裏海、紅海、地中海。作者《西域置行省議》：「高宗皇帝……開拓西邊，遠者距京師一萬七千里，西藩屬國尚不預，則是天遂將通西海乎？」這裏泛指西北地區。按，作者精研西北地理，對邊防問題十分關注，著有《西域置行省議》的專論，建議移民實邊，防止外國窺伺。這句即暗指其事。
〔八〕瑶琴：琴的美稱。愔愔：安閑和悦的樣子。嵇康《琴賦》：「愔愔琴德，不可測兮。」
〔九〕華都：華美。都：美。
〔一〇〕大夫：清代高級文職階官稱大夫。這裏作爲官員的通稱。

〔一一〕奴星：名字叫星的奴僕。韓愈《送窮文》：「主人使奴星，結柳作車，縛草爲船。」

〔一二〕聖賢文：指「四書」、「五經」之類被儒家稱爲聖經賢傳的書。

〔一三〕紀：十二年。

〔一四〕朝癯夕腴：《淮南子·精神訓》：「子夏見曾子，一臞一肥。曾子問其故。曰：『出見富貴之樂而欲之，入見先王之道又説(悦)之，兩者心戰，故臞，先王之道勝，故肥。』」作者借用，暗示對當時的社會政治局面十分不滿，所以白天因憂憤而清瘦，晚上因恬淡而豐潤。癯：同「臞」，瘦。腴：肥胖。

〔一五〕喃喃呢呢：小聲誦讀的聲音。貝葉文：佛經。從前印度的佛經用貝多羅樹葉書寫，稱貝葉經或貝葉文。

〔一六〕長安：借指北京。

〔一七〕籍酒：借酒。籍：通「藉」。

〔一八〕人一喙：一人一張嘴。意思是議論紛紛，没有統一意見。

〔一九〕誰喜誰所嗔：《世説新語·德行》：「丞相見長豫(悦)輒喜，見敬豫(怡)輒嗔。」

〔二〇〕歲星：即木星。《史記·天官書》「揆歲星順逆」《索隱》：「《天官占》云：歲星，一曰應星，一曰紀星。《物理論》云：歲行一次，謂之歲星，則十二歲而星一周天也。」唐李冗《獨異志》卷上：「漢東方朔，歲星精也。自入仕漢武帝，天上歲星不見，至其死後，星乃出。」

〔二一〕宅神：居室之神。　巷鬼：里巷之鬼。

〔二二〕包山：太湖西洞庭山。傳説漢代道士鮑靚曾居此山，「鮑」訛爲「包」，故稱「包山」。老龍：唐人小説《柳毅傳》有洞庭龍君，作者藉以自指。他經常想在洞庭山隱居，不能如願，所以説「饞不得歸」。參見《哭洞庭葉青原》詩注。

〔二三〕算天九、算地九：《淮南子·原道訓》：「卓然獨立，塊然獨處，上通九天，下貫九野。」《孫子·形篇》：「善守者藏於九地之下，善攻者動於九天之上。」《後漢書·皇甫嵩傳》：「彼守不足，我攻有餘。有餘者動於九天之上，不足者陷於九地之下。」注引《玄女三宮戰法》曰：「行兵之道，天地之寶。九天九地，各有表裏。九天之上，六甲子也。九地之下，六癸酉也。子能順之，萬全可保。」這裏似是天文、地理、軍事、術數無所不曉的意思。

〔二四〕梭化龍：《晉書·陶侃傳》：「侃少時漁於雷澤，網得一織梭，以掛於壁。有頃雷雨，自化爲龍而去。又夢生八翼，飛而上天。」

〔二五〕「石赴」句：《三齊略記》：「（秦）始皇作石橋，欲渡海看日出處。時有神人，能驅石下海，石去不速，神輒鞭之，皆流血。」

〔二六〕大荒之山：《山海經·大荒西經》：「大荒之中，有山名大荒之山，日月所入。」　麒麟之角：《詩·周南·麟之趾》：「麟之角。振振公族。于嗟麟兮！」傳：「麟角所以表其德。」《春秋感精符》：「麟一角，明海内共一主也。」作者則把證明「海内共一主」的麒麟角移贈給狗，這也是尖刻的諷刺。

〔二七〕行藏：出處行止。《論語·述而》：「用之則行，舍之則藏。」

辛巳除夕與彭同年藴章同宿道觀中彭出平生詩讀之竟夜遂書其卷尾〔一〕

亦是三生影〔二〕，同聽一杵鐘。挑燈人海外〔三〕，拔劍夢魂中。雪色憯恩怨〔四〕，詩聲破苦空〔五〕。明朝客盈座，誰信去年蹤〔六〕？

〔一〕辛巳是道光元年（一八二一），作者住在北京城南圓通觀，除夕之夜寫了這首詩。彭藴章（一七九二—一八六二）：字琮達，號咏莪，江蘇長洲（今蘇州）人。由舉人入貲爲内閣中書，充軍機章京。道光十五年進士，授工部主事，留直軍機處，歷官宗人府丞、工部侍郎等，咸豐間官至工部尚書、協辦大學士，拜文淵閣大學士。同治元年卒，年七十一。謚文敬。善書畫，著有《松風閣詩鈔》等。

〔二〕三生：見《昨夜》詩「篷窗」句注。

〔三〕挑燈：把燈撥亮；點燈。這裏意指讀詩，談天。

〔四〕憺：同「淡」。

〔五〕破苦空：打破道觀的虛寂。《廣弘明集》卷十五李師政《内德論》：「自非研精以考其妄，沈思而察苦空，無以立匪石之信根，去若網之疑蓋。」

〔六〕去年踪：指除夕之夜這一段經歷。

周信之明經中孚手拓吴興收藏家吴晉宋梁四朝磚文八十七種見貽賦小詩報之〔一〕

人間漢磚有五鳳〔二〕，廣陵尚書色爲動〔三〕。阮公元。十笏黄金網致回〔四〕，歐陽欲語瘖猶夢〔五〕。歐陽公嘗恨平生見東漢人字多，見西漢字少。西京氣體誰比鄰〔六〕？下有六代之芳塵〔七〕。我生所恨與歐異，但恨金石南天貧。嘗著録吴、東晉、宋、齊、梁、陳六代金石刻，不過十種，而北魏、北齊、北周乃十倍之。非金非石非誄謚〔八〕，獸面魚形錯文字，清華想見館壇碑〔九〕，梁上清真人許君館壇碑，顧亭林猶見拓本，今人間無片楮矣。倔强偏殊國山制〔一〇〕。赤烏磚字勢〔一一〕，絶不與國山碑同。君言解饞良不惡，通人識小聊爲樂〔一二〕。君著《金石小品録》。翠墨淋漓藺紙香〔一三〕，余亦裝潢媵瘗鶴〔一四〕。凡著録六朝石刻，以《瘗鶴銘》爲殿，而磚文則又爲附見矣。就中吉語紛蟬嫣〔一五〕，作詩謝君君囅然〔一六〕。生兒且覓二千石，亦磚文語。出地何愁八百年〔一七〕。舊蓄「王大令保母」磚拓本，有「後八百載君子知之」語。

〔一〕古代的墓磚，常印有文字或花紋，可藉此考證古代的文字、風俗、美術等。周中孚把四朝的磚文拓本八十七種贈給作者，作者寫了此詩作爲酬答。周信之：周中孚，字信之，別字鄭堂，浙江烏程人，嘉慶十八年（一八一三）副貢生。致力於考證經史、藝文，參加纂修《經籍籑詁》，著有《鄭堂讀書記》、《金石識小録》等。又曾爲上海李嘉筠校訂所藏書。

〔二〕五鳳漢磚：刻有西漢五鳳年號（宣帝劉詢年號，前五七—前五四）的古磚。阮元《定香亭筆談》：「浙西碑石無漢、晉古刻，惟磚文獨多。予得西漢五鳳五年磚一，東漢永康元年磚一，西晉建興四年磚二，東晉咸和二年磚一，興寧二年磚一，皆製爲硯。」翁方綱《五鳳五年磚記》：「漢磚一，就其側有字處以建初尺度之，長七寸弱，厚二寸弱，蓋稍有磨去也。餘三面皆經瑑磨平矣，面背僅闊三寸四分，則非磚之原制矣。硯左側四周復邊，中作陽文『五鳳五年』四字，字皆一寸許，下五字視上五字稍長，『年』字下直似極長而磨殺也……阮芸臺侍郎自浙江得之，携來京師。」

〔三〕廣陵尚書：指阮元（一七六四—一八四九）。阮是江蘇儀徵人，儀徵舊屬揚州府，揚州舊稱廣陵。參見《己亥雜詩注》一〇九首。　色爲動：臉色改變。《戰國策・趙策》：「二主色動而意變。」這裏是驚喜的樣子。阮元愛研究古磚文字。陸心源《千甓亭磚録》卷首有吴雲寫給陸心源的信，其中説：「嘉、道間，阮文達公巡撫我浙，建詁經精舍。當日知名之士，咸萃幕下，經術之外，及於金石文字……文達嘗得漢五鳳諸磚，謂以年紀器，石勒工名，其字可觀隸分之變，其銘可補志乘之遺，因以八磚分題課士。於是嗜古之士益知貴重。」

〔四〕十笏：十錠。笏：原意爲手板，古代從皇帝到士人都執笏，有玉製、牙製、竹製的不同。宋代開始有人稱墨一錠爲一笏，以後又有人稱銀一錠爲一笏。十笏就是十錠。　網致：網羅搜集。

〔五〕歐陽：指歐陽修。他喜愛收集古代金石文字，著有《集古録》。他那時還没有發現西漢石刻文字，曾説：「至後漢以後，始有碑文；欲求前漢時碑碣，卒不可得。」瘖：啞。

〔六〕西京氣體：指西漢文字的氣格體勢。西京：西漢建都長安，東漢遷都洛陽後，稱長安爲西京。後人因亦稱西漢爲西京。

〔七〕六代之芳塵：指三國吴、東晉、宋、齊、梁、陳六朝的石刻文字。

〔八〕誄：哀祭文的一種，用以表彰死者德行并致哀悼。　謚：古代貴族死後按生前事迹評定褒貶給予的稱號。

〔九〕館壇碑：南朝蕭梁時代的石碑。全稱是「上清真人許長史舊館壇碑」。天監十五年陶弘景撰書。很受書法家重視。

〔一〇〕國山：全稱「吴封禪國山碑」。吴天璽元年（二七六），孫皓派董朝、周處到宜興縣國山封禪時樹立，因石形橢圓，又稱囤碑。碑文用篆體，下部文字已漫滅難辨。

〔一一〕赤烏磚：刻有「赤烏」年號的磚。赤烏：東吴孫權的年號，公元二三八—二五一年。

〔一二〕通人：《論衡・超奇篇》：「能説一經者爲儒生，博覽古今者爲通人。」識小：《論語・子張》：「不賢者識其小者。」這裏拿周氏所著《金石小品録》的書名跟他開玩笑。

〔一三〕翠墨：拓本在拓印時所用漆黑有光的上等墨。翠：鮮明。陸游《老學庵筆記》卷八：「蜀語『鮮翠』猶言『鮮明』也。」繭紙：用繭絲作成的紙。

〔一四〕裝潢：即裝裱。古代書畫以潢紙（以黄檗汁染的紙）裝裱，故稱。一説：「潢，猶池也，外加緣則内爲池，裝成卷册，謂之裝潢。」（方以智《通雅》卷三十二《器用》）媵：古指隨嫁或隨嫁的人。這裏引伸爲陪伴之意。瘞鶴：指《瘞鶴銘》。梁天監十三年（五一四）華陽真逸撰碑文，上皇山樵正書，字勢雄强秀逸，極被書家推崇，作者亦有「南書無過《瘞鶴銘》」（見後）之説。參閲《己亥雜詩注》二二九首。

〔一五〕嬋嫣：連續不斷。《漢書・揚雄傳》：「有周氏之嬋嫣兮。」顔師古注：「嬋嫣，連也。」

〔一六〕囅然：笑的樣子。《莊子・達生》：「桓公囅然而笑。」

〔一七〕「生兒」兩句：上句暗用蘇軾「但願生兒愚且魯，無災無難到公卿」意。下句亦即作者《以漢瓦琢爲硯賜橙兒……》詩：「平生自憙，傳世千秋」意。　二千石：漢代官吏等級，拿俸禄多少計算，有中二千石、二千石、比二千石等名稱。二千石的月俸是米一百二十斛，相當於郡守或諸侯相的職位。這裏泛指較高級的官員。

吴市得舊本制舉之文忽然有感書其端〔一〕

其一

紅日柴門一丈開〔二〕，不須逾濟與逾淮〔三〕。家家飯熟書還熟，羨殺承平好秀才〔四〕。

【校】

此爲《破戒草之餘》詩。　題：吴本、堂本、邃本、「四部」本、「文庫」本、「續四庫」本、王本、類編本、王校本並同。唯鄧本作《吴市得舊本制舉文書其端》，題下注：「原作《吴市得舊本制舉之文忽然有感書其端》，今從孝拱手删。」王校本用原題，而另注：「又題：《吴市得舊本制舉之文書其端》，乃龔橙删節。」（周按，「之」字衍。）本書用原題。

〔一〕作者在蘇州得到一本康熙年間刻印的八股文選本，頗有感觸，寫下四首絶句。

〔二〕柴門：用柴作的門。指代貧寒之家。曹植《梁甫行》：「柴門何蕭條。」一丈：指太陽高度，不指門扇寬度。

〔三〕「不須」句：讀書人只須在家裏讀書，用不着到處奔走謀求生活。濟：濟水。源出河南濟源縣王屋山，故道通過黄河向南轉東，流入山東境内，後來下游受到黄河、大小清河占奪，現在河名已不存在。淮：淮水。發源於河南桐柏山，經安徽、江蘇北部入海。

〔四〕「家家」兩句：每户人家當飯煮熟時，書也背熟了。這種太平盛世的生活真令人羨慕極了。指農村比較安定富足，讀書人能安心讀書研究。

其二

耆舊辛勤伏案成〔一〕，當年江左重科名〔二〕。郎君座上談何易，此事人間有正聲〔三〕。

〔一〕耆舊：耆老故舊。

〔二〕江左：長江下游江、浙一帶地區。清魏禧《日録雜説》：「江東稱江左，江西稱江右，蓋自江北視之，江東在左，江西在右耳。」科名：科舉的名目。

〔三〕「郎君」兩句：年青人在座上高談闊論，以爲這事情很容易，其實科舉文章也有它的正宗，正宗的科舉文章是不容易寫好的。

其　三

國家治定功成日〔一〕，文士關門養氣時〔二〕。乍洗蒼蒼莽莽態〔三〕，而無僾僾恛恛詞〔四〕。

〔一〕治定功成：《論衡·問孔篇》：「任賢使能，治定功成。」作者所指是康熙年間的情況。
〔二〕關門養氣：進行道德學問的進修。《孟子·公孫丑》：「我善養吾浩然之氣。」
〔三〕蒼蒼莽莽態：指樸陋寒酸之態。《集韻》：「莽蒼，寒狀。」
〔四〕僾僾恛恛：懵懂昏沉的樣子。「恛」又作「佪」。《爾雅·釋訓》：「僾僾恛恛，惛也。」

其　四

刻畫精工值萬錢〔一〕，青燈幾輩細丹鉛〔二〕。南山竹美蘭膏賤〔三〕，累我神游百廿年。

以康熙三十年鐫成，丹鉛之徒，亦必康熙前輩矣。

〔一〕刻畫：雕刻。
〔二〕丹鉛：從前批點文章，多以丹砂、鉛黄作墨，加上圈點或評語。韓愈《秋懷》詩：「丹鉛事點勘。」

〔三〕南山竹美：竹是製紙的原料，竹美製成的紙張也堅好。《漢書·公孫賀傳》：「罄南山之竹，不足受我辭。」南山：指終南山。蘭膏：燈燭。《楚辭·招魂》：「蘭膏明燭，華容備些。」注：「以蘭香煉膏也。」

蕭縣顧椒坪工詩隱於逆旅恒自㪷芻秣伺過客乞留詩欲陰以物色天下士亦留一截句〔一〕

詩人蕭縣顧十五〔二〕，馬後談詩世罕聞。如此深心如此法，奈何長作故將軍〔三〕？

〔一〕蕭縣：在徐州市西南，清代屬江蘇省，今劃歸安徽省。顧椒坪：生平未詳。芻秣：馬吃的草料。物色：找尋。

顧嘗仕。

〔二〕十五：是顧氏的排行。

〔三〕故將軍：漢代將軍李廣退職閑居，稱爲故將軍。《史記·李將軍列傳》：「霸陵尉醉，呵止廣。廣騎曰：『故李將軍。』尉曰：『今將軍尚不得夜行，何乃故也！』止廣宿亭下。」顧椒坪曾擔任過武職，所以作者也稱他爲故將軍。

小游仙詞十五首〔一〕

其一

歷劫丹砂道未成〔二〕，天風鸞鶴怨三生〔三〕。是誰指與游仙路？抄過蓬萊隔岸行〔四〕。

【校】

此爲《破戒草之餘》詩。「道未成」：「道」，諸本皆同。《詩話》本作「恨」。「抄過」：「抄」，諸本同。《詩話》本作「鈔」，可通。

〔一〕吴昌綬《定庵先生年譜》：「道光元年，夏，考軍機章京，未録，賦《小游仙十五首》，遂破戒作詩。」作者在《干禄新書自序》中也提到：「龔自珍……考軍機處不入直。」道光元年（一八二一）作者三十歲，在内閣充國史館校對官，從嘉慶二十三年（一八一八）考中舉人後，二十四、二十五兩年應進士考試都告失敗，本年轉考軍機章京，不料仍然落選。因此作者借用游仙詩體裁，隱約發露此事，既談掌故，也抒感慨。詩中出現的玉女、仙官、仙姨、湘君等等，都是影射軍機大臣或軍機章京。由於作者的祖父禔身、父親麗正，都曾任軍機章京，所以有關軍機處的軼聞掌故，作者寫來都有所根據，絕非憑空杜撰。注者參考前人撰述有關軍機處的掌故資料，印證這十五首詩，作者暗藏的用意，十之八九可以弄懂。從前有人説《游仙詩》是艷情之作，那是毫無根據的。

考清代軍機處的設立，其初是出於保守軍事機密。趙翼《軍機處述》有云：「軍機處本内閣之分局。國初承前明舊制，機務出納（按，指國家政務的處理），悉關内閣。其軍事付議政王大臣議奏。康熙中諭旨，或有令南書房翰林撰擬。是時南書房最爲親切地，如唐翰林學士掌内制也。雍正年間，用兵西北兩路，以内閣在太和門外，儤直（按，指官吏值宿）者多，慮漏泄事機，始設軍需房於隆宗門内，選内閣中書之謹密者入直繕寫，後名軍機處。地近宫廷，便於宣召。爲軍機大臣者，皆親臣重臣。於是承旨出政，皆在於此矣。」名義雖是軍機處，其實已發展成爲包攬軍政要務的皇帝身邊的機要班子。軍機大臣固然位尊權重，連同屬下的軍機章京也身份特殊，不同尋常。由此軍機處便成爲翰林院以外一個取得高官顯宦的階梯。

〔二〕歷劫：經歷長久時間。按佛家言劫，道家亦言劫。　丹砂：即朱砂。成份爲一硫化汞，是提煉水銀的重要原料。水銀，古人稱爲汞，它善於熔解金銀等金屬而成爲合金，這種合金稱爲汞齊。古人誤以爲汞可以化成黄金，所以許多道家都曾從事燒丹煉汞。於是煉丹服食又成爲追求長生不老的門路。

〔三〕鸞鶴：道家説是仙人的坐騎。鸞：傳説中鳳凰一類的鳥。這裏暗指自己是内閣中書身份，長久無法升遷。　三生：指前生、今生、來生。

〔四〕抄過：繞過。　蓬萊：道家説的仙山。《漢書·郊祀志》：「使人入海求蓬萊、方丈、瀛洲，此三神山者，其傳在渤海中。」

按，這首詩開宗明義，説明自己要參加軍機章京考試的緣故。第一句用「煉丹未成」暗指自己在兩次進士考試中遭到失敗。第二句以鸞鶴自比，因爲自己此時正任内閣中書。第三、四句説，有人指引他另走一條進身之路，即考選軍機章京。「抄過蓬萊」，即指此事。

按清代制度，通過進士考試，成績優良，進入翰林院，再出任中央或地方大員，是一條便捷的進身之路。除此之外，考取軍機章京，也能達到同樣目的。因爲軍機章京地位比較特殊，經常接近皇帝，容易得到「宸眷」。龍顧山人《南屋述聞》説：「凡軍機章京之得力者，上皆深識其人。故每有身在章京班列，不久即躐躋樞要者。」龔自珍企圖「躐躋樞要」，是希望有朝一日能仿效王安石的前例，掌握政權，推行一套變法革新的措施，像他兩句詩所説的：「障海使西流，揮日還於東」，幹出一番驚天動地的大業，而不是對軍機處有什麽特别喜愛。除此之外，龔氏考選軍機章京，也因爲他有一個便利條件，那就是現任内閣中書這個資格。龍顧山人《南屋述聞》説：「自考選章京之制行，凡閣、部保送者，類皆係進士、舉人出身。……惟甲乙榜有捐納内閣中書者，例得保送。」龔自珍正是乙榜（舉人）出身的内閣中書，所以能參加章京考試。

其二

九關虎豹不譏訶〔一〕，香案偏頭院落多〔二〕。賴是小時清夢到，紅牆西去即銀河〔三〕。

〔一〕九關虎豹：傳説中守護天關的猛獸。《楚辭·招魂》：「虎豹九關，啄害下人些。」譏訶：詰問斥責。

〔二〕香案：放置香爐的桌子。這裏指皇帝御極的地方。

〔三〕紅牆：宮殿圍牆。這裏是指乾清門。銀河：仙女所在的地方。

按，這首詩點出軍機處的位置，又暗示自己從小就已聽説過軍機處内部的情况。關於軍機處的班房，下述記載可供參考。乾隆十九年入直的趙翼在《軍機處述》中説：「雍正年間，始建軍需房於隆宗門内。余直軍機時，直舍即在軍機大臣直廬之西，僅屋一間半，又逼近隆宗門之牆，故窄且暗。後遷於對面北向之屋五間，與滿洲司員同直，則余已改官，不復入直矣。」乾隆二十五年入直的王昶在《軍機處題名記》中説：「直廬始設於乾清門外西偏，繼遷於門内，與南書房鄰。復於隆宗門西，供夜直者食宿。」辛亥革命後溥儀仍居清宫時，曾入值所謂「軍機處」的龍顧山人在所撰《南屋述聞》中説：「軍機處直房在隆宗門外，北房五楹爲大樞趨直之所，南房爲章京直舍，亦五楹。漢章京恒在西間，滿章京恒在東間。其曰南屋者，謂章京也。」隆宗門是紫禁城中著名的門，坐落在乾清門外西側，東西向，東爲保和殿，西通養心殿、慈寧宫，與大内距離甚近。又乾清宫在保和殿北，清帝常在這裏御門聽政。金梁《清宫史略》載：「乾清門，中門三。凡召對臣工，引見庶僚，俱由右門出入，内廷行走之大臣官員亦得由之。中門之旁，左爲内左門，右爲内右門。凡内宫及承應人等，出入俱由内右門；軍機大臣、南書房、翰林、内務大臣官員出入亦得由之。……内右門之西爲侍衛房及軍機處、内務府辦事處。其南相對，東爲宗室王公奏事待漏之所，西爲軍機章京直舍。」從位置看，也可見軍機處地位的重要性。

這首詩第一句用「九關」暗指紫禁城，再用「虎豹不譏訶」暗示軍機處地位尊崇。第二句「香案偏頭」，指乾清門的西偏，「院落多」，即軍機處所在地。第三句表示自己從小就聽到有關軍機處的許多内幕。第四句説，軍機處就在乾清門紅牆西面。按龔自珍祖父禔身，乾隆三十四年會試中式，官至内閣中書、軍機處行走。父親麗正，嘉慶元年進士，於嘉慶十四年至十七年充軍機章京。（見吴昌綬《定庵先生年譜》）因此關於軍機處的内部情況，龔氏自小已從先人口中聽到不少。所謂「清夢」，自是托辭。

其三

玉女窗中梳洗成〔一〕，隔窗偷眼大分明。侍兒不敢頻頻報，露下瑶階濕姓名〔二〕。

【校】

此爲《破戒草之餘》詩。「大分明」：「大」，諸本皆同。《詩話》本作「太」。

〔一〕玉女：傳説中的仙人。《後漢書・張衡傳・思玄賦》：「載太華之玉女兮。」注引《詩含神霧》曰：「太華之山，上有明星玉女，主持玉漿，服之成仙。」李白《送王屋山人魏萬還王屋》詩：「暮宿玉女窗。」注引《河南圖經》：「嵩山有玉女窗，漢武帝於窗中見玉女。」

〔二〕濕姓名：因爲站在階下，露氣沾衣，又老等人叫喚自己的名字，所以説「濕姓名」。

按，這首詩從旁人眼中烘托出軍機章京的高貴身份。第一句説，章京們穿戴得齊齊整整，在值班房裏辦事。第二句「偷眼」的人，指各部院派去領公事的人員。《南屋述聞》載：「若尋常文件，則交由各衙門領事司員面領。領事者得至章京直廬，領訖則簽名於簿，簿列所領件數，以資考核。」又云：「而關防尤峻，雖各衙門之領事者，非經傳唤，且不得擅至階上。」第三句的侍兒指傳達宣唤的執役人員，他們怕妨礙章京們辦公，所以有人來了也不敢頻頻打擾。這些人稱爲蘇拉，繼昌《行素雜志》：「軍機處蘇拉向選内務府三旗幼丁充之，故當時戲呼之爲小么，皆十五歲以上不識字者充之。」第四句説，領事人員只能站在軍機值房階下，長久等候宣唤自己的名字。

其　四

珠簾揭處佩環摇〔一〕，親荷天人語碧霄〔二〕。别有上清諸女伴〔三〕，隔窗了了見文簫〔四〕。

〔一〕佩環：佩玉。《禮・經解》：「行步則有環佩之聲。」

〔二〕荷：承受，承蒙。

〔三〕上清：道家所説的仙境之一。又爲奉祀道教神人的宮殿名。又《通雅・稱謂》：「婢亦謂之上清。」

〔四〕了了：清楚。文簫：裴硎《傳奇・文簫》載：鍾陵西山有游帷觀，每至中秋，車馬喧闐。太和末，有書生文簫往觀，睹一姝甚麗，吟曰：「若能相伴陟仙壇，應得文簫駕彩鸞。」生意其神仙，植足不去。姝亦相盼，相引至絶頂。俄有仙童持天判曰：「吴彩鸞以私欲而泄天機，謫爲民妻一紀。」姝乃與生下歸鍾陵。十年後，夫婦成仙而去。

按，這首詩暗寫宮中内監奉命向軍機處傳達皇帝諭旨的情景。《南屋述聞》載：「康、雍時，置奏事處司員，乾、嘉後則以内監任之。每日奏摺上陳，或依議，或照所請，或交部議奏，上各以指甲畫之以爲暗記。奏事太監匯捧摺匣下，一一宣旨訖，以授軍機處遵行之。其有待商榷者，樞臣入對，面承上旨，既對而退，則全班章京皆上堂，曰接旨。」又《清會典・軍機處》載：「軍機堂在隆宗門内，每日寅時，軍機大臣入直於此，至辦事畢，内奏事太監傳旨令散，乃下直。召見無時，或一次，或數次。」詩的第一、二句，指的就是此事。第一句寫内奏事太監進入軍機大臣值班室。第二句的「天人」即内奏事太監，「語碧霄」，指宣讀詔旨。由於軍機大臣值班在北房，章京值班在南房，彼此相距不遠，所以第三、四句說，女伴隔窗可以看見文簫。「女伴」指章京，「文簫」指大臣。這個比擬，是因文簫故事中有仙童持天判宣讀天帝詔旨的情節，恰像太監向軍機大臣宣旨一樣。

其　五

寒暄上界本來希〔一〕，不怨仙官識面遲。僥倖梁清一私語〔二〕，回頭還恐歲星疑〔三〕。

【校】

此爲《破戒草之餘》詩。「梁清」：「清」，諸本皆同。《詩話》本作「情」，誤。「一私語」：諸本同。《詩話》本作「通一語」，較佳。

〔一〕寒暄：寒溫。指見面時彼此問候起居。上界：天界。

〔二〕梁清：傳說中天上織女星的侍兒，名梁玉清。

〔三〕歲星：即木星。傳說東方朔是歲星謫降人間。見《奴史問答》注。

按，這首詩暗指軍機章京奉命不得與外間官員隨便交往，以防泄露機密。第一句「上界」指紫禁城。第二句「仙官」指在軍機處任職的人。第三、第四句意說，外界人偶然有幸能和軍機章京私談幾句，還怕引起軍機處的其他人懷疑呢。

趙翼《軍機處述》載：「往時軍機大臣，罕有與督撫外吏相接者。至軍機司員，更莫有過而問者。軍機非特不與外吏接也，即在京部院官，亦少往還。余初入時，見前輩馬少京兆璟，嘗正襟危坐，有部院官立階前，輒拒之曰：『此機密地，非公等所宜至也。』同直中有與部院官交語者，更面斥不少假。被斥者不敢置一詞云。」《南屋述聞》亦載：「其章京辦事之處，亦不准閑人窺視，並由都察院每日輪派科道一員，進内監視，有犯者即時參奏嚴懲。故直房臺階上下，視爲禁地。」故作者以「寒暄上界本來希」數語點出。

其　六

雅謎飛來半夜風，鰲山徒侶沸春空〔一〕。頑仙一覺渾瞞過〔二〕，不在魚龍曼羡中〔三〕。

〔一〕鰲山：傳説中的仙山。又紮結燈彩作山形，亦稱鰲山。

〔二〕頑仙：未得仙道的人。

〔三〕魚龍曼羡：又作「魚龍曼衍」。漢代百戲之一，源自西域。

按，這首詩寫軍機處接到緊急文件後，軍機大臣章京們連夜辦公，處理軍政要事。趙翼《軍機處述》云：「當西陲用兵（按，指乾隆年間平定準噶爾回部事），有軍報至，雖夜半亦必親覽，趣召軍機大臣指示機宜，動千百言。余時撰擬，自起草至作楷進呈，或需一二時，上猶披衣待也。」即此可見一斑。

詩中以「雅謎」比喻軍事機密。「半夜風」説它半夜遞到。又以「鰲山徒侶」比擬軍機章京。「沸春空」則是説他們起草文件，進呈票擬，大忙特忙。而第三句的「頑仙」則是指雖在内閣辦事，但無權過問軍事機密的内閣官員，例如内閣中書之類。因爲内閣中書既不入直軍機處，什麽緊急事情都與他無關，所以他們「一覺渾瞞過」，什麽都不知道。第四句用「魚龍曼羨」關合「鰲山仙侣」，也點出西域用兵之事。指内閣中書既屬於「頑仙」一類，當然就不參與這些「魚龍曼羨」的游戲了。

其 七

丹房不是漫相容〔一〕，百劫修成忍辱功〔二〕。幾輩凡胎無覓處，仙姨初豢可憐蟲〔三〕。

〔一〕丹房：神仙的居處。又煉丹的地方，指道觀。

〔二〕百劫：佛家語。經歷許多艱難的意思。忍辱功：忍受耻辱的本領。忍辱：佛家語。爲六波羅蜜之一。忍受種種侮辱損害而不惱恨。《法界次第》下之上：「内心能安忍外所辱境，故名忍辱。」《永嘉證道歌》：「我師得見燃燈佛，多劫曾爲忍辱仙。」

〔三〕豢：畜養。

按，這首詩指出軍機處需要的，都是那些唯唯諾諾，忍受各種耻辱，馴服聽從軍機大臣驅使的可憐蟲。第一句用「丹房」比擬軍機處。第二句説，只有經過長期修養，煉成一套含垢忍辱的本領的人，才够資格去當軍機處章京。第三、四句用「仙姨」比擬軍機大臣。意説那些受不了屈辱的人，大臣就認爲他是「肉骨凡胎」，既然在「凡人」中找不到合意的人，軍機大臣就自己去訓練一批「可憐蟲」——馴服的軍機章京了。

按，《南屋述聞》對於軍機章京的可憐態也有記述：「凡初入直，老班公必舉一切規則詳告而善導之，如師之於弟子。間或趾高氣揚，動加指斥，後進亦不敢校也。」這是老資格的章京給新進者受的氣。又趙翼《軍機處述》載：「上初年唯訥公親（按，訥親，乾隆間曾任保和殿大學士，後因事誅死）一人承旨，訥公能强記而不甚通文義，每傳一旨，令汪文端（按，汪由敦）擬撰，訥公唯恐不當，輒令再撰，有屢易而仍用初稿者。一稿甫定，又傳一旨，改易亦如之。文端頗苦之，然不敢校也。」這是軍機大臣給章京受的氣。洪亮吉《更生齋文集》亦載一事：「胡君時顯，以主事入直軍機。純皇帝悉其才，行大用矣。忽以言忤要人，即日斥出。要人所以扼君者不遺餘力，而君之所以抗要人者亦幾不留餘地焉。卒至不安於位。」這個所謂要人，便是乾隆時的權臣和珅。凡此都可證明，一員章京非「百劫修成忍辱功」不可。

所謂「仙姨初豢可憐蟲」，指軍機處由軍機大臣親自考選章京事。龔氏在《上大學士書》中曾指出：「雍正壬子，始爲軍機處大臣者，張文和公（按，張廷玉）、鄂文端公（按，鄂爾泰）。文和携中書四人，文端携中書兩人，詣乾清門幫同存記及繕寫事，爲軍機章京之始。」可見初期只就内閣中書隨便選幾個人助理軍機處事務。但後來就有考選的規定，而且由於取録之權操在軍機大臣手中，内閣中書逐漸不受重視，而部曹則進入軍機處者甚多。《南屋述聞》指出：「嘉慶四五年間，所補章京，如茅豫、任恒、何元烺、糜奇諭、熊方受、張志緒、黄躍之、楊懋恬，大抵皆部曹，而中書只盛惇大一人。自是沿至光、宣，凡滿、漢章京皆以部曹爲多。」龔氏當時是内閣中書，反而不被録取，這和軍機大臣愛憎是很有關係的。所以他頗含諷意地説：大抵内閣中書都是「肉骨凡胎」，無法培養，所以「仙姨」只好自己去豢養一批可憐蟲了。

其八

露重風多不敢停〔一〕，五銖衫子出雲屏〔二〕。朝真袖屧都依例〔三〕，第一難箋瓔珞經〔四〕。

【校】

此爲《破戒草之餘》詩。「瓔珞經」：諸本皆同。《詩話》本作「纓絡經」，誤。

〔一〕露重風多：駱賓王《在獄咏蟬》詩：「露重飛難進，風多響易沉。」

〔二〕五銖衫子：仙人所著輕細的衣服。唐谷神子《博異志》：貞觀中，岑文本下朝，多於山亭避暑。有叩門云：「上清童子元寶。」文清問曰：「衣服皆輕細，何土所出？」對曰：「此是上清五銖服。」又問曰：「比聞六銖者天人衣，何五銖之異！」對曰：「尤細者則五銖也。」出門忽不見，惟於院牆下古墓中得古錢一枚。按，漢代有五銖錢。雲屏：雲母屏風，或繪有雲彩的屏風。李商隱《嫦娥》詩：「雲母屏風燭影深。」

〔三〕朝真：道家語。如佛教之參禪打坐。元稹《清都夜境》詩：「啓聖發空洞，朝真趨廣庭。」

〔四〕瓔珞經：佛經名。全名是《菩薩瓔珞經》。姚秦涼州沙門竺佛念譯爲漢文。

按，這首詩暗指内閣中書同軍機處的關係。内閣中書本來不是軍機處人員，但與軍機處關係較一般衙門爲密切；而且内閣中書同軍機章京一樣，官品雖小，却有資格掛朝珠，顯得與衆不同。清内閣自雍、乾以後固然身份低落，但有關軍國重要文件仍然要收藏在内閣大庫，因此内閣中書每日都要到軍機處領取文件，以便抄録存檔。《南屋述聞》載：「内閣亦派中書逐日赴軍機處領事。蓋凡發鈔各件，胥由内閣領鈔，而於次日繳回原件。」這首詩第一句指出，軍機處對於内閣中書來説，是「露重風多」，不是可以久留的地方。第二句説，内閣中書的身份，只相當於穿五銖衣的上清童子，領了公事以後，就得走出「雲屏」之外。第三、四句便就内閣中書特許懸掛朝珠一事提出疑問。作者説，内閣中書穿的衣服鞋帽都按照規定的品級，並無例外之處，只有頸上掛的那串朝珠，就真是難以解釋了。因爲按照品級，内閣中書根本没有資格掛上朝珠。關於此事，作者在《上大學士書》中曾特别提到：「漢中書充文淵閣檢閲、軍機章京者，掛朝珠。今中書紛然掛朝珠，或以爲非，或以爲是。以爲是者曰：内閣本内廷，與軍機無區别。以爲非者曰：今之内閣一切，非軍機處，事勢本殊，何獨掛珠？ 兩者皆中理。 此宜奏定章程，或全准，或全裁，或何項應准，或何項應裁，奉明文而載《會典》。」這就是作者認爲「難箋」的「瓔珞經」。

趙翼《檐曝雜記》云：「臚傳之日，一甲三人例出班跪，余獨掛朝珠。 上升座遥見之，後以問傅文忠（按，傅恒）。 文忠以軍機中書例帶數珠對。」那是乾隆年間以内閣中書入直軍機時的習慣。《南屋述聞》也説：「軍機章京依内廷人員之例，得掛朝珠。 初設時以中書爲多。 故前人嘲中書俳體七律結句云：『有時溜到軍機處，一串朝珠項下垂。』蓋其時中書亦非内直不得掛珠也。」清代的朝珠，用珊瑚、琥珀等不同材料製成，共一百零八顆。 哪一級官員准許懸掛朝珠，都有明文規定。福格《聽雨叢談》卷五、崇彝《道咸以來朝野雜記》等對此記載甚詳，可參考。

其九

不見蘭旌與桂旄〔一〕，九歌吹入鳳凰簫〔二〕。 雲中揮手誰相送〔三〕？ 依約湘君舊姓姚〔四〕。

〔一〕蘭旌：屈原《九歌·湘君》：「蓀橈兮蘭旌。」王逸注：「以蓀爲楫棹，蘭爲旌旗。」 桂旄：《九歌·山鬼》：「辛夷車兮結桂旗。」洪興祖補注：「結桂枝以爲旌旗也。」旄：原指用旄牛尾綴於竿頂的旗，這裏泛指旗幟。

〔二〕九歌：禹時的樂歌。屈原《離騷》：「奏九歌而舞韶兮。」注：「九歌，九德之歌，禹樂也。」又爲屈原據楚國民間祀神曲改作的樂歌名，内有《東皇太一》、《雲中君》、《湘君》、《湘夫人》、《大司命》、《少司命》、《東君》、《河伯》、《山鬼》等，都是楚人祭祀的神靈。鳳凰簫：即排簫。漢應劭《風俗通義》卷六《簫》：「《尚書》：舜作簫韶九成，鳳凰來儀。其形參差，像鳳之翼，十管，長一尺。」《九歌·湘君》：「望夫君兮未來，吹參差兮誰思？」蔣驥注：「參差，洞簫，舜所作。其形參差不齊，象鳳翼也。」

〔三〕雲中：此指仙人。亦即《九歌》中的雲中君。

〔四〕湘君：《九歌》中的湘君。她究竟是什麽人，歷來説法不一。有人以爲就是帝舜的妃子，死後成爲湘水之神。因舜爲姚姓，所以詩中説她「舊姓姚」。

按，這首詩説的是清帝離京出巡，軍機章京照例跟隨前往。作者借《九歌》中的雲中君及湘君作比喻。

清帝自雍正以後，每年夏季，常移駕至西郊圓明園避暑。又每年秋季，常到熱河木蘭場行獵。皇帝離京，軍機大臣及部分章京必須隨駕扈從，又必留一部分章京在城，以便處理日常事務，及時向行在報告。《南屋述聞》載：「凡直宿者，皆兼直日，曰本班。其該班而不直宿者曰幫班。若在園直，則每四日爲一班，謂之該園班。至於扈從行圍，其不扈從之章京，每日由是班輪滿漢各二人，詣内閣聽報，滿章京祗候於誥敕房，漢章京祗候於蒙古學士堂。遇有行在軍機處之文件，分別照行之。」又管藴山《扈蹕紀事詩》云：「下園傳駕左門還，在直郎官總立班。不向長楊陪羽獵，何由親切睹天顔？」(自注：謂軍機帳房例在幔城之左，每駕由左門入，在直章京皆立班。)所謂「在直郎官」就是扈從的軍機章京。以上均可見當時「隨駕」的情景。

這首詩第一、二句寫車駕出京，章京追隨，旌旗旛幢，金鼓簫笛，一派盛大氣象。未能隨駕的人則目送蘭旌桂旆遠遠隱去，簫笙之聲亦似遠入雲中。第三、四句形容一批扈從章京向送行人揮手告别，而送行者則爲留京之章京。「舊姓姚」，進一步點出章京的親近侍臣身份。

其十

仙家鷄犬近來肥〔一〕，不向淮王舊宅飛〔二〕。却踞金床作人語〔三〕，背人高坐著天衣〔四〕。

〔一〕仙家鷄犬：葛洪《神仙傳》：「(淮南王)安臨去時，餘藥器置在中庭，鷄犬舐啄之，盡得升天。故鷄鳴天上，犬吠雲中也。」

〔二〕淮王：指漢代淮南王劉安。爲漢高祖之孫。他招致四方賓客方士，作《内書》二十一篇，又有中篇八卷，談神仙修煉之事。武帝時，因有逆謀，自殺。道家却説他成仙去了。

〔三〕作人語：《太平御覽》卷九一八引《幽明録》：「晉兖州刺史沛國宋處宗嘗買得一長鳴鷄，愛養甚至，棲籠著窗間。鷄遂作人語，與宗談語，極有言致，終日不輟，處宗因此言功大進。」

〔四〕天衣：《太平廣記》三十一《許老翁》：「李既服天衣，貌更殊異，觀者愛之。……章仇徑來入院，戒衆勿起，見李服色，嘆息數四，乃借帔觀之，則知非人間物，試之水火亦不焚污。」

按，這首詩對軍機章京作了形象的描繪，並投以辛辣的諷刺。詩中的「仙家鷄犬」，很明顯是指原爲六部部曹而考入軍機處的人。由於他們進了軍機處以後，立刻擺出一副「狗仗主人威」的神氣，使人不得不退避三舍，故作者加以嘲諷。

詩的第一句説，這些章京其實只是「仙家」的「鷄犬」，本來就是身份卑下的，但近來却給養胖了。第二句説他們一旦進入軍機處，就恍如登上天界，從此再不理會原來他們出身的地方了。第三句説，他們正像那隻會説人話的鷄，不過踞的却是金床，身份顯得高貴非凡。第四句説，他們的衣服穿戴也同往常不一樣，背朝着人家，高高坐着，炫耀他那一身「天衣」。

按，軍機章京除了前面説過可以掛朝珠之外，還有别的特殊待遇：一是特許戴全紅帽罩。陳康祺《郎潛紀聞》載：「全紅帽罩，惟三品以上入内廷者准服，四、五品官員雖内直，不用也。高廟時，軍機章京帶領引見，值天雨，冠纓盡濕。上問其故，金壇于文襄公（按，于敏中）以體制對。上曰：『遇雨暫用何妨。』自是行走軍機處者，冠罩無不全紅矣。」二是穿貂褂。《南屋述聞》載：「章京准穿貂褂，自乾隆三十五年始。舊制，衣貂限於四品以上及京堂、翰詹、科道；全紅帽罩限於三品以上官。而於章京猶優之者，重是職耳。」管韞山《扈蹕紀事》詩：「内庭章服例優崇，貂錦平時借紫同。馬上羊羔齊著屩，只披風帽是猩紅。」又《聽雨叢談》載：「軍機坎，制如馬褂，而右襟袖與肘齊，便於作字也。道光初年，創自軍機處。」此外，軍機章京坐的車子也有特殊標幟。《南屋述聞》載：「往時京朝官，侍郎以下皆乘騾車，其車燈各異。軍機章京則爲葫蘆式。葫蘆者，寓緘口之意。每上直，俾守門護軍易辨之。」凡此，都可想見「背人高坐著天衣」的得意神氣。

其十一

諦觀真誥久徘徊〔一〕，仙楮同功一繭裁〔二〕。姊妹勸書塵世字〔三〕，莫瞋倉頡不仙才〔四〕。

〔一〕諦觀：仔細閱讀、觀察。　真誥：道家書名。蕭梁時陶弘景撰，凡七篇，二十卷，記述神仙授受真訣等事。

〔二〕楮：桑科落葉喬木，樹皮可作製紙原料，因此借用爲紙的别稱。這裏用「仙楮」指《真誥》，即滿文諭旨。　同功繭：翟灝《通俗篇》卷二十九：「楊方《合歡》詩：『寢共織成被，絮用同功綿。』按：二三蠶共成一繭爲同功繭。」　裁：裁製。這裏指抽絲織成縑帛。古代作寫字之用，稱帛書。又晉代有蠶繭紙，見《周信之明經手拓吴興收藏家吴晉宋梁四朝磚文八十七種見貽賦小詩報之》詩「翠墨」句注。

〔三〕塵世字：人間使用的文字。作者借喻漢文（相對滿文而言）。

〔四〕倉頡：黄帝史官，傳説始創漢字的人。

按，這首詩是調笑不懂滿洲文字的章京。本來，軍機章京分爲滿、漢兩班，分掌滿文、漢文。因此漢章京原不必兼曉滿文。《清會典》載：「繕寫諭旨，記載檔案，查核奏議，係清字（滿文）者，皆歸滿洲章京辦理。」吴鏊《内閣志》：「凡進御之本，必滿、漢文兼。通本獨有漢文，故翻譯房則主譯文，滿本房則主繕寫。又有所改本也，譯文未善則改之。計每日進御數十件，矻矻辦理，常懼不及，謹國制故也。」《南屋述聞》又記清末之變化云：「往者内外奏摺有清字、漢字之分……章京之分滿、漢者，亦分掌清、漢文摺件。道、咸以後，奏摺悉用漢字，惟諭旨文件用漢文者，仍譯清文備案。」可見不懂滿文，實不妨礙章京工作，但因作者通曉滿、漢文字，所以給章京開了個小小玩笑。第一句用「真誥」比喻滿文寫的諭旨，漢人章京怎麽也看不明白，只好「久徘徊」。第二句拿仙楮和普通繭紙分别喻指滿、漢文件，説兩者的内容其實是一樣的。第三、四句又代他們辯解：同輩們勸他只寫塵世通用的漢字就行了，倉頡是創制漢字的人，也不懂滿洲文字，難道可以責怪他不是仙才嗎？

其十二

秘籍何人領九流〔一〕？一編鴻寶枕中抽〔二〕。神光照見黄金字〔三〕，笑到仙人太乙舟〔四〕。

〔一〕秘籍：藏在中樞政府中的書籍。《漢書・藝文志》：「漢興，改秦之敝，大收篇籍，廣開獻書之路。迄孝武世，書缺簡脱，禮壞樂崩，聖上喟然而稱曰：『朕甚閔焉！』於是建藏書之策，置寫書之官，下及諸子傳説，皆充秘府。至成帝時，以書頗散亡，使謁者陳農求遺書於天下。詔光禄大夫劉向校經傳諸子詩賦，步兵校尉任宏校兵書，太史令尹咸校數術，侍醫李柱國校方技。每一書已，向輒條其篇目，撮其指意，録而奏之。會向卒，哀帝復使向子侍中奉車都尉歆卒父業。」九流：《漢書・藝文志》：「諸子十家，其可觀者九家而已。」即儒家者流、道家者流、陰陽家者流、法家者流、名家者流、墨家者流、縱横家者流、雜家者流、農家者流。故又稱九流。《漢書・叙傳》下：「劉向司籍，九流以別。」

〔二〕鴻寶：指漢淮南王劉安門下客爲劉安撰述的《淮南子》。又稱《淮南鴻寶》。《漢書・劉向傳》：「淮南有《枕中鴻寶苑秘書》。書言神仙，使鬼物，爲金之術……更生(劉向的本名)幼而讀誦，以爲奇。」

〔三〕黄金字：仙書的字。《文選・陸倕〈新刻漏銘〉》：「金字不傳，銀書未勒。」李善注：「崔玄《山瀨鄉記》曰：『《老子母碑》：老子把持仙箓，玉簡金字，編以白銀，紀善、綴惡。』」

〔四〕仙人太乙舟：《太平御覽》卷三八引《辛氏三秦記》：「太一在驪山西，去長安二百里，山之秀者也。山一名地肺，可避洪水。俗云上有神人乘船行，追之不可及。」《漢遺史》：「武帝元狩中，有日者奏：太乙星不見。帝詔東方朔問其由。朔奏曰：『是星不見，則游於世，爲居民福壽……』是月，果有會稽太守奏，海中有人，丫角，面如玉色，美髭髯而腰蔽槲葉，乘一葉紅蓮，約長丈餘，偃卧其中，手持一黄書，自東海浮來。」元好問有《太一蓮舟圖》詩，見《遺山詩集》。

按，這首詩描寫内閣官員中有人參加軍機章京的考試（龔氏當時即任内閣中書），由於書法寫得好，受到軍機大臣的賞識，於是就高高録取了。

清代的内閣設國史館，相當於漢代天禄閣，而漢代劉向是天禄閣的校書人，故作者以「秘籍」而「領九流」的劉向比擬内閣中的官員。「一編鴻寶」暗指考選軍機章京自有獨特的秘訣，有如「枕中鴻寶」。「神光」自是指軍機大臣的興趣和口味，假如獲得他的賞識，正如神光一照，你的文字就變爲黄金的顔色，而你就像登上仙人的太乙舟那樣，自此名列「仙界」了。

又按，清代軍機章京考試，與科舉考試不同。據《南屋述聞》載：「軍機章京之考試，由内閣及各部考核各員之合格者，詢其願送與否，其願送者，本衙門先試之，擇尤保送於軍機處，然後樞臣酌定考試日期。試題以論一篇，三百字爲率，限晷交卷。卷用白摺，兼取工速。人數較多，得分日試之。試畢，由樞臣專其去取，不别簡閲卷大臣，其試卷亦不糊名（按，不遮蓋應考者的名字，閲卷人可知考者爲誰），異於其他試典。蓋以職司密勿，重在考察其人之品行聲名，初不專取文字。凡考取者，由軍機處帶領引見（按，即謁見皇帝），先行記名，以次傳補。大抵首列無不記名，第二名以下或記或否，由上圈定。」

其十三

金屋能容十種仙〔一〕，春嬌簇簇互疑年〔二〕。我來敢恨初桄窄〔三〕，曾有人居大梵天〔四〕。

〔一〕金屋：《漢武故事》：「若得阿嬌作婦，當作金屋貯之也。」十種仙：佛家有十種仙，即地行仙、飛行仙、游行仙、空行仙、天行仙、通行仙、道行仙、照行仙、精行仙、絶行仙。見《翻譯名義集》卷二。

〔二〕疑年：猜測某人的年齡。《左傳・襄公三十年》：「絳縣人或年長矣，無子，而往與於食。有與疑年，使之年。」正義：「有與同食者問此老人之年，不告以實，疑其年也。使之年者，更使言其真年也。」

〔三〕初桄：第一級横木。就是梯子的最初一級。

〔四〕大梵天：道家有所謂四梵天。佛教亦有所謂大梵、輔梵、梵衆三天。

按，這首詩暗指軍機章京成份複雜，來歷多般，其中還有較高級的官員充當品位並不高的章京。詩中的「金屋」比擬軍機處；「十種仙」，指軍機章京原來的身份很不一樣，因此彼此都猜測對方的來歷(所謂「互疑年」)。

清代自嘉慶年間始考取軍機章京。繼昌《行素雜記》引《竹葉亭雜記》云:「嘉慶丙寅(一八〇六)考取軍機章京,董蓴君工部槐第一。軍機章京之有考試自此始。」當時曾規定,內閣中書、六部部曹均可以應考,而這些人中,既有進士出身的,也有舉人出身的,還有是拔貢出身的。甚至有人已進入翰林院而工作却在軍機處。《南屋述聞》云:「乾隆中,多有二三品大臣爲章京者。如保成、松筠以侍郎,博清、額索森、福德以閣學,胡寶泉、傅顯、劉秉恬以副都御史,於職分固不爲屈。」

後面兩句,作者説自己以內閣中書的身份考選章京,豈敢説進身的第一級太狹窄? 其實還有人是當過高級官員的呢。

其十四

吐火吞刀訣果真〔一〕,雲中不見幻師身〔二〕。上方倘有東黄祝〔三〕,先乞靈符制雹神〔四〕。雹神姓李,見《神仙鑒》。

〔一〕吐火吞刀:張衡《西京賦》:「吞刀吐火,雲霧杳冥。」

〔二〕幻師:魔術師。《後漢書·陳禪傳》:「撣國王獻樂及幻人,能吐火,自支解,易牛、馬頭。」《波羅蜜經》:「如彼幻師,得化美團,雖似有益,而實無益。」

〔三〕上方：天界。　東黄祝：《文選·張衡〈西京賦〉》：「東海黄公，赤刀粤祝。」李善注：「東海有能赤刀禹步，以越人祝法厭虎者，號黄公。」《太平御覽》卷七三七引《西京雜志》：「有東海人黄公，少時爲幻，能刺蛇御虎，佩赤金爲刀，以絳繒束髮，立興雲霧，坐成山河。」祝：通「咒」。

〔四〕雹神：道家謂楚漢戰争時陳餘手下大將李左車，死後爲雹神。作者在此暗指一個姓李的人。

按，這首詩暗指自己的軍機章京考試落選，是由於有人暗中破壞。龔氏稱之爲「吐火吞刀」的「幻師」。這個「幻師」躲在雲中，使人無法窺見。暗指此人用的是陰謀手段，毫不光明正大。作者在末二句中説，假如天上還有像東海黄公那樣能用咒語制服猛虎的人，那就請他先給我一道靈符，以便制止這個姓李的家伙的搗鬼。

龔氏於嘉慶二十四年（一八一九）入京參加會試不第，留京師，識公羊學家劉逢禄，即從劉氏學習公羊經學，想藉古代的公羊衣冠達到變法革新的目的。但因此又引起大地主保守派的敵視，於是許多流言蜚語便跟着來了。嘉慶二十五年，龔氏有《寒夜讀歸佩珊夫人贈詩……憮然和之》詩，中有句云：「蘼蕪徑老春無縫，薏苡讒成淚有痕。」即暗指自己所受飛語之害。道光元年，龔氏於冬夜同友人陳奂（碩甫）正在室中閑談，忽有一人闖入，查問兩人議論何事，使龔氏和陳奂感到非常突然。龔氏爲此寫了三首詩，其中有一首便是叙述這次怪事。因此可知，龔氏在京師是常常受到讒毁的，他之考不上章京，除了楷書不行，還有以上所説的原因。

其十五

衆女蛾眉自尹邢〔一〕，風鬟露鬢覺伶俜〔二〕。捫心半夜清無寐，愧負銀河織女星〔三〕。

〔一〕衆女蛾眉：屈原《離騷》：「衆女嫉余之蛾眉兮，謠諑謂余以善淫。」蛾眉：女子美麗的眉毛。尹邢：《史記・外戚世家》：「武帝時，尹夫人與邢夫人同時並幸，有詔不得相見。尹夫人請願望見邢夫人，帝許之，而令他夫人飾爲邢夫人來前。尹見之曰：『此非邢夫人也。視其身貌形狀，不足以當人主。』於是帝命邢親身來前。尹望見之，曰：『此真是也。』俯而泣，自痛其不如也。」

〔二〕風鬟露鬢：用柳毅傳書中的龍女事。《太平廣記》四百十九引《異聞集》：柳毅謂洞庭君曰：「昨下第，閑驅涇水右涘，見大王愛女牧羊於野，風鬟霧鬢（一本作「雨鬢」），所不忍視。」這是指龍女在野外牧羊憔悴可憐的樣子。伶俜：孤獨的樣子。

〔三〕織女星：《晉書・天文志》：「織女三星，在天紀東端，天女也，主果蓏絲帛珍寶也。」杜甫《送孔巢父謝病歸游江東兼呈李白》詩：「蓬萊織女回雲車，指點虛無是征路。」這句與第一首「是誰指與游仙路」句意相應，意謂雖有織女指明道路（指建議應考軍機章京），可惜自己仍無法登仙，深感辜負她一番好意。

按，這首詩以自己應考落選作一結束。第一句用尹、邢二夫人競妍鬥艷故事，比擬另有人已經獲中録取。第二句以憔悴的洞庭龍女自比，暗指應考失敗，有如龍女流落人間。第三、四句透露慚愧之意。當初龔氏應考軍機，原是因人勸説，如今自己考而不中，無可辯解，只好説辜負他那一番好意了。

野雲山人惠高句驪香其氣和澹詩酬之〔一〕

但來箕子國〔二〕，都識畫師名。云是王宮物，中之異域情。和知邦政美，淡卜主心清〔三〕。爲報東華侶，何人訟客卿〔四〕？ 是年，東國上書〔五〕，辨官書中記其世系有誤，語特婉至。

〔一〕野雲山人：朱鶴年（一七六〇——一八三四），字野雲，江蘇泰州人，畫家。倪鴻《桐陰清話》：「畫師朱野雲游京師，高冠大屐，絶不作江湖態。與龔定庵交稱莫逆。龔以清狂著名，朱贈以聯云：『田蚡駡座非關酒，江斅移床那算狂。』定庵不以爲忤，懸之廳事。徐垣生太史語人曰：『入門但觀此聯，便知是定庵家也。』」（按，徐珂《清稗類鈔》引此，「田蚡」作「灌夫」，疑是。）高句驪：朝鮮的古稱。

〔二〕箕子國：指朝鮮。箕子：殷末貴族，紂王叔輩，因諫紂王被囚。《尚書大傳》：「武王釋箕子之囚，箕子不忍周之釋，走之朝鮮。武王聞之，因以朝鮮封之。」

〔三〕「和知」兩句：香氣和平，想見這個國家的政治是和平安定的；香味醇淡，又可見它的國君性情是清純的。

〔四〕「爲報」兩句：朝鮮使者向清廷上書，指出官方的《皇朝文獻通考》記載朝鮮事實有錯誤，要求更正，所以作者有這句話。此事載在《東華續録》道光元年十二月内。東華：指東華門。即北京紫禁城東門。時作者任内閣中書，内閣在東華門内，故稱内閣同僚爲「東華侶」。訟：辨正，申理。客卿：原指在本國當官的外國人，其位爲卿，以客禮待之，故稱客卿。這裏指外國使者。

〔五〕東國：原指我國東方齊、魯、徐夷等國。這裏指朝鮮。

壬午　道光二年（一八二二）

桐君仙人招隱歌　有序〔一〕

吴舍人嵩梁嘗與婦蔣及兩姬人約〔二〕，偕隱桐江之九里梅花村，不能果也，顏京邸所居曰

「九里梅花村舍」，以自慰藉。嘗以春日，軿車枉存道觀〔三〕。因獻此詩，蓋代山靈招此三人也。

春人晝夢梅花眠〔四〕，醒聞雜佩聲璆然〔五〕。初疑三神山〔六〕，影落窗户何娟娟〔七〕！又疑三明星，灼灼飛下太乙船〔八〕。三人皆隸桐君仙，山靈一謫今千年。胡不相逢桐江之濱理釣舷？又胡不采藥桐山巔？乃買黄塵十丈之一廛〔九〕，殳書大署庭之楆〔一〇〕。梅花九里移幽燕〔一一〕，毋乃望梅止渴梅所憐〔一二〕。過從誰歟客盈千，一客對之中悁悁〔一三〕。亦有幻境胸纏綿，心靈構造難具宣。乃在具區之西、莫釐之北，大小龍渚相毗連〔一四〕。自名春人塢，樓臺窈窕春無邊。俯臨太湖春水闊，仰見縹緲晴空懸。中間紅梅七八九，輪囷古鐵花如錢〔一五〕。兩家息壤殊不遠〔一六〕，江東浙東一棹堪洄沿〔一七〕。相嘲相慰亦有年，今朝筆底東風顛。請爲莫釐龍女破顔曲〔一八〕，换我桐君仙人招隱篇。相祈相禱春陽天。開簾送客一惝怳〔一九〕，簾外三日生春烟。

〔一〕作者借桐君仙人的名義，招請吴嵩梁夫婦歸隱。桐君仙人：傳説從前有個人在浙江桐廬縣東山采藥求道，常倚在桐樹下歇息。有人問他姓名，他只是指指桐樹，因此就叫他桐君。後來這個縣就取名桐廬，江名桐江，嶺名桐嶺，又稱桐君山。宋代曾在山頂建祠。招隱：招唤到山中隱居。晉代左思、陸機均有《招隱》詩，咏隱居之樂。

〔二〕吴舍人：吴嵩梁（一七六六—一八三四），字子山，號蘭雪，江西東鄉人。嘉慶五年舉人，由内閣中書官貴州黔西州知州。善詩，兼工書畫。與黄景仁（仲則）齊名。吴詩格調清婉，洪亮吉謂其「如仙女簪花，自饒風韻」（《北江詩話》）。高麗使者搜求他的詩，稱之爲詩佛，並建祠紀念，祠旁種梅萬株。著有《香蘇山館全集》。繼室蔣徽，字琴香，號石溪漁婦。工詩，能琴，善畫。著有《琴香閣詩箋》。妾岳緑春，亦善繪畫。吴嵩梁《緑春詞序》：「筠姬，姓岳氏，字曰緑春，山西文水人。隨母僑寓京師。姿性慧麗，能左手書。授以詩，輒倚聲誦之，妙合音節。余初詣姬居，值曉妝，貽碧桃一枝，姬受而簪於髻。俄有奪以重聘者，姬恚甚，謂其母曰：『兒已簪吴氏花矣。』遂於嘉慶十一年四月八日歸余，年甫十五。」倪鴻《桐陰清話》：「岳緑春，山西人，能書，善畫，歸吴六載而卒，年二十。」按，岳緑春於嘉慶十一年適吴嵩梁，六載而卒，年二十，則死於嘉慶十六年。作者此詩寫於道光二年，岳死已久，序中所謂「姬人」，王佩諍注謂係岳緑春，誤。

〔三〕軿車：有帷幕障蔽的車子，爲古代貴族婦女所乘。　枉存：猶枉顧，屈尊看望之意。是稱人來訪的敬辭。

〔四〕「春人」句：暗用趙師雄羅浮夢梅事（載《龍城録》）。見《幽人》詩「亦有」句注。

〔五〕雜佩：古人衣服上的玉飾。　璆然：佩玉相擊聲。　句意指吴帶着妻妾來訪。

〔六〕三神山：傳説東海中仙人所居之地。《史記·秦始皇本紀》：「言海中有三神山，名曰蓬萊、方丈、瀛州，仙人居之。」

〔七〕娟娟：美好的樣子。杜甫《寄韓諫議》詩：「美人娟娟隔秋水。」

〔八〕太乙船：太乙仙人的船。見《小游仙詞》第十二首注。

〔九〕一廛：古代指一户平民所居的房屋。《孟子・滕文公上》：「願受一廛而爲氓。」

〔一〇〕殳書：古八體書之一，因用於兵器上，故名。庭之櫋：門楣上的屋檐板。

〔一一〕梅花九里：指九里梅花村。幽燕：地區名。相當今河北北部及遼寧一帶。唐以前屬幽州，戰國時屬燕國，故稱。這裏指北京。

〔一二〕望梅止渴：比喻以空想自慰。《世説・假譎》：「魏武行役失汲道，三軍皆渴。乃令曰：『前有大梅林，饒子，甘酸可以解渴。』士卒聞之，口皆出水，乘此得及前源。」按，吴嵩梁《李樸園太守留别黄州唱和詩册題詞》之六：「倦游我亦苦思家，買屋江頭願太奢。天乞餘年容課子，白頭安分守梅花。」又宋湘有《吴蘭雪舍人屬書九里梅花村舍圖額繫之以詩》（《紅杏山房詩鈔》），均可與此互參。

〔一三〕中悁悁：《詩・陳風・澤陂》：「中心悁悁。」悁悁：憂愁的樣子。

〔一四〕具區：太湖的别名。莫釐：太湖東洞庭山的莫釐峰。大小龍渚：見《發洞庭舟中懷鈕非石樹玉葉青原昶》詩「不見」句注。毗連：鄰接。

〔一五〕輪囷古鐵：梅的枝幹像糾結的古鐵。輪囷：屈曲的樣子。

〔一六〕兩家：指作者自己與吴嵩梁。息壤：傳説取了能重新長出來的土壤。《山海經・海内經》：「鯀竊帝之息壤以堙洪水。」注：「息壤者，言土自長息無限，故可以塞洪水也。」又爲古地名。但作者却據字面取義爲歸隱休息之處。參閲《己亥雜詩注》二一二首。

〔一七〕江東：唐代分全境爲十五道，其一爲江南東道，治蘇州，省稱江東。　浙東：謂浙江省浙江東部地區，唐置浙江東道，南宋時爲浙江東路。　洄沿：即「沿洄」。順流而下叫「沿」，逆流而上叫「洄」。

〔一八〕龍女：即李朝威《柳毅傳》中的洞庭龍女。　破顔：開顔而笑。

〔一九〕惝怳：心神不安的樣子。

漢朝儒生行〔一〕

漢朝儒生不青紫〔二〕，二十高名動都市〔三〕。易通田何書歐陽〔四〕，三十方補掌故史〔五〕。門寒地遠性儻蕩〔六〕，出門無階媚天子〔七〕。會當大河決酸棗〔八〕，願入薪楗三萬矢〔九〕。路逢絳灌拜馬首〔一〇〕，拜則槃辟人不喜〔一一〕。歸來仰屋百喟生〔一二〕，著書時時説神鬼〔一三〕。生不逢高皇駡儒冠〔一四〕，亦不遇灞陵輕少年〔一五〕。愛讀武皇傳，不遇武皇祠神仙〔一六〕。神仙解詞賦，大人一奏凌雲天〔一七〕。枕中黄金豈無藥？更生誤讀淮王篇〔一八〕。自言漢家故事網羅盡〔一九〕，胸中語秘世莫傳；略傳將軍之客數言耳〔二〇〕，不惜箝我歌當筵〔二一〕。一歌使公懼，再歌使公悟，我歌無罪公無怒！漢朝西海如郡縣〔二二〕，蒲萄天馬年年見〔二三〕。匈奴左臂烏孫王〔二四〕，七譯來同藁街宴〔二五〕。武昭以還國威壯〔二六〕，狗監鷹媒盡邊將〔二七〕。出門攘臂攫牛羊〔二八〕，三載踐更翻沮喪〔二九〕。三十六城一城反〔三〇〕，都護上言請勤遠〔三一〕。期門或怒或陰喜〔三二〕，喜者何心怒則憤。關西籍甚良家子〔三三〕，卅年久綰軍符矣〔三四〕。不結椎埋兒〔三五〕，不長鳴珂里〔三六〕，聲名自震大荒西〔三七〕，飲馬昆侖蕩海水。不共郅支生〔三八〕，願逐樓蘭死〔三九〕。上書初到公卿驚，共言將軍宜典兵，麟生鳳降豈有種〔四〇〕，况乃一家中國猶弟兄。旌旗五道從天落〔四一〕，小印如斗大如斛〔四二〕，盡隸將軍一臂呼，萬人側目千人諾。山西少年感生泣〔四三〕，羽林群兒各努力〔四四〕。共知漢主拔孤根〔四五〕，坐見孤根壯劉室。不知何姓小侯瞋〔四六〕？不知何客惎將軍〔四七〕？將軍内顧忽疑懼，功成定被他人分。不如自親求自附，飛書請隸嫖姚部〔四八〕。上言乞禁兵〔四九〕，下言避賢路。笑比高皇十八侯〔五〇〕，自居蟲達曾無羞〔五一〕。此身願爵關内老〔五二〕，黄金百斤聊可保。嗚呼！漢家舊事無人知，南軍北軍頗有私〔五三〕。北軍似姑南似嫂，嫂疏姑戚群僮窺〔五四〕。可憐舊事無人信，門户千秋幾時定〔五五〕？門户原非主上心，詄蕩吾知漢皇聖〔五六〕。是時書到甘泉夜〔五七〕，答詔徘徊未輕下，密問三公是與非〔五八〕，沮者不堅語中罷。庪詞本冀公卿諒〔五九〕，末議微聞道塗罵〔六〇〕。拙哉某將軍！非火胡自焚？非蠶胡自縛？非蠆胡自螫〔六一〕？有舌胡自撟〔六二〕？有臂胡自掣〔六三〕？軍至矣，刺史迎，肥牛之腱萬鑊烹〔六四〕。軍過矣，掠童女，馬踏燕支賤如土〔六五〕。嬴家長城如一環，漢家長城衣帶間〔六六〕，嬴家正爲漢家用，坐見入關仍出關。入關馬行疾，出關馬無力。丞華厩裏芝草稀〔六七〕，水衡金錢苦乏絶〔六八〕。卜式羊蹄尚無用〔六九〕，相如黄金定何益〔七〇〕？珠厓可棄例棄之〔七一〕，夜過茂陵聞太息〔七二〕。漢家廟食果何人〔七三〕？未必衛霍無儕倫〔七四〕。酎金失侯亦有命〔七五〕，人生那用多苦辛！噫嚱！人生那用長苦辛！勿向人間老〔七六〕，老閲風霜亦枯槁。千尺寒潭白日沈，將軍之心如此深！後世讀書者，毋向蘭臺尋〔七七〕。蘭臺能書漢朝事，不能盡書漢朝千百心。儒林丈人識此吟〔七八〕。

【校】

此爲《破戒草》詩。「籍甚」：諸本皆同。「甚」下邃本注：「一作『長』。」王本、類編本注：「一本作『長』。」按，「長」字誤，不可從。「馬行疾」：吴本、堂本、邃本、「四部」本、「文庫」本、「續四庫」本、王本、類編本、王校本並同。「行」，鄧本作「蹄」，下注：「吴本作『行』。」「疾」下王校本注：「一本作『蹄』。」（誤，應移注「行」字下。）周按，「馬蹄疾」，當爲作者本人所定，應據改。「勿向人間老」：諸本皆同。唯鄧本「人」作「行」。周按，「行」字當爲作者所定，應據改。「識此吟」：吴系諸本與王本、類編本、王校本並同。「識」，鄧本作「爲」，下注：「吴本作『識』。」王校本「識」下注：「一本作『爲』。」周按，「爲」字當爲作者所定，應據改。

〔一〕這首詩假借漢代一個儒生的口氣，表面上是寫漢朝，實際上是揭露清王朝統治者實行種族歧視政策。詩中的某將軍，有人説是岳鍾琪，有人又説是楊芳，看來都不太像。注者以爲，重要的不在於詩中記述的是哪個將軍的事，而在於對滿族上層統治者「强分滿漢」的政策的大膽揭發，並提出這種政策所引致的惡果。當時，沙皇俄國正對我國西北地區虎視眈眈，挑動我少數民族上層分子製造叛亂，以便乘機擴張侵略；而滿洲貴族中的某些人，則堅持種族偏見，排斥漢人將領。加上軍隊内部腐敗，紀律廢弛，進一步激發了階級矛盾和民族矛盾。作者深感情勢嚴重，因而假設漢朝儒生的一席話，曲折地予以揭露，藉此引起警惕。詩中指出「南軍北軍頗有私，北軍似姑南似嫂，嫂疏姑戚衆僮窺」，慨嘆於「門户千秋幾時定」，用意十分明顯。他更大聲疾呼：「况乃一家中國猶弟兄」！希望泯除種族成見，共同抵禦外敵，愛國熱情洋溢行間。這首長詩的思想性正是體現在這裏。至於詩中所述的那位將軍，究竟是誰？能考證出來固好，考證不出來，也無損於本詩的價值。因爲那並不是最重要的。

〔二〕青紫：指高官厚禄。《漢書·夏侯勝傳》：「經術苟明，其取青紫，如俯拾地芥耳。」王先謙補注引葉夢得云：「漢丞相太尉皆金印紫綬，御史大夫銀印青綬，此三府官之極崇者。」

〔三〕「二十」句：暗用賈誼事。《史記・屈原賈生列傳》：「賈生名誼，雒陽人也。年十八，以能誦詩屬書聞於郡中。……廷尉乃言賈生年少，頗通諸子百家之書。文帝召以爲博士。是時賈生年二十餘，最爲少。每詔令議下，諸老先生不能言，賈生盡爲之對，人人各如其意所欲出。諸生於是乃以爲能，不及也。」

〔四〕易通田何：通曉《易經》田何一派學説。《漢書・儒林傳》：「要言《易》者，本之田何。」田何是漢初人，字子莊。曾受《易》學於東武孫虞。　書歐陽：通曉《尚書》歐陽一派學説。《史記・儒林列傳》：「伏生教濟南張生及歐陽生，歐陽生教千乘兒寬。」這是今文《尚書》系統。

〔五〕補：擔任官職。　掌故史：朝廷的史官，負責搜集一代的遺聞掌故。

〔六〕門寒地遠：門地寒微，地區遥遠。　性儻蕩：性情放蕩不羈。

〔七〕「出門」句：找不到門路去奉承皇帝。指被排斥在仕途之外。《詩・大雅・假樂》：「百辟卿士，媚於天子。」

〔八〕大河決酸棗：黄河在酸棗附近決了口。《漢書・溝洫志》：「孝文時，河決酸棗，東潰金堤。於是東郡大興卒塞之。」酸棗：古縣名。治所在今河南延津西南。漢文帝十二年（前一六八）黄河在此決口。

〔九〕入：納。　薪楗：阻塞水勢的竹木之類。楗，字亦作揵。《漢書・溝洫志》：「令群臣從官自將軍以下皆負薪置決河。是時東郡燒草，以故薪柴少，而下淇園之竹以爲揵。」 矢：原指箭。此作量詞，「杆」的意思。

〔一〇〕絳灌：漢文帝時大臣絳侯周勃和潁陰侯灌嬰。這裏指代朝廷大官。

〔一一〕槃辟：行禮的姿態。《漢書·何武傳》：「徙京兆尹。二歲，坐舉方正所舉者召見槃辟雅拜，有司以爲詭衆虛僞。武坐左遷楚内史。」顔師古曰：「槃辟猶言槃旋也。」

〔一二〕仰屋：《南史·蕭恭傳》：「仰眠床上，看屋梁而著書。」《宋史·富弼傳》：「仰屋竊嘆。」

〔一三〕説神鬼：宋葉夢得《避暑録話》卷一：「子瞻在黄州及嶺表，每旦起，不招客相與語，則必出而訪客。所與游者亦不盡擇，各隨其人高下，談諧放蕩，不復爲畛畦。有不能談者，則强之使説鬼。或辭『無有』，則曰『姑妄言之』。於是聞者無不絶倒。」

〔一四〕高皇罵儒冠：漢高祖不喜歡儒生，談起來常常大駡。《史記·酈生陸賈列傳》：「沛公不好儒，諸客冠儒冠來者，沛公輒解其冠，溲溺其中。與人言，常大駡。」

〔一五〕灞陵：又作霸陵。在今陝西西安市附近，漢文帝陵墓所在地。這裏指代漢文帝。 輕：輕視。 少年：指賈誼。文帝時，二十多歲的賈誼官至大中大夫，爲朝廷改制禮樂。後來被周勃等老臣讒毁，貶到長沙。《史記·屈原賈生列傳》：「絳、灌、東陽侯、馮敬之屬盡害之，乃短賈生曰：『洛陽之人，年少初學，專欲擅權，紛亂諸事。』於是天子後亦疏之，不用其議。」

〔一六〕武皇祠神仙：漢武帝晚年喜歡祀奉神仙，相信方士們能找到不死之藥。《史記·封禪書》：「（武帝）東巡海上，考神仙之屬，未有驗者。」

〔一七〕「大人」句：西漢文學家司馬相如寫了《大人賦》，拿大人比擬漢武帝。《史記·司馬相如列傳》：「相如既奏大人之頌，天子大説，飄飄有凌雲之氣，似游天地之間意。」

〔一八〕「枕中」兩句：漢代劉向相信淮南王的枕中《鴻寶》，曾向宣帝獻上煉金的方術，因此得罪。《漢書·劉向傳》：「上復興神仙方術之事，而淮南有枕中《鴻寶》、《苑秘書》。書言神仙使鬼物爲金之術，及鄒衍重道延命方，世人莫見，而更生父德武帝時治淮南獄得其書。更生幼而讀誦，以爲奇，獻之，言黄金可成。上令典尚方鑄作事，費甚多，方不驗。上乃下更生吏，吏劾更生鑄僞黄金，繫當死。」更生：即劉向。《漢書·劉向傳》：「向字子政，本名更生。」

〔一九〕漢家故事：漢朝的舊例、典章制度。

〔二〇〕將軍之客：李商隱《天平公座中呈令狐令公》詩：「雖然同是將軍客，不敢公然子細看。」

〔二一〕箝：夾住。《漢書·異姓諸侯王表》：「箝語燒書。」顔師古曰：「謂箝籥其口，不聽妄言也。即所謂禁耦語者也。」

〔二二〕西海：今青海省青海湖。這裏是泛指青海、新疆等我國西部地區。郡縣：由中央政府直接委官統治的地區，别於諸侯王國來説。

〔二三〕蒲萄天馬：漢代從西域諸國輸入的著名物產。蒲萄：即「葡萄」，又作「蒲陶」。《漢書・西域傳》：「（大）宛王蟬封與漢約，歲獻天馬二匹。漢使采蒲陶、苜蓿種歸。」

〔二四〕匈奴左臂：漢劉歆《孝武廟不毀議》：「東伐朝鮮，起玄菟、樂浪，以斷匈奴之左臂；西伐大宛，併三十六國，結烏孫，起敦煌、酒泉、張掖，以鬲婼羌，裂匈奴之右肩。」烏孫王：《漢書・西域傳》：「烏孫國，大昆彌治赤谷城，去長安八千九百里。……故服匈奴，後盛大，取羈屬，不肯往朝會。……哀帝元壽二年，大昆彌伊秩靡與單于併入朝，漢以爲榮。」昆彌，烏孫國王號。

〔二五〕七譯：猶「九譯」、「重譯」。謂異族或外國語言經輾轉翻譯始能通曉。藁街：漢長安街名。專供異族人居住。

〔二六〕武昭以還：漢武帝（前一四〇—前八七）、漢昭帝（前八六—前七四）以來。以還：以來、以後。

〔二七〕狗監：漢朝内官名。主管獵犬。鷹媒：捕鷹養鷹的人，猶元代宮廷中的「鷹人」。唐代閑廄使五坊中亦有鷹坊，供帝王狩獵時用鷹。這裏是引申其義。

〔二八〕攘臂：捋起衣袖露出手臂。攘：揎、捋。

〔二九〕踐更：原是漢代一種邊兵輪換的徭役法，定期替换，可出錢雇人代役，受錢代人服役，叫踐更。這裏泛指駐軍調動。按，楊鍾羲《雪橋詩話》卷十一：「顧南雅（按，顧蒓）通副，一字吴羹，號湘湄。高祖澹園公竑，長洲諸生，有聲復社。居蘇郡之碧鳳坊，肄業紫陽，爲錢辛楣所賞拔。道光初元，松文清（按，松筠）由謫籍起總憲，復出爲熱河都統，君疑有間之者，兩疏争之，由侍講學士降編修，十年，復擢侍講學士。謝恩之日，上書陳西域事宜，以爲逆回滋擾，不難鉏慝於目前，而難弭禍於日後，請於喀什噶爾一帶添設重兵，控制安集延，俾回人不敢窺伺，且其地密邇英吉沙爾、葉爾羌、和闐，皆有水草可以耕牧，宜募民屯田，以備戰守，更慎簡諸臣，無分滿漢，務得讀書識大體者，畀之此任，以廉静寡欲、通達事理者佐之，必能萬年無事。龔定庵詩云：『漢朝西海如郡縣，……三載踐更翻沮喪。』可以見當時西事敗壞之由。朱文定（按，朱士彦）嘗謂翰林以記載文誥爲事，委蛇棲遲，率可致尊顯，君獨勤勤懇懇，以建言爲務，雖遭擯斥，不少悔，比之汲黯、朱雲。」

〔三〇〕三十六城：漢代西域三十六國。曾隸屬漢朝。著名的將軍班超曾作這些國家的都護。《後漢書·班梁列傳》：「前世議者皆曰取三十六國，號爲斷匈奴右臂。今西域諸國，自日之所入，莫不向化，大小欣欣，貢奉不絶。」

〔三一〕都護：官名。漢代設西域都護，爲駐西域的最高長官。勤遠：救援遠方。

〔三二〕期門：官名。漢武帝建元年間建立，負責警衛工作。陰喜：暗喜。

〔三三〕籍甚：聲名遠播。良家子：家世清白的人。《漢書·地理志》：「漢興，六郡良家子選給羽林期門，以材力爲官，名將多出焉。」

〔三四〕綰：繫着。　軍符：行軍遣將用的符信。
〔三五〕椎埋兒：指没有正當職業的流氓無産者。《史記·酷吏列傳》：「王温舒者，陽陵人也，少時椎埋爲奸。」集解引徐廣曰：「椎殺人而埋之，或謂發冢。」
〔三六〕鳴珂里：唐代長安一個住宅區。《新唐書·張嘉貞傳》：「昆弟每上朝，軒蓋騶導盈閭巷，時號所居坊曰『鳴珂里』。」這裏泛指勳貴之家。
〔三七〕大荒西：西方邊遠地區。
〔三八〕郅支：漢代匈奴國王，名呼屠吾斯，自立爲郅支骨都單于。漢元帝時，被都護甘延壽所殺。
〔三九〕樓蘭：漢代西域國名。其地在今新疆維吾爾族自治區。武帝時，樓蘭常攻殺漢使，昭帝立，遣傅介子斬其王。
〔四〇〕麟生鳳降：喻賢俊之降生。《易林》：「麟子鳳雛，生長家國。」
〔四一〕旌旗五道：《晉書·輿服志》：「天子親戎，五旗舒旆。」劉禹錫詩：「天子旌旗分一半，八方風雨會中央。」
〔四二〕印如斗：《晉書·周顗傳》：「今年殺諸賊奴，取金印如斗大，繫肘後。」　斛：古代十斗爲一斛。
〔四三〕山西少年：軍中的勇武少年。《漢書·趙充國傳贊》：「秦漢以來，山東出相，山西出將。」《援鶉堂筆記》：「按山之東西，以華山言之。」

〔四四〕羽林群兒：指禁衛軍衆戰士。羽林：漢代禁衛軍之一，漢武帝時建立。以後歷代都有禁衛軍，並設羽林監作爲統領。

〔四五〕孤根：比喻孤立没有依傍的人。

〔四六〕何姓小侯：指滿洲貴族中掌兵的某些人。《後漢書·鄧禹傳》：「禹少子鴻，好籌策。永平中，以爲小侯，引入與議邊事，帝以爲能，拜將兵長史。」瞋：發怒。通「嗔」。杜甫《麗人行》：「慎莫近前丞相嗔。」

〔四七〕惎：教。

〔四八〕飛書：急遞書信。嫖姚：官名。《漢書·霍去病傳》：「受詔予壯士爲票姚校尉。」《史記》作「剽姚」，唐人詩作「嫖姚」。

〔四九〕禁兵：保衛京城、皇宫的部隊。

〔五〇〕高皇十八侯：《漢書·高惠高后文功臣表》：「（漢王）即皇帝位……又作十八侯之位次。」顔師古注：「謂蕭何、曹參、張敖、周勃、樊噲、酈商、奚涓、夏侯嬰、灌嬰、傅寬、靳歙、王陵、陳武、王吸、薛歐、周昌、丁復、蟲達，從第一至十八也。」

〔五一〕自居蟲達：言甘居末位。

〔五二〕關内：指關内侯。作者《答人問關内侯書》：「關内侯者，漢之虚爵也。虚爵如何？其人揖讓乎漢天子之朝，其湯沐邑之入，稍稍厚乎漢相公卿；無社稷之祭，無兵權，無自辟官屬。」又説：「（清代）功臣自一等公以下，至於恩騎尉，凡二十六等……以漢制準之，亦皆關内侯也。」　漢家舊事：作者以漢朝舊事影射清代初年的情况。
〔五三〕南軍北軍：西漢初年，曾設南軍、北軍。《史記·吕后本紀》：「趙王禄、梁王産，各將兵居南北軍，皆吕氏之人。」作者借指清朝的八旗兵和緑營兵。前者在滿洲貴族入關前組成，以滿、蒙人爲主；後者入關後組成，純是漢人。所受待遇頗有不同。
〔五四〕戚：親近。《孟子·梁惠王下》：「國君進賢也，如不得已，將使卑逾尊，疏逾戚，可不慎與？」　群僮：衆小子。
〔五五〕門户：指宗派。《新唐書·韋雲起傳》：「今朝廷多山東人，自作門户，附下罔上，爲朋黨。」
〔五六〕詄蕩：開闊清朗。《漢書·禮樂志》：「天門開，詄蕩蕩。」
〔五七〕甘泉：漢代宫殿名。在陝西淳化縣甘泉山上。這裏借指清王朝的宫殿。
〔五八〕三公：輔佐皇帝統治的最高官員。《書·周官》：「立太師、太傅、太保，兹惟三公，論道經邦，燮理陰陽。」明清時以三公作爲大臣的加銜。此泛指高級官員。
〔五九〕廋詞：又作「廋辭」，隱語。
〔六〇〕末議：原指没有高明之見的議論。這裏作「下策」解。
〔六一〕蠆：蝎類的毒蟲。　螫：蜂、蝎刺人。
〔六二〕撟：抬起；翹起。《史記·扁鵲倉公列傳》：「舌撟然而不下。」

〔六三〕掣：牽拽。
〔六四〕腱：牛蹄筋。《楚辭・招魂》：「肥牛之腱，臑若芳些。」
〔六五〕「軍過」三句：這支軍隊到了少數民族地區，大肆淫掠。
〔六六〕「嬴家」兩句：秦代的長城和漢代的長城不過如環如帶。　按，句中似暗指明代末年清兵輕易地攻入長城。　嬴家：秦朝。秦君嬴姓。
〔六七〕丞華：原作「承華」。《後漢書・順帝紀》：永和六年，「初置承華廄」。注引《東觀記》：「時以遠近獻馬衆多，園廄充滿，始置承華廄令。」　芝草：指馬的上等食料。
〔六八〕水衡：漢代官名。漢武帝設水衡都尉，掌收取賦税。庾信《三月三日華林園馬射賦》：「水衡之錢山積。」
〔六九〕卜式羊蹄：《漢書・卜式傳》載：卜式，西漢河南人，牧羊致富。武帝時上書願捐輸家財一半作爲保衛邊疆之用。後官至御史大夫。
〔七〇〕相如黄金：《漢書・司馬相如傳》：「以訾爲郎，事孝景帝。」師古注：「訾讀與『貲』同，貲財也。以家財多，得拜爲郎也。」這裏借指清政府大開捐納賣官的門路。
〔七一〕「珠厓」句：珠厓，即今海南島。漢元帝時，珠厓反叛，待詔賈捐之建議放棄珠厓，元帝同意，於是罷珠厓郡。　這句是影射清政府放棄邊疆大片土地。
〔七二〕「夜過」句：漢武帝地下有知，也會因此嘆息。　茂陵：漢武帝葬地。武帝元封元年（前一一〇)」,立儋耳、珠厓兩郡,其地即今海南島。
〔七三〕廟食:有功績的官員死後,朝廷准許他的神主配享太廟,或准許地方立廟祭祀,稱爲廟食。這裏是指有功績的將軍。《後漢書・梁竦傳》:「大丈夫居世,生當封侯,死當廟食。」
〔七四〕衛霍:漢代衛青、霍去病,都是擊退外族進侵、保衛邊疆的名將。　儕倫:同輩;同一類人物。
〔七五〕酎金失侯:漢朝皇帝規定,每年正月旦日釀酒,到八月製成,稱爲酎酒。用以祭獻祖廟。諸侯都要貢出金錢助祭,稱爲酎金。但諸侯往往不交酎金,因此被削去侯爵。《史記・平準書》:「列侯坐酎金失侯者百餘人。」孔平仲《珩璜新論》:「漢將多以酎金失侯,其故何也?考《史記・平準書》:武帝方事夷狄而擊羌越,卜式上書願父子往死之。帝侯卜式,賜金六十斤、田十頃,以風天下。天下莫應,而列侯百數,皆莫求從軍擊羌者。故於宗廟之嘗酎時,使少府省諸侯所獻之金,斤兩少而色惡者,至削縣侯免國焉。蓋緣諸侯之不應從軍,武帝忿焉,乃設此法。」
〔七六〕「勿向」句:風雨樓本作「勿向行間老」。
〔七七〕蘭臺:漢朝政府收藏書籍文件的機構。這裏指國史館。
〔七八〕儒林丈人:對老一輩讀書人的敬稱。《三國志・魏書・高貴鄉公傳》注引傅暢《晉諸公贊》:「帝常與中護軍司馬望、侍中王沈、散騎常侍裴秀、黄門侍郎鍾會等講宴於東堂,並屬文論。名秀爲儒林丈人，沈爲文籍先生。」

周按：

「吴本」及其他各本均繫於「壬午」（道光二年，一八二二），樊《譜》亦然（二〇七—二〇八頁）。但鄧本有龔橙在題下加注曰：「此丁亥誤入。」語氣肯定，應是。按，這當是作者在《破戒草》付梓時稍施小計，故亂編年，以免人們容易對詩中所寫之人事按圖索驥，「對號入座」（此詩解者紛紛，有數説，但都因有疑點而未能坐實，可見作者之「策略」果然奏效）。到後來作者重編個人詩總集（道光十八年戊戌，詳見下），由於事過境遷，可能已毋須忌諱，遂將此篇恢復其原來應處位置，故龔橙得以據之而言。所以本詩應按其實際作年，繫於道光七年丁亥（一八二七）爲是。若依此年份判斷，則詩中所寫之將軍幾可肯定乃以楊芳爲原型。作者於道光三年（一八二三）曾有《寄古北口提督楊將軍芳》詩，道光九年（一八二九）又有贈楊芳之《書果勇侯入覲》文，均可參。

投宋于庭翔鳳〔一〕

游山五岳東道主〔二〕，擁書百城南面王〔三〕。萬人叢中一握手，使我衣袖三年香〔四〕。

〔一〕宋翔鳳：字虞廷，一字于庭，江蘇長洲人。訓詁學家、經學家，又能詩、詞、駢文，著述甚豐。

參閱《己亥雜詩注》一三九首。

〔二〕「游山」句：宋于庭游山，五岳都願意做東道主。東道主：東路上的主人。後泛指主人。《左傳・僖公三十年》：「若舍鄭以爲東道主，行李之往來，共其乏困。」

〔三〕「擁書」句：又擁有許多書籍，等於是南面稱孤的侯王。《北史・李謐傳》：「丈夫擁萬卷書，何假南面百城？」

〔四〕衣袖香：李商隱《酬崔八早梅有贈兼示之作》詩：「謝郎衣袖初翻雪，荀令熏爐更换香。」習鑿齒《襄陽記》：「荀令君至人家，坐幕，香氣三日不歇。」按，末兩句是極贊宋的人品高潔，學問深厚。

投包慎伯世臣〔一〕

鄭人能知鄧析子，黄祖能知禰正平〔二〕。乾隆狂客發此議〔三〕，君復掉罄今公卿〔四〕。

〔一〕包世臣（一七七五—一八五五），字慎伯，又字誠伯，晚號倦翁，安徽涇縣人。嘉慶十三年舉人，曾官江西新喻（今新餘）知縣，被劾去官。善書法，工篆刻，爲鄧石如弟子。喜談軍事、經濟，對河政、漕運、鹽法、水利，都有具體建議。著《安吴四種》（即《中衢一勺》七卷，《藝舟雙楫》六卷，《管情三義》八卷，《齊民四術》十二卷）。《清史列傳》説他「口若懸河。居金陵，布衣翛然。江省督撫，遇大兵、大荒、河、漕、鹽諸巨政，無不屈節咨詢，世臣亦慷慨言之。雖有用有不用，而其言皆足以傳於後。」《續纂江寧府志》：「世臣早負盛名，道光中，以大挑知縣仕江右，中丞忮之，甫到省，即使署某縣，即借公文字句劾罷之。然世臣之名轉益盛。素喜交游，延攬知名之士，居（南京）鼓樓側之綢市口，户外之屨常滿。又善談論，娓娓千百言，皆使人意消。善扁書，開近人北魏一派。所著有《安吴四種》，其第二種曰《藝舟雙楫》，即自言其書法之功也。」

〔二〕「鄭人」兩句：殺鄧析子的鄭國貴族成就了鄧析子；殺禰衡的黄祖也成就了禰衡。鄧析子：春秋時鄭國大夫，曾著《竹刑》，後被鄭國貴族駟歂所殺。禰正平：禰衡，字正平，東漢平原人。長於文詞，性情傲慢，喜歡侮弄公卿，後被江夏太守黄祖殺害，年僅二十六歲。能知：這個「知」字是使動用法，從「知我罪我」一詞轉化而來。「知我」含有使我爲人所知的意思，因而「知鄧析子」就是讓鄧析子更爲衆人所知，即名氣更大。這兩句暗指江西某大吏劾罷包世臣，但包的名氣反而更大。

〔三〕乾隆狂客：未詳所指。

〔四〕掉磬：又作「掉罄」。《禮・内則》「毋敢敵耦於冢婦」注：「雖有勤勞，不敢掉磬。」釋文：「《隱義》云：『齊人以相絞訐爲掉磬。』崔云：『北海人謂相激事爲掉磬也。』」就是言語不遜的意思。作者認爲包世臣對大官們並不表示尊敬，甚至頗爲傲慢。這是贊賞的話。

柬秦敦夫編修二章 有序

辛巳秋〔一〕，始辱編修惠訪余居〔二〕，歲餘無三日不相見。編修固乾隆耆舊也，閲人多，心光湛然〔三〕，而氣味沈厚，温温然耐久長〔四〕。適其家有漢物二，故遂假譬喻之詞，爲二詩以獻，亦冀讀余詩者，想見其爲人。

〔一〕辛巳：道光元年（一八二一）。

〔二〕編修：翰林院官名。負責國史編修工作。這裏指秦敦夫。秦名恩復（一七六〇——一八四三），字近光，號敦夫，江蘇江都人。乾隆五十二年進士，授編修。嘉慶中主講杭州詁經精舍。家多藏書，精校勘，曾校刊《列子》等，稱爲善本。參閲《己亥雜詩注》一一〇首。

〔三〕心光湛然：心地澄明。

〔四〕温温然：潤澤的形容。《荀子·修身》：「依乎法而又深其類，然後温温然。」又柔和的樣子。《詩·小雅·賓之初筵》：「温温其恭。」箋：「温温，柔和也。」

其一

君家有古鏡，曾照漢時妝。三日不相見，思之心徊徨〔一〕。願身爲鏡奩〔二〕，護此千歲光。鏡。

〔一〕徊徨：憂思不安的樣子。

〔二〕鏡奩：鏡匣。

其二

君家有熏爐，曾熏漢時香。三日不摩挲〔一〕，活碧生微凉〔二〕。願身爲爐烟，續續君子旁。熏爐。

〔一〕摩挲：玩賞。北朝樂府《琅邪王歌》：「一日三摩挲。」

〔二〕活碧：绿色生鮮。因古銅器上面常積有銅緑。

餺飥謡〔一〕

父老一青錢，餺飥如月圓〔二〕；兒童兩青錢，餺飥大如錢〔三〕。盤中餺飥貴一錢，天上明月瘦一邊〔四〕。噫！市中之餕兮天上月〔五〕，吾能料汝二物之盈虚兮〔六〕，二物照我爲過客。月語餺飥：圓者當缺。餺飥語月：循環無極；大如錢，當復如月圓。呼兒語若〔七〕：後五百歲〔八〕，俾飽而玄孫〔九〕。

〔一〕這首詩寫於道光二年（一八二二）。作者借「餺飥」爲題，反映物價高漲、人民生活困苦的現實。嘉慶、道光年間，清王朝的統治日益腐敗，農村急劇破産，鴉片大量輸入，白銀嚴重外流，一方面出現銀貴錢賤現象，一方面物價直綫上升。據彭信威《中國貨幣史》所引資料，乾隆十四年（一七四九），每白銀一兩合制錢八百文（直隸），到乾隆六十年（一七九五），是一兩合一千文（山西）或一千四百文（閩、浙）。到了道光二年，已變爲每兩合二千文以上（直隸京錢），有些地方甚至達到三千文。米價方面，乾隆六年至十五年（一七四一——一七五〇）是每公石合制錢九百一十五文，乾隆五十六年至嘉慶五年（一七九一——一八〇〇）漲至每公石二千七百五十文。假如照道光初年的銅錢市價換算，則作者寫此詩時，至少應達每公石五千五百文以上，爲乾隆初年的百分之六百。這就是這首詩寫作時的現實背景。楊鍾羲《雪橋詩話》卷十一：「宣宗恭儉仁厚，略無土木聲色之娱，而事例頻開，弊政亟行，海内富庶，視乾隆時迥不牟矣。龔定庵《餺飥謡》云：『父老一青錢，餺飥如月圓；兒童兩青錢，餺飥大如錢。』物力盈虚，可以想見。」

〔二〕「父老」兩句：老人在年幼時，拿一個銅錢可以買一個像月亮那樣又大又圓的餅。餺飥：原指湯餅，這裏泛指餅類。歐陽修《歸田録》卷二：「湯餅，唐人謂之不托，今俗謂之餺飥矣。」

〔三〕「兒童」兩句：如今孩子們要拿兩個銅錢才可以買一個餅，不過像銅錢那麽大。

〔四〕「盤中」兩句：盤子裏的餅貴了一個錢，可是餅反而小了一半，就像月亮缺了一邊。瘦一邊：宋韋居安《梅磵詩話》引《三蓮詩話》：「富鄭公使遼國，虜使者云：『酒如綫，因針乃見。』富答曰：『餅如月，遇食則缺。』」

〔五〕餕：熟食。這裏指餅。

〔六〕二物：指餅與月。　盈虚：增減。

〔七〕若：你。

〔八〕五百歲：借用《孟子》「五百年必有王者興」的話，暗示將來理想的社會一定會出現。

〔九〕而：你的。　玄孫：曾孫之子。

送劉三〔一〕

劉三今義士〔二〕，愧殺讀書人。風雪銜杯罷，關山拭劍行。英年須閱歷〔三〕，俠骨豈沉淪〔四〕。亦有恩仇托，期君共一身〔五〕。

〔一〕劉三：即劉鍾汶，字方水，俠士。張祖廉《定庵年譜外記》：「先生交友嚴，好直言。劉鍾汶者，俠士也，嘗遠行，公送之詩。其序曰：『方水從吾游久矣，而氣益浮，中益淺，吾慮其出門而悔吝多也。然吾方托以大事，倚仗之如左右手，以其人實質無可疑者，特不學無術耳。爰最以一詩送其行。』」就是這一首詩。

〔二〕義士：重義守節的人。

〔三〕英年：壯年；奮發有爲之年。

〔四〕俠骨：英武豪俠的氣質、性格。　沉淪：埋没；沉没。

〔五〕「亦有」兩句：我也有報恩、復仇的事要托付給你，因此我期望你就像期望我自己。　共一身：同爲一身，彼此没有區别。蘇武《詩四首》之一：「况我連枝樹，與子同一身。」

十月廿夜大風不寐起而書懷〔一〕

西山風伯驕不仁〔二〕，虓如醉虎馳如輪〔三〕，排關絶塞忽大至〔四〕，一夕炭價高千緡〔五〕。城南有客夜兀兀〔六〕，不風尚且凄心神。家書前夕至，憶我人海之一鱗〔七〕。此時慈母擁燈坐，姑倡婦和雙勞人〔八〕。寒鼓四下夢我至〔九〕，謂我久不同艱辛。書中隱約不盡道，惚恍懸揣如聞呻〔一〇〕。我方九流百氏談宴罷〔一一〕，酒醒炯炯神明真〔一二〕。貴人一夕下飛語〔一三〕，絶似風伯驕無垠〔一四〕。平生進退兩顛簸，詰屈内訟知緣因。側身天地本孤絶〔一五〕，矧乃氣悍心肝淳〔一六〕！欹斜謔浪震四坐，即此難免群公瞋。名高謗作勿自例，願以自訟上慰平生親。縱有噫氣自填咽〔一七〕，敢學大塊舒輪囷〔一八〕？起書此語燈焰死，貍奴瑟縮偎幬茵〔一九〕。安得眼前可歸竟歸矣，風酥雨膩江南春！

【校】

此爲《破戒草》詩。　「勿自例」：諸本皆同。「勿」下邃本注：「一作『忽』。」王本、類編本、王校本注：「一本作『忽』。」周按：「忽」字誤，不可從。　「願以自訟上慰平生親」：諸本皆同。句下邃本注：「一作『願以自訟平生自訟上慰平生親』。」王校本注：「一本作『願以自訟平生自訟慰平生親』。」「訟」下王本、類編本注：「『訟』下一本有『平生自訟』四字。」周按，諸異文皆爲傳抄或翻刻之衍誤，可删。本書從吴本。

〔一〕這首詩寫於道光二年。這年有某貴官造謡打擊作者，因此寫了這首詩。吴昌綬《定庵先生年譜》在道光二年下引程秉釗的話説：「先生是歲有飛語受讒事，屢見詩詞。」詩的主要内容是抒發他受讒後的憤慨。

〔二〕西山：指北京西郊的西山。　風伯：神話傳説中的風神。

〔三〕虓：虎吼聲。

〔四〕排關：推開城關。　絶塞：横越塞障。

〔五〕緡：穿錢的繩子，亦指代成串的錢。每千錢爲一緡。

〔六〕兀兀：形容孤獨。

〔七〕人海：蘇軾《聞子由得告不赴商州》詩：「萬人如海一身藏。」

〔八〕姑婦：即婆媳。倡和：即「唱和」。這裏形容兩人有問有答，關係融洽。勞人：勞苦的人。《詩·小雅·巷伯》：「驕人好好，勞人草草。」

〔九〕寒鼓：猶寒更。

〔一〇〕懸揣：懸想。揣：料想，猜度。

〔一一〕九流百氏：即九流百家。指各種學術及其不同的派别。

〔一二〕神明：精神。

〔一三〕貴人：此指某大官僚。是什麼人已不可考。　飛語：流言。

〔一四〕無垠：無邊無際。

〔一五〕側身：置身。

〔一六〕矧乃：况乃。

〔一七〕噫氣：嘘氣，吐氣。《莊子·齊物論》：「夫大塊噫氣，其名爲風。」　填咽：擠擁，堵塞。這裏形容鬱積在心裏。

〔一八〕大塊：大自然。　輪囷：盤糾屈結。

〔一九〕貍奴：猫兒。　幬茵：帳子和褥子。

女士有客海上者綉大士像而自綉己像禮之又綉平生詩數十篇綴於尾〔一〕

珠簾翠幕棲嬋娟〔二〕，不聞中有堅牢仙〔三〕。美人十五氣英妙，自矜辨慧能通禪〔四〕。遂挾奇心恣縹緲〔五〕，别以沈痼搜纏綿〔六〕。吟詩十九作空語〔七〕，夙生入夢爲龍天〔八〕。

妝成自寫心所悟，宗風窈窕非言詮〔九〕。維摩昨日扶病過〔一〇〕，落花正繞蒲團前〔一一〕。欲罵綺語心未忍〔一二〕，自顧結習同無邊〔一三〕。散花未盡勿饒舌〔一四〕，待汝撒手歸來年〔一五〕。

【校】

此爲《破戒草》詩。 「扶病過」：吴系諸本、王校本並同。「過」，王本、類編本作「起」。王本眉批：「綬案：舊寫本『起』作『過』。吴昌綬記。」類編本「起」下注：「舊本『起』作『過』。」周按，作「起」者誤。

〔一〕海上：清代上海縣，今上海市一部分。大士：即觀音大士，佛教菩薩。佛經上説他有大法力，能救一切苦難。有時現爲男性，有時又現爲女性。

〔二〕嬋娟：姿態美好的樣子。這裏借指美女。

〔三〕堅牢仙：佛經説的大地女神。又稱堅牢地天、堅牢地神。取義於像大地那樣堅固不朽。密宗把她的形象繪成肉色的女性，左手持鉢，鉢中盛滿鮮花。

〔四〕辨慧：佛家語。不疑惑叫「辨」，有智慧叫「慧」。

〔五〕恣縹緲：縱放到虚無縹緲的地方（指學佛）。

〔六〕沈痼：原意是久病。引申爲癖好、嗜欲。 纏綿：指詩情。

〔七〕空語：空虚的話，虚無的話。《史記・老子韓非列傳》：「畏累虚、亢桑子之屬，皆空語無事實。」

〔八〕夙生：前生。　龍天：佛教最高的兩重天。參閲《戒詩五章》「天龍」句注。

〔九〕宗風：宗派風格。　言詮：佛家語。以言語解説義理。

〔一〇〕維摩：即維摩詰，意譯爲凈名。古印度佛教居士。這裏是作者自比。

〔一一〕「落花」句：看見她坐的蒲團前面圍繞着許多落花。意指她正在刺綉自己寫的詩。落花：是比喻她還有世俗的想念。蒲團：蒲草編成的圓形墊具，供參禪、跪拜用。

〔一二〕綺語：佛家認爲涉及男女之情的艷麗詞藻和一切雜穢語都是綺語。這裏指詩詞之類。《一切經音義》卷十六：「綺語，謂綺飾文詞，贊過其實也。」《法苑珠林》卷一〇六：「佛言：休息綺語，獲十種功德。」《大明三藏法數》卷四十二：「不綺語者，謂不莊飾華麗之言，令人樂聞，即是止綺語之善。既不綺語，當行質直正言之善也。」

〔一三〕「自顧」句：因爲自己也有這個根深蒂固的毛病。

〔一四〕散花未盡：《維摩詰所説經・觀衆生品》：時維摩詰室有一天女，見諸天人聞所説法，便現其身，即以天華散諸菩薩大弟子上。華至諸菩薩即皆墮落，至大弟子便著不墮。天女曰：「結習未盡，華著身耳，結習盡者，華不著也。」　饒舌：多嘴；嘮叨。錢儼《吴越備史》：忠懿王以誕辰飯僧永明寺，僧行修遍體疥癩，徑據上坐。王見大不敬，遣之去。齋罷，僧延壽告王曰：「長耳和尚，定光佛應身也。」王趣駕參禮。行修默然，但云：「延壽饒舌。」

〔一五〕撒手歸來：指超脱塵世，徹底悟道。撒手：放開手。喻解脱。《景德傳燈録》卷二十九《同安禪師》：「撒手到家人不識。」

李復軒秀才學璜惠序吾文郁郁千餘言詩以報之〔一〕

李家夫婦各一集〔二〕，數典唐宋元明希〔三〕。婦才善哀君善怒〔四〕，哀以沈造怒則飛〔五〕。君配歸夫人，著詩千餘篇。江郎昨日罵金粉〔六〕，謂爾難脱千生羈〔七〕。其言往往俊傷骨〔八〕，歲晏懷哉共所歸〔九〕。江鐵君嘗勸君夫婦學道，看内典〔一〇〕，慮君之不能從也。

〔一〕李復軒：李學璜，字安之，號復軒，上海人。監生。《上海縣志》：「李學璜學問淵博，爲名場耆宿，著有《管測》、《枕善居詩剩》。」他曾替作者的文集寫序，序文今未見，想已失去。

〔二〕各一集：指李的《枕善居詩剩》、李妻歸懋儀的《綉餘小草》等。參見《寒夜讀歸佩珊夫人贈詩》注。

〔三〕數典：《左傳·昭公十五年》：「數典而忘其祖。」典：謂典籍、典故。這裏指歷代情況。

〔四〕「婦才」句：歸懋儀的詩文善於描寫愁情，李的詩文善於抒發鬱怒的感情。善哀：義近

「善懷」，言多憂思。《詩·鄘風·載馳》：「女子善懷，亦各有行。」

〔五〕「哀以」句：悲愁的意境由深沈而達至；鬱怒的氣勢就簡直是在飛騰。沈：深沉。造：至；取得某種成就。《詩·大雅·思齊》：「小子有造。」箋：「子弟皆有所造成。」

〔六〕江郎：指江沅。見《趙晉齋魏顧千里廣圻鈕非石樹玉吴南薌文徵江鐵君沅同集虎丘秋讌作》詩注。罵金粉：斥責那些充滿金粉繁華氣息的東西。金粉：即鉛粉，婦女化妝品。

〔七〕「謂爾」句：他説你們夫婦寫了這許多詩，就算轉生一千次也解脱不了苦難的束縛。千生：一千輩子。謂轉生一千次。極言時間的久長。按，江沅是學佛居士，反對詩詞創作，認爲那是屬於佛教所指的「綺語」，是一種「業障」，所以有這句話。

〔八〕俊：這裏指俊語，即聰明俏皮、耐人尋味的話。傷骨：形容鋒利深刻，仿佛刺入骨髓。

〔九〕「歲晏」句：在年老的時候，還是皈依佛教，一同尋求歸宿的地方吧！歲晏：指年紀將老。屈原《九歌·山鬼》：「歲既晏兮孰華予？」懷：皈依，歸向。

〔一〇〕内典：佛經的别稱。《釋氏要覽》：「濟廣之典，號爲内。」

歌哭〔一〕

閱歷名場萬態更〔二〕，原非感慨爲蒼生〔三〕。西鄰吊罷東鄰賀〔四〕，歌哭前賢較有情〔五〕。

〔一〕這首詩諷刺科舉場中人與人之間關係的虚僞性。

〔二〕名場：見《逆旅題壁次周伯恬原韻》詩注。　萬態更：看到種種不同的面孔、不同的姿態，都在瞬息萬變。

〔三〕「原非」句：這些人儘管變盡種種姿態，却没有一點感慨是爲了老百姓的。爲蒼生：《晉書·謝安傳》：「卿（按，指謝安）累違朝旨，高卧東山，諸人每相與言：『安石不肯出，將如蒼生何！』蒼生今亦將如卿何！」

〔四〕「西鄰」句：西家落第，他們跑去表示同情憐憫，轉眼又跑到東家去祝賀高中。

〔五〕「歌哭」句：這些人歡喜也罷，悲哀也罷，全都是虚僞的。看來，前代的人在這方面還比較有真實的情感。

送南歸者〔一〕

布衣三十上書回〔二〕，揮手東華事可哀〔三〕。且買青山且鼾卧〔四〕，料無富貴逼人來〔五〕。

〔一〕南歸者：到北京考試失敗返回南方的人。

〔二〕上書：原指向朝廷上書言事，這裏指應科舉考試。孟浩然《歲暮歸南山》詩：「北闕休上書，南山歸敝廬。」

〔三〕東華：北京紫禁城東南門名。這裏指代京師。

〔四〕買山：《世説·排調》：「支道林就深公買印山，深公答曰：『未聞巢由買山而隱。』」

〔五〕富貴逼人：《隋書·楊素傳》：「帝嘉之，顧謂素曰：『善自勉之，勿憂不富貴。』素應聲答曰：『臣但恐富貴來逼臣，臣無心圖富貴。』」

薦主周編修貽徽屬題尊甫小像獻一詩〔一〕

科名幾輩到兒孫？道學宗風畢竟尊〔二〕。我作新詩侑公笑〔三〕，祝公家法似榕門〔四〕。陳文恭公，其鄉先輩也。

〔一〕這是給周貽徽父親的肖像題的詩。　薦主：科舉制度，鄉試、會試都有主考、房官閲卷。應考者的試卷，先由房官閲看，認爲合格可録，把它推薦給主考，這稱爲薦卷。士子對於房官因此稱爲薦主。　周貽徽：字譽吉，號藹如，又號小濂，廣西臨桂人。嘉慶二十二年（一八一七)進士,授編修,改御史,出任四川鹽茶道,内升至光禄寺少卿、順天府丞。尊甫:對别人父親的敬稱。

〔二〕道學:即理學。又稱性理學。是儒家思想發展到宋代時候出現的唯心主義學派,以繼承孔孟「道統」,宣揚「性命義理」之學爲主,其中摻入了不少佛教、道教的東西。按:清統治者入關以後,爲了自身的利益,也提倡儒家理學。清初不少所謂「理學名臣」,如孫承澤、李光地、湯斌、陸隴其、陳宏謀之流,都是以道學爬上高位的。作者説它「畢竟尊」,頗含諷意。因爲打起道學招牌,正是取得高官厚禄的手段。

〔三〕侑:奉勸。引申爲逗引。《詩·小雅·楚茨》:「以妥以侑,以介景福。」

〔四〕榕門:陳宏謀,字汝咨,號榕門,廣西臨桂人。雍正元年(一七二三)進士,由部郎屢遷至東閣大學士,卒謚文恭。著有《五種遺規》、《培遠堂稿》。所謂《五種遺規》,即養正遺規、養女遺規、訓俗遺規、從政遺規、學士遺規。都是拿儒家教條來訓誡子女的。按,周貽徽也是精於這類「家法」的理學家。他母親死後,還未埋葬,棺木停在家中,附近人家失火,他的家僥倖未受波及,他就廣爲宣揚,説是由於他的孝道,天神保佑,使他家避開這場火災。光緒《臨桂縣志》曾煞有介事地把這件事記載下來。

黄犢謠一名佛前謠一名夢爲兒謠〔一〕

黄犢躑躅〔二〕，不離母腹。躑躅何求？乃不如犢牛！一解。

【校】

此爲《破戒草》詩。題：吴系諸本、王校本並同。王本、類編本題作：《黄犢謠一名佛前謠一名爲兒謠（一本作〈夢爲兒謠〉）》。周按，「爲兒謠」當爲「夢爲兒謠」之傳抄脱文，不足據。

〔一〕黄犢：小黄牛。杜甫《百憂集行》：「憶年十五心尚孩，健如黄犢走復來。」這首詩也是引黄犢作比興，抒寫自己對母親的深情思念。

〔二〕躑躅：徘徊不進的樣子。

晝則壯矣！夜夢兒時〔一〕。豈不知歸，爲夢中兒！二解。

〔一〕「晝則」兩句：在白天，自己知道是壯年人；晚上做夢，覺得自己還是母親跟前的小孩子。

無聞於時〔一〕，歸亦汝怡〔二〕；矧有聞於時〔三〕，胡不知歸？三解。

〔一〕無聞：没有聲望。《論語·子罕》：「四十五十而無聞焉，斯亦不足畏也已。」

〔二〕汝怡：怡汝。令你歡樂。

〔三〕矧：何況。

歸實阻我，求佛其可？念佛夢醒，佛前涕零。四解。

佛香漠漠〔一〕，願夢中人安樂〔二〕。佛香亭亭〔三〕，願夢中人苦辛〔四〕。苦辛恒同，樂亦無窮〔五〕。五解。

〔一〕漠漠：彌漫的樣子。

〔二〕夢中人：指自己所思念的母親。

〔三〕亭亭：形容香烟直上。

〔四〕苦辛：指母親不辭勞苦，常常入夢來探視自己。

〔五〕「苦辛」兩句：指母子常常能在夢中相會，快樂也就没有窮盡。

噫嘻噫嘻〔一〕！歸苟樂矣，兒出辱矣。夢中人知之，佛知之夙矣！六解。

〔一〕噫嘻：嘆詞。

周按：

此詩龔自珍原編於《破戒草》壬午年《送劉三》詩之後，《十月廿夜大風……》詩之前，王校本卻把它移置於同年《破戒草之餘》諸詩之後，而與由《定盦集外未刻詩》補入的《城南席上謠》並列一起。此做法並不妥當。應把《黄犢謠》恢復作者原編位次。

城南席上謠一名嘲十客謠一名聒聒謠〔一〕

一客談古文〔二〕，夢見倉頡享籀史〔三〕。一客談山川〔四〕，掌紋西流作弱水〔五〕。一客談高弧〔六〕，神明悒悒念弧矢〔七〕，泰西深瞳一何似〔八〕！一客談宗彝〔九〕，路逢破銅拭雙眦〔一〇〕，發丘中郎倘封爾〔一一〕。一客談遺佚〔一二〕，日挾十錢入西市，五錢麥糊五錢紙〔一三〕，年年東望日本使〔一四〕。一客談餖書〔一五〕，虱脛偏旁大排比〔一六〕。一客談詁訓〔一七〕，夜祠洨長配顔子〔一八〕，不信識字憂惱始。一客談蟲魚〔一九〕，草間聞蛙卧帖耳。一客談掌故〔二〇〕，康熙老兵僂而俟〔二一〕。一客談公羊〔二二〕，端門血書又飛矣〔二三〕。

〔一〕作者在北京城南（宣武門之南）居住，經常來喝酒談天的朋友很多，他們有各種不同的嗜好興趣。作者模仿杜甫《飲中八仙歌》的形式寫了這首詩，把他們分類概括爲「十客」，可以看出作者當時所交的朋友中大抵是些什麼人物。聒聒：吵鬧聲。

〔二〕談古文：談論殷、周時代的文字。許慎《説文解字·叙》：「時有六書，一曰古文，孔子壁中書也；二曰奇字，即古文而異者也。」又：「郡國往往於山川得鼎彝，其銘即前代之古文。」清代乾、嘉年間，研究先秦文字的風氣極盛。這些古文字，除見於許慎《説文解字》的籀文、「古文」外，還有地下出土的殷、周銅器上鑄刻的金文（又稱「鍾鼎文」）以及一些陶文、石刻文字等。這些都是考訂古籍、研究古史的極有價值的材料。在作者的師友中，如阮元、趙魏、徐楙等都是對古文字有湛深研究的人。

〔三〕倉頡：相傳是黄帝的史官，最初創制漢字的人。唐張懷瓘《書斷》：「古文者，黄帝史倉頡所造也。」享：設宴招待。籀史：即史籀，周宣王的太史。相傳他是創造大篆（又稱籀文）的人。

〔四〕山川：山水地理。這裏指中國西北地理學。清代康熙年間，有個南昌人梁份，字質人，曾遍歷河西走廊一帶，研究山川險要，部落游牧，寫成《西陲今略》一書，可惜早已失傳，其事僅見於劉繼莊的《廣陽雜記》中。嘉、道以後，談西北地理的人漸多，作者的朋友徐松、程同文、魏源、蔣湘南、沈垚都是對西北地理有研究的人。

〔五〕「掌紋」句：在手掌上比劃，説明弱水是向西流去的。弱水：由甘肅張掖縣向北流入内蒙古額濟納旗的一條内陸河，俗又稱爲黑河。古籍中提到弱水的很多。首先見於《尚書・禹貢》：「導弱水至於合黎。」後人對此，説法紛紜。

〔六〕高弧：舊時天文學術語。以地球爲中心，各種天體（日、月、星）在天上運行時劃出的弧綫稱爲「高弧」。江永《推步法解》卷五：「設太陽在地上，其高弧爲本星伏見限度。」這便是太陽的高弧。一説，即赤緯。

〔七〕神明：精神。　悒悒：憂悶不樂。　弧矢：數學名詞。弧是圓周的一部分，矢是截弧的直綫（今稱爲弦），合爲弓形，舊稱弧矢形。戴震《勾股割圜記》上：「割圜之法，中其圜而觚分之，截圜周爲弧背，縆弧背之兩端曰弦，值弧與弦之半曰矢。弧矢之内，成相等之勾股二。」

〔八〕泰西：舊時對歐美各西方國家的總稱。按，明代萬曆中葉至清代順治初年，歐洲的耶穌教士來到中國，其中有些人是精通天文數學的，萬曆、天啓間的利馬竇、龐迪我、熊三拔，清順治間的湯若望、南懷仁是最著名的。嘉慶年間，我國學者中，焦循、李鋭、汪萊都研究天算學，稱爲「談天三友」。道光年間，作者的朋友陳杰、羅士琳、黎應南、董佑誠都是研究有成就的人。

〔九〕宗彝：宗廟彝器，指殷周時代有花紋或文字的銅器。作者有《説宗彝》文，認爲它的作用有十九種。他指出：「彝者，常也。宗者，宗廟也。彝者，百器之總名也。宗彝也者，宗廟之器，然而暨於百器，皆以宗名，何也？事莫始於宗廟，地莫嚴於宗廟。」就是不論其用途如何，凡是銅器，都可以稱爲宗彝。由於宗彝可以考訂經史，探補文章體制，研究工藝發展，所以自北宋已成爲專門學問，至清代更是十分興盛。作者本人就是此事的專家。他的師友中，如阮元、秦恩復、趙魏、何元錫、徐懋、何紹基等都是對金石深有研究的人。

〔一〇〕拭眦：擦亮眼睛。

〔一一〕發丘中郎：負責發掘墳墓的官員。陳琳《爲袁紹檄豫州文》：「（曹）操又特置發丘中郎將、摸金校尉，所過隳突，無骸不露。」

〔一二〕遺佚：失傳的古籍或古書的佚文。

〔一三〕「五錢」句：拿五文錢買麥糊，五文錢買紙，準備修補破爛的古籍。

〔一四〕「年年」句：年年都盼望日本使者把中國失傳的古籍帶回中國來。中國亡佚的古籍，由日本再輸入中國，始於清雍正間。日本狩野直喜《七經孟子考文補遺考》引彼國《通航一覽》云：「足利學校，自宋朝購得古板《十三經注疏》，至享保十五年（一七三〇），學生荻生總七郎，奉命抄出《五經》、《論語》、《孝經》、《孟子》，名曰《七經孟子考文補遺》，全三十二册，送若干部於清朝。彼國由宋、金之亂，五百年來，古往本已成絶板，此次始自日本輸回，乃東方無上之榮譽也。」乾隆間，又有《外臺秘要方》及《古文孝經孔氏傳》輸回中國，嘉、道間又有《佚存叢書》十七種（日本天瀑山人輯刊）及皇侃《論語義疏》輸回中國。翟灝《四書考異》云：「愚於乾隆辛巳（一七六一）從堇浦杭先生（按，杭世駿）向小粉場汪氏借閱此書（按，指

《七經孟子考文》），知彼國尚有皇侃《義疏》，語於杭，杭初不甚信，反復諦觀，乃相與東望太息。逡巡十年，衆友互相傳説。武林汪君鵬，航海至日本，竟購得以歸。」由此讀書人才知道日本是個尋求中國佚書的地方。這位朋友是輯佚家，所以「年年東望日本使」。作者自己也曾托一個船長把佚書目録帶回日本，請日本學者代爲訪求。

〔一五〕讎書：把不同版本的書籍互相校勘，發現問題，改正錯誤。《新唐書・王珪傳》：「召入秘書内省讎定群書。」清代學者也有不少人致力此事。作者的朋友中，顧廣圻是最著名的一個。汪遠孫、陳奂、秦恩復、程恩澤、趙懷玉等也都做出一定成績。

〔一六〕虱脛：虱子的腿。形容字畫微細。

〔一七〕詁訓：又稱訓詁。解釋古書的文義、詞義。分開説，把事物形貌説清楚叫訓，把古語翻成現代語叫詁。清代學者花了不少精力從事這門工作。作者的師友中，王念孫、王引之父子最爲著名，阮元也是有成績的老輩。至於《説文》的研究，除作者外祖父段玉裁成就最爲煊赫外，朋友中如丁履恒、江沅、鈕樹玉、許瀚都有這方面的著作。

〔一八〕祠：祭祀。汶長：指許慎，東漢時人，曾任汶縣長，故世稱許汶長。著《説文解字》，是我國最早一部字典。汶：縣名。西漢置，東晉後廢。治所在今安徽固鎮縣（舊靈璧縣）東。配：指配享，即祔祭。顔子：指顔師古。唐初萬年人，官中書侍郎。精通訓詁，曾考定五經文字，著《漢書注》、《匡謬正俗》等。

〔一九〕蟲魚：泛指動物。《爾雅》有《釋蟲》、《釋魚》的專篇。
〔二〇〕掌故：前代的遺聞軼事，上自朝廷的典章制度，下到社會的風俗人情，都入這一類。
〔二一〕僂：躬着腰。表示恭敬。　俟：等待。　按，康熙朝的武人，到道光初年，起碼有一百一十歲以上。這裏恐怕是誇張的說法。
〔二二〕公羊：公羊經學。見《雜詩己卯自春徂夏在京師作得十有四首》之六詩注。
〔二三〕端門血書：《春秋公羊傳·哀公十四年》「撥亂世反諸正，莫近諸春秋」《解詁》：「得麟之後，天下血，書魯端門曰：『趨作法，孔聖没。周姬亡，彗東出。秦政起，胡破術。書記散，孔不絕。』子夏明日往視之，血書飛爲赤烏，化爲白書，署曰《演孔圖》，中有作圖制法之狀。孔子仰推天命，俯察時變，却觀未來，預解無窮，知漢當繼大亂之後，故作撥亂之法以授之。」此言久已沉寂的公羊經學又將復興。

癸未　道光三年（一八二三）

午夢初覺悵然詩成

不似懷人不似禪〔一〕，夢回清淚一潸然〔二〕。瓶花帖妥爐香定〔三〕，覓我童心廿六年。

〔一〕「不似」句：不像是想念遠人，又不像是進入禪定。按，前者是馳想無端的，後者是斷絶雜念的，兩種境界截然相反。
〔二〕潸然：流淚的樣子。《荀子·宥坐》：「潸然出涕。」
〔三〕帖妥：即妥帖。服帖穩當。李賀《貝宫夫人》詩：「空光帖妥水如天。」

三別好詩 有序〔一〕

余於近賢文章，有三別好焉；雖明知非文章之極，而自髫年好之〔二〕，至於冠〔三〕，益好之。兹得春三十有一，得秋三十有二〔四〕。自揆造述〔五〕，絶不出三君，而心未能舍去。以三者皆於慈母帳外燈前誦之。吴詩出口授，故尤纏綿於心；吾方壯而獨游，每一吟此，宛然幼小依膝下時。吾知異日空山〔六〕，有過吾門而聞且高歌，且悲啼，雜然交作，如高宫大角之聲者〔七〕，必是三物也。各繫以詩。

〔一〕這是懷念母親的詩，借「三別好」發抒懷念的感情。別好（去聲）：特殊的愛好。
〔二〕髫年：童年。髫：古時指小孩子下垂的頭髮。
〔三〕冠：二十歲。古代男子二十歲行冠禮，結髮戴冠，表示成年。

〔四〕「茲得」兩句：作者生於乾隆五十七年（一七九二）七月初五日，到道光三年（一八二三）秋寫這首詩時，還未滿三十二歲，但以秋天來計，已過了三十二個，所以說「得春三十有一，得秋三十有二」。

〔五〕自揆：自己估計。揆：度量，揣度。　造述：自己的創作稱爲「造」，闡釋前人的學術稱爲「述」。

〔六〕巽日空山：他年歸隱的時候。

〔七〕高宮大角：宮和角是五聲音階中的兩個音階。這裏指吟誦時聲音忽而雄壯忽而悲傷。

其一

莫從文體問高卑〔一〕，生就燈前兒女詩〔二〕。一種春聲忘不得，長安放學夜歸時〔三〕。

右題吳駿公《梅村集》〔四〕。

〔一〕「莫從」句：意說吳梅村的詩格調不算高，但這一點不必深論。

〔二〕「生就」句：吳詩從本質上說，是最適合孩子們在燈下誦讀的。

〔三〕「一種」兩句：作者幼時隨父母住在北京，晚上放學以後，母親在燈前教他念吳梅村的詩，作者對此印象極深。

〔四〕吴駿公：吴偉業（一六〇九—一六七二），字駿公，號梅村，江蘇太倉人。明末曾官左庶子，又是復社的著名人物。清兵入關後，被邀出山，任國子監祭酒。工於詩，尤長七律及七言歌行，與錢謙益并稱清初兩大家。著有《梅村家藏稿》等。

其二

狼籍丹黄竊自哀〔一〕，高吟肺腑走風雷。不容明月沈天去〔二〕，却有江濤動地來〔三〕。

右題方百川遺文〔四〕。

〔一〕狼籍：又作「狼藉」。縱横散亂。丹黄：圈點書籍時使用的朱筆或黄筆。按，作者這一年考進士試第四次落第，所以想到從前讀八股文的情况就感到悲哀。

〔二〕「不容」句：方百川逝世，有如明月沉進天底，但他的文章廣泛流傳，又像不許明月沉下去一樣。

〔三〕「却有」句：形容方百川的文章氣勢洶涌，像是潮水動地而來。

〔四〕方百川：方舟（一六六五—一七〇一），字百川，安徽桐城人，寄籍江蘇上元，桐城派古文家方苞之兄。他雖然僅是一名縣學生，但寫的八股文却到處流傳，考科舉的士子差不多都要讀他的文章。陳鵬年《方先生舟墓碣》説：「自用時文舉甲乙科，以諸生之文，而爲海内所誦法，人知其名，家有其書者，惟桐城方百川先生。」鄭板橋（燮）《淮縣署中與舍弟第五書》

云：「愚謂本朝文章，當以方百川制藝爲第一，侯朝宗古文次之……百川時文精粹湛深，抽心苗，發奥旨，繪物態，狀人情，千回百折而卒造乎淺近。朝宗古文標新領異，指畫目前，絶不受古人羈紲；然語不遒，氣不深，終讓百川一席。憶予幼時，行篋中惟徐天池《四聲猿》、方百川制藝二種，讀之數十年，未能得力，亦不撒手，相與終焉而已。」可見方百川文章對時人影響之大。

其三

忽作泠然水瑟鳴〔一〕，梅花四壁夢魂清。杭州几席鄉前輩，靈鬼靈山獨此聲〔二〕。右題宋左彝《學古集》〔三〕。

〔一〕泠然：清越寒涼的樣子。水瑟：瑟聲有如流水。參閲《紫雲回三叠》之一「水瑟」句注。

〔二〕靈鬼：有智慧的逝去人物。作者曾把莊周和屈原稱爲「莊騷兩靈鬼」。靈山：靈異的山。道家指蓬萊仙山，佛家指靈鷲山。杭州靈隱寺飛來峰相傳是從印度靈鷲山飛來的，故亦名靈鷲峰。這裏是泛指杭州的美好山水。

〔三〕宋左彝：宋大樽，字左彝，號茗香，浙江仁和（今杭州）人。乾隆三十九年（一七七四）舉人。曾官國子監助教，因母疾辭官。平生喜愛天文、占驗和風水迷信，又善古琴。詩歌功力很深，中年專學李白，又遍游東南各地山水，藉此充實詩的內容。著有《茗香詩論》、《學古集》、《牧牛村舍詩鈔》。郭麐《靈芬館詩話》：「宋茗香詩以太白爲法，能不襲面目而別具神解。《寄山塘酒家》云：『美人安在哉？猶在姑蘇臺。一片五湖月，香魂獨自回。春風忽吹散，化作桃花開。笑勸當壚女，爲何不舉杯？』」張維屏《聽松廬詩話》：「茗香五言極有真氣。《送陳白雲斌北上》云：『阻君非人情，送君殊黯然。我有田間廬，留君已數年。君今別我去，何時來田間？辭榮亦云矯，易退乃稱賢。』只四十字，而惜其遠別，盼其復來，望其進取，諸意俱到。」

漫感〔一〕

絶域從軍計惘然〔二〕，東南幽恨滿詞箋〔三〕。一簫一劍平生意〔四〕，負盡狂名十五年〔五〕。

〔一〕道光三年（一八二三），作者三十二歲。是年六月，刊定《無著詞》、《懷人館詞》、《影事詞》、《小奢摩詞》四種。這首詩可能是刊定詞集以後抒寫自己的感想。

〔二〕絶域：邊遠地區。《後漢書·班超傳》：「願從谷吉效命絶域。」惘然：失志的樣子。

按，作者研究西北邊疆地理，所以打算親自到西北走一趟，但又没有機會。有一回他的朋友王元鳳因事被革職，發往軍臺效力，作者曾請他代爲繪製蒙古某部落和某山的地圖，並親自送他到八達嶺。

〔三〕東南：指江南一帶。作者刊刻的四種詞集，大都在江、浙地區寫成。

〔四〕一簫一劍：指創作詩詞和仗劍報國這兩種情懷志向。作者《湘月》詞，有「怨去吹簫，狂來説劍，兩樣消魂味」；《己亥雜詩》有「少年擊劍更吹簫，劍氣簫心一例消」等，意思與此相同。

〔五〕狂名：見《雜詩己卯自春徂夏在京師作得十有四首》之十四「洗盡」句注。十五年：按，作者在十八歲時，詩人王曇親自找上門，同他訂爲忘年之交；十九歲開始填詞，那時已在社會上頗有名氣。不料直到如今事業毫無進展，所以有如此深沉的慨嘆。作者《醜奴兒令》詞：「沈思十五年中事，才也縱横，淚也縱横，只負簫心與劍名。」

夜坐〔一〕

其一

春夜傷心坐畫屏，不如放眼入青冥〔二〕。一山突起丘陵妒，萬籟無言帝座靈〔三〕。塞上似騰奇女氣〔四〕，江東久隕少微星〔五〕。平生不蓄湘纍問〔六〕，唤出姮娥詩與聽〔七〕。

〔一〕道光三年（一八二三），作者在北京，準備參加癸未科會試。這兩首詩寫於這一年春天。作者痛感當時「左無才相，右無才史，閫無才將，庠序無才士……當彼其世也，而才士與才民出，則百不才督之縛之，以至於戮之」的可悲現實，加以揭露；不過最後仍寄望於「萬一禪關砉然破」，則仍説明作者對清王朝還有一定的幻想。

〔二〕青冥：青色的天空。

〔三〕萬籟：各種音響。唐常建《題破山寺後禪院》詩：「萬籟此俱寂。」　帝座：星名。《宋書・天文志》：「帝座一星在天市中，玉皇大帝外座也。」它是夏秋之間容易看到的一顆三等星。作者借以暗指皇帝身邊的親貴大臣。

〔四〕塞上：邊境的地方。這裏指西北邊疆。　奇女氣：《漢書・外戚傳》：「武帝巡狩，過河間，望氣者言，此有奇女。」按，作者關心西北邊疆，常有「絶域從軍」的打算。他希望邊遠地區能有奇士出現。又，柳宗元寫過一篇《謫龍説》，説山西澤州有個奇女自天而降，自稱是「下上星辰，呼嘘陰陽」的神人，上帝把她謫到人間，在佛寺住了七天，喝一杯水，嘘成五彩雲氣，然後化成白龍，登天而去。作者或是暗用此事，借「奇女」比喻被朝廷謫到邊塞的人，因爲其中有些人是無辜而有才智的（例如作者稱爲天下士的王元鳳）。

〔五〕江東：長江下游一帶。《漢書・項籍傳》：「江東雖小，地方千里，衆數十萬。」　少微星：古代占星家認爲是代表處士（没有做官的知識分子）的星。共四星，在太微西南，今屬獅子座。《續晉陽秋》：「初，月犯少微，少微一名處士星，古者以隱士當之。時戴逵居剡，先謝敷著名，人或憂之。俄而敷死。」按，戰國時代，百家争鳴，出現了「處士横議」的現象，孟軻曾大罵「諸侯放恣，處士横議，楊朱、墨翟之言盈天下」。清代的大地主階級頑固派同樣也是反對「處士横議」的，所以作者發表一些改革社會政治的言論就受到他們無情打擊。作者這句的意思是，現在哪裏算得上是處士横議，因爲江東的少微星都早已隕落。

〔六〕湘纍問：指「天問」。我國戰國時代的偉大詩人屈原，曾在楚國先王廟裏看到牆上畫着許多神話傳説，又因爲對當時貴族的腐朽統治感到不滿和失望，因而寫了《天問》一文，向上天提出一百七十多個問題，借以抒發抑鬱不平。屈原後來投水而死，後人稱爲「湘纍」。《漢書·揚雄傳》：「欽吊楚之湘纍。」李奇注：「諸不以罪死曰纍……屈原赴湘死，故曰湘纍也。」纍：無罪而死的人。

〔七〕姮娥：即嫦娥。傳説是上古時代后羿的妻，吃了西王母的不死之藥飛上月宮，成爲月中女神。

其二

沈沈心事北南東〔一〕，一睨人材海内空。壯歲始參周史席〔二〕，髫年惜墮晉賢風〔三〕。
功高拜將成仙外〔四〕，才盡回腸蕩氣中〔五〕。萬一禪關砉然破〔六〕，美人如玉劍如虹〔七〕。

〔一〕沈沈：深邃，深沉。　北南東：指四方。因字數所限而省掉一個「西」字，是詩家的省略法。

〔二〕壯歲：三十歲。《釋名·釋長幼》：「三十曰壯。」　參周史席：指擔任國史館校對官。《史記·老莊申韓列傳》：「（老子）周守藏室之史也。」索隱：「藏室史，乃周藏書室之史也。」按，道光元年（一八二一）作者三十歲，在內閣充國史館校對官，校正《清一統志》。

〔三〕晉賢風：魏晉時代士大夫的風氣。魏國的何晏、夏侯玄、王弼等人，高談《老》、《莊》，大倡「無爲」學説；入晉以後，又加上佛教的「空無」，士大夫都以玄學標榜誇耀。但也有蔑棄禮法，「非周孔而薄湯武」的人，像嵇康、阮籍和他們的追隨者。這兩派有截然相反的一面，也有可以相通的一面。作者都曾受到影響，雖然程度並不相等。

〔四〕「功高」句：指自己的目的並非在於追求高官厚禄或修煉神仙，並暗寓要在文功武略兩方面超過張良和韓信之意。　拜將：《史記·淮陰侯列傳》：「至拜大將，乃韓信也，一軍皆驚。」　成仙：《史記·留侯世家》：張良輔佐劉邦定天下之後，「乃學辟穀，道引輕身」，「欲從赤松子游」，修煉神仙之術。

〔五〕才盡：《梁書·江淹傳》：「淹少以文章顯，晚節才思微退，時人皆謂之才盡。」　回腸蕩氣：極言聲樂感人之深。《文選·宋玉〈高唐賦〉》：「纖條悲鳴，聲似竽籟，清濁相和，五變四會，感心動耳，回腸傷氣。」李善注：「言上諸聲，能回轉人腸，傷斷人氣。」這裏指詩詞作品的感人力量。作者《與吴虹生書》十二：「遇合二字甚難，遇而不合，鏡中徒添數莖華髮，集中徒添數首惆悵詩，供讀者回腸蕩氣。」

〔六〕禪關：禪法的門關。這裏比喻束縛限制人們才智的關卡。砉然：皮骨分離聲。《莊子·養生主》：「砉然向然，奏刀騞然。」這裏形容破毁之聲。

〔七〕「美人」句：到那時候，人可以成爲如玉的美人，劍也能够吐出如虹的氣勢。末兩句回應第二句。因爲所謂「人材海内空」，並不是没有人材，只不過受到束縛壓制，無法舒展罷了。《詩·召南·野有死麕》：「有女如玉。」傳：「德如玉也。」臧庸《拜經日記》引《大戴禮》逸篇《王度記》云：「玉者有像君子之德，燥不輕，濕不重，薄不澆，廉不傷，疵不掩，是以人君寶之。」袁枚《隨園詩話補遺》卷五：「偶讀奇麗川方伯《題盧湘艖美人寶劍圖》一絶，不覺心花怒開。詩云：『美人如玉劍如虹，平等相看理亦同。筆上眉痕刀上血，用來不錯是英雄。』」知定庵此語亦有所本。

人草藁〔一〕

陶師師媧皇〔二〕，摶土戲爲人〔三〕。或則頭帖帖〔四〕，或則頭頵頵〔五〕。丹黄粉墨之，衣裳百千身。因念造物者〔六〕，豈無屬稿辰〔七〕？兹大僞未具〔八〕，媧也知艱辛。磅礴匠心半〔九〕，斕斑土花春〔一〇〕。劇場不見收，我固憐其真。謚曰人草藁，禮之用上賓。

〔一〕人草藁：具有人的樣子的泥人坯子。作者意在諷刺那些不學無術又極端虚僞矯飾的官場人物，或借「大僞未具」反襯人草藁比「大僞」者還略勝一籌，待考。

〔二〕陶師：製陶器的工匠。　媧皇：女媧氏。傳説是創造人類的神人。《太平御覽》卷七十八引《風俗通》曰：「俗説天地開闢，未有人民，女媧摶黄土作人，劇務力不暇供，乃引繩於絙泥中，舉以爲人，故富貴者黄土人也，貧賤凡庸者引絙人也。」

〔三〕摶：捏之成團。

〔四〕頭帖帖：腦袋安放得妥妥帖帖。

〔五〕顆顆：頭大的樣子。

〔六〕造物者：這裏指女媧。

〔七〕屬稿：起草。

〔八〕大僞：《老子》：「大道廢，有仁義。智慧出，有大僞。」　具：完備。

〔九〕磅礴：廣大、充盛的樣子。　匠心半：只用了一半匠心。匠心，精巧的構思。

〔一〇〕斕斑：色彩錯雜的樣子。　土花：苔蘚。

寄古北口提督楊將軍芳〔一〕

絶塞今無事，中原況有人〔二〕。昇平閑將略〔三〕，明哲保孤身〔四〕。莫以同朝忌，慚非貴戚倫〔五〕。九重方破格〔六〕，肺腑待奇臣〔七〕。

〔一〕楊芳：字誠村，一字誠齋，貴州松桃人。早年因科舉落第，投入緑營充文書工作，受到楊遇春的賞識，薦補把總，因軍功升爲臺拱營守備。嘉慶間，隨額勒登保鎮壓白蓮教、天理教起義，升至兩廣督標參將，繼又代楊遇春爲固原提督。道光間，歷官直隸、湖南、固原提督，道光六年（一八二六）新疆回族上層分子張格爾叛亂，楊芳隨大學士長齡率軍進討，生擒張格爾於喀爾鐵蓋山，以功封三等果勇侯。這首詩是道光初年楊芳任直隸提督時作者寫給他的。古北口：在今河北省密雲縣東北，是長城重要關口之一。清代直隸提督例駐古北口。

〔二〕中原：在清代指十八行省，同未建省的邊疆相對而言。

〔三〕閑將略：將軍的武略閑置起來。

〔四〕明哲保身：《詩·大雅·烝民》：「既明且哲，以保其身。」孤身：楊芳出身低微，却又執掌兵權，没有皇親貴族可以依靠，處理人與人的關係很不容易，所以作者有這句話。

〔五〕「莫以」兩句：不要因爲朝廷的權貴大臣嫉忌你，你就自覺輕賤，以爲不能同貴戚們相比。按，楊芳在嘉慶初年只是一名把總（武官最低一級，正七品），管轄很小一個地區；數年之間，超升至提督（從一品），成爲一省的軍事長官。滿洲的權貴不願兵權落在漢人手中，對他頗有猜忌。

〔六〕九重：皇帝居住的地方。《楚辭·九辯》：「君之門以九重。」這裏指代皇帝。

〔七〕肺腑：指皇帝的親族。《史記·魏其武安侯列傳》：「蚡以肺腑爲京師相。」

暮春以事詣圓明園趨公既罷因覽西郊形勝最後過澄懷園和内直友人春晚退直詩六首〔一〕

其一

西郊富山水，天子駐青旗〔二〕。元氣古來積，群靈咸是依〔三〕。九重阿閣外〔四〕，一脈太行飛〔五〕。何必東南美〔六〕？宸居静紫微〔七〕。

〔一〕道光三年春，作者在内閣工作，因公前往圓明園。公畢游覽西郊，因任軍機章京的朋友寫了《春晚退直》詩六首，作者據此答和。　圓明園：在北京西郊，是清帝經常居住辦事的皇室別墅，建築極爲華麗。咸豐年間，爲英法侵略軍所毀。　澄懷園：在圓明園附近，曾是保和殿大學士張廷玉的賜園。在作者經過時，其中一部分已成爲軍機章京扈從值班的地方。

〔二〕青旗：皇帝出行時建樹的旗幟。《禮記·月令》：「孟春之月，天子乘鸞路，駕蒼龍，載青旗。」

〔三〕群靈：衆仙靈。

〔四〕九重阿閣：九層的樓閣。九：極言其多，是虚數。《文選·〈古詩十九首〉之五》：「阿閣三重階。」李善注：「閣有四阿，謂之阿閣。」阿：或謂棟，或指飛檐。

〔五〕太行：指太行山。

〔六〕東南美：《爾雅·釋地》：「東南之美者，有會稽之竹箭焉。」王勃《滕王閣序》：「賓主盡東南之美。」

〔七〕宸居：帝居。紫微：我國古代把天上星宿劃分爲三垣二十八宿。圍繞北極的叫紫微垣。《晉書·天文志》：「一曰紫微，大帝之座也，天子之常居也。」

其二

一翠撲人冷〔一〕，空濛溯却遥〔二〕。湖光飛闕外〔三〕，宫月淡林梢。春暮烟霞潤，天和草木驕〔四〕。桃花零落處，上苑亦紅潮〔五〕。

〔一〕一翠：猶「一碧」。范仲淹《岳陽樓記》：「上下天光，一碧萬頃。」

〔二〕空濛：迷茫的樣子。謝朓《觀朝雨》詩：「空濛如薄霧，散漫似輕埃。」溯：追尋。

〔三〕闕：古代宫室前的高建築物，亦稱爲觀，一般左右各一。徐鍇《説文解字繫傳》卷二十三：「蓋爲二臺於門外，人君作樓觀於上，上員下方。以其闕然爲道，謂之闕；以其上可遠觀，謂之觀。」這裏泛指宮殿。

〔四〕草木驕：草木顯得生氣勃勃。

〔五〕上苑：皇帝的園林。李煜《望江南》詞：「還似舊時游上苑，車如流水馬如龍，花月正春風。」紅潮：蘇軾《西江月》詞：「玉顔醉裹紅潮。」這裏指滿地落花。

其三

恍惚西湖路，其如悵望何？期門矚威武〔一〕，賤士感蹉跎〔二〕。囿沼輸魚躍，峰巒羨鳥過〔三〕。周阹新令在〔四〕，不得睹卷阿〔五〕。雍正二年，設八旗官兵處，今額倍於初額。

〔一〕期門：見《漢朝儒生行》詩「期門」句注。

〔二〕賤士：作者的謙稱。《晉書·韋忠傳》：「吾茨檐賤士，本無宦情。」

〔三〕「囿沼」二句：借魚鳥比喻在澄懷園值班的軍機章京們。囿沼：園池。多指帝王的園池。輸：負，不如。羨鳥過：看到鳥兒在飛翔，自己只有徒然羨慕而已。岑參《寄左省杜拾遺》詩：「青雲羨鳥飛。」過：讀平聲。

〔四〕周阹：揚雄《長楊賦序》：「以網爲周阹，縱禽獸其中。」李善注引李奇曰：「阹，遮禽獸圍陣也。」新令：新的法令。

〔五〕卷阿：曲折的山陵。《詩·大雅》有《卷阿》篇。傳：「卷，曲也。」箋：「大陵曰阿。」《竹書紀年》周成王三十三年：「王游於卷阿。」這裏指清帝專用的游獵地區的木蘭圍場。

其四

掌故吾能説〔一〕，雍乾溯以還。禪心闢初地〔二〕，小幸集清班〔三〕。遂進群藩宴〔四〕，兼怡聖母顔〔五〕。昇平六十載，乃大啓三山〔六〕。曰静宜，曰静明，曰清漪，皆乾隆中建。

〔一〕掌故：前朝的遺聞軼事。參閱《城南席上謡》詩「一客」句注。

〔二〕禪心：寂定之心，佛心。唐李頎《題璿公山池》詩：「清池皓月照禪心。」初地：佛界。又名歡喜地。《華嚴經·十地品》：「住初地時，於一切物，無所吝惜。求佛大智，修行大舍，凡是所有，一切能施……是名菩薩住於初地大舍成就。」《清一統志》載：北京西郊恩佑寺在暢春園東垣，雍正元年建。大報恩延壽寺，在清漪園萬壽山北，乾隆十六年建。香嚴寺在静明園内山上，乾隆二十三年建。妙喜寺在静明園西門外，乾隆二十三年建。恩慕寺在暢春園東垣，乾隆四十二年建。

〔三〕小幸：皇帝到某地作短期駐留。幸：皇帝駕臨。清班：清貴的官班。蘇軾《二鮮于君以詩文見寄作詩爲謝》詩：「我懷元祐初，圭璋滿清班。」這裏指照例隨行的軍機大臣和部分章京。龍顧山人《南屋述聞》：「凡直宿者，若在園直，則每四日爲一班，謂之該園班。俟直務畢，則退而聚居於外直廬，即前此之七峰别墅，後來之軍機公所也。」

〔四〕「遂進」句：乾隆皇帝曾在這個地方大宴群藩。群藩：指邊疆屬國的統治人物。乾隆二十五年，清王朝曾在清漪園盛宴款待安集延的拔達克山入覲陪臣；二十八年，愛烏罕（阿富汗）部遣使入覲，又在暢春園賜宴，並校閲軍容，招待參觀。

〔五〕聖母：清代指皇帝的生母。《清會典事例·禮部》：「聖祖仁皇帝嗣位，尊聖祖母皇太后爲太皇太后，尊母后皇后爲皇太后，聖母爲皇太后。」《清一統志》：「暢春園在西直門外十二里，地名海澱。聖祖仁皇帝萬機之暇，駐蹕於此，酌泉而甘，因明武清侯李偉故園址，少加規度，築宫設禦，賜名暢春園。乾隆初年，葺新園亭，敬奉孝聖憲皇后宴憩，以適温清。每三日躬詣請安。」

〔六〕大啓：大加開拓。《詩·魯頌·閟宫》：「大啓爾宇。」《文選·張衡〈東京賦〉》：「文又躬自菲薄，治致昇平之德；武有大啓土宇，紀禪肅然之功。」三山：指萬壽山、玉泉山、香山。崇彝《道咸以來朝野雜記》：「京西御園所稱三山者，曰清漪園，以甕山得名，後因孝欽后辦六旬萬壽，改名萬壽山，就其址修頤和園；曰静明園，以玉泉山得名，當年園内分十六景；曰静宜園，以香山得名，有二十八景。乾隆以來，皆爲游幸之所。至道光中，宣宗尚儉，均罷游幸。」《清一統志》：「静宜園在香山，去圓明園十餘里，即香山寺故寺。聖祖仁皇帝於此置行宮。乾隆十年秋重加修葺，既成，賜名静宜。」又：「静明園在圓明園西玉泉山下，康熙十九年建，初名澄心，三十一年改名静明。」又：「清漪園在圓明園西，萬壽山之麓，乾隆十六年開浚西湖，賜名昆明，臨湖建園，名曰清漪，橋亭軒閣，雲布綉錯。」《清史稿·職官志》五：「乾隆十五年，甕山命名萬壽山，建行宮。改金海爲昆明湖，明年更名清漪園。光緒十四年（按，《清史稿·地理志》云十五年）更名頤和園。」又云：「玉泉山静明園初爲澄心園，康熙三十一年更名。」又云：「静宜園初爲香山行宮，乾隆十二年更名。」

其五

警蹕聞傳膳〔一〕，樞廷述地方〔二〕。凡車駕有所幸，謂之傳地方。宸游兼武備〔三〕，香山有健鋭、火器二營。大典在官常〔四〕。禁額如雲起〔五〕，仙人隔仗望〔六〕。萬重珊翠裏〔七〕，不數尚書郎〔八〕。

〔一〕警蹕：在皇帝出入經過的地方嚴加戒備，禁止行人。《史記·淮南衡山列傳》：「出入稱警蹕。」崔豹《古今注·輿服》：「警蹕，所以戒行徒也。……謂出軍者皆警戒，入國者皆蹕止。」傳膳：皇帝召見臣僚前的準備儀式。清人《清宮詞百首》之十六：「樞臣入直傳宣後，一一頭銜遞膳牌。衛士傳餐仍立仗，已看日影過宮槐。」原注：「朝制：除樞臣日日召見外，其餘無論内外臣僚，入對者必先遞膳牌，始預備召見。」

〔二〕樞廷：同「樞庭」。國家政權中樞。這裏指軍機處。　述地方：宣布皇帝出巡的消息。

〔三〕宸游：皇帝出巡。唐蘇頲《侍宴安樂公主莊應制》詩：「簫鼓宸游陪宴日。」　武備：軍備。這裏指檢閱軍隊。《穀梁傳・襄公二十五年》：「古者雖有文事，必有武備。」《清史稿・兵志》一：「暢春、圓明、静明等園守兵，統以守備。……尋定上駐園，則八旗兩翼，翼分七汛，更番宿衛。……嘉慶四年，令巡捕五營以中營作提標，管圓明園五汛，參將四人，分管南北左右四營，共十八汛，兩翼總兵分轄之。」

〔四〕大典：重大的典禮。　官常：居官的職責。《周禮・天官・大宰》：「以八法治官府……四曰官常，以聽官治。」注：「官常，謂各自領其官之常職。」

〔五〕禁額：指皇帝親題的匾額。　如雲起：喻數量繁多，兼含頌美之意。《詩・齊風・敝笱》：「其從如雲。」傳：「如雲，言盛也。」按，西郊的宫殿建築，都有雍正或乾隆皇帝題字。如暢春園的御武樓，高宗題「詰戎揚烈」；圓明園内四十大景，也都有御筆題額，如「正大光明」、「勤政親賢」之類。見《清一統志》。

〔六〕仙人：比喻軍機章京的親貴身份。參見《小游仙詞》詩注。　仗：儀衛。《新唐書・儀衛志》上：「凡朝會之仗，三衛番上，分爲五仗，號衙内五衛。」

〔七〕萬重珊翠：重重叠叠的紅花緑樹、紅牆緑瓦。形容園中美麗的環境。　珊：《説文》：「珊，珊瑚，色赤，生於海，或生於山。」班固《西都賦》：「珊瑚碧樹，周阿而生。」

〔八〕「不數」句：軍機章京們所得到的寵幸，遠不是一般尚書郎所能企及的。不數：數不上。意謂高出其上。蘇軾詩：「嘗重連山象，不數秋風辭。」尚書郎：杜佑《通典·職官典·尚書·歷代郎官》：郎官，謂之尚書郎。漢置四人，分掌尚書事。後漢尚書侍郎三十六人，主作文書草。魏置尚書郎二十三人，非後漢時職任。這裏指六部衙門的郎中、員外郎等官員。

其六

此地求沿革，當年本合并〔一〕。林嵐陪禁近〔二〕，祠廟仰勳名〔三〕。水榭分還壯〔四〕，雲廊改更清〔五〕。諸公齊努力，誰得似桐城〔六〕。澄懷本張文和公賜園，今内直諸公分居之，又纔澄懷之半耳。

〔一〕「此地」兩句：澄懷園這地方，尋找它的來歷和變化，在當年原是合在一起的。沿革：事物變遷的情況。沿：沿襲舊制。革：有所變革。并：讀平聲。按，澄懷園在圓明園東半里許，原是康熙朝輔政大臣索尼所居。張廷玉《賜園紀事八首·序》云：「雍正三年八月，鑾輿駐蹕圓明園。臣廷玉等叨扈從之末，蒙恩以戚畹舊園賜臣廷玉，暨大學士朱軾、尚書蔡珽、内廷供奉翰林吴士玉、蔡世遠、勵宗萬、于振、戴瀚、楊炳八人同居之。園在御苑之東半里許，奇石如林，清溪若帶，蘭橈桂楫，宛轉皆通。而曲榭長廊，凉臺燠館，位置結構，極天然之趣，蒼藤嘉木，皆種植於數十年前，輪囷扶疏，饒有古致，尤負郭諸名園所未有也。」又《以澄懷名所居之園恭紀二首・序》云：「廷玉蒙恩賜居戚畹舊園，於今三年矣。園初未署名。因追憶康熙癸巳秋扈從塞外，蒙先帝御書『澄懷』二大字以賜……敬以二字名園。」以後幾經更變，澄懷園分出一部分作爲軍機章京扈從時值宿之所。

〔二〕林嵐：泛指山林。嵐：山林中的霧氣。　禁近：皇宫。這裏指圓明園等皇帝居住的地方。

〔三〕祠廟：祠堂。勳名：功名。按，張廷玉死後，高宗曾有諭旨，大意説：張廷玉歷事三朝，宣力年久，勤勞夙著，受恩最深。至於配享太廟一事，係奉皇考世宗憲皇帝遺詔遵行，因爲張廷玉死前曾向高宗提出配享的請求，高宗認爲這等於不相信他能按照雍正遺詔辦事，頗爲惱火，勒令退休，幾乎取消他的配享資格，後來才勉强執行遺詔。

〔四〕水榭：建在水上或水邊的亭閣。

〔五〕雲廊：繪有雲彩的長廊。

〔六〕桐城：指張廷玉。張係安徽桐城人，官至保和殿大學士，謚文和。這裏以籍貫代名。

附録：徐樹均《王壬甫圓明園詞序》（節録）：「圓明園在京城西，出平則門卅里暢春園北里許，世宗皇帝藩邸賜園也。聖祖常游豫西郊，次於丹棱沜，樂其川原，因明武清侯李偉清華園舊址，築暢春園。藩邸賜園，故在其旁。雍正三年，乃大宫殿朝署之規，以避暑聽政。高宗皇帝嗣位，海宇殷闐，八方無事，每歲締構，專飾園居。大駕南巡，流覽湖山風景之勝，圖畫以歸，若海寧安瀾園、江寧瞻園、錢塘小有天園、吴縣獅子林，皆仿其制，增置園中，列景四十，以四字題扁者爲一勝區，一區之内，齋館無數。復東拓長春，西闢清漪，離宫别館，月榭風亭，屬之西山，所費不計億萬。園地多明權璫别業，或傳崇禎末，諸奄皆以珍寶窟宅於兹。乾隆間浚池，發金銀數百萬。時國運方興，地不愛寶，上心悦豫，殫精構造，曲盡游觀之妙，元明以來，未之聞也。」它的奢華情況可見一斑。

辨仙行〔一〕

噫嚱！癯仙之癯毋乃貧，長卿所賦亦失真〔二〕。我夢游仙辨厥因〔三〕，齋莊精白聽我云〔四〕：仙者乃非松喬倫〔五〕，亦無英魄與烈魂〔六〕，彼但墮落鬼與神〔七〕。太一主宰先氤氲〔八〕，帝一非五邪説泯〔九〕。唐堯姬旦誠仙人〔一〇〕，厥光下界呼星辰〔一一〕。不然詩書所説陳，誰在帝左福下民〔一二〕？五行陰騭誰平均〔一三〕？享用大樂須韶鈞〔一四〕，蓬蓬槱燎高薦禋〔一五〕，號曰宗祖冠以神〔一六〕。其次官貴貌必文〔一七〕，周任史佚來斌斌〔一八〕，配食漆吏與楚臣〔一九〕。六藝但許莊騷鄰〔二〇〕。芳香惻悱懷義仁〔二一〕，荒唐心苦余所親〔二二〕。我才難饋仙官貧〔二三〕。側聞盲左位頗尊〔二四〕，姬孔而降三不湮〔二五〕，大篆古文上帝珍〔二六〕。帝命勒之天上珉〔二七〕，椎拓萬本賜解人〔二八〕。魯史書秋復書春〔二九〕，二百四十一瞚陳〔三〇〕。九皇五伯升且淪〔三一〕，大橈以來未浹旬〔三二〕。爲儒爲仙無滓塵，萬古只似人間寅〔三三〕。使汝形氣長和淳〔三四〕，一雙仙犬無狋獉〔三五〕。人間儒派方狺狺〔三六〕，饑龍悴鳳氣不伸〔三七〕，鳳兮欲降上帝嗔。鉏商所獲爲謫麟〔三八〕，慎旃莫往罹采薪〔三九〕。公羊家言獲麟，薪采之也。

【校】

此爲《破戒草》詩。「萬古只似」：吴本、堂本、「四部」本、「文庫」本、「續四庫」本、王本、類編本、王校本並同。「只」，邃本作「讀」。王本、類編本、王校本「只」下注：「一本作『讀』。」本書從吴本。

〔一〕由於司馬相如《大人賦》有「列仙之儒，居山澤間」的話，作者借用其意，拿「仙」影射儒家，譏刺他們學識貧乏，胸懷狹隘。

〔二〕「癯仙」兩句：癯仙的清瘦，我以爲是因爲學識貧乏，司馬相如在《大人賦》裏的説法是不真實的。癯仙：瘦仙。《漢書·司馬相如傳》：「相如見上好仙，因曰：『上林之事未足美也，尚有靡者。臣嘗爲《大人賦》，未就，請具而奏之。』相如以爲列仙之儒居山澤間，形容甚臞，此非帝王之仙意也，乃遂奏《大人賦》。……天子大悦，飄飄有凌雲氣游天地之間意。」顔師古注：「儒，柔也，術士之稱也，凡有道術皆爲儒。」又云：「臞，瘠也。」臞，同「癯」。司馬相如的癯仙，是指山林中的方術之士，作者借用，是指當時的儒家。毋乃：表委婉的推斷，猶「恐怕是……」、「大概是……」。貧：這裏指欠缺學識。《文心雕龍·練字》：「富於萬篇，貧於一字。」長卿：司馬相如的字。賦：班固《兩都賦序》：「賦者，古詩之流也。」這裏用作動詞。《漢書·藝文志》：「登高能賦，可以爲大夫。」

〔三〕「我夢」句：我夢見游仙，同他們辨析其中原因，才弄清楚是怎麽回事。

〔四〕齋莊：恭敬。《禮·中庸》：「齊莊中正，足以有敬也。」齊，通「齋」。肅敬。精白：精純潔白。引申爲無雜念、專一之意。《漢書·賈山傳》：「天下之士，莫不精白以承休德。」

〔五〕松：赤松子。《史記·留侯世家》：「願棄人間事，從赤松子游耳。」索隱：「赤松子，神農時雨師。」喬：王子喬。周靈王太子，名晉。道士浮丘公引上嵩山，修煉成仙。見《神仙傳》。又，後漢河東人王喬，明帝時官葉縣令，有仙術。見《後漢書》。

〔六〕英魄、烈魂：英偉的魂魄，勇猛的精神。宋姚孝錫《題滕奉使祠》詩：「追想生平英偉魄。」

〔七〕「彼但」句：他們不過是墮落世間的一般鬼神而已。

〔八〕太一：即大一。《禮·禮運》：「是故夫禮必本於大一。」注：「大音泰。」疏：「大一者，謂天地渾沌未分之元氣也。」　氤氲：同「絪緼」。天地混一之氣。宋張載《正蒙·太和》：「太和所謂道。……是生絪緼、相蕩、勝負、屈伸之始。」王夫之注：「絪緼，太和未分之本然。」

〔九〕帝一非五：東漢經師鄭玄，主張天上有五帝，作者加以駁斥。見《同年生胡培翬集同人》詩注。邪説：異端之説。《孟子·滕文公下》：「邪説暴行又作。」　泯：迷亂之意。《書·康誥》：「天惟與我民彝大泯亂。」

〔一〇〕唐堯：古帝名。《史記·五帝本紀》：「帝堯者，放勳。」索隱：「堯，謚也。放勳，名。」正義：「徐廣云：『號陶唐。』」故又稱唐堯。　姬旦：即周公旦，周武王之弟。曾輔武王滅紂，後又代成王攝政，平治天下。

〔一一〕「厥光」句：他們光耀人間，因此人們都把他們看作是星辰下凡。　厥：其。　光下界：《書·堯典》：「昔在帝堯，聰明文思，光宅天下。」　呼星辰：《太平廣記》卷六《東方朔》：「有黄眉翁指母以語朔曰：『昔爲我妻，托形爲太白之精，今汝亦此星之精也。』」又：「帝仰天嘆曰：『東方朔生在朕旁十八年，而不知是歲星哉！』」

〔一二〕「不然」兩句：否則，《詩》、《書》説了帝堯和周公許多好話，究竟是誰站在帝王旁邊造福下界人民的呢？

〔一三〕「五行」句：金、木、水、火、土五種物質，以及上天的意旨，又讓誰來加以平均（分配、調整）

呢？　五行：《書·洪範》：「五行：一曰水，二曰火，三曰木，四曰金，五曰土。」　陰騭：暗中保護。《書·洪範》：「惟天陰騭下民。」

〔一四〕享：祭祀。　大樂：最美妙的音樂。《禮·樂記》：「大樂與天地同和，大禮與天地同節。」　韶鈞：簫韶和鈞天之樂。《書·益稷》：「簫韶九成，鳳凰來儀。」注：「舜樂也。」

〔一五〕蓬蓬：盛多的樣子。《詩·小雅·采菽》：「維柞之枝，其葉蓬蓬。」傳：「蓬蓬，盛貌。」槱燎：古代吉禮之一，把整隻猪、牛放在柴火上烤熟，用以祭神。《周禮·春官·大宗伯》：「以槱燎祀司中、司命、飌師、雨師。」注：「槱，積也。三祀皆積柴實牲體焉。」　薦：獻。禋：祭名。《周禮·春官·大宗伯》：「以禋祀祀昊天上帝。」注：「禋之言烟……燔燎而升烟，所以報陽也。」

〔一六〕宗祖：《禮·祭法》：「有虞氏……祖顓頊而宗堯。」疏：「祖，始也，言爲道德之初始，故云祖也。宗，尊也，以有德可尊，故云宗。」　冠以神：給他們加上「神」的稱號。《書·大禹謨》：「帝德廣運，乃聖乃神，乃武乃文。皇天眷命，奄有四海，爲天下君。」

〔一七〕貌必文：《論語·雍也》：「質勝文則野，文勝質則史，文質彬彬，然後君子。」注：「彬彬，文質相半之貌。」疏：「文多勝於質則如史官也。」

〔一八〕周任：周代史官。梁玉繩《漢書人名表考》：「周任，始見《左傳·隱公六年》、《論語》。周大夫，古之良史也。」　史佚：周代史官。《漢書人名表考》：「史佚，始見《逸周書·世俘解》、《禮·曾子問》、《周語》下。周文、武時太史。」 斌斌：同「彬彬」。文質俱備的樣子。《史記·儒林傳序》：「自此以來，則公卿大夫士吏斌斌多文學之士矣。」

〔一九〕配食：祔祭。在廟裏正神兩旁陪享。 漆吏：指莊周。曾做過楚國的漆園吏。 楚臣：指屈原。楚國大夫。

〔二〇〕六藝：即「六經」。《史記·伯夷列傳》：「夫學者載籍極博，猶考信於六藝。」 莊騷：《莊子》與《離騷》。

〔二一〕惻悱：同「悱惻」。愁思抑鬱。南朝梁裴子野《雕蟲論》：「若悱惻芳芬，楚《騷》爲之祖。」

〔二二〕荒唐：《莊子·天下》：「莊周聞其風而悦之，以謬悠之説，荒唐之言，無端崖之辭，時恣縱而不儻。」 余所親：屈原《離騷》：「亦余心之所善兮，雖九死其猶未悔！」

〔二三〕饋貧：《文心雕龍·神思》：「臨篇綴慮，必有二患：理鬱者苦貧，辭溺者傷亂。然則博見爲饋貧之糧，貫一爲拯亂之藥。博而能一，亦有助乎心力矣。」 仙官：有官爵的神仙。《太平廣記》卷三引《漢武内傳》：「位以仙官，游於十方。」

〔二四〕盲左：指左丘明。著《春秋左氏傳》。或説是春秋時人，或説是戰國時人。《史記·太史公自序》：「左丘失明，厥有《國語》。」故稱「盲左」。按，關於《左氏春秋》的問題，請參閲《己亥雜詩注》五七首。

〔二五〕姬：指周公旦。姬姓。 三不湮：即三不朽。湮：滅。《左傳·襄公二十四年》：「太上有立德，其次有立功，其次有立言。此之謂不朽。」

〔二六〕大篆古文：指《左氏春秋》的文字。《漢書·劉歆傳》：「初，《左氏傳》多古字古言，學者傳訓詁而已。及歆治《左氏》，引傳文以解經，轉相發明，由是章句義理備焉。」

〔二七〕勒：雕刻。珉：似玉的美石。

〔二八〕椎拓：把石刻上面的文字，用拓印方法印刷出來。解人：通達文辭旨趣的人。《世說·文學》：「謝安年少時，請阮光禄道《白馬論》，爲論以示謝。於時，謝不即解阮語，重相咨盡。阮乃嘆曰：『非但能言人不可得，正索解人亦不可得。』」

〔二九〕魯史：指《春秋》。杜預《春秋左氏傳序》：「《春秋》者，魯史記之名也。」書秋、書春：同上杜預《序》：「故史之所記，必表年以首事，年有四時，故錯舉以爲所記之名也。」疏：「將解名曰『春秋』之意。……年有四時，不可遍舉四字以爲書號，故交錯互舉，取『春秋』二字以爲所記之名也。春先於夏，秋先於冬，舉先可以及後，言春足以兼夏，言秋足以見冬，故舉二字以包四時也。」

〔三〇〕二百四十：《春秋》起魯隱公元年（前七二二），終魯哀公十四年（前四八一），實二百四十二年。一瞚：猶「一瞬」。《吕氏春秋·安死》：「視萬歲猶一瞚也。」

〔三一〕九皇：「九皇」之説，最早倡自董仲舒，爲公羊學家所接受。董仲舒在《春秋繁露·三代改制質文》中云：「故聖王生則稱天子，崩遷則存爲三王，絀滅則爲五帝，下至附庸，絀爲九皇。」清皮錫瑞《經學通論》解云：「古王者興，當封前二代子孫以大國，爲二王后，并當代之王爲三王。又推其前五代爲五帝，封其後以小國。又推其前爲九皇，封其後爲附庸。又其前則爲民。殷周以上皆然。」所謂「殷周以上皆然」，是一句毫無根據的話，在這裏不必深論。　五伯：即「五霸」。《漢書·異姓諸侯王表序》：「適戍强於五伯。」顏師古注：「伯，讀曰霸。五霸謂昆吾、大彭、豕韋、齊桓、晉文也。」更通行的説法是指春秋時代的齊桓公、晉文公、秦穆公、楚莊王、宋襄公。公羊學家認爲《春秋》對五霸是有褒貶用意的。清蔣炯《五霸考》：「五霸有二，有三代之五伯，有春秋之五霸。《左傳》齊國佐曰：『五伯之霸也，勤而撫之，以役王命。』杜氏注爲三代之五霸，確是。《孟子》：『五霸者，三王之罪人也。今之諸侯，五霸之罪人也。』趙氏注爲春秋之五霸，確是。」（見《詁經精舍文集》）

〔三二〕大橈：見《因憶兩首》之二「大橈」句注。浹旬：十天，一旬。浹：周匝。

〔三三〕寅：《路史》：黄帝作曆，「歲紀甲寅，日紀甲子。」又：「三皇之代，歲皆紀寅。」

〔三四〕形氣：身體和精神。賈誼《鵩鳥賦》：「形氣轉續兮，變化而蟺。」

〔三五〕仙犬：曹唐《劉阮洞中遇仙子》詩：「願得花間有人出，免令仙犬吠劉郎。」狉獉：同「榛狉」。草木叢生，野獸縱横的蠻荒景象。這裏指悍猛不馴的野氣。柳宗元《封建論》：「草木榛榛，鹿豕狉狉。」

〔三六〕儒派：儒家學派。《漢書·藝文志》：「儒家者流，蓋出於司徒之官。……然惑者既失精微，而辟者又隨時抑揚，違離道本，苟以嘩衆取寵。後進循之，是以五經乖析，儒學寖衰。此辟儒之患。」　狺狺：犬吠聲。引申指攻擊的言論。白居易《與楊虞卿書》：「其餘附麗之者，惡僕獨異，又信狺狺吠聲，唯恐中傷之不獲。以此得罪，可不悲乎！」

〔三七〕饑龍悴鳳：比喻不得志的賢人。

〔三八〕鉏商：人名。《左傳·哀公十四年》：「春，西狩於大野，叔孫氏之車子鉏商獲麟，以爲不祥。」注：「車子，微者。鉏商，名。」疏：「杜（預）以『車子』連文，爲將車之子，故爲微者。」謫麟：謫降人間的麟。

〔三九〕慎旃：《詩·魏風·陟岵》：「上慎旃哉！猶來無止！」旃：語氣助詞，義同「之」。　罹：遭到。　采薪：打柴的人。《公羊傳·哀公十四年》：「西狩獲麟，何以書？記異也。何異爾？非中國之獸也。然則孰狩之？薪采者也。薪采則微者也，曷爲以狩言之？大之也。」這是公羊家的說法。

送端木鶴田出都〔一〕

天人消息問端木〔二〕，著書自署青田鶴〔三〕。此鶴南飛誓不回〔四〕，有鸞送向城頭哭〔五〕。鸞鶴相逢會有時，各悔高名動寥廓。君書若成願秘之，不扃三山置五岳〔六〕。

〔一〕道光三年，端木鶴田離京南歸，作者送他出都，並勸他把學術著作藏之名山。端木鶴田：名國瑚，字子彝，號鶴田，又字井伯，晚號太鶴山人，浙江青田人。道光十三年進士，官內閣中書。著有《周易指》、《周易葬説》、《地理元文注》、《太鶴山人詩文集》。《兩浙輶軒續録》引《府志》：「國瑚中戊午（嘉慶三年）科舉人，明年，朱文正珪、阮文達元主會試，甚望得國瑚卷，竟被放。戊辰（嘉慶十三年）大挑知縣，改教，任歸安教諭十五年。清介絶俗，未嘗妄受一錢，貧士有志者，輒分俸助之。道光十年，宣宗成皇帝改卜壽陵，那彦成、禧恩得《地理元文注》以獻。上問：『近臣知此人乎？』曹振鏞對曰：『此浙江名士，臣久聞其名。』遂詔浙江巡撫劉彬士召之。國瑚方倚隱囊注《周易》，聞命，顛出座後。左右扶之起，乃曰：『吾竟以方伎名乎！』壽陵既定，將以知縣用，原薦者奏曰：『國瑚大挑一等，不願爲縣令，故改授教官。』上乃特授內閣中書，加六品頂戴。人以是益高之。癸巳成進士，仍以知縣改歸中書，蓋前後三辭縣令云。國瑚性清高，好學深思，通天文之奧，旁及陰陽術數，詩語耐人咀嚼。尤深於《易》。龔舍人自珍治經有聲，傲睨一時，與國瑚論《易》，嘆爲聞所未聞。」阮元《定香亭筆談》：「處州山川險阻，人物樸陋，掄才者至此，鮮不廢然矣。余試《青田畫虎賦》，得子彝，才調嶄新，得六朝真意。歸語秦小峴觀察曰：『此青田鶴也。』檄之來杭州，讀書敷文書院。貧不能自給，以《鶴訴篇》陳觀察，余乃命之居西園，使得一志於學，學日益進。武進陸遹耀，於時賢罕所折服，獨於子彝心折焉。」

〔二〕天人消息：有關天道和人事消長變化的情況。張載《正蒙·大易篇》：「《易》一物而三才：陰陽，氣也，而謂之天；剛柔，質也，而謂之地；仁義，德也，而謂之人。」又說：「陰陽、剛柔、仁義之本立，而後知趨時應變。」《世説·文學》：「若斯人，可與論天人之際矣。」消息：盛衰盈虚。《易·豐》：「天地盈虚，與時消息。」

〔三〕青田鶴：青田山的仙鶴。《太平御覽》卷九一六引《永嘉郡記》：沐溪野青田中有雙白鶴，年年生子，長大便去，只常餘父母一雙，精白可愛。多云神仙所養。南朝梁元帝《鴛鴦賦》：「青田之鶴，晝夜俱飛。」

〔四〕南飛：曹操《短歌行》：「烏鵲南飛。」按，端木這一年應癸未科會試落第南歸。

〔五〕鸞：見《鐵君惠書有玉想瓊思之語衍成一詩答之》「我昨」句注。這裏是作者自比。

〔六〕扃：關閉。引申爲秘藏。司馬遷《報孫會宗書》：「僕誠以著此書，藏之名山，傳之其人。」

三山：神話傳説中的三神山。王嘉《拾遺記》卷一：「三壺，則海中三山也：一曰方壺，則方丈也；二曰蓬壺，則蓬萊也；三曰瀛壺，則瀛洲也。」五岳：見《投宋于庭》詩「游山」句注。

柬王徵君蘐齡並約其偕訪歸安姚先生〔一〕

其一

歸安醰醰百怪宗〔二〕，心夷貌惠難可雙〔三〕。徵君力定乃其亞〔四〕，大呂合配黄鐘撞〔五〕。

〔一〕王徵君：王蘐齡，字北堂，河北昌平州人。道光元年副貢生，舉孝廉方正，官桐鄉縣教諭。徐世昌《王蘐齡傳》：「讀書爲訓詁之學，見王引之《周秦名字解詁》，其末附闕疑者三十二事，爲之攟摭《經》、《傳》疏通證明，成爲一卷。精九章之術，工駢文。《昌平志稿》其所纂録也。」作者在《説昌平州》文中也説他「好積書，豐然長者，以孝廉方正徵，授牘禮部，則奮筆言當世事，其言有曰：『今士習尤嘩囂，喜小慧，上宜崇樸學以勵下。』」漢代徵聘社會上有名望的人物入朝做官，稱爲徵士，被徵的人美稱曰徵君。王蘐齡是由地方推薦獲得孝廉方正出身，所以作者稱他爲徵君。姚先生：即姚學塽。見《柬陳碩甫奂並約其偕訪歸安姚先生》詩注及《己亥雜詩注》六〇首。

〔二〕歸安：浙江舊縣名，今併入吴興縣。這裏是借籍貫指代姚學塽，以示尊敬。醰醰：氣味深厚的樣子。《文選·王褒〈洞簫賦〉》：「良醰醰而有味。」李善注：「『醰』、『甜』同，長味也。」百怪宗：胸中無所不有。形容學問豐富。韓愈《調張籍》詩：「我願生兩翅，捕逐出八荒。精神忽交通，百怪入我腸。」

〔三〕心夷：這裏指内心坦誠。《詩·召南·草蟲》：「我心則夷。」貌惠：面目和藹可親。

〔四〕力：佛家語。《法界次第》列舉所謂「五力」：一、信力，能破諸邪信；二、精進力，能破身之懈怠；三、念力，能破諸邪念；四、定力，能破諸亂想；五、慧力，能破三界諸惑。定：即「定心」。佛教認爲修習禪定，使心凝著而不散亂，稱爲定心。作者借用，形容王蘧齡在品德方面達到的高度。亞：僅次一等。

〔五〕大吕、黄鐘：均樂律名。古樂分十二律，陰陽各六，稱六律、六吕。大吕屬陰律，黄鐘爲陽律。《周禮·春官·大司樂》：「乃奏黄鐘，歌大吕，舞雲門，以祀天神。」撞：敲擊。讀平聲。這裏指擊鐘奏樂。

其二

歸安一身四氣有〔一〕，舉世但睹爲秋冬。亟拉徵君識姚子，高山大壑長相逢〔二〕。

〔一〕四氣：指春、夏、秋、冬四種氣候。董仲舒《春秋繁露》卷十一《陽尊陰卑》：「夫喜怒哀樂之發，與清暖寒暑其實一類也：喜氣爲暖而當春，怒氣爲清而當秋，樂氣爲太陽而當夏，哀氣爲太陰而當冬。四氣者天與人所同有也。」《世説・德行》：「謝太傅絶重褚公，常稱：『褚季野雖不言，而四時之氣亦備。』」按，全句意説姚有温和熱烈的一面，也有嚴肅冰冷的一面。

〔二〕高山：《詩・小雅・車舝》：「高山仰止。」　大壑：大海。《莊子・天地》：「大壑之爲物也，注焉而不滿，酌焉而不竭，吾將游焉。」注：「大壑，東海也。」

飄零行戲呈二客〔一〕

其一

一客高談有轉輪〔二〕，一客高談無轉輪。不知泰華嵩衡外，何限周秦漢晉人〔三〕。

【校】

此爲《破戒草》詩。　「一客高談有轉輪，一客高談無轉輪」：諸本皆同。唯鄧本「有」作「無」，「無」作「有」。王校本「有」下注：「一本作『無』。」「無」下注：「一本作『有』。」本書從吴本。

〔一〕作者同兩位朋友談論佛教所謂「輪回」的問題，寫了這兩首詩。因爲帶有開玩笑的性質，所以稱爲「戲呈」。

〔二〕轉輪：即「輪回」。佛教認爲，天上地下總共分成六道，其中天道、人道、阿修羅道是三善道，地獄道、餓鬼道、畜生道是三惡道。行善的人，按照程度高下分别轉生前三道；作惡的人，也按照程度高下分别轉生後三道。如此生死相續，有如車輪的旋轉不停，故稱轉輪或輪回。

〔三〕泰華嵩衡：指代中原大地。周秦漢晉：這裏泛指古代。

其二

臣將請帝之息壤〔一〕，慚愧飄零未有期。萬一飄零文字海，他生重定定盦詩〔二〕。

〔一〕息壤：傳説是越掘越生長的泥土，鯀治水時拿來堵塞洪水。作者這裏作爲退隱的地方使用。參閲《桐君仙人招隱歌》「兩家」句注。

〔二〕「他生」句：假如「輪回」之説是有的話，那我到了來世仍要做一個詩人，重新訂定我前生寫下的詩歌。

題紅禪室詩尾

其一

惝恍聰明未易才，仙緣佛果自疑猜。須知一點通靈福，豈食人間烟火來。

其二

畢竟恩輕與怨輕？自家脈脈見分明。若論兩字紅禪意，紅是他生禪此生。

其三

不是無端悲怨深，直將閲歷寫成吟。可能十萬珍珠字，買盡千秋兒女心。

按，以上三首七絶，王佩諍校本録自劉大白《舊詩新話》，來歷本來可疑；而且三詩的藝術手法低劣，風格更不似龔氏的清深鬱茂。（與《題紅蕙花詩册尾》一比自明。）疑是他人之作，録以供讀者參考。

乙酉　道光五年(一八二五)

補題李秀才增厚夢游天姥圖卷尾　有序〔一〕

《夢游天姥圖》者,崑山李秀才以嘉慶丙子應北直省試思親而作也〔二〕。君少孤,母夫人鞠之〔三〕,平生未曾一朝夕離。以就婚、應試,往返半年,而作是圖。圖中爲夢魂所經,山殊不類鏡湖山之狀〔四〕。其曰天姥者〔五〕,或但斷取字義〔六〕,非太白詩意也。越九年乙酉,屬余補爲詩,書於幨尾〔七〕。時母夫人辭世已年餘,而余亦母喪闋纔一月〔八〕,勉復弄筆,未能成聲。

李郎斷夢無尋處〔九〕,天姥峰沉落照間。一卷臨風開不得,兩人紅淚濕青山〔一〇〕。

〔一〕李秀才:李增厚,字仰山,江蘇崑山人。曾官中城兵馬司副指揮,後因事,遣戍塞外,期滿還家卒。子李德儀,字吉羽,號小馨,道光二十七年進士,由編修官至四川學政。有《安遇齋詩集》。見《崑新續修合志》及《晚晴簃詩匯》卷一四九。

〔二〕北直省試:在北京舉行的順天鄉試。

〔三〕鞠：養育。《詩・小雅・蓼莪》：「父兮生我，母兮鞠我。」

〔四〕鏡湖山：浙江紹興縣南舊有鑒湖，又名鏡湖、長湖、慶湖，宋以後已淤積成田。鏡湖山指鏡湖附近的山，包括天姥山在内。

〔五〕天姥：山名。在浙江省嵊縣、新昌縣間。《太平寰宇記》卷九六引《後吴録》：「剡縣（按，即嵊縣）有天姥山，傳云登者聞天姥歌謡之響。」李白有《夢游天姥吟留别》詩。

〔六〕斷取字義：只用字面的意義。天姥可以解爲天上的老母，李增厚借來比擬自己的母親。

〔七〕幨：畫幅。

〔八〕母喪闋：作者母親段馴於道光三年七月逝世，作者因爲服喪，由該月起至五年十月止，没有寫詩。十月以後，服喪完畢，稱爲服闋。闋：終止。按，《荀子・禮論》：「三年之喪，二十五月而畢。」顧炎武《日知録・三年之喪》云：「《禮記・三年問》曰：『三年之喪，二十五月而畢。』鄭玄以爲二十七月。今從鄭氏之説，三年之喪，必二十七月。」作者也是父在爲母服喪，仍遵二十七個月的俗禮。

〔九〕斷夢無尋處：唐張佖《春晚謡》：「蕭關夢斷無尋處，萬疊春波起南浦。」

〔一〇〕紅淚：血淚。指極度悲痛的眼淚。全句指兩人母親都已去世，看到《天姥圖》便引起哀悼之情。

咏　史〔一〕

金粉東南十五州〔二〕，萬重恩怨屬名流。牢盆狎客操全算〔三〕，團扇才人踞上游〔四〕。避席畏聞文字獄〔五〕，著書都爲稻粱謀〔六〕。田横五百人安在〔七〕？難道歸來盡列侯〔八〕？

〔一〕這首詩在作者自編《破戒草》中，繫於道光五年（一八二五）。從前有人認爲它是「惜曾賓谷中丞燠之罷官」。王文濡校編本有注云：「忠州李芋仙（按，李士棻）言：曾爲鹽政時，有孝廉某謁之，冀五百金不得。某恚，授以詩曰：『破格用人明主事，暮年行樂老臣心。』上句謂其諂和珅得進，下句謂其日事荒宴。言官以此事上聞，曾遂得罪永廢。」但查《清史列傳·曾燠傳》，曾於道光二年授兩淮鹽政，仍准用二品頂帶。至道光六年四月，被召回京，道光皇帝責其「一味因循了事，著以五品京堂候補，以示薄懲」。則作者寫此詩時，曾燠還未被召回京，顯非「惜其罷官」而作。而且這首詩所指斥的範圍頗廣，亦不似專爲曾氏一人。

〔二〕金粉：形容繁華綺麗。吴偉業《殘畫》詩：「六朝金粉地。」十五州：泛指長江下游蘇、浙、皖三省的富庶地區。

〔三〕牢盆：漢代鐵製的煮鹽器具。這裏指代鹽政官吏。《史記·平準書》：「因官器作煮鹽，官與牢盆。」《本草綱目·石部》：「煮鹽之器，漢謂之牢盆。」狎客：封建帝王或大官僚特別親近的幸臣或門客。全算：全局計劃。算：籌謀，計劃。

〔四〕團扇才人：摇着團扇的才人。《宋書·樂志》一：「《團扇歌》者，中書令王珉與嫂婢有情，愛好甚篤。嫂捶撻婢過苦，婢素善歌，而珉好捉白團扇，故制此歌。」王珉，東晉人，王導的孫子，二十多歲就當中書令（掌管政府機密的官），但只會談玄説佛，對政事完全不懂。上游：本指近江河發源處。這裏比喻朝廷中的高位。羅隱《春日投錢唐元帥尚父》詩：「征東幕府十三州，敢望非才忝上游。」

〔五〕避席：離座而起。原爲表示敬意；這裏是心懷戒懼，「敬而遠之」之意。《莊子·寓言》：「舍者避席。」文字獄：封建王朝統治者爲了鎮壓具有反抗傾向的文人，往往故意從作品或其他文字中尋章摘句，羅織罪名，構成冤獄，對作者甚至牽連者加以刑殺，稱爲文字獄。清代雍正、乾隆兩朝屢興文字獄，受害和株連的人很多。可參閲《清代文字獄檔》。

〔六〕稻粱謀：謀求一飽。杜甫《同諸公登慈恩寺塔》詩：「君看隨陽雁，各有稻粱謀。」

〔七〕田横五百人：《史記·田儋列傳》載：楚漢相争時，田榮、田横兄弟乘亂占據齊國舊地，自立爲齊王。劉邦消滅項羽後，田横帶着五百多人逃入海島。劉邦派人招降，説：「田横來，大者王，小者乃侯耳；不來，且舉兵加誅焉。」田横不得已，帶了兩個從人，前往洛陽。離洛陽三十里，就説：我同劉邦一樣是南面稱孤的人，現在爲什麽要做他的臣下？於是自殺。兩個從人也跟着自殺。留在海島的五百多人聽到這消息，也全部自殺而死。世稱「田橫五百士」。

〔八〕列侯：漢代制度，群臣異姓有功封侯的，稱爲列侯。見杜佑《通典・職官典》。

按，作者在「金粉東南」這個熱鬧地區，滿眼所見都是庸俗猥瑣的所謂名流。他們有些人因善於吹拍逢迎，爬上高位；有些人本是親貴子弟，盤踞要津；有些人一味明哲保身，對國計民生不聞不問；有些人自詡著述，却奔走王公之門，成爲吹牛拍馬的食客……所有這些，在作者看來，都是可悲可痛的現象。最後，作者不禁發出疑問道：當年田横手下還有五百義士，如今社會上的義士到哪裹去了？難道都給朝廷收買完了？言下之意，在形形色色的東南人物中，如今連田横門客那樣的人都找不到一個了！這正是作者的深沉悲哀。

乙酉臘見紅梅一枝思親而作時小客崑山〔一〕

其一

一十四年事，胸中盎盎春〔二〕。南天初返棹，東閣正留賓〔三〕。全家南下之歲，迄今十有四年。芳意驚心極〔四〕，愁容入夢頻。嬌兒才竟盡，不賦早梅新。

〔一〕乙酉：道光五年（一八二五）。　臘：原爲古代農曆十二月祭名，後遂稱該月爲臘月。親：指去世的母親。　崑山：地名。屬江蘇省。

〔二〕盎盎：豐盛和煦的樣子。杜牧《李賀集序》：「春之盎盎，不足爲其和也。」按，十四年前（嘉慶十七年），作者二十一歲。這年龔麗正簡放徽州知府，全家由北京南下。作者又隨母親歸寧蘇州，就婚於段氏，同段玉裁孫女段美貞結婚，婚後同返杭州，又往徽州。所以有「盎盎春」的話。

〔三〕東閣：《漢書・公孫弘傳》：「弘自見爲舉首，起徒步，數年至丞相，封侯。於是起客館，開東閣，以延賢士。」顏師古注：「閣，小門，東向開之，以延賢士。」作者《常州高材篇》：「外家門下賓客盛。」

〔四〕「芳意」句：看見梅花，心上猛然震驚，因爲想到逝世的母親。

其　二

絳蠟高吟者〔一〕，年年哭海濱〔二〕。明年除夕淚，灑作北方春〔三〕。母在人間，百事予不知也。記丙子至戊寅三除夕，燒蠟兩枝，供紅梅、牡丹各一枝，讀《漢書》竟夜。天地埋憂畢，舟車祖道頻〔四〕。明春復入都矣。何如抱冰雪〔五〕，長作墓廬人〔六〕？杭州墓上植梅五十本。

〔一〕絳蠟：紅燭。

〔二〕海濱：指杭州。作者母親的墳墓在杭州，地近東海。

〔三〕「明年」兩句：明年的除夕，我又將在京師痛哭，把眼淚灑到北方的紅梅花上。春：指梅花。取其報春之意。

〔四〕埋憂：漢仲長統《述志》詩：「寄愁天上，埋憂地下。」祖道：出行前祭祀路神。引申爲餞行送別之意。

〔五〕抱冰雪：保持心地純潔。南朝陳江總《入攝山棲霞寺》詩：「净心抱冰雪。」

〔六〕墓廬：在墓旁築室居住，以守護墳墓。

乙酉除夕夢返故廬見先母及潘氏姑母〔一〕

門内滄桑事，三人隱痛深〔二〕。凄迷生我處，宛轉夢中尋。窗外雙梅樹，床頭一素琴〔三〕。醒猶聞絮語，難謝九原心〔四〕。余以乾隆壬子生馬坡巷，先大父中憲公戊申年歸田所買宅也〔五〕，今他人有之。

〔一〕故廬：指作者在杭州的馬婆（又作「坡」）巷舊宅。 潘氏姑母：作者姑母，嫁福建興泉永道潘本義次子立誠。

〔二〕「門内」兩句：家門内發生了滄桑變幻的事，三個人都抱着隱痛，無法公開訴説。 按，作者這段隱痛的家事，詳不可考。

〔三〕「窗外」兩句：均馬坡巷舊宅之景。 素琴：没有雕飾的琴。

〔四〕九原：山名。春秋時晉國卿大夫墓地所在。後泛指墓地。

〔五〕中憲公：作者的祖父敬身。 戊申年：乾隆五十三年（一七八八），龔敬身辭官回家。

丙戌 道光六年（一八二六）

乙酉十二月十九日得漢鳳紐白玉印一枚文曰緁伃妾趙既爲之説載文集中矣喜極賦詩爲寰中倡時丙戌上春也〔一〕

其一

寥落文人命，中年萬恨并。天教彌缺陷，喜欲冠平生。掌上飛仙墮〔二〕，懷中夜月明〔三〕。自誇奇福至，端不換公卿。

【校】

此爲《破戒草》詩。　題：諸本皆同。唯鄧本作《紀得漢鳳紐緁仔妾趙玉印》，下注：「原作《乙酉十二月十九日得漢鳳紐白玉印一枚文曰緁仔妾趙既爲之説載文集中矣喜極賦詩爲寰中倡時丙戌上春也》，今從孝拱手删。」王校本用原題，另注：「又題：《紀得漢鳳紐倢仔妾趙玉印》，乃龔橙竄改。」（按，「倢」字誤。）本書用原題。

〔一〕作者獲得一顆漢代玉印，刻有「緁仔妾趙」四字，認爲這就是漢成帝皇后趙飛燕封緁仔（漢女官名，妃嬪的稱號，又作「倢仔」、「婕妤」）時使用的印，因而非常高興，爲此寫了四首詩。按，關於玉印的情況，倪鴻《桐陰清話》卷七有如下記載：「吴石華學博嘗有《題趙飛燕印拓本》詩四首，其序云：『玉印徑寸，厚五分，潔白如脂，紐作飛燕形。文曰「倢仔妾趙」四字，篆似秦璽，獨「趙」字以鳥迹寓名。　嘉靖時藏嚴分宜（按，嚴嵩）家，後歸項墨林（按，項元汴），又歸錫山華氏及李竹懶（按，李日華）家，最後嘉興文後山（按，文鼎）得之。　仁和龔定庵舍人以朱竹垞所藏宋拓本婁壽碑相易，益以朱提五百，遂歸龔氏。　此册乃何夢華所拓也。』」繆荃孫云：「『婕妤妾趙』玉印，（龔氏）以宋拓化度寺帖相易，又媵以五百金得之，甚寶愛，擬在崑山縣玉山造閣三層，名之曰『寶燕』。　未幾，因博喪其資斧，又質之人矣。」（《古

學彙刊》第六編引）

〔二〕掌上飛仙：暗用趙飛燕故事。唐李冗《獨異志》卷中：「漢成帝趙飛燕身輕，能爲掌上舞。」

〔三〕夜月明：也是暗用趙飛燕故事。《飛燕外傳》：「真臘夷獻萬年蛤、不夜珠，光彩皆若月，照人無妍醜皆美艷。帝以蛤賜后，以珠賜婕妤。后以蛤妝成五金霞帳，帳中常若滿月。」

其　二

入手消魂極，原流且莫宣〔一〕。姓疑鈎弋是〔二〕，人在麗華先〔三〕。暗寓拚飛勢〔四〕，休尋德象篇〔五〕。定誰通小學〔六〕，或者史游鐫〔七〕？　孝武鈎弋夫人亦姓趙氏，而此印末一字爲鳥篆〔八〕，鳥之啄三，鳥之趾二，故知隱寓其號矣。《德象篇》，班婕伃所作。史游作《急就章》中有「縌」字〔九〕，碑本正作「婕」〔一〇〕。史游與飛燕同時，故云爾。

【校】

小注「鳥之啄三」：諸本皆同。唯鄧本「啄」字作「喙」，是，應據改。另詩《以奇異金石文字拓本十九種寄秦編修恩復揚州而媵以詩》，有「獲燕三喙芝三英」之句，下注：「中有趙婕伃印拓本一事，曩趙君魏以爲芝英篆也。」正可爲證。「碑本正作『婕』」：吳系諸本同。王本、類編本、王校本缺「本」字。本書從吳本。

〔一〕原流：同源流。這裏指玉印流傳的始末。

〔二〕「姓疑」句：有人懷疑漢武帝的鈎弋夫人也姓趙，這印也許是鈎弋夫人的。按，作者的朋友汪遠孫就認爲它是鈎弋夫人的印。鈎弋：指鈎弋夫人。《漢書・外戚傳》：「孝武鈎弋趙倢伃，昭帝母也，家在河間。……兩手皆拳，上自披之，即時伸。由是得幸，號曰拳夫人。……拳夫人進爲倢伃，居鈎弋宫，大有寵，太始三年生昭帝，號鈎弋子。」

〔三〕麗華：指陰麗華，東漢光武帝劉秀皇后。《後漢書・皇后紀》載「光烈陰皇后諱麗華，南陽新野人」，貌美。劉秀嘗嘆曰：「娶妻當得陰麗華。」建武十七年立爲皇后。

〔四〕「暗寓」句：它的文字暗藏了飛翔的體勢。拚飛：《詩・周頌・小毖》：「肇允彼桃蟲，拚飛維鳥。」

〔五〕德象篇：《漢書・外戚傳》：「（班）倢伃誦《詩》及《窈窕》、《德象》、《女師》之篇。」作者認爲是班倢伃所作，似屬誤記。

〔六〕小學：文字學的舊稱。《漢書・藝文志》載《史籀》篇、《蒼頡》篇等「小學十家四十五篇」，皆文字訓詁之書。

〔七〕史游：漢元帝時人，官黄門令，所作《急就章》，是文字學的通俗讀物。鐫：刻。這裏指雕製玉印。

〔八〕鳥篆：樣子似鳥形的古代篆書。

〔九〕縌：綬帶。

〔一〇〕碑：當指「玉烟堂法帖」所載石刻殘本。據日人小島知足《急就篇跋》云：「吴皇象又有章草書，古意超凡，宋時存石刻，猶爲完本，今陳氏玉烟堂法帖所載僅餘三之一，可勝惋惜。」又《經籍訪古志・急就篇一卷》云：此篇有數本，一玉烟堂法帖所收本，僅存三之一，乃影摸石本者，極爲善本也。一顔師古注本，王應麟作補注以付《玉海》後。一宋太宗定本。一高野大師真迹本，爲贊州善通寺所藏，與顔本多合，其爲摹唐本審矣。一皇（象）本，宋時石刻猶完，王應麟引以爲校同異者。學者在今日可觀古史書之舊者蓋僅存此篇，而草體傳寫，訛謬不少。日人澀江全善天保中（按日仁孝天皇天保八年，即道光十七年，公元一八三七年）刻定本傳於世，其正文一從顔本，又依各本爲之校，由小島知足正楷書之。（以上均見《古逸叢書》本《急就篇》附。）按，今《古逸叢書》本《急就篇》亦作「縌」字，全句爲：「綸組縌綬以高遷。」又作者《最録〈急就〉》文曰：「《急就》三十一章，章六十三字，依王伯厚寫本。伯厚所稱碑本作某某者，頗疑之。趙孟頫嘗臨皇象矣，墨迹貯大内。乾隆初，詔刻石嵌於西苑之閲古樓者是也。予家有拓本，以校伯厚語，知其不然。豈趙臨皇家，而偏旁實不從之耶？抑皇象有二碑耶？第三十二章最舛亂難讀，各本皆然。」緁：縫製緄邊。

其　三

夏后苕華刻〔一〕，周王重璧臺〔二〕。姒書無拓本〔三〕，姬室有荒苔〔四〕。小説冤誰雪〔五〕？靈踪閟忽開〔六〕。嘗論《西京雜記》出六朝手〔七〕，所稱漢人語多六朝語，未可信。客曰：「得印所以報也。」更經千萬壽，永不受塵埃。玉純白，不受土性。

〔一〕夏后：即夏代。《史記·夏本紀》：「禹於是遂即天子位，南面朝天下，國號曰夏后。」苕華：寶玉名。又作「昭華」。《淮南子·泰族訓》：「四岳舉舜而薦之堯……乃屬以九子，贈以昭華之玉而傳天下焉。」《竹書紀年·帝癸（一名桀）十四年》：「癸命扁伐山民（一作岷山），山民女於桀二人，曰琬，曰琰，后愛二人，女無子焉，斫其名於苕華之玉，苕是琬，華是琰。」

〔二〕周王：指周穆王。重璧臺：臺名。《穆天子傳》卷六：「天子賜之上姬之長，是曰盛門，天子乃爲之臺，是曰重璧之臺。」注：「爲盛姬築臺也。言臺狀如壘璧。」《竹書紀年·穆王十五年》：「作重璧臺。」

〔三〕姒書：指夏桀玉刻「琬」、「琰」兩字。拓本：此指「琬」、「琰」兩字的鈐拓本。按，今傳世拓本以敦煌石室所出之唐初拓《温泉銘》與《化度寺邕禪師塔銘》爲最早。

〔四〕姬室：指周穆王的重璧臺。周王姬姓。

〔五〕小説：《漢書·藝文志》：「小説家者流，蓋出於稗官。街談巷語，道聽塗説者之所造也。」這裏指《西京雜記》。其中有關於趙飛燕的淫穢描述。

〔六〕靈蹤：指玉印的踪影。　閟：閉藏。

〔七〕西京雜記：書名。舊題漢劉歆撰，内容都是記述漢武帝前後數十年間的雜聞掌故。新舊《唐書》入地理類，題葛洪撰；也有懷疑是梁代吴均的僞作。明胡應麟《四部正訛》云：「《西京雜記》，世以葛洪僞撰，余詳辯之矣。或又以爲吴均者，無他據，止《酉陽雜俎》記六朝人欲用《西京雜記》事，既而中止，曰：此吴均語，恐不足用。然洪序篇末甚明，安知非《雜俎》誤？」盧文弨《新雕西京雜記緣起》云：「今此書或以爲晉葛洪著，或以爲梁吴均僞撰。予則以此漢人所記無疑也。今此書之果出於劉歆，别無可考，即當以葛洪之言爲據。洪非不能自著書者，何必假名於歆？若吴均者，亦通人，其著書甚多，皆見於《梁書》本傳，知其亦必不屑托名於劉歆。且均之文，即俊拔有古氣，要未可與漢西京埒，則其不出於均，又明甚。」

其　四

引我飄搖思，他年能不能？　狂臚詩萬首〔一〕，擬遍徵寰中作者爲詩。高供閣三層。拓以甘泉瓦〔二〕，燃之内史燈〔三〕。内史第五行燈，亦予所藏。東南誰望氣〔四〕？　照耀玉山棱〔五〕。

予得地十笏於玉山之側，擬構寶燕閣它日居之。

〔一〕狂臚：拚命收集。臚：陳列。

〔二〕甘泉瓦：漢代甘泉宮遺留下來的瓦當，有花紋或文字。

〔三〕内史燈：即作者自注的「内史第五行燈」。内史：漢代官名，負責諸王國的政務。又有左右内史，掌治理京師，武帝太初元年改右内史爲京兆尹，左内史爲左馮翊。

〔四〕望氣：古代占卜法之一，以望雲氣預言人事吉凶。

〔五〕玉山：在崑山縣。見本詩「題解」。

附録：吴蘭修《題趙飛燕印拓本後》：

碧海雕鎪出漢宮，回環小篆亦尤工。承恩可似綢繆印，親蘸香泥押臂紅。

不將名字刻苕華，體制依然復内家。一自宮門哀燕燕，可憐辜負玉無瑕。

黄門詔記未全誣，小印斜封記得無？回首故宮應懊悔，再休重問赫蹏書。

錦裹檀熏又幾時，摩挲尤物不勝思。烟雲過眼都成録，轉憶龔家婁壽碑。原注：此印初歸錫山華氏及李竹懶家，最後龔定庵以朱竹垞家藏宋拓《婁壽碑》、朱提五百易之於嘉興文後山家。

（録自《嶺南詩存·七絶》）

紀　游〔一〕

春小蘭氣淳〔二〕，湖空月華出〔三〕。未可通微波〔四〕，相將踏幽石〔五〕。一亭復一亭，亭中乍曛黑。千春幾輩來？何况嬋媛客〔六〕！離離梅綻蕊〔七〕，皎皎鶴梳翮。鶴性忽然馴，梅枝未忍折。併坐戀湖光，雙行避蘚迹。低睞有誰窺？小語略聞息〔八〕。須臾四無人，顔弱未工熱〔九〕。安知此須臾，非隸仙靈籍？侍兒各尋芳，自薦到扶掖。光景不少留〔一〇〕，群山媚暝色。城闉催上燈〔一一〕，香輿佇烟陌〔一二〕。温温懷肯忘？噯噯眴靡及〔一三〕。只愁洞房中〔一四〕，餘寒在鴛屧〔一五〕。

【校】

此爲《破戒草》詩。　「聞息」：「聞」，諸本皆同，是。《詩話》本作「閒」，誤。　「暝色」：「暝」，諸本作「瞑」，誤。唯《詩話》本作「暝」，是。　「眴」：吴系諸本、王校本並同，是。《詩話》本、王本、類編本作「眴」，誤。「眴」下王本、類編本注：「一本作『眴』。」

〔一〕這首詩紀述作者在北京某處湖畔遇見一位貴族婦女，彼此産生戀情。其人爲誰，已不可考。

〔二〕春小：春色未濃。這裏比喻年紀輕。　蘭氣：宋玉《神女賦》：「吐芬芳其若蘭。」曹植《洛神賦》：「含辭未吐，氣若幽蘭。」

〔三〕月華出：暗用《詩·陳風·月出》詩意：「月出皎兮，佼人僚兮。」月華：月光，月亮。

〔四〕通微波：以目傳情。曹植《洛神賦》：「托微波以通辭。」宋玉《神女賦》：「望余帷而延視兮，若流波之將瀾。」李善注：「流波，目視貌。言舉目延視，精若水波將成瀾也。」

〔五〕相將：相隨。

〔六〕嬋媛客：指婦女。屈原《離騷》：「女嬃之嬋媛兮。」

〔七〕離離：茂密繁多的樣子。

〔八〕略聞息：聽到輕輕喘氣的聲音。

〔九〕顏弱：《楚辭·招魂》：「弱顏固植，謇其有意些。」注：「言美女内多廉耻，弱顏易愧，心志堅固，不可侵犯，則謇然發言中禮意也。」

〔一〇〕光景：陽光。引申指時光。

〔一一〕城闉：城門。闉：城門外層的曲城。

〔一二〕香輿：指婦女乘坐的轎子。

〔一三〕曖曖：通暧暧。昏暗不明的樣子。　眴：眼睛轉動。　靡及：不及。《詩·邶風·燕燕》：「之子于歸，遠送于南。瞻望弗及，實勞我心。」

〔一四〕洞房：深邃的内室。此指女子的閨房。
〔一五〕鴛屧：有鴛鴦紋樣的綉鞋。

後　游〔一〕

破曉霜氣清，明湖斂寒碧。三日不能來，來覺情瑟瑟〔二〕。疏梅最淡治，今朝似愁絶。尋常苔蘚痕，步步生悱惻。寸寸蚴蟉枝〔三〕，幾枝捫手歷；重重燕支蕾〔四〕，幾朵掛釵及。花外一池冰，曾照低鬟立，仿佛衣裳香，猶自林端出。前度未吹簫，今朝好吹笛。思之不能言，捫心但先熱。我聞色界天〔五〕，意癡離言説〔六〕。携手或相笑，此樂最爲極。天法吾已受〔七〕，神親形可隔。持以語梅花，花頷略如石〔八〕。歸途又城闉，朱門叩還入〔九〕，袖出三四花，敬報春消息。

〔一〕接着上次奇遇之後，作者再到那個地方，但女的没有來。於是再寫了這首詩。
〔二〕情瑟瑟：情懷蕭瑟凄冷。
〔三〕蚴蟉：形容樹枝拳曲之狀。
〔四〕燕支蕾：胭脂紅的花蕾。燕支：同「胭脂」。

〔五〕色界天：佛家語。色界的初禪、二禪、三禪、四禪，共有十八天。

〔六〕「意癡」句：當情感進入癡狂狀態時，言語是無法表達的。意癡：《法苑珠林》：「以智慧故滅意癡。」離言説：《華嚴經·如來出現品》：「無有言説，而轉法輪，知一切法不可説故。」

〔七〕天法：上天的法度。此指佛法。

〔八〕頷：點頭。如石：指石點頭。傳説晉朝僧人竺道生在虎丘山講《涅槃經》，聽講的都是石頭。講到闡提（没有善根，不能成佛的人）也有佛性的時候，那些石頭都點頭表示同意。見《蓮社高賢傳》。

〔九〕朱門：朱漆大門。指代貴族第宅。

夏進士詩〔一〕

其一

我欲補謚法〔二〕，曰冲暨曰淳〔三〕。持此當謚誰？夏璜錢塘人。

〔一〕夏進士：夏璜（一七七五—一八二五），字望珍，浙江錢塘人。嘉慶十四年（一八〇九）進士，是作者結交的第一個朋友。嘉慶二十二年赴京銓選縣令，作者有序送行。卒於道光五年，年五十一。《國朝杭郡詩三輯》録入他的詩。

〔二〕謚法：對於死者按生前的行爲表現給予名號，叫做謚。據近人研究，謚號實起源於春秋。秦朝廢謚，漢代又恢復，沿用至清。謚有謚法，歷代解釋不一。最古是《汲冢周書·謚法解》。以後北宋蘇洵撰《嘉祐謚法》四卷，取一百六十八謚，並申明理由，成爲後世講謚法者的根據。南宋鄭樵《通志》又有謚略，共取二百十謚。

〔三〕冲：淡泊謙虚。　暨：及。　淳：樸實純粹。

其　二

我生有朋友，十六識君始。我壯之四年〔一〕，君五十一死。

〔一〕壯：三十歲。見《禮·曲禮》。

其　三

君熟於左氏〔一〕，雙字誦無遺；下及廿二史〔二〕，名姓胸累累〔三〕。

〔一〕左氏：指《左傳》。

〔二〕廿二史：二十二種官編的正史。即《史記》、《漢書》、《後漢書》、《三國志》、《晉書》、《宋書》、《南齊書》、《梁書》、《陳書》、《魏書》、《北齊書》、《周書》、《南史》、《北史》、《隋書》、《唐書》、《五代史》、《宋史》、《遼史》、《金史》、《元史》、《明史》。

〔三〕累累：堆叠的樣子。

其　四

形亦與君忘，神亦與君忘。策左五百事〔一〕，賭史三千場〔二〕。

〔一〕「策左」句：拿《左傳》中許多事件、議論互相考問。策：古代考試士子的方法之一，采取問答方式。五百：這裏是虚數。言其多。

〔二〕「賭史」句：拿史書裏記載的史實，彼此打賭，看誰記得多，記得清楚。李清照《金石録後序》：「余性偶强記，每飯罷，坐歸來堂烹茶，指堆積書史，言某事在某書某卷第幾葉第幾行，以中否角勝負，爲飲茶先後，中即舉杯大笑，至茶傾覆懷中，反不得飲而起。」三千：亦泛言其多。

其　五

識君則在北〔一〕，哭君在杭州。時乙酉既臘〔二〕，西湖寒不流〔三〕。

〔一〕「識君」兩句：嘉慶十二年，作者住在北京法源寺南，始認識夏璜。道光五年，夏璜死在杭州。

〔二〕乙酉既臘：道光五年十二月。

〔三〕寒不流：湖水因嚴寒而結冰。既寫天氣，亦隱喻人的心情。

其　六

作夏進士詩〔一〕，名姓在吾集。如斯而已乎？報君何太嗇〔二〕！

〔一〕夏進士詩：指這組詩。

〔二〕嗇：少。

京師春盡夕大雨書懷曉起柬比鄰李太守威吴舍人嵩梁〔一〕

春風漫漫春浩浩，生人死人滿春抱〔二〕。死者周秦漢晉纔幾時？生者長吟窈窕天之涯〔三〕。閉門三日欲腸斷，山桃海棠落皆半，東皇瀉然下春霰〔四〕。西鄰舍人既有怊悵詞〔五〕，對門太守禪定亦惱亂〔六〕。太守置酒當春空，舍人言愁愁轉工，三人文章乃各異〔七〕，心靈惻愴將毋同〔八〕？ 文章之事蔑須有〔九〕，心靈之事益負負〔一〇〕。 蟠天際地能幾時〔一一〕？ 萬恨沈埋向誰咎〔一二〕？ 歸來春霰欲成雨，春城萬家化洲渚。 山妻貽我珊瑚枝〔一三〕，勸讀騷經二十五〔一四〕。 不惜珊瑚碎〔一五〕，長吟未免心肝苦。 不如復飲求醁醽〔一六〕，人飲獲醉我獲醒〔一七〕，逌然萬載難酩酊〔一八〕。 一燈晃晃搖春屏，四更急雨何曾停，恍如波濤臥洞庭〔一九〕。 嗟哉此燈此雨不可負，披衣起注《陰符經》〔二〇〕。

〔一〕李太守：李威，字畏吾，一字鳳岡，福建龍溪人，乾隆四十三年進士，官至廉州府知府。曾受業於大興朱筠，深通文字學，著有《説文解字定本》、《嶺雲軒瑣記》。楊鍾羲《雪橋詩話》卷九：「（鳳岡）守廉州日，上游方大倚用，忽一夜避妻子，手書乞退。居都下十年，一日思返漳州，復不告家人，盡棄其業，隻身南下，年八十二，猶如壯夫，登山猶窮其巔，初不拄杖。著書數十卷，言天人事物之理。姚石甫謂：李畏吾著書，力通儒釋，皆心學也。」 吴嵩梁：見《桐君仙人招隱歌》注。

〔二〕「生人」句：生存的人和逝去的人，充滿在自己的懷抱中。 春抱：猶「春懷」。這裏指自己的情懷。

〔三〕長吟窈窕：吟咏幽深的心情。

〔四〕東皇：司春之神。指代春天。 漓然：流動的樣子。 霰：雪珠。

〔五〕西鄰舍人：指吴嵩梁。當時吴任内閣中書，所以稱他爲「舍人」。　怊悵：同「惆悵」。感傷、失意的樣子。

〔六〕對門太守：指李威。　禪定：佛教徒修煉身心的定力，也指精神的平衡狀態。　惱亂：煩擾。李氏研究佛理，所以作者有這句話。

〔七〕三人：指李、吴與自己。

〔八〕惻愴：悲傷。　將毋：莫非。表擬測、推斷之辭。

〔九〕文章之事：曹丕《典論·論文》：「蓋文章經國之大業，不朽之盛事。」　蔑須有：莫須有，不須有。

〔一〇〕負負：很慚愧。《後漢書·張步傳》：「負負，無可言者。」注：「負，愧也。再言之者，愧之甚。」

〔一一〕蟠天際地：《莊子·刻意》：「精神四達并流，無所不極，上際於天，下蟠於地。」意指充分發揮。

〔一二〕萬恨沈埋：萬種恨事鬱結於心中。

〔一三〕山妻：自稱其妻的謙辭。

〔一四〕騷經二十五：指屈原的《離騷》等二十五篇作品。《漢書·藝文志》：「屈原賦二十五篇。」

〔一五〕珊瑚碎：《晉書·王敦傳》：「敦酒後輒咏魏武帝樂府歌曰：『老驥伏櫪，志在千里，烈士暮年，壯心不已。』以如意打唾壺爲節，壺邊盡缺。」後人因以「擊碎唾壺」作爲嘆賞詩文或歌咏的用語。又《世説·汰侈》：「石崇與王愷争豪，並窮綺麗以飾輿服。武帝，愷之甥也，每助愷。嘗以一珊瑚樹，高二尺許賜愷，枝柯扶疏，世罕其比。愷以示崇，崇視訖，以鐵如意擊之，應手而碎。愷既惋惜，又以爲疾己之寶，聲色甚厲。崇曰：『不足恨，今還卿。』乃命左右悉取珊瑚樹，有三尺四尺、條幹絶世、光彩溢目者六七枚，如愷許比甚衆。愷惘然自失。」龔氏把兩個典故揉合爲一。《己亥雜詩》二一七首：「自别吴郎高咏減，珊瑚擊碎有誰聽？」手法與此相同。

〔一六〕酴醾：美酒。

〔一七〕人醉我醒：《楚辭·漁父》：「舉世皆濁我獨清，衆人皆醉我獨醒。」

〔一八〕逌然：自得的樣子。《列子·力命》：「終身逌然。」

〔一九〕洞庭：指太湖中的東、西洞庭山。參閲《題紅蕙花詩册尾》詩注。

〔二〇〕注《陰符經》：《太平廣記》六三《驪山姥》：「(李)筌食麥飯，自此不食，因絶粒，求道，注《陰符》，述二十四機，著《太白陰經》。」陰符經：書名。傳世有兩種，一稱《周書陰符》，一稱《黄帝陰符》。歷代史志都把前者列入兵家類，後者列入道家類。今所傳本，舊題黄帝撰，太公、范蠡、鬼谷子、張良、諸葛亮、李筌六家注，明顯是後人僞托。黄庭堅《跋陰符經後》云：「《陰符經》出於唐李筌，熟讀其文，知非黄帝書也。蓋欲其文奇古，反詭譎不經，蓋糅雜兵家語作此言。又妄托子房、孔明諸賢訓注，尤可笑。」按，作者所謂注《陰符經》，不一定便是注這本書，因爲没有不知道它是僞書之理。但作者用世的心情是迫切的，對於軍事著作，平時也相當重視，他研究古代兵書，有《最録司馬法》一文可證；關心邊防，也有《最録平定羅刹方略》等文可證。又《己亥雜詩》八十七首：「我有陰符三百字，蠟丸難寄惜雄文。」亦可與此互參。

有所思〔一〕

妙心苦難住〔二〕，住即與之期〔三〕。文字都無著，長空有所思〔四〕。茶香砭骨後〔五〕，花影上身時。終古天西月〔六〕，亭亭悵望誰〔七〕？

〔一〕「有所思」，原爲樂府古題。這裏加以借用，實際是一首五律。

〔二〕妙心：佛家語。指心靈的神秘性。佛教徒認爲心靈是不可思議的，因此稱爲妙心。《圓覺經》：「如來圓覺妙心。」難住：難留。

〔三〕期：邀約。

〔四〕「文字」兩句：意謂自己心中的思想不能用文字加以表達。無著：無所附著。有所思：漢樂府《有所思》：「有所思，乃在大海南。」

〔五〕砭骨：刺骨。這裏轉作滲入之意。

〔六〕終古：久遠。屈原《九歌・禮魂》：「長無絶兮終古。」

〔七〕亭亭：俏麗光明的樣子。《文選・司馬相如〈長門賦〉》：「澹偃蹇而待曙兮，荒亭亭而復明。」劉良注：「亭亭，漸明也。」沈約《麗人賦》：「亭亭似月。」

按，作者在詩中透露了有所追求，然而到底應該追求什麼，又不十分明確的苦惱心情。面對着「衰世」的種種現實，他是力求變革的，但是，如何變革，該走哪一條路？他反復尋求，反復思考，却無法弄得很明確，因而他覺得好像天上的明月，亭亭悵望，而又不知盼望哪個目標，哪些人物。這正是在社會大變革前夕，分明看到變革已不可避免，而在急切間又找不到出路的人思想苦悶的反映。

美　人〔一〕

美人清妙遺九州〔二〕，獨居雲外之高樓〔三〕，春來不學空房怨〔四〕，但折梨花照暮愁〔五〕。

〔一〕本年春天，龔氏參加會試，又一次失敗，寫成這首詩。詩中的「美人」，似是作者自指。

〔二〕清妙：純潔美妙。　遺九州：受到九州遺棄。（反過來也可以説是他拋棄了九州。）九州：指中國。按，作者本年又一次落第，所以有此慨嘆。

〔三〕雲外高樓：古詩：「西北有高樓，上與浮雲齊。」

〔四〕空房：比喻失寵，不得志。漢班倢伃《擣素賦》：「慚行客而無言，還空房而掩咽。」

〔五〕「但折」句：作者《春晚送客》詩：「行人臨發長亭晚，更折梨花照暮愁。」按，作者北京寓所外面有紅梨花一樹（見《太常仙蝶歌》自注），所以屢有「折花照愁」的話。

以奇異金石文字拓本十九種寄秦編修恩復揚州而媵以詩〔一〕

異人延年無異方〔二〕，能使寸田生異香〔三〕。食古欲醉醉欲狂，娱魂怏意宜文章，以代參术百倍强〔四〕。秦君耄矣癖弗荒〔五〕，何以明我長毋忘？我拓古文璆琳琅〔六〕，熏以桂椒襲以緗〔七〕，楮精墨匀周豪芒〔八〕。願君自發君吉陽〔九〕，獲燕三喙芝三英〔一〇〕，中有趙婕伃印拓本一事，曩趙君魏以爲芝英篆也。慈鬘公侍姬字。著録客亦商〔一一〕。客其誰歟有鄭堂，江君藩。〔一二〕同聲念我北斗傍〔一三〕。桂樹瓏璁白晝長〔一四〕，園亭清夏卮酒黄〔一五〕。如作器者言詞良：長生長樂樂未央〔一六〕！

【校】

此爲《破戒草》詩。「慈鬘」：「鬘」，諸本皆作「鬟」，誤。王本、類編本注引：「『鬟』當作『鬘』。吴昌綬記。」王校本另注：「吴昌綬手校本作『慈鬘』，極是。」本書作「鬘」。

〔一〕秦恩復（一七六〇——一八四三）：字近光，號敦夫，江蘇江都人。乾隆進士，授編修。嘉慶中主講杭州詁經精舍。協助阮元校刊《全唐文》。家富藏書，精校勘，多搜古本刊之，如《列子》、《三唐人集》等，稱爲善本。

〔二〕異人：不同尋常的人物。陸機《爲周夫人贈車騎》詩：「京城華麗地，璀璨多異人。」

〔三〕寸田：指心。《黄庭經》：「尺宅寸田可治生。」注：寸田，兩眉間爲上丹田，心爲絳宫田，臍下三寸爲下丹田。蘇軾《和陶詩·和飲酒詩》之一：「寸田無荆棘，佳處正在兹。」

〔四〕參朮：人參、白朮。指延年祛病之藥。

〔五〕耄：《禮·曲禮》上：「八十九十曰耄。」亦泛指老年。　癖弗荒：癖好並没有丢棄。

〔六〕古文：指作者拓贈秦氏的「奇異金石文字」。　璆琳琅：指寶玉。《爾雅·釋地》：「西北之美者，有昆侖虚之璆琳琅玕焉。」

〔七〕緗：淺黄色的帛。古代常用作書衣。

〔八〕楮：桑科落葉喬木，皮是製紙原料，因作爲紙的代稱。　周豪芒：連極微細的地方都顯示出來。周：遍。

〔九〕發：展開，打開。　漢印中有「三畏私印」，文云：「三畏私記宜身至前迫事毋間願君自發對完印信。」　吉陽：同吉祥。陽、羊、祥古通。古磚瓦上印文時有吉祥文字。作者《説印》云：「夫茗泖之士愛古甓，關隴之士愛古瓦，善者十四。至於魚形獸面之制，吉陽富貴之文，或出於古陶師，多致之，不足樂也。」

〔一〇〕「獲燕」句：你可以寫上：得到三喙的燕子和三花的芝草。指趙飛燕玉印拓文。因爲印文的趙字有三個鳥嘴形，作者的友人趙魏認爲是芝英篆，所以作者有這句話。　英：花。《墨藪》：「六國時，各以異體爲符信，制芝英書。或曰，漢代有靈芝三種。植於殿前，故作也。」

〔一一〕慈鬘：秦恩復的妾。姓端木，名守柔，字慈鬘，江蘇清江人。能畫。　著録：記載在簿籍上。商：商量探討。

〔一二〕鄭堂：江藩，字子屏，號鄭堂，江蘇甘泉人。監生。博通群經，深於訓詁之學，對諸子百家、佛道著作，多所綜覽。著有《漢學師承記》、《宋學淵源記》、《炳燭室雜文》、《江湖載酒詞》等。作者文集中有《江子屏所箸書序》，可參閲。

〔一三〕北斗：皇帝居住的地方。指北京。

〔一四〕瓏瓓：同「瓏玲」。疏通明朗。

〔一五〕卮：古代一種盛酒器。

〔一六〕「如作」兩句：正像製器匠人在器物上刻上吉祥的言詞一樣，我祝你「長生長樂樂未央」！長生長樂：漢代有「長生未央瓦」，古銅器有「長生大富鈎」，又有「長樂未央鏡」、「長樂洗」等。未央：未盡，無盡。

反祈招 有序〔一〕

序曰：《反祈招》何爲而作也？夫瑶池有白雲之鄉〔二〕，赤烏爲美人之地〔三〕。春山寶玉異華之所自出〔四〕，羽陵異書之所藏〔五〕。凡厥數者，有一於此，老焉可矣，何必祇宫爲哉〔六〕！穆王自賦詩有之曰〔七〕：「居樂甚寡。」即穆王實録也。

夷考王自入南鄭以還〔八〕，鬱鬱多故，東土山川非清和，人壽至促夭，韡韡盛姬〔九〕，返蹕道死〔一〇〕，左右既無以爲娱，車馬所費，用度不足，更制鍰贖〔一一〕，以充軍國，史臣以耄荒書之〔一二〕。恩愛死亡，金錢乏絶，暮氣迫於餘生，醜名垂於青史，貴爲天子，何異鰥民〔一三〕？享國百年，何翅朝露〔一四〕？

蓋西王母早見及此也，是以其謡有之曰：「將子毋死，尚復能來。」豈非悼此樂之不重，識人命之至短，諷之以留八駿之馭〔一五〕，決之以舍萬乘之尊〔一六〕，窕窈傷骨，飄搖動心者乎？穆王不悟，不以樂生，乃以戚死，嗚呼！　慕虚名，受實禍，此其最古者矣。　萬乘且然，何况下士〔一七〕？　嘗以暇日讀《祈招》之詩，翩然反之，作詩二章，以貽後之自桎梏者〔一八〕，所以祛群言〔一九〕，果孤往〔二〇〕。　世有確士〔二一〕，必曰：　夫龔子之志荒矣〔二二〕！

〔一〕祈招：　古詩篇名。《左傳·昭公十二年》：「左史倚相趨過，王（按，楚靈王）曰：『是良史也，子善視之，是能讀三墳、五典、八索、九丘。』對曰：『臣（按，右尹子革）嘗問焉，昔穆王（按，周穆王姬滿）欲肆其心，周行天下，將皆必有車轍馬迹焉。　祭公謀父作《祈招》之詩，以止王心，王是以獲没於祗宮。　臣問其詩而不知也。　若遠問焉，其焉能知之。』王曰：『子能乎？』對曰：『能。　其詩曰：「祈招之愔愔，式昭德音。　思我王度，式如玉，式如金。　形民之力，而無醉飽之心。」』王揖而入，饋不食，寢不寐，數日，不能自克，以及於難。」《左傳》認爲周穆王聽了《祈招》的詩，從此不再出游，因此能够善終，而楚靈王不肯聽從，結果被迫自殺。　作者反對左氏的見解，認爲周穆王應該留在西王母之邦，長享快樂，所以寫了這首詩，取名「反祈招」。

〔二〕瑶池：　傳説在昆侖山上。《穆天子傳》卷三：「乙丑，天子觴西王母于瑶池之上。」　白雲之鄉：　相傳穆天子與西王母宴飲於瑶池之上，西王母爲天子作歌謡，首句爲「白雲在天，山陵自出。」見明馮惟訥《古詩紀》前集卷三。

〔三〕赤烏：地名。周穆王西征時經過那裏。《穆天子傳》卷二：「赤烏氏，美人之地也，寶玉之所在也。」

〔四〕春山：在昆侖山旁，生長奇花。《穆天子傳》卷二：「季夏丁卯，天子北升於春山之上，以望四野，曰：『春山是唯天下之高山也。』㭌木華不畏雪，天子於是取㭌木華之實持歸種之。」

〔五〕羽陵：地名，在群玉山附近，據説是藏書的地方。《穆天子傳》卷五：「天子東游，次于雀梁，□蠹書于羽陵。」注：「謂暴書中蠹蟲，因云蠹書也。」

〔六〕祇宫：宫殿名。周穆王所建。《竹書紀年》卷下：「（穆王）元年……冬十月，築祇宫于南郊。」

〔七〕穆王自賦詩：《穆天子傳》卷五：「日中大寒，北風雨雪，有凍人。天子作詩三章以哀民，曰：『我徂黄竹，□員閟寒。……居樂甚寡，不如遷上，禮樂其民。』」

〔八〕夷考：平情考察。《孟子·盡心下》：「夷考其行，而不掩焉者也。」一説，夷，語助詞。南鄭：在今陝西華縣以北。周穆王都城。

〔九〕韡韡：光輝美盛的樣子。盛姬：周穆王的寵妃。隨穆王西游，死於回國路上。

〔一〇〕返蹕：皇帝回駕。蹕：肅清道路。

〔一一〕鍰贖：罰金贖罪。周穆王晚年，命司寇吕侯作《吕刑》，其中規定罰金贖罪的條款。鍰：古代重量單位。《書·吕刑》孫星衍注引鄭玄説：「鍰，六兩也。」

〔一二〕耄荒：年老昏亂糊塗。《書·吕刑》：「王享國百年，耄荒。」
〔一三〕鰥民：孤獨的老百姓。
〔一四〕何翅朝露：同晨早的露水並没有兩樣。翅：通「啻」。何啻，比較程度、範圍之辭。朝露：《漢書·蘇武傳》：「人生如朝露，何久自苦如此？」
〔一五〕八駿：《穆天子傳》説穆王有八匹駿馬，名爲赤驥、盗驪、白義、逾輪、山子、渠黄、華騮、緑耳。
〔一六〕萬乘之尊：帝王的尊貴地位。《孟子·梁惠王》：「萬乘之國，弑其君者，必千乘之家。」注：「萬乘，兵車萬乘，謂天子也。」
〔一七〕下士：一般讀書人，凡夫俗子。
〔一八〕自桎梏者：自己束縛自己的人。桎梏：械繫手足的刑具。
〔一九〕祛群言：排除人云亦云的議論。
〔二〇〕果孤往：堅定敢於獨行其是的意志。果：堅決。
〔二一〕確士：立志堅剛的人。
〔二二〕志荒：《禮·樂記》：「則武王之志荒矣。」注：「荒，老耄也。」指老人思想糊塗。

其一

春之厓〔一〕，白雲滿家，褰其異花〔二〕。何山不可死，使我東徂〔三〕？

〔一〕舂：山名，即舂山。《穆天子傳》卷一：「帝曰穆滿，示女舂山之寶。」注：「《山海經》『舂』字作『鍾』，音同耳。言此山多珍寶奇怪。」按，「春」，龔橙定本改作「舂」，下同。厓：山邊。

〔二〕褰：舉，揭。引申爲采摘之意。屈原《離騷》：「朝褰阰之木蘭兮，夕攬洲之宿莽。」

〔三〕東徂：返回中原地區。徂：往，到。

其二

舂之麓〔一〕，白雲盈谷。褰其異玉〔二〕。何山不可死，使我東復〔三〕？

〔一〕麓：山脚。

〔二〕褰：這裏是撿拾之意。

〔三〕東復：回到東方。復：返回。

燼餘破篋中獲書數十册皆慈澤也書其尾〔一〕

欲溯百憂始〔二〕，殘書亂一堆。青燈爾何壽〔三〕？卅載影霏微〔四〕。乍讀慈容在，長吟故我非。收魂天未許〔五〕，噩夢夜仍飛〔六〕。

【校】

此爲《破戒草》詩。　「殘書亂一堆」：諸本皆同。王本眉批、類編本句下注：「『堆』當作『帷』。」王校本另注：「『殘書亂一堆』，祝心淵手校本眉批：『「堆」當作「帷」。』未確。」本書從吳本。

〔一〕道光二年，作者家中失火，藏書大部被毀。作者從破箱子裏發現母親遺下書籍數十册，是燒剩下來的，因而引起對亡母的懷念。

〔二〕百憂始：指初讀書識字的時候。《詩·王風·兔爰》：「我生之初，尚無造；我生之後，逢此百憂。」蘇軾《石蒼舒醉墨堂》詩：「人生識字憂患始。」

〔三〕何壽：作者幼時依倚母親讀書時，看到是這盞燈火，如今還是這盞燈火，母親却已逝世，因而有此感嘆。

〔四〕霏微：迷濛不清的樣子。

〔五〕收魂：魂魄被上天收回。指死亡。一説收魂即收心。《杭州府志》：「凡投瓊買快，鬥九翻牌，舞棍踢毬，唱説平話，演習歌吹，無論晝夜，謂之放魂；至十八日落燈，然後學子攻書，工人返肆，農商各執其業，謂之收魂。」

〔六〕噩夢：惡夢。

二哀詩 有序

爲謝學士(階樹)〔一〕、陳修撰(沆)作也〔二〕。兩君皆以巍科不自賢〔三〕,謂高官上第外,有各家師友文字〔四〕,皆樂相親近,而許貢其言説〔五〕。辛巳冬迄癸未夏〔六〕,數數枉存余〔七〕;求師友,有造述〔八〕,皆示余。余僭疏古近學術源流〔九〕,及勸購書,皆大喜。學士德量尤深,莫測所至;修撰閉門,斐然懷更定之志〔一〇〕,殊未成,而忽然以同逝,命也!作《二哀詩》。時丙戌夏。

〔一〕謝學士:謝階樹,字子玉,江西宜黄人,嘉慶十三年一甲第二名進士,授翰林院編修。二十一年提督湖南學政,官至侍讀學士。著有《守約堂文集》、《約書》。按,謝階樹也是喜歡議論時政的人,看到清王朝危機四伏,也主張要有所變革,但他却站在大地主頑固派的立場,企圖用封建儒家的「道」去消除農民的不滿反抗。他在《約書》中大談變革必須「正之以道」,宣揚「世可變,道不可變」的觀點。他反對發展工商業,企圖用封建宗法制度把農民永久束縛在土地上,馴服地受大地主階級的剥削。從本質上説,他的所謂變革,同龔自珍正好站在對立的地位,但當時龔氏似乎還没有明顯覺察到這一點。

〔二〕陳修撰:陳沆(一七八五—一八二六),字太初,湖北蘄水人,嘉慶二十四年一甲一名及第,授翰林院修撰。道光元年充廣東鄉試正考官，三年轉四川道監察御史，六年卒，年四十二。《清史列傳·陳沆傳》：「嘗從婺源董桂敷、歸安姚學塽講學，與邵陽魏源友善，病中自省，恒以書相質。其言有曰：『爲學之道，静虚爲本，深密爲要。』工詩，著《詩比興箋》，以箋古詩三百篇之法箋漢、魏、六朝、三唐之詩，使讀者知比興之所起，即知志之所之。又有《近思録補注》、《簡學齋詩存》。」按，《簡學齋詩存》尚存有龔自珍、魏源手批本。又陳沆晚年好宋儒理學，同龔氏的學術趨向也有很大差異。

〔三〕巍科：科舉考試進士前三名（所謂狀元、榜眼、探花），即一甲進士及第。不自賢：没有認爲自己了不起。

〔四〕各家師友文字：不同家數的師友，不同風格流派的文章。

〔五〕許貢其言説：願意聽作者貢獻他的意見。

〔六〕辛巳、癸未：道光元年（一八二一）、三年（一八二三）。

〔七〕枉存：對朋友來訪的敬語。枉：委屈。存：慰問。

〔八〕造述：著作。

〔九〕疏：講解，闡述。

〔一〇〕斐然：文采鮮麗。更定：把朝廷的大典法加以修訂。《漢書·汲黯傳》：「張湯以更定律令爲廷尉。」

其一

讀書先望氣〔一〕，謝九癯而温〔二〕。平生愛太傅〔三〕，非徒以其孫〔四〕。翰林兩抗疏〔五〕，志欲窺大源〔六〕。春華不自賞〔七〕，壯歲求其根〔八〕，誰謂尋求遲？邁越籬與藩〔九〕。造物吝君老〔一〇〕，一邱埋蘭蓀〔一一〕。

〔一〕望氣：這裏指觀看人的氣色，即精神世界在外表上的反映。蘇軾《和董傳留别》詩：「腹有詩書氣自華。」

〔二〕謝九：指謝階樹。九：是其排行。癯而温：清瘦而又温和。

〔三〕太傅：指東晉名臣謝安。曾主持軍事，抵抗苻秦進侵，取得淝水之戰的大捷，死後封贈太傅。

〔四〕其孫：謝安孫輩中較有名的是謝混、謝裕，但都不及玄孫輩的著名詩人謝靈運。

〔五〕「翰林」句：謝階樹在翰林院時，曾兩次上書給皇帝。抗疏：上書直言。疏：指奏章。

〔六〕「志欲」句：志在探討治國的根本大計。

〔七〕春華：春天的花。比喻綺麗的文辭。這裏指謝階樹富有文學才華。

〔八〕求其根：求其根源。指探求文章學術的根本。

〔九〕籬與藩：籬笆。這裏比喻束縛人們聰明才智的一些人爲的「法度」和門户之見。

〔一〇〕造物：上天。古人認爲萬物皆天所造，故名。

〔一一〕蘭蓀：兩種香草名。這裏比喻謝階樹。按，《晉書・謝安傳》：「（謝玄）少穎悟，與從祖朗俱爲叔父安所器重。安嘗戒約子侄，因曰：『子弟亦何豫人事，而正欲使其佳？』諸人莫有言者。玄答曰：『譬如芝蘭玉樹，欲使其生於庭階耳。』」謝階樹之名正取義於此。又《世説・傷逝》：「庾文康亡，何揚州臨葬云：『埋玉樹著土中，使人情何能已已！』」本句暗用這兩個典故。

其二

讀書先審器〔一〕，陳君虚且深〔二〕。榮名知自鄙〔三〕，聞道以自任〔四〕。聞道豈獨難，信道千黄金〔五〕。遂使山川外，某某盈君襟〔六〕。幸哉有典則〔七〕，惜哉未酣沈〔八〕。手墨浩盈把〔九〕，甄搜難爲心〔一〇〕。

〔一〕審器：審察其才能、器識、度量。

〔二〕虚且深：謙虚而又深沉。

〔三〕榮名：美好的名聲。這裏指狀元及第。　自鄙：自己加以鄙棄。

〔四〕「聞道」句：以獲得真理來要求自己。《論語・里仁》：「朝聞道，夕死可矣。」

〔五〕信道：《論語・子張》：「執德不弘，信道不篤，焉能爲有？焉能爲亡？」　千黄金：喻其可貴。

〔六〕「某某」句：某人某人的道德學問，你記了許多在心裏。

〔七〕典則：典章法則。

〔八〕酣沈：達到飽滿深厚的地步。猶沉酣。全句指陳沆學問還未成就便已去世。

〔九〕浩盈把：滿滿一大把。浩：水大的樣子。引申爲多。

〔一〇〕甄：鑒別，選拔。搜：查索，尋求。

按，龔自珍、魏源手批陳沆《簡學齋詩》，末附丹徒陸獻一跋，詳叙與陳沆交游事，其中有云：「獻每過秋翁（按，即陳沆），無不見，見必商榷古今。忽屢過而未得一見，心竊疑之，乃排闥入。秋翁大笑，語之曰：『吾近獲奇寶，杜門謝客者數日，今手抄畢矣。天下之寶，當與天下人共之，不妨携吾抄本去，手録一過也。』奇寶非他，乃儀部龔定庵所爲古文上下卷也。秋翁好賢重友之誠如此。」可見陳沆對龔氏文章傾倒之深，難怪龔氏對他的死深感悼惜。

祭程大理同文於城西古寺而哭之〔一〕

其一

憶昔先皇己未年〔二〕，家公與公相後先〔三〕。家公肅肅公跌宕〔四〕，斜街老屋長贏天〔五〕。閨中名德絶天下，〔六〕吴玖夫人。嗚琴説詩鏘珮瑱〔七〕。卅年父執朝士盡〔八〕，回首髫丱中悁悁〔九〕。

【校】

此爲《破戒草》詩。　題：諸本皆同。唯鄧本無「而」字，王校本另注：「又題：《祭程大理同文於城西古寺哭之》，乃龔橙删節。」

〔一〕程大理：程同文，字春廬，號密齋，浙江桐鄉人，嘉慶四年進士，官兵部主事，大理寺少卿。善詩、古文，又精研西北地理，著有《密齋文集》等。光緒《嘉興府志》：「程同文，原名拱，號春廬，晚號密齋。乾隆庚戌東巡召試，欽賜舉人，嘉慶己未進士，由兵部主事充軍機處章京，歷官員外郎、大理寺少卿、奉天府丞、提督學政。道光三年乞休回籍，卒於濮頭鎮舟次。」參見《己亥雜詩注》五五首。

〔二〕先皇己未年：指嘉慶四年（一七九九）。時清仁宗已死，故稱先皇。

〔三〕相後先：指先後中進士，當了京官。按，龔麗正於嘉慶元年到京應試，以二甲進士及第，授禮部主事。程同文於嘉慶四年中進士，授兵部主事。

〔四〕肅肅：謹慎恭敬。　跌宕：放縱不拘。

〔五〕斜街：街名。分上、下斜街。在北京外城宣武門南。　長贏天：夏天。《爾雅翼》：「春爲發生，夏爲長贏，秋爲收成，冬爲安寧。」

〔六〕閨中：指程同文繼室吴玖，字瑟兮，浙江石門人。能詩善畫，著有《寫韻樓詩草》，又有《寫韻樓畫册》。名德：聲名德行。

〔七〕鏘珮瑱：聲音像鏘然作響的美玉，悦耳動聽。鏘：金玉相擊聲。珮：佩玉。瑱：懸在耳旁的飾玉。又名充耳。

〔八〕卅年：是約數。作者在嘉慶四年還是八歲的孩子，離現在寫詩已是二十七年。父執：父親的朋友。

〔九〕髫丱：兒童垂下頭髮叫髫，紮起小辮子叫丱。這裏指代兒童時代。中悁悁：心中憂傷。《詩·陳風·澤陂》：「寤寐無爲，中心悁悁。」

其二

姬劉皆世太史氏〔一〕，公乃崛起孤根中〔二〕。公才十伯古太史〔三〕，曰邦有獻獻有宗〔四〕。英文巨武郁浩汹〔五〕，天圖地碣森巃嵸〔六〕。賤子不文復不達〔七〕，愧彼後哲稱程龔〔八〕。

〔一〕姬：周代帝王的姓。劉：漢代帝王的姓。世太史：司馬遷《太史公自序》：「當周宣王時，失其守而爲司馬氏，司馬氏世典周史。」西漢時，司馬談、司馬遷父子都是史官；東漢時，班彪和兒子班固、女兒班昭兩代修成《漢書》，都是例子。世：父子一輩叫一世。《孟子·離婁下》：「君子之澤，五世而斬。」太史：史官名。歷代皆置。至明清史館事多以翰林任之，故亦稱翰林爲太史。

〔二〕孤根：喻孤立無援的地位。《晏子春秋》：「魯昭公曰：『吾少之時，内無拂而外無輔，譬之猶秋蓬也，孤其根而美枝葉，秋風至，根且拔矣。』」作者《漢朝儒生行》：「共知漢主拔孤根，坐見孤根壯劉室。」

〔三〕十伯：十倍、百倍。伯：通「百」。按，程同文寫了不少歷史著作。

〔四〕曰：語首助詞，無義。邦有獻：國家有賢者。獻：賢者。《書·益稷》：「萬邦黎獻，共惟帝臣。」傳：「獻，賢也。」宗：指宗匠，大師。按：獻、宗均指程同文，這是盛贊他的道德學問。

〔五〕「英文」句：文采焕發，武事出衆，深厚廣闊而又激蕩汹涌。英文：文才發露。《書·大禹謨》蔡傳：「自其英華發於外而言，則謂之文。」巨武：武事出色。同「大武」。《商君書·來民》：「天下有不服之國……以大武摇其本，以廣文安其嗣。」《清史列傳·程同文傳》：「中歲，入直樞廷，練習朝章。每擬稿，輒當上意。值軍務填委，十餘紙一時併具，曲折詳盡。閣部大臣咸倚重之。朝廷大典禮經進之制，往往出其手。」可見程的學識，文武兼備。

〔六〕天圖：天上星圖。地碣：地上碑碣。森巃嵸：森羅萬象，高峻如山。全句指程同文精研中外地理，著作博大精深。

〔七〕賤子：作者的自謙之詞。　不文：没有文才。　不達：不通達。　指見識淺狹。

〔八〕稱程龔：吴昌綬《定庵先生年譜》：「先生初與程大理齊名，稱『程龔』。」参見《己亥雜詩注》五十五首。

其　三

北斗真人返大荒〔一〕，彭鏗史佚來趨蹌〔二〕。借書不與上天去，天上定有千縹緗〔三〕。予與公辛、壬間相借書，無虚日。天上豈無一尊酒？　爲我降假僚友旁〔四〕。　掌故雖徂元氣在〔五〕，仰窺七曜森光芒〔六〕。

〔一〕北斗真人：《太平廣記》卷七六引《國史異纂》：太宗時，李淳風奏：「北斗七星當化爲人，明日至西市飲酒。」使人候之，有僧七人，共飲酒二石。太宗遣人召之。笑曰：「此必李淳風小兒言我也。」忽不見。　返大荒：此喻程同文逝世。大荒，指極遠的地方。

〔二〕彭鏗：即彭祖。傳説姓籛名鏗，爲帝顓頊的玄孫，經歷了夏、商、周三代，年七百六十七歲而不衰。　史佚：周代史官。見《辨仙行》詩「周任」句注。　趨蹌：趨走迎接。

〔三〕縹緗：包裹書籍的絲綢，青白色爲縹，淺黄色爲緗。這裏指代書籍。

〔四〕降假：下至。

〔五〕徂：往。指逝去。　元氣：天地元始之氣，這裏指社會上的正氣。作者《趙晉齋魏顧千里廣圻……同集虎丘秋宴作》詩：「元氣終須老輩扶。」

〔六〕七曜：日、月與水、火、木、金、土五大行星。　森：衆盛羅列的樣子。

投李觀察宗傳〔一〕

吏治緣經術〔二〕，千秋幾合并〔三〕？清時數人望〔四〕，依舊在桐城〔五〕。肅穆真儒氣〔六〕，沈雄壯歲名〔七〕。汪汪無盡意〔八〕，對面即滄瀛〔九〕。

〔一〕李觀察：李宗傳（一七六七—一八四〇），字孝曾，號海帆，安徽桐城人。嘉慶三年舉人，攝浙江麗水、平湖、瑞安、建德、平陽等縣知事，實授上虞知縣。道光間升山東按察使，遷湖北布政使。觀察：清代對道員的尊稱。

〔二〕吏治：官吏治理的成績。　緣經術：由於通曉經術。得力於通曉經術。《史記·平津侯列傳》：「習文法吏事而又緣飾以儒術。」按，漢武帝用公孫弘的建議，郡守卒吏，都用通一藝（經藝）以上的人員。唐高宗時，諸司令吏考核成績，限試一經。故顧炎武《日知録》云：「昔之爲吏者，皆曾執經問業之徒。」

〔三〕「千秋」句：千年以來，兩者結合得好的，能有幾個人呢？

〔四〕清時：清平時世。這裏指當世。　人望：衆人所仰望；也指衆望所歸的人。

〔五〕在桐城：按，清代桐城出現過張廷玉、方苞、劉大櫆、姚鼐等人。李宗傳也是桐城人，所以作者有這句話。

〔六〕肅穆：莊敬和平。　真儒氣：真正儒者的氣象。揚雄《法言·寡見》：「如用真儒，無敵於天下。」

〔七〕「沈雄」句：壯年便有沉毅雄健的名聲。《清史稿·李宗傳傳》：「所至求民隱，鋤豪强，平反冤獄。在麗水斷積案七百餘事。」

〔八〕汪汪：形容氣度寬弘。《世説·德行》：「叔度汪汪如千頃之陂，澄之不清，淆之不濁，其器深廣，難測量也。」

〔九〕「對面」句：同他相對時，仿佛看到浩闊的海洋。　滄瀛：滄海。

賦憂患

故物人寰少，猶蒙憂患俱〔一〕。春深恒作伴，宵夢亦先驅。不逐年華改，難同逝水徂〔二〕。多情誰似汝？未忍托禳巫〔三〕。

〔一〕「故物」兩句：舊有的東西，在這世間已經越來越少，可是這個舊有的憂患，承蒙它老是跟隨着我。古詩：「所遇無故物，焉得不速老。」

〔二〕逝水：逝去的流水。比喻消逝的時光。

〔三〕禳巫：禳除災患的巫師。

丙戌秋日獨游法源寺尋丁卯戊辰間舊游遂經過寺南故宅惘然賦〔一〕

髫年抱秋心〔二〕，秋高屢逃塾〔三〕。宕往不可收〔四〕，聊就寺門讀。春聲滿秋空〔五〕，不受秋束縛。一叟尋聲來〔六〕，避之入修竹。叟乃噴古笑〔七〕，爛漫晉宋謔〔八〕。寺僧兩侮之，謂一猿一鶴〔九〕。歸來慈母憐，摩我百怪腹〔一〇〕。言我衣裳凉，飼我芋栗熟。萬恨未萌芽〔一一〕，千詩正珠玉。醰醰心肝淳〔一二〕，莽莽憂患伏。浩浩支干名〔一三〕，漫漫人鬼籙〔一四〕。依依燈火光，去去門巷曲。魂魄一惝恍〔一五〕，徑欲叩門宿。千秋萬歲名〔一六〕，何如小年樂〔一七〕？叟爲金壇段清標〔一八〕，吾母之叔父也。

【校】

此爲《破戒草》詩。「何如小年樂」：吴系諸本與王校本同。「小」下邃本注：「一作『少』。」王校本注：「一本作『少』。」王本、類編本「小」字徑作「少」。本書從吴本。

〔一〕寫於道光六年丙戌秋日。　法源寺：在北京外城教子胡同之東，南横街之北。《畿輔通志》：「法源寺，唐曰憫忠寺，明正統中改名崇福，本朝雍正十一年重修，賜額曰法源。」孫承澤《天府廣記》：「唐憫忠寺建於貞觀十九年，太宗憫東征士卒戰亡者，收其遺骸，葬幽州城西十餘里許，爲哀忠墓；又於幽州城内建憫忠寺。」　丁卯、戊辰：嘉慶十二、十三年，時作者十六、十七歲。　寺南故宅：作者曾居於法源寺南横街。張祖廉《定盦先生年譜外紀》：「幼時侍父兵備公官京師，居近法源寺。稍長，保母携之入寺，輒據佛座嬉戲，揮之弗去。」

〔二〕髫年：小兒垂髮之年，童年。　秋心：原指秋天的悲凉心緒。這裏指喜愛秋天的心。

〔三〕逃塾：逃學。塾：私塾。

〔四〕宕往：放縱無檢束。

〔五〕春聲：指兒童誦讀的聲音。作者《三别好詩》之一：「一種春聲忘不得，長安放學夜歸時。」

〔六〕一叟：指段清標。作者的外叔祖。

〔七〕噴：激射。這裏有「突然發出」之意。　古笑：慈厚的笑聲。

〔八〕爛漫：無拘無束。晉宋謔：晉、宋名士喜歡講些俏皮話，《世説新語》有《排調》一門，所收都是這些話。這裏指啓人心智的笑話。

〔九〕一猿一鶴：猿，指作者，形容調皮。鶴，指段清標，形容瘦而頭白。

〔一〇〕百怪：各種奇思異想。韓愈《調張籍》詩：「精誠忽交通，百怪入我腸。」又俗語，常指小孩子過分懂事。

〔一一〕「萬恨」句：指幼年時代。作者《能令公少年行》詩：「少年萬恨填心胸。」

〔一二〕醰醰：情味深厚。王褒《洞簫賦》：「良醰醰而有味。」作者《己亥雜詩》三十一首：「文字醰醰多古情。」

〔一三〕支干名：子、丑、寅、卯等稱爲十二地支，甲、乙、丙、丁等稱爲十天干。古人拿干支配合作爲紀日之用，後來又拿來紀年。

〔一四〕「漫漫」句：人類無盡地生死。

〔一五〕惝怳：迷惘、模糊不清的樣子。

〔一六〕「千秋」句：用杜甫《夢李白二首》之二成句：「千秋萬歲名，寂寞身後事。」

〔一七〕小年：幼年。

〔一八〕段清標：段玉立，字清標，一字鶴臺，段玉裁的幼弟，乾隆五十一年副榜貢生，比玉裁小十三歲。見段玉裁《先妣梳几銘序》。包世臣《安吴論書》於《國朝書品》下附記云：「道光廿四年重録，增能品上一人：張琦真行及分書。能品下三人：于書佃行書，段玉立小真及草書，吴德旋行書。」包又有《與金壇段鶴臺玉立明經論書》詩。據此，知段玉立亦擅書法。

秋心三首〔一〕

其一

秋心如海復如潮〔二〕，但有秋魂不可招〔三〕。漠漠鬱金香在臂〔四〕，亭亭古玉珮當腰〔五〕。氣寒西北何人劍〔六〕？聲滿東南幾處簫〔七〕。斗大明星爛無數〔八〕，長天一月墜林梢。

〔一〕道光六年（一八二六），作者三十五歲。這年春天，作者同魏源一起參加丙戌科會試，一同落第。這是他第五次會試失敗。對於科舉制度壓抑人材，有更深刻的感受。又這年夏天，作者的朋友謝階樹、陳沆相繼逝世；擅長西北地理的程同文逝世後，本年作者也有詩哀悼。這些悲涼的心情都反映在這三首詩中。

〔二〕秋心：秋天悲涼的心緒。

〔三〕秋魂：亡友的靈魂。

〔四〕鬱金香：《一切經音義》：「鬱金，此是樹名，出罽賓國，其花黄色。取花安置一處，待爛，壓取汁，以物和之爲香花粕，猶有香氣，亦用爲香也。」這裏比喻美好的品德。

〔五〕亭亭：明亮的樣子。　古玉珮：古玉作成的佩飾。《禮·玉藻》：「古之君子必佩玉。」玉是掛在衣帶上的飾物，又是美好品德的象徵。作者借以比喻這種品德是堅貞明亮的。

〔六〕「氣寒」句：古人認爲寶劍能發出奇氣。《太平御覽》卷三四三引《雷焕别傳》：「晉司空張華夜見異氣起牛斗，華問焕見之乎？焕曰：『此謂寶劍氣。』」

〔七〕簫：這裏指詩詞等文藝作品。

〔八〕斗大：《晉書·天文志》：「元帝景元四年六月，有大流星二並如斗，見西方，分流南北，光照地，隆隆有聲。」

按，這首詩悼念亡友，慨嘆淪落，包含内容較廣。「秋心如海」，暗指所涉想的廣大；「秋心如潮」，又可見情感的激烈。然而好友逝去，「秋魂」不可復招，徒然想起他們的優美品德，「漠漠鬱金」，同自己的「亭亭玉珮」交相輝映。「氣寒西北」，是關心研究西北邊情的人，此中有作者自己，有好友魏源，還有已逝的程同文。「聲滿東南」，是以詩詞發抒感慨的朋友，也包括自己在内。這一年，作者和魏源在會試中失敗，正如長天一月，落在林梢。反觀那些斗筲之徒，無非是「斗大明星」，却燦然空中，志得意滿。作者滿胸悲憤，真有無從訴説之感。

其　二

忽筮一官來闕下〔一〕，衆中俯仰不材身〔二〕。新知觸眼春雲過〔三〕，老輩填胸夜雨淪〔四〕。天問有靈難置對〔五〕，陰符無效勿虚陳〔六〕。曉來客籍差誇富〔七〕，無數湘南劍外民〔八〕。

〔一〕筮一官：古人出仕之前，先用蓍草向神靈祈問，以占吉凶，稱爲筮仕。這裏是擔任官職的意思。作者在嘉慶二十五年（一八二〇）任内閣中書（在内閣中擔任擬稿、記録、翻譯、繕寫等工作，官階爲從七品）。筮：用蓍草占卦。　闕下：宫闕之下，指京師。

〔二〕衆中俯仰：指在官場中周旋應對，隨俗浮沉。司馬遷《報任少卿書》：「故且從俗浮沈，與時俯仰，以通其狂惑。」　不材身：無用之身。是作者的謙詞。《莊子・山木》：「此木以不材得終其天年。」

〔三〕新知：新相識。指新認識的同僚。

〔四〕填胸：充滿自己心中。　夜雨淪：比喻老輩凋謝。　杜甫《秋述》：「常時車馬之客，舊，雨來；今，雨不來。」後稱故交爲舊雨，新交爲今雨。作者這兒加以活用。

〔五〕天問：屈原作品之一，參看《夜坐》之二「平生」句注。這裏指自己對政治、對社會、對人生的各種疑問。　有靈難置對：即使上帝有靈，也難以給我作出解答。

〔六〕陰符：古兵書名。這裏借指變法改革的辦法、策略。

〔七〕客籍：登記來訪客人的名册。　差：比較，大致還可以。　按，作者《己亥雜詩》附録《某生與友人書》云：「某祠部（按，指龔自珍）辯若懸河，……所至通都大邑，雜賓滿户。」正可作本句注脚。

〔八〕湘南劍外民：湘水以南或劍閣之外的平民百姓。指來自邊遠地區的在野人士。劍外：劍閣之外，指四川省一帶。

按，這一首是述説自己當前的處境：做一個毫無作爲的小官，整天面對着庸俗不堪的官場人物，不能不使自己强烈懷念已逝的前輩。滿腹改革的志願，完全無法施展，積累了種種疑問，誰也不能够替自己解答。在官場混了六七年，簡直一無所得。唯一值得安慰的，是還有不少「同氣相求」的窮朋友遠道而來，使自己這客廳不致顯得寂寞而已。

其　三

我所思兮在何處？胸中靈氣欲成雲〔一〕。槎通碧漢無多路〔二〕，土蝕寒花又此墳〔三〕。某水某山迷姓氏〔四〕，一釵一佩斷知聞〔五〕。起看歷歷樓臺外，窈窕秋星或是君〔六〕。

〔一〕靈氣：指不平凡的抱負。《管子》：「靈氣在心，一來一逝。」成雲：韓愈《雜説》：「龍噓氣成雲。」這裏意指要發揮胸中的才華抱負。

〔二〕槎通碧漢：傳説漢代有人坐上一條從天河流來的木排（浮槎），一直到了織女星、牽牛星所在的地方。（見張華《博物志》卷十。）後人因用「乘槎」作爲登天的典故。碧漢：天上星河。

〔三〕寒花：這裏比喻逝者。

〔四〕某水某山：指一些無名山水。迷姓氏：迷失了姓名。意思是説有才華的朋友寂寞隱居，悄然逝去，漸漸被人們忘却了。

〔五〕一釵一佩：一女一男。這裏指隱者和他的妻子。釵：婦女的首飾，由兩股合成。這裏指代婦女。佩：玉佩。這裏指代男子。斷知聞：不爲世人所知，不與社會相聞。

〔六〕窈窕：有幽深和美麗兩義。君：作者所虚擬的對象，是他所懷念的對象，也是他將來歸宿的形象。作者《寫神思銘》云：「黯黯長空，樓疏萬重。樓中有燈，有人亭亭，未通一言，化爲春星。」可參。《王直方詩話》云：「東坡贈參寥云：『故人各在天一角，相望落落如星辰。』任師中挽詞云：『相看半作星辰没，可憐太白與殘月。』而蘇黄門送退翁守懷安亦云：『我懷同門客，勢若曉天星。』其後學者，尤務用此。」

按，滿胸抱負，原想「噓氣成雲」，建功立業，但「上天」的路子既不多，人生的壽命也有限，倒不如回到無名山水之間，沉埋姓氏，斷絶知聞，化成窈窕的秋星，遠離鬧市樓臺，也就完了。這一段話，概括的不止一人一事，既有作者將來的影子，也有逝去和尚存的朋友們的處境。詩中透露的情緒悲凉慘淡，是作者在異常惡劣的環境中浮現出來的。它固然是消極的，但何嘗又不是一種控訴！

同年生徐編修寶善齋中夜集觀其六世祖健庵尚書遂園修禊卷子康熙三十年製也卷中凡二十有二人遂園在崑山城北廢趾余嘗至焉編修屬書卷尾〔一〕

其一

崑山翰林召詞客〔二〕，酒如渌波燈如雪〔三〕。八人忽共游康熙，二十二賢照顏色〔四〕。七客沈吟一客言〔五〕，請言君家之遂園：一花一石有款識〔六〕，袖中拓本春烟昏〔七〕。背烟酹起尚書魂〔八〕。

【校】

此爲《破戒草》詩。「酒如渌波」：諸本皆同。「渌」下遂本注：「一作『緑』。」王本、類編本注：「一本作『緑』。」本書從吴本。

〔一〕這是題在一幅舊畫卷後面的詩。借此，作者發抒了懷才不遇的感慨。徐編修：徐寶善，字廉峰，安徽歙縣人。嘉慶二十五年（一八二〇）進士，授編修。工詩，著有《壺園集》、《壺園外集》及雜著。彭邦疇《翰林院編修廉峰徐君墓志銘》：「徐之族望，於安徽之歙縣，所居曰徐村。徐村之徐大宗曰皇呈，析而爲朱方。君係出朱方，而祖皇呈者也。上世自歙遷居吴之崑山伴山橋，七傳至健庵尚書，是爲君之高高祖。尚書之後，又徙無錫，三傳至君之本生考，曰閬齋先生，諱鑅慶。方先生試吏時，皇呈之族斗垣先生諱午，無子，因昭穆相當，遂以君爲嗣，故君爲歙人。幼而穎異，且勤於學，斗垣先生恒縱之游，從師千里外。年甫弱冠，即令入都，遍交海内士大夫。君益自刻勵，暇則訪求天下事，見聞日廓，遂以嘉慶戊寅舉京兆試，又二年庚辰成進士。散館授職編修，壬辰進山西道監察御史，旋復原官，又六年而卒，故以編修終。」又云：「尤熟於史，所著有《五代史記樂府》已刊行。好吟咏，初學選本，兢兢守其繩墨，後乃肆力於少陵、昌黎兩家，卓然有以自立。」健庵：徐乾學（一六三一——一六九四），字原一，號健庵，江蘇崑山人。康熙九年進士第三人及第，官内閣學士、刑部尚書。著有《憺園集》、《讀禮通考》，又奉命編纂《大清一統志》、《清會典》及《明史》等。邃園：一作遂園。《續修崑新合志》：「遂園在馬鞍山北麓，徐乾學所構。」

〔二〕崑山翰林：指徐寶善，他的上祖徐乾學是崑山人，所以作者仍稱他爲崑山翰林。翰林：翰林院編修的簡稱。

〔三〕渌：水清的樣子。江淹《别賦》：「春水渌波。」

〔四〕二十二賢：畫卷中二十二位賢者的形象。按，王佩諍校本在此詩下有注，引王汝玉、毛慶臻、秦瀛等的筆記，説《邃園修禊圖》所繪與會者只有十二人，認爲作者的「二十二人」是誤記。但王、秦二氏明説此圖是甲戌年（康熙三十二年）所繪，而作者見到的圖，則是康熙三十年辛未所繪，年份不同，與會的人自不能盡同。説作者誤記，似欠根據。

〔五〕一客：作者自指。

〔六〕款識：題刻的文字標識。

〔七〕拓本：指邃園花石款識的拓本。作者曾到邃園舊址，把園中的款識文字拓印下來。春烟昏：顏色像昏暗的春烟。陳介祺《簠齋傳古别録》論拓字之法，有云：「淡墨蟬拓固雅，不及深墨之紙黯而猶可鈎摹也。字外之墨漸淡而無，如烟雲爲佳，不可有痕。」

〔八〕背：即裝背。唐張彦遠《歷代名畫記》卷三引李吉甫家云：「背書要黄硬。」酹：灑酒於地表示祭奠。尚書：指徐乾學。徐官至刑部尚書。

其二

二十二賢不可再，玉山峨峨自千載〔一〕。東南文獻嗣者誰〔二〕？剔之綜之抑有待〔三〕。布衣結客妄自尊〔四〕，流連卿等多酒痕〔五〕。十載狂名掃除畢，一丘倘遂行閉門〔六〕。以屬大人君子孫〔七〕。康熙朝士評三徐曰：公肅，仁人君子；健庵，大人君子；果亭，正人君子。

〔一〕玉山峨峨：形容人物秀美的風儀。《晉書·裴楷傳》：「楷風神高邁，容儀俊爽，時人稱見裴叔則如近玉山，照映人也。」《世説·容止》：「嵇叔夜之爲人也，巖巖若孤松之獨立；其醉也，傀峨若玉山之將崩。」峨峨：端莊盛美的樣子。《詩·大雅·棫樸》：「奉璋峨峨，髦士攸宜。」

〔二〕文獻：典籍和賢人（包括賢人的語言）。作者《己亥六月重過揚州記》：「抑予賦側艷則老矣；甄綜人物，搜輯文獻，仍以自任，固未老也。」

〔三〕剔之綜之：排除各種障礙，讓新的人物成長起來，聚集起來。抑有待：有所等待。要等待時機。抑：語助詞，無義。《禮·儒行》：「愛其死以有待也，養其身以有爲也。」

〔四〕布衣：作者那時還是一名舉人，所以自謙爲布衣。

〔五〕流連卿等：跟你們各位宴會流連。

〔六〕一丘：指代歸隱的地方。《太平御覽》卷七九引《苻子》：「（黄帝）謂容成子曰：『吾將釣於一壑，棲於一丘。』」遂：實現。作者《逆旅題壁次周伯恬原韻》詩：「何日冥鴻踪迹遂，美人經卷葬年華。」也是指實現歸隱的願望。行閉門：將閉門不問世事。行：將。

〔七〕屬：請托。大人君子：康熙年間有些人對徐乾學吹捧的話。徐乾學有兩個弟弟：徐元文，字公肅；徐秉義，字彦和，號果亭，都是煊赫一時的高官顯宦。他們表面裝成正人君子，暗中却縱容子弟輩在鄉中横行不法，屢次受到群衆控告。所謂「大人君子」，其實不過是僞君子。宋羅大經《鶴林玉露》：「此以德望言也，所謂大人君子是也。」

墮一齒戲作

與我相依卅五年，論文説法賴卿宣〔一〕。感卿報我無常信〔二〕，瘞向垂垂花樹邊〔三〕。

〔一〕卿：你。指脱落的牙齒。 宣：宣示，表達。

〔二〕無常：佛家語。謂世間一切事物生滅無定。《涅槃經》：「是身無常，念念不住，猶如電光、暴水、幻炎。」 信：消息。

〔三〕瘞：埋葬。垂垂：花朵纍纍下垂的樣子。杜甫《和裴迪逢早梅》詩：「江邊一樹垂垂發，朝夕催人自白頭。」

寒月吟 有序

《寒月吟》者，龔子與其婦何歲暮共幽憂之所作也〔一〕。相喻以所懷〔二〕，相勗以所尚〔三〕，鬱而能暢者也。

【校】

此爲《破戒草》詩。　序「鬱而能暢者也」：諸本皆同。唯樊《譜》引本作「鬱而能滌、嶕而能暢者也」。

〔一〕婦何：作者續娶的妻子何吉雲。　幽憂：深沉的憂慮。《莊子·讓王》：「我適有幽憂之病，方且治之。」

〔二〕喻：開導，啓示，瞭解。

〔三〕勖：勉勵。　尚：崇尚。

其一

夜起數山川，浩浩共月色。不知何山青，不知何川白。幽幽東南隅，似有偕隱宅。東南一以望，終戀杭州路。城裏雖無家〔一〕，城外却有墓。相期買一丘，毋遠故鄉故。而我屏見聞〔二〕，而汝養幽素〔三〕。舟行百里間，須見墓門樹。南向發此言，恍欲雙飛去。

【校】

「墓門樹」：諸本皆同。「墓」下邃本注：「一作『塞』。」

〔一〕城裏雖無家：按，作者祖父建置的房子，後來賣了出去。

〔二〕屏見聞：對世事不聞不問。屏：排除。
〔三〕養幽素：涵養内心的美好感情。

其二

雙飛去未能，月浸衣裳濕。愀焉静念之〔一〕，勞生幾時歇〔二〕？勞者本庸流〔三〕，事乏定識〔四〕。樸愚傷於家，放誕忌於國。皇天誤矜寵〔五〕，付汝憂患物。再拜何敢當，藉以戰道力〔六〕。何期閨闈中〔七〕，亦荷天眷别〔八〕。多難淬心光〔九〕，黽勉共一室〔一〇〕。憂患吾故物，明月吾故人；可隱不偕隱，有如月一輪〔一一〕：心迹如此清〔一二〕，容光如此新。

〔一〕愀焉：憂愁的樣子。
〔二〕勞生：勞苦的人生。《莊子·大宗師》：「夫大塊載我以形，勞我以生，佚我以老，息我以死。」
〔三〕勞者：《公羊傳·宣公十五年》：「勞者歌其事。」庸流：平庸之輩，平常的人。
〔四〕定識：堅定的見解。
〔五〕矜寵：原意是恃寵而驕。這裏是寵愛之意。

〔六〕藉：憑藉。　戰：搏鬥。這裏是通過搏鬥而鍛煉之意。　道力：修道而得之功力。
〔七〕閨闈：《爾雅·釋言》：「宫中之門謂之闈，其小者謂之閨。」後特指婦女的卧室。
〔八〕荷：承受。　天眷：上天的寵愛。　别：另外。全句應讀爲「亦别荷天眷」。爲押韻而改變語序。
〔九〕淬心光：磨煉心靈智慧。淬：淬勵，磨煉。　心光：佛家語。心所發的光明。《觀念法門》：「彼佛心光常照，是人攝取不舍。」
〔一〇〕黽勉：勤勉，努力。
〔一一〕「可隱」兩句：如果我們能歸隱而又不回去，就像這輪明月一樣。這是指着月亮發誓。古人往往指眼前一物發誓，意思是讓它作爲證人。《左傳·僖公二十四年》：「所不與舅氏同心者，有如白水！」《詩·王風·大車》：「謂予不信，有如皎日！」
〔一二〕心迹：思想、行動。杜甫《屏迹》之一：「杖藜縱白首，心迹喜雙清。」

其　三

我讀先秦書，萊子有逸妻〔一〕。閨房以逸傳，此名蹈者希〔二〕。勿慕厥名高，我知厥心悲。定多不傳事，子孫無由知。豈但無由知，知之反漣洏〔三〕。羞登中壘傳〔四〕，耻勒度尚碑〔五〕。一逸處患難，所存浩無涯；一逸謝萬古，冥冥不可追〔六〕。示君讀書法，君慧肯三思？

〔一〕「萊子」句：晉皇甫謐《高士傳》：「老萊子者，楚人也。逃世耕於蒙山之陽。或言於楚王，王於是駕至萊子之門。萊子方織畚。王曰：『守國之政，孤願煩先生。』老萊子曰：『諾！』王去，其妻樵還曰：『子許之乎？』老萊曰：『然。』妻曰：『妾聞之，可食以酒肉者，可隨而鞭棰；可擬以官禄者，可隨而斧鉞。』投其畚而去。老萊子亦隨其妻，至於江南而止，曰：『鳥獸之毛可績而衣，其遺粒足食也。』」郭璞《游仙詩》：「萊子有逸妻。」

〔二〕蹈者：追隨者，後繼者。　希：同「稀」。

〔三〕漣洏：哭泣流淚。王粲《贈蔡子篤》詩：「中心孔悼，涕淚漣洏。」

〔四〕中壘傳：東漢學者劉向曾官中壘校尉，後人稱爲劉中壘。他著有《列女傳》，表揚一批有品德才能的女性。

〔五〕度尚碑：即曹娥碑。《後漢書·列女傳·孝女曹娥》載：東漢女子曹娥的父親，端午日迎神溺死江中，找不到尸首。曹娥因此投江覓父。（一説，五日後，抱父尸浮出。）上虞度尚替她立了一座石碑，由其弟子邯鄲淳撰文。世稱曹娥碑。文載《古文苑》卷十九。

〔六〕「一逸」四句：用隱逸來處置患難，保全的東西就多極了；用隱逸來避開千古聲名，就像鴻雁高飛，誰也找不到你。　謝：免去。

其四

我生受之天，哀樂恒過人〔一〕。我有平生交，外氏之懿親〔二〕。自我慈母死〔三〕，誰饋此翁貧？江關斷消息〔四〕，生死知無因。八十罹饑寒〔五〕，雖生猶僇民〔六〕。昨夢來啞啞〔七〕，心肝何清真！翁自鬚髮白，我如髫丱淳〔八〕。夢中既觴之，而復留遮之〔九〕，挽鬚搔爬之，磨墨揶揄之〔一〇〕，呼燈而燭之〔一一〕，論文而嘩之。阿母在旁坐，連連呼叔爺〔一二〕。今朝無風雪，我淚浩如雪。莫怪淚如雪，人生思幼日。謂金壇段玉立，字清標，爲外王父段若膺先生之弟。

【校】

「燭之」：諸本皆同。「燭」下邃本注：「一作『讀』。」「人生」：諸本皆同。邃本注：「一作『生人』。」本書並從吴本。

〔一〕哀樂過人：哀樂的感情都比一般人强烈。作者《己亥雜詩》一七〇首：「少年哀樂過於人，歌泣無端字字真。」又《琴歌》詩：「之美一人，樂亦過人，哀亦過人。」

〔二〕「外氏」句：指作者外祖父段玉裁的幼弟段玉立。參見《丙戌秋日獨游法源寺尋丁卯戊辰間舊游遂經過寺南故宅惘然賦》詩中「一叟尋聲來，避之入修竹。叟乃噴古笑，爛漫晉宋諵」諸句。　外氏：外祖父母家。　懿親：至親。

〔三〕慈母死：按，作者母親於道光三年去世。

〔四〕江關：泛指關河。

〔五〕八十：按，段玉立生於乾隆十三年（一七四八），到道光六年（一八二六），年已七十八歲。

〔六〕僇民：同「戮民」。猶言被侮辱者。《莊子·大宗師》：「丘，天之戮民也。」僇，通「戮」，羞辱。

〔七〕啞啞：笑聲。《易·震》：「笑言啞啞。」

〔八〕髫丱：小孩的髮式。髫：孩子下垂的頭髮。丱：孩子頭上紮的兩條丫角辮。這裏指代小孩子。

〔九〕留遮：挽留。杜甫《遭田父泥飲美嚴中丞》詩：「月出遮我留。」

〔一〇〕「磨墨」句：磨墨給他畫個怪相嘲笑他。　揶揄：戲弄，嘲弄。

〔一一〕「呼燈」句：拿起燈來照着他。　燭：照。

〔一二〕呼叔爺：段玉立爲作者母親的叔父，按照親從子稱的習慣，故稱叔爺。

其五

侵曉鄰僧來〔一〕，饋我佛前粥〔二〕。其香何清嚴〔三〕，臘供今年足〔四〕。我因思杭州，不僅有三竺〔五〕。東城八九寺〔六〕，寺寺皆修竹。何年舍家去，慧業改所托〔七〕。掘筍慈風園〔八〕，參茶東父屋〔九〕。鐘魚四圍静〔一〇〕，掃地潔如沐。白晝爲之長，倦骸爲之肅。供黄梅一枝〔一一〕，朝朝寫圓覺〔一二〕。慈公深於相宗，錢居士東父則具教、律、禪、净四門，乃吾師也。

〔一〕侵曉：清早。

〔二〕佛前粥：指臘八粥。宋吴自牧《夢粱録·十二月》：「此月八日，寺院謂之臘八，大刹等寺俱設五味粥，名曰『臘八粥』，亦名佛粥。」清富察敦崇《燕京歲時記·臘八粥》：「臘八粥者，用黄米、白米、江米、小米、菱角米、栗子、紅江豆、去皮棗泥等，合水煮熟，外用染紅桃仁、杏仁、瓜子、花生、榛穰、松子及白糖、紅糖、瑣瑣葡萄，以作點染。……除祀先供佛外，分饋親友，不得過午。」

〔三〕清嚴：指香味清醇濃烈。

〔四〕臘供：佛教稱僧人受戒後一年爲一臘。臘供指僧人所受的供養。

〔五〕三竺：杭州靈隱飛來峰南，有天竺山，分上、中、下三竺。舊有三間天竺寺，在飛來峰南的叫下天竺寺，在稽留峰北的叫中天竺寺，在北高峰下的叫上天竺寺。

〔六〕「東城」句：清厲鶚《東城雜記》載：杭州東城有永壽寺、長生寺、慈雲寺、長明寺、潮音寺、靈芝寺等。

〔七〕慧業：佛家語。指智慧的作用。《維摩詰所説經・菩薩品》：「知一切法，不取不舍，入一相門，起於慧業。」

〔八〕慈風：杭州僧人。

〔九〕參茶：喝茶談禪。　東父：錢伊庵，字東父，佛學居士，杭州人。

〔一〇〕鐘魚：打鐘，敲木魚。

〔一一〕黄梅：即蠟梅。《廣群芳譜》引范成大《梅譜》：「蠟梅本非梅類，原名黄梅，故王安國熙寧間尚咏黄梅，至元祐間蘇黄門命爲蠟梅，爲色正似黄蠟耳。」

〔一二〕圓覺：佛經名。全名爲《大方廣圓覺修多羅了義經》，唐僧人佛陀多羅譯。

夢中述願作〔一〕

湖西一曲墜明璫〔二〕，獵獵紗裙荷葉香〔三〕。乞貌風鬟陪我坐〔四〕，他身來作水仙王〔五〕。

【校】

此爲《破戒草之餘》詩。「乞貌風鬟陪我坐」：吴本於詩末注：「第三句一作『許借卿卿從祀我』。」堂本、「四部」本、「文庫」本、「續四庫」本、王本、類編本並同。邃本於句下注：「一作『許借卿卿從祀我』。」王校本注：「一本作『許借卿卿從祀我』。」周按，此屬第一類之異文：爲作者所擬，改定後，覺得亦有佳處，遂保留之。

〔一〕寫於道光六年（一八二六）。作者似乎是同一個女郎感情很好，表示今生雖然不能共同生活在一起，來生也要實現這個願望。但詩中所指女郎是誰，已不可考。

〔二〕明璫：耳墜。

〔三〕玁玁：風聲。鮑照《還都道中》詩：「玁玁晚風遒。」

〔四〕貌：描繪。杜甫《丹青引》詩：「屢貌尋常行路人。」風鬟：指代女郎。

〔五〕水仙王：杭州錢塘門外有水仙王廟，廟神據説是錢塘龍君。翟灝《湖山便覽》：「水仙王廟，宋寶慶元年袁韶自寶石山下徙建蘇堤之第四橋。」參閲《己亥雜詩注》一九二首。

釋言四首之一〔一〕

東華環顧愧群賢〔二〕，悔著新書近十年〔三〕。木有文章曾是病〔四〕，蟲多言語不能天〔五〕。略耽掌故非匭濟〔六〕，敢侈心期在簡編〔七〕。守默守雌容努力〔八〕，毋勞上相損宵眠〔九〕。

〔一〕此題原有四首，僅存一首。從内容看，可能當時有個内閣大學士對作者發表的政治議論表示不滿，於是作者寫了《釋言》作答。《國語·晉語》：「驪姬使奄楚以環，釋言。」注：「釋言，以言自解釋也。」韓愈有《釋言》一文，也是自我辯解之作。

〔二〕東華：北京紫禁城東南門名。東華門内是清廷内閣的所在地。這裏以東華指代内閣。清代内閣最高長官稱爲大學士，下有協辦大學士、内閣學士、侍讀學士、中書等官員。作者《上大學士書》：「中書仕内閣，糜七品之俸，於今五年，所見所聞，胸弗謂是；同列八九十輩安之，而中書一人，胸弗謂是；大廷廣衆，苟且安之，夢覺獨居，胸弗謂是；入東華門，坐直房，昏然安之，步出東華門，神明湛然，胸弗謂是；同列八九十輩，疑中書有痼疾，弗辨也，然胸弗謂是。」可參。

〔三〕著新書：漢代著名政治家、文學家賈誼所著文集名《新書》。這裏借指自己以前撰著的《明良論》、《乙丙之際箸議》、《平均篇》等抨擊時弊、主張變法革新的文章。「悔著」，是反話。　近十年：以上作品是嘉慶十九年至二十三年（一八一四——一八一八）間陸續寫成的，距作此詩時（道光六年，一八二六）約十年。

〔四〕「木有」句：樹木有好的紋理，對樹木反而是壞事。《莊子·人間世》：「匠石之齊，至乎曲轅，見櫟社樹……以爲舟則沈，以爲棺槨則速腐，以爲器則速毁，以爲門户則液樠，以爲柱則蠹，是不材之木也，無所可用，故能若是之壽。匠石歸，櫟社見夢曰：『汝將惡乎比予哉？若將比予於文木耶？夫柤梨橘柚果蓏之屬，實熟則剥，剥則辱，大枝折，小枝泄，此以其能苦其生者也，故不終其天年而中道夭。』」集解：「凡可用之木爲文木，可成章也。」作者暗用這段話的意思，説寫那些政論文章，對自己只能引來很壞的後果。

〔五〕「蟲多」句：《莊子·庚桑楚》：「聖人工乎天而拙乎人。……唯蟲能蟲，唯蟲能天。」集解：「任其自然，天也；有心爲之，人也。鳥飛獸走，能蟲也；蛛網蜣丸，能天也，皆禀之造物，豈仿效之所能致。」意思説，只有蟲鳥能够保持自己的本能，順應自然的安排。暗指自己發表議論，必然會觸犯大地主官僚集團的人，被認爲不守本份而招來禍患。多言語：《老子》：「多言數窮，不如守中。」

〔六〕耽掌故：喜愛研究前代的典章故實。耽：沉溺，迷戀。作者《上大學士書》：「自珍少讀歷代史書及國朝掌故，自古及今，法無不改，勢無不積，事例無不變遷，風氣無不移易，所恃者，人材必不絶於世而已。」劻濟：應作匡濟。匡時濟世。對國家、社會提出有效的措施，作出有益的貢獻。

〔七〕「敢侈」句：哪敢奢望著書立説，留傳後世。侈：張大。簡編：典籍。

〔八〕守默：保持沉默。揚雄《解嘲》：「是故知去知默，守道之極。」守雌：甘居柔弱。《老子》：「知其雄，守其雌，爲天下谿。」吴澄注：「雄謂剛强，雌謂柔弱。」

〔九〕「毋勞」句：用不着你這位大人物爲了我而影響夜間的安眠。　上相：對宰相的尊稱。《史記·酈生陸賈列傳》：「足下位爲上相，食三萬户。」清代不設宰相，這裏是指内閣大學士。有人説此人就是蔣攸銛。

按，作者詩中用語都含有諷意。如「愧」如「悔」，如引用《莊子》兩段話，以及並非志在匡濟，豈敢自誇著述等，都很明顯。末兩句更是挖苦的話。可以看出作者仍然堅持議論政治的主張。

楊鍾羲《雪橋詩話》卷一一：「程春海《鬼車啼有感一友》云：『天畔笙簧旋，其聲清且圓。方士聞之喜欲顛，云有仙樂迎吾前。九首復九尾，厥狀怪且詭，兒童聞之捩犬耳，云有黑祥將降矣。徵諸古童謡，鶬兮更鴰兮，久雨必西鶩，久晴必東棲。載鬼盈一車，其説無所稽。徒以八音繁會十瓳奇，耳目之内紛見疑。如何尚作摩雲嬉？勸爾潛形伏海島，無使吐哺相公懟妖鳥。』此詩所指，不可確定，必當時名士也。龔定庵《釋言四首之一》云云，二詩疑一時作。程所謂吐哺相公，龔詩所謂上相，當是蔣襄平。龔詩作於丁亥，襄平相國正在樞府。」蔣襄平即蔣攸銛，遼陽漢軍旗人，道光五年授體仁閣大學士，軍機大臣上行走。楊鍾羲的話，可作參考。

同年生胡户部培翬集同人祀漢鄭司農於寓齋禮既成繪爲卷子同人爲歌詩龔自珍作祀議一篇質户部户部屬隱栝其指爲韻語以諧之〔一〕

我稽十三經〔二〕，名目始南宋。異哉北海君〔三〕，先期適兼綜〔四〕。詩箋附庸毛〔五〕，易爻辰無用〔六〕。尚書有今文〔七〕，隻義饋貧送〔八〕。四辯饋堯典〔九〕，三江饋禹貢〔一〇〕。魯論與孝經〔一一〕，逸簡不可諷〔一二〕。爾雅剩一鱗，引家亦摭弄〔一三〕。排何發墨守〔一四〕，此獄不可訟〔一五〕。吾亦姑置之，説長懼驚衆。唯有孟七篇，千秋等塵封〔一六〕。我疑經籍志〔一七〕，著録半虚哄〔一八〕。義與歆莽違，下筆費彌縫〔一九〕。何況東漢年，此書未珍重〔二〇〕。余生惡周禮〔二一〕，考工特喜誦〔二二〕。封建駁子輿，心肝爲隱痛〔二三〕。五帝而六天〔二四〕，誕妄讖所中〔二五〕。同時有四君〔二六〕，偉識引余共。堂堂十七篇〔二七〕，姬公發孔夢〔二八〕。經文純金玉，注義峙麟鳳〔二九〕。吾曹持議平〔三〇〕，功罪勿枉縱〔三一〕。鄭功此第一〔三二〕，千秋合崇奉。

鄭兼治十三經，人間完本有《詩》、《三禮》。輯録本有《箴膏肓》、《起廢疾》、《發墨守》，《易》、《書》、《魯論》、《孝經》、《爾雅》注也。《孟子注》見隋《經籍志》，隋《志》殆未可信。莊君綬甲、宋君翔鳳、劉君逢禄、張君瓚昭言封建〔三三〕，皆信《孟子》，疑《周禮》，海内四人而已；張説爲尤悲也。

〔一一〕《清史列傳·胡培翬傳》：「（胡）官京師時，嘗與新城陳用光，涇縣朱洊、胡承珙，桐城徐璈、光聰諧，武進張成孫，元和蔣廷恩，太倉陳奐、陳兆熊，鶴山馮啓蓁，邵陽魏源，考定鄭康成之生爲永建二年七月五日，公祀之萬柳堂。」阮元《鄭司農年譜序》：「其中據《太平廣記》、《三國志》注引《司農别傳》，以司農爲丁卯歲七月戊寅生。爲近年言鄭氏學者所未及。上元談階平廣文，適在杭州，元屬以四分術推朔閏，知司農生於漢順帝永建二年七月五日，與《别傳》相合無疑。」　鄭司農：鄭玄，字康成，東漢著名經師，注釋儒家經籍多種，門徒達數千人（康有爲《新學僞經考》説是弟子萬人），對後世影響甚大。因曾任大司農，故又稱鄭司農。皮錫瑞《經學歷史》：「鄭君康成，以博聞强記之才，兼高節卓行之美，著書滿家，從學盈萬，當時莫不仰望，稱伊洛以東，淮漢以北，康成一人而已。」又説：「漢時經有數家，家有數説，學者莫知所從。鄭君兼通古今文，溝合爲一，於是經生皆從鄭氏，不必更求各家。鄭學之盛在此，漢學之衰亦在此。」　檃栝其指爲韻語：把《祀議》文章的内容改成用詩歌形式表達。　檃栝：又作隱括，原爲矯正曲木的工具，引申爲矯正；這裏指改變文字體裁。胡户部：胡培翬，字載屏，號竹村，安徽績溪人。嘉慶二十四年進士，官内閣中書、户部主事，人稱他「治官如治經，一字不肯放過」。不受胥吏賄賂，又能抉發隱弊。道光十年「假照案」（户部吏員集體貪污案）發生後，司員失察牽連數十人，僅胡與蔡紹江二人不受沾染，但亦因此落職。歸里後，主講鍾山、雲間等書院，道光二十九年卒。著《儀禮正義》、《研六室文鈔》等。

〔二〕稽：查考。　十三經：十三種儒家經典。即《易》、《書》、《詩》、《周禮》、《儀禮》、《禮記》、《春秋》三傳(《左傳》、《公羊傳》、《穀梁傳》)、《論語》、《孝經》、《爾雅》、《孟子》。按，漢代有「五經」的名目，即《易》、《詩》、《書》、《禮》、《春秋》。唐代設五經博士，用《易》、《詩》、《書》、《禮記》、《春秋左氏》教授士子。開成年間刻《石經》時，增入《周禮》、《儀禮》、《公羊傳》、《穀梁傳》，成爲九經；但這個《石經》其實把《論語》、《孝經》、《爾雅》也刻入作爲附録，所以實是十二經。到南宋時，朱熹把《孟子》升入經部，於是「十三經」的名目正式確立。

〔三〕北海君：指鄭玄。鄭爲北海高密(今屬山東)人。

〔四〕兼綜：總而理之。

〔五〕「詩箋」句：鄭玄箋《詩》，基本上附和毛公的説法。鄭玄《六藝論》云：「注詩宗毛爲主，其義若隱略則更表明，如有不同，即下己意，使可識別也。」　毛：指作《毛詩故訓傳》的毛公。《漢書・藝文志》：「有毛公之學，自謂子夏所傳。」

〔六〕爻辰：錢塘《溉亭述古録》：「爻辰者，以乾、坤十二爻當十二辰也。」周予同《經學歷史注》：「爻，卦之六爻；辰，十二辰也。鄭玄以六爻與十二辰相配合以説《易》，故稱『爻辰』。」

〔七〕有今文：康有爲《新學僞經考》：「（鄭）兼通今古，因舍今學而就古學，然雖以古學爲宗主，而時有不同，又采今學以裨助之。注《書》既以古文爲宗主，《禹貢》悉參以班氏《地理志》，則又用今學。」

〔八〕隻義：零星的見解。　貧送：貧窮的人。

〔九〕四辯：古文《尚書》第一篇《堯典》，有「平秩東作」、「平秩南訛」、「平秩西成」、「平在朔易」四句，清代學者從《周禮》馮相氏注中，查出鄭玄注引《尚書》文時，四個「平」都作「辯」。他們認爲「辯」字是《尚書》今文本原有的，足以糾正後世古文本之訛。參考陳壽祺輯本《尚書大傳》。

〔一〇〕三江：何秋濤《禹貢鄭氏略例序》：「鄭氏《尚書·注》今無傳本。國初，胡東樵氏作《禹貢錐指》，謂鄭注間見《義疏》及他籍，『三江』一條，足爲秘寶。自是説經家始知重之。」按，《初學記·江第四》引「鄭玄、孔安國《注》云：左合漢爲北江，會彭蠡爲南江，岷江居其中，則爲中江。故《書》稱東爲中江者，明岷江至彭蠡與南北合，始得稱中也。」這便是鄭玄注「三江」的佚文。但焦循在《禹貢鄭注釋》中，却認爲《初學記》所引的是僞注，不足爲信。

〔一一〕魯論：《論語》在漢代有《魯論語》、《齊論語》、《古文論語》三種不同本子。宋邢昺《論語注疏解經序》云：「漢末，大司農鄭玄就《魯論》篇章，考之《齊》、《古》，爲之注。」這個鄭玄注本已亡佚；到清代，馬國翰從舊籍中搜出若干條，輯爲《論語鄭氏注》十卷。　孝經：《孝經》

有古文、今文二本，今文稱鄭玄注，其説傳自荀昶，但鄭《志》不載其名。這個鄭玄注本早已亡佚，後人輯得《孝經解》一卷。

〔一二〕逸簡：散逸的簡牘。諷：誦讀。

〔一三〕引家：引證的人。摭弄：搬弄。孫星衍《鄭司農年譜》引王昶《春融堂集》云：「《周禮·大宗伯》賈公彦疏引《爾雅》鄭注云：『天皇北辰耀地魄。』鄭未注《爾雅》，此不足據。」

〔一四〕「排何」句：鄭玄攻擊東漢另一個經師何休，寫了《箴膏肓》、《起廢疾》、《發墨守》。《後漢書·鄭玄傳》：「時任城何休好《公羊》學，遂著《公羊墨守》、《左氏膏肓》、《穀梁廢疾》；玄乃發《墨守》，針《膏肓》，起《廢疾》。休見而嘆曰：『康成入吾室，操吾矛，以伐我乎！』」

〔一五〕獄：官司，案件。這裏指鄭、何之争。不可訟：不能分清是非曲直。按，在這場争論中，後人或祖鄭玄，或祖何休，成爲經學上一場公案。

〔一六〕「唯有」兩句：鄭玄曾注《孟子》，見《隋書·經籍志》。句謂鄭注《孟子》早已湮没不傳。孟七篇：《孟子》共有《梁惠王》、《公孫丑》、《滕文公》、《離婁》、《萬章》、《告子》、《盡心》等七篇。

〔一七〕經籍志：指《隋書·經籍志》。

〔一八〕虚哄：虚假。

〔一九〕「義與」兩句：因爲《孟子》的説法同劉歆、王莽是違反的，假如鄭玄真的注《孟子》，就一定出現不可調和的矛盾，他是彌縫不了的。按，這是指「封建」一事，詳注〔二三〕。

〔二〇〕未珍重：未曾受到重視。按，《孟子》在東漢時只作爲「諸子」之一，直到南宋把它列入「經書」後，身價才高起來。

〔二一〕周禮：儒家説禮的一本書，本名《周官》，西漢末年，劉歆改稱《周禮》，鄭玄更把它提升爲「經禮」，貶《儀禮》爲「曲禮」（經禮是禮的綱，曲禮是禮的目）。它的作者傳説不一，舊傳是周公所作，早被否定；有人説是劉歆爲了諂媚王莽而作，有人又反對。何休説出於戰國時人之手，清儒認爲比較可信。

〔二二〕考工：指《考工記》。附在《周禮》中的一篇談工藝製作的古籍。一般認爲它是戰國時代的著作。它之所以附入《周禮》，據陸德明《經典釋文・叙録》：「河間獻王開獻書之路，時有李氏，獻《周官》五篇，失《冬官》一篇，乃購以千金，不得，取《考工記》以補之。」

〔二三〕「封建」兩句：關於周代分封諸侯的制度，鄭玄駁斥孟軻，我十分反感。封建：分封諸侯的制度。《孟子》的説法同《周禮》完全不同。《孟子・萬章》認爲：「天子之制，地方千里；公、侯皆方百里，伯七十里，子、男五十里，凡四等。」（《禮記・王制》説法相同。）但《周禮・大司徒》則説：「凡建邦國……諸公之地封疆方五百里……諸侯之地封疆方四百里……諸子之地封疆方二百里……諸男之地封疆方百里。」兩者差別很大。鄭玄注《周禮》時，駁斥《孟子》，認爲它没有根據。詳見《周禮注疏》卷十。按，《周禮》論封建的謬誤，宋蘇轍在《欒城後集・歷代論》中已歷指其不可信者三點。可參看。　子輿：孟軻的字。

〔二四〕五帝、六天：鄭玄提出的關於天帝的謬説。《孝經》「宗祀文王於明堂以配上帝」疏：「鄭君以北極大帝爲皇天，太微五帝爲上帝，合稱六天。」《禮記・郊特牲》「郊特牲而社稷大牢」疏：「鄭氏以爲天有六天，丘郊各異。又《春秋緯》云：『紫微宫爲大帝。』又云：『北十極耀魄寶。』又云：『大微宫有五帝坐星，青帝曰威靈仰，赤帝曰赤熛怒，白帝曰白招拒，黑帝曰叶光紀，黄帝曰含樞紐。』是五帝與大帝六也。」

〔二五〕讖所中：那是中了讖緯之毒的結果。讖：讖緯，相當於後世的《推背圖》、《燒餅歌》之類的荒誕的「預言」。漢朝讖緯之説盛行，鄭玄亦受了影響。

〔二六〕四君：詳下作者自注。

〔二七〕十七篇：指《儀禮》，又稱《士禮》。儒家相傳是孔子所定，包括《士冠禮》等共十七篇，内容是有關「士」這一階層所應遵守的禮儀。漢代傳世有戴德本、戴勝本和劉向《别録》本，鄭玄注的是後者，即今傳世十三經本。

〔二八〕姬公：指周公旦。姬姓。　孔夢：《論語・述而》：「久矣吾不復夢見周公。」

〔二九〕注義：指鄭玄的注解。　峙麟鳳：經文與注釋像是麟鳳峙立，各有千秋，相得益彰。

〔三〇〕持議平：議論公平，評價合理，没有偏頗。

〔三一〕「功罪」句：功和罪都不要弄錯，也不要隨便放過。　枉縱：《晉書·李憙傳》：「法者，天下取正，不避親貴，然後行耳，豈將枉縱其間哉！」枉：冤枉，使受屈。縱：放過。

〔三二〕「鄭功」句：鄭玄最大的功績就是注解《儀禮》。

〔三三〕莊綬甲：見《雜詩己卯自春徂夏在京師作得十有四首》之二注。　宋翔鳳：見《投宋于庭翔鳳》詩注。　劉逢禄：見《雜詩己卯自春徂夏在京師作得十有四首》之六注。　張瓚昭：原名竇昭，字絢珊，號斗峰，湖南平江人。道光十五年舉人，官廣東東安縣訓導，以事去官。精於《易》學，兼習天文、地理。著有《易義原則》、《書義原古》、《天文分野圖説》（見同治《平江縣志》）。作者稱他爲「苦心大膽之真儒者、真豪傑」。又説「不可輕視此人，惜其老矣，不然真助我者也。」

丁亥　道光七年（一八二七）

元日書懷〔一〕

癸秋以前爲一天〔二〕，癸秋以後爲一天。天亦無母之日月，地亦無母之山川。孰贏孰絀孰付予〔三〕？如奔如電如流泉〔四〕。從兹若到歲七十，是别慈親卅九年。癸未失恃〔五〕，三十二歲。日者謂予當七十一歲〔六〕。

【校】

此爲《破戒草》詩。「如奔如電如流泉」：「電」，諸本皆作「雷」。獨鄧本作「電」，是。本書從鄧本。「從兹」：「兹」，吴本、「四部」本、「文庫」本作「慈」，當爲誤字。堂本、邃本、鄧本、「續四庫」本、王本、類編本、王校本皆作「兹」，是也。

〔一〕元日：指道光七年（一八二七）正月初一。作者時年三十六歲。

〔二〕癸秋：道光三年癸未（一八二三）七月，作者母親段馴逝世。

〔三〕「孰贏」句：如今新的一年又開始，回顧過去，自己實現了哪些願望？有哪些還没有實現？獻出了哪些東西？又得到哪些東西？

〔四〕「如奔」句：《金剛經》：「一切有爲法，如夢、幻、泡、影，如露復如電，應作如是觀。」作者取意本此。電：王佩諍本作「雷」，費解，當據龔橙本作「電」。

〔五〕失恃：死了母親。《詩・小雅・蓼莪》：「無母何恃？」

〔六〕日者：從事占卜算命的人。《史記》有《日者列傳》。

退朝遇雪車中忽然有懷吟寄江左〔一〕

青瑣門邊雪〔二〕，還疑海上看〔三〕。花花萬行樹〔四〕，鶴鶴一閑官〔五〕。幽想忽飛去，無由生彩翰〔六〕。江東謝道韞〔七〕，憶我早朝寒〔八〕。

〔一〕道光七年初春，北京下雪，作者想起妻子何吉雲，因而有作。按，上年冬天，作者曾寫過《寒月吟》，證明何氏當時還在北京，這首詩却有「江東謝道韞」之句，可能上年底她已回上海衙署過年。那時龔麗正仍任蘇松太兵備道。

〔二〕青瑣門：指北京皇宫的宫門。《漢書・元后傳》：「曲陽侯根驕奢僭上，赤墀青瑣。」孟康注：「以青畫户邊鏤中，天子制也。」顔師古注：「青瑣者，刻爲連環文而青塗之也。」

〔三〕海上：即上海。嘉慶二十一年前後，作者和妻子曾在上海居住。

〔四〕「花花」句：雪花粘在一排排的樹上，有如萬行樹都開遍了白花。

〔五〕鶴鶴：潔白肥胖的樣子。《孟子·梁惠王》：「白鳥鶴鶴。」閑官：職務清閑的官。

〔六〕彩翰：羽翼。

〔七〕江東：長江下游地區。謝道韞：東晉謝奕的女兒、王凝之的妻子，有文才口辯。作者拿她比喻自己的妻子。《晉書·列女傳》：王凝之妻謝氏，字道韞，聰識有才辯。謝安「嘗内集，俄而雪驟下，安曰：『何所似也?』安兄子朗曰：『撒鹽空中差可擬。』道韞曰：『未若柳絮因風起。』安大悦。」

〔八〕早朝寒：有兩種含義，既是從氣候來説，又是從心境來説。因爲作者當了七年内閣中書，如今還是一名舉人，而許多他平日瞧不起的庸劣之徒，却一個個飛黄騰達，非常得意。這種心境，只有他的妻子能够充分瞭解。

撰羽琌山館金石墨本記成弁端二十字〔一〕

坐耗蒼茫想，全憑瑣屑謀〔二〕。羽琌山不見〔三〕，萬軸替人愁〔四〕。

〔一〕作者平日喜歡收藏古代金石文字。《羽琌山館金石墨本記》就是這些古物文字的拓本集録，共五卷，釋文由他的朋友趙魏、何元錫校訂過。弁端：寫在前面。弁：加冠。

〔二〕瑣屑：煩瑣細碎。作者認爲收集解釋古物文字是瑣屑的事情。

〔三〕羽琌山：作者把自己收藏古物的地方（在崑山縣）稱爲羽琌山館，並自號羽琌山民。琌，通陵。

〔四〕萬軸：指所藏衆多金石拓本和書籍。韓愈《送諸葛覺往隨州讀書》詩：「鄴侯家多書，插架三萬軸。」軸：書的卷軸。

自寫寒月吟卷成續書其尾〔一〕

曩者各不死〔二〕，多生業未空〔三〕。天仍磨慧骨〔四〕，佛倘鑒深功〔五〕。意識千秋上〔六〕，光陰八苦中〔七〕。即將良友待，落落亦高風〔八〕。

【校】

此爲《破戒草》詩。「業未空」：諸本皆同。「未」下邃本注：「一作『本』。」王本、類編本注：「一本作『本』。」本書從吴本。

〔一〕作者把《寒月吟》抄成手卷後，意猶未盡，再寫這首詩贊美他的妻子。
〔二〕曩者：以前。
〔三〕多生：佛教認爲人有過去、現在、未來三世，而由於所謂輪回的存在，可以多次轉世，所以有許多過去世。　業：佛家語。佛教認爲是善或惡的因子。《法華經·序品》：「生死所趣，善惡業緣。」這裏偏重「惡」義。作者《驛鼓三首》之二：「嫁得狂奴孽已成。」　孽，即惡因。
〔四〕磨慧骨：折磨她那智慧的身體。作者《驛鼓三首》之三：「早被家常磨慧骨，莫因心病損華年。」
〔五〕「佛倘」句：她念佛的功德很深，也許會獲得佛祖的鑒諒吧。　倘：表希冀之詞。　鑒：察。
〔六〕「意識」句：她的胸襟見解屬於千年以上的人物。　意識：佛家語。由意根所起之識。
〔七〕八苦：佛教認爲生、老、病、死、親愛别離、冤家見面、追求不成和五盛陰苦（即身心總痛苦）爲八苦。見《涅槃經》。
〔八〕「即將」兩句：即使作爲良友看待她，她也是個磊磊落落，有很高風格的人。　落落：坦蕩豁達。

婆羅門謡〔一〕

婆羅門，來西胡〔二〕，勇不如宗喀巴〔三〕，智不如耶穌〔四〕。綉衣花帽，白若鵠鳧〔五〕。娶妻幸得陰山種〔六〕，玉顔大脚其仙乎？女兒十五賣金綫，歸來洗手禮曼殊〔七〕。禮曼殊，膜額角〔八〕。天見膜額角，地見斷牛肉。地不涌諂藥叉〔九〕，天不降佞羅刹〔一〇〕。曼殊大慈悲大吉祥，千年大富萬年樂〔一一〕。

〔一〕婆羅門：公元前二千年左右，原居於裏海南部的雅利安人由印度西北侵入印度，占領印度廣大地區。他們崇奉梵天大神，自稱爲梵天苗裔，創立婆羅門教，並將社會上的人劃爲四個等級：一、婆羅門，即僧侣；二、刹帝利，即武士，爲貴族和大地主；三、吠奢，即農民、工人、商人；四、首陀羅，即雇傭勞動者和奴隸。到公元前六世紀，由於階級鬥争的發展，出現了同婆羅門教對立的耆那教和佛教。佛教逐步在印度廣大地區取得優勝地位，並向亞洲其他地區傳播，但婆羅門教並未因此消滅，它在佛教衰落後，逐步恢復勢力，其中一部並與佛教融合成爲印度教。詩中描寫的婆羅門，是指我國西北少數民族中崇奉婆羅門教的人，其中有些人流寓在京師。

〔二〕西胡：指我國西北部地區，也指該地區的少數民族。《隋書·經籍志》：「後漢得西域胡書，能以十四字貫一切音，文省而義廣，謂之婆羅門書。」王國維《西胡考》上：「漢人謂西域諸國爲西胡，本對匈奴與東胡言之。《海外東經》云：『西胡白玉山在大夏東。』又云：『昆侖山在西胡西。』白玉山及昆侖山，即今之喀喇昆侖，是前漢人謂葱嶺以東之國曰西胡也。……是後漢人於葱嶺東西諸國，皆謂之西胡也。魏、晉、六朝猶襲此名。」

〔三〕宗喀巴：西藏黄教（佛教的一支）的創始人，又稱羅卜藏扎克巴。明永樂十四年（一四一六）生於甘肅西寧衛，十四歲出家，到西藏的札什倫布薩迦寺學習佛法，其後自立宗派，弟子都穿黄衣，以區别於紅教。他有兩個大弟子，一爲達賴喇嘛第一世，一爲班禪額爾德尼第一世。

〔四〕耶穌：基督教的創立人。

〔五〕鶻鳧：即鳧鶻。水鳥名。

〔六〕陰山：在我國黄河河套地區以北，連綿於内蒙古自治區的大山脈。

〔七〕曼殊：佛教菩薩之一，即文殊師利，又稱曼殊室利。

〔八〕膜額角：舉手加額，長跪而拜的一種敬禮形式，又稱膜拜。

〔九〕藥叉：即夜叉，原爲梵語，意譯爲疾捷鬼或能啖鬼。謟藥叉指以謟媚迷惑人的壞蛋。

〔一〇〕羅刹：佛經稱惡鬼爲羅刹。《一切經音義》：「羅刹，此云惡鬼也，食人血肉，或飛空，或行地，捷疾可畏也。」佞羅刹也是指一些壞蛋。

〔一一〕「曼殊」兩句：慈悲、吉祥，都是佛家語。佛教自稱以慈悲度世，文殊師利又稱吉祥童子。作者的意思是，如果没有諂藥叉和佞羅刹一類壞蛋，那就能獲得吉祥富樂。

同年生吴侍御傑疏請唐陸宣公從祀瞽宗得俞旨行侍御屬同朝爲詩以張其事内閣中書龔自珍獻侑神之樂歌〔一〕

其一

曆在聖清〔二〕，君師天下〔三〕。提命有位〔四〕，曁於髦士〔五〕，以古爲矩〔六〕。孰爲臣鑒〔七〕？孰師表汝〔八〕？甄綜祭法，於孔之廡〔九〕。

【校】

此爲《破戒草》詩。「於孔之廡」：諸本皆同。「之」下邃本注：「一作『子』。」王本、類編本注：「一本作『子』。」王校本注：「一本『之』作『子』。」本書從吴本。

〔一〕道光六年，御史吴傑上疏，請把唐代名臣陸贄從祀孔子廟，獲得批准。吴請求在京的朋友爲此寫詩。作者借題發揮，把程朱理學的「貌儒」痛罵了一頓。　陸宣公：陸贄（七五四—八〇五），唐代嘉興人，字敬興。德宗時爲翰林學士，參與政務。建中年間，朱泚作亂，他隨德宗逃到奉天；軍務緊急，一日之内，詔書數百，都由陸贄起草，敏捷盡情。亂平以後，累遷中書侍郎同平章事，後被壞人讒毁，貶忠州别駕卒，謚宣。有《陸宣公翰苑集》（又名《陸宣公奏議》）。　吴傑（一七八六—一八三六）：字卓士，號梅梁，浙江會稽人。嘉慶十九年進士，授編修，遷御史。道光六年疏請以陸贄從祀文廟，下部議行。遷給事中，官至工部侍郎。王端履《重論文齋筆録》卷七：「會稽吴梅梁侍郎（傑），少有終軍之目。嘉慶丁巳，以詩賦受知阮相國師，年才十二齡矣。年十七，拔萃成均，一時聲譽鵲起。孫淵如觀察（星衍）、王蘭泉司寇（昶）皆以爲後來之秀。時袁柏田（秉直）觀察杭州，以女孫妻之。嗣後苦被饑驅，奔馳南北者十餘年。至甲戌始成進士，入詞館，兩主江西、陝、甘試事，一爲四川學政，一充會試總裁。以御史授巡道，升任臬司，入爲順天府尹，洊擢侍郎，卒於位。年未五十也。」按，《清史稿・吴傑傳》將疏請從祀事繫於道光二年，誤。《東華續録》亦繫此事於六年，此詩當繫道光六年所作。　瞽宗：原是殷代學校制度，這裏作爲孔廟西序的代稱。《禮・祭義》：「天子設四學。」孫希旦《集解》：「周立四代之學：虞庠在北，瞽宗在西，東序在東，而當代之學居中，南面謂之成均。」　侑：勸請。

〔二〕曆：曆數。古稱帝王相繼或朝代更替的次第。《書・大禹謨》：「天之曆數在爾躬。」蔡傳：「曆數者，帝王相繼之次第。猶歲時氣節之先後。」聖清：指清朝。

〔三〕「君師」句：皇帝成爲天下的君主和師長。《書・泰誓》上：「天佑下民，作之君，作之師，惟其克相上帝，寵綏四方。」孔傳：「爲立君以政之，爲立師以教之。」

〔四〕提命：耳提面命。指殷切儆戒。《詩・大雅・抑》：「於乎小子！未知臧否。匪手携之，言示之事；匪面命之，言提其耳。」有位：在位的官員。《書・伊訓》：「制官刑，儆於有位。」傳：「言湯制治官刑法，以儆戒百官。」

〔五〕髦士：有才能的人。《詩・小雅・甫田》：「攸介攸止，烝我髦士。」

〔六〕矩：曲尺。引申爲規範。

〔七〕臣鑒：人臣的借鏡。

〔八〕師表：表率；學習的榜樣。《史記・太史公自序》：「國有賢相良將，民之師表也。」

〔九〕「甄綜」兩句：在孔廟的兩廡中應該配享哪些人物，需要加以甄別整頓。按，孔廟兩廡從祀的儒者，歷代常有變動，或增或減，由封建朝廷明文規定。廡：堂下周圍的廊屋。

其　二

唐步方中〔一〕，主瓚臣聾〔二〕。天將聰明之〔三〕，乃生陸公。天厚有唐〔四〕，降三代英〔五〕，而左右德宗〔六〕。如仲山甫〔七〕，納言姬邦〔八〕。

〔一〕「唐步」句：唐朝的歷史正走到半路。
〔二〕聵聾：《國語·晉語》四：「聾聵不可使聽。」注：「耳不别五聲之和曰聾，生而聾曰聵。」引申指昏聵糊塗。
〔三〕聰明：視聽靈敏。《慎子》：「不聰不明，不能爲王。」
〔四〕有唐：唐朝。有：名詞詞頭，無義。
〔五〕三代：指夏、殷、周，儒家認爲是理想的時代。英：英雄傑出的人才。《禮·禮運》：「大道之行也，與三代之英，丘未之逮也，而有志焉。」
〔六〕左右：輔佐，幫助。《易·泰·象》：「輔相天地之宜，以左右民。」《新唐書·陸贄傳》：「雖外有宰相主大權，而贄常居中參裁可否，時號内相。嘗爲帝言，今盜遍天下，宜痛自咎悔，以感人心。陛下誠不吝改過，以言謝天下，使臣持筆無所忌，庶叛者革心。帝從之。故奉天所下制書，雖武人悍卒，無不感動流涕。議者謂興元戡難，功雖爪牙宣力，蓋贄有功焉。」又：「及輔政，不敢自顧重，事有可否，必言之，所言皆剴拂帝短，懇到深切。或規其太過者，對曰：『吾上不負天子，下不負所學，皇他恤乎？』」
〔七〕仲山甫：周宣王時人，魯獻公次子，扶助宣王建立中興事業。尹吉甫寫了一首《烝民》詩贊美他，有句云：「保兹天子，生仲山甫。……夙夜匪懈，以事一人。」這裏比喻陸贄。
〔八〕納言：掌出納王命的官。《書·舜典》：「命汝作納言，夙夜出納朕命。」傳：「納言，喉舌之官。聽下言納於上，受上言宣於下。」《詩·大雅·烝民》：「王命仲山甫……出納王命，王之喉舌。賦政於外，四方爰發。」　姬邦：指周朝。周王姬姓。

其　三

聖源既遠〔一〕，其流反反〔二〕。坐談性命〔三〕，其語喧喧〔四〕。喧喧斷斷〔五〕，其徒百千。何施於家邦〔六〕？何裨於孔編〔七〕？小大稽首〔八〕，以攘犧牲〔九〕。

〔一〕聖源：聖人學問的本源。

〔二〕流：末流，支流。　反反：音板板，矜慎的樣子。這裏指虛僞、裝腔作勢。

〔三〕坐談：坐而清談。　性命：指理學家們的「性命義理」之學。北宋理學家邵雍曾說：「天使我有是之謂命，命之在我之謂性，性之在物之謂理。」由邵雍、周敦頤開創的兩宋理學，經程顥、程頤、朱熹、陸九淵等人的推揚而大行其道，對後世產生很大影響。

〔四〕喧喧：鳥鳴聲。

〔五〕斷斷：争辯的樣子。

〔六〕家邦：家與國。

〔七〕裨：增補。　孔編：指儒家學説。按，高談性命的理學，禍國殃民，流毒深廣。清代顏李學派的開創人之一李塨(恕谷)説得很痛切。他指出:「宋後二氏(按,指釋、道二家)學興,儒者浸淫其説,静坐内視,論性談天,與孔子之言一一乖反。……當明季世,朝廟無一可倚之人,坐大司馬堂批點《左傳》,敵兵臨城,賦詩進講,覺建功立名,俱屬瑣屑。日夜喘息著書,曰:此傳世業也。卒至天下魚爛河決,生民塗炭。嗚呼!誰生厲階哉!」(《與方靈皋書》)在作者生活的年代,仍然有許多這種禍國殃民而自命是儒學真傳的混蛋,在朝廷和社會上大肆活動,作者深惡痛絶,因此在詩中加以痛斥。

〔八〕稽首:叩頭至地。《詩·小雅·楚茨》:「既醉且飽,小大稽首。」箋:「小大,猶長幼也。」

〔九〕攘:偷竊;搶奪。　犧牷:祭神的牲畜。

其　四

御史臣傑,職是標舉〔一〕。曰聖之的〔二〕,以有用爲主。炎炎陸公〔三〕,三代之才。求政事在斯,求言語在斯,求文學之美〔四〕,豈不在斯?

〔一〕「職是」句:主要任務在於激濁揚清,表彰好人好事。

〔二〕聖之的:聖人提倡學術的目的。

〔三〕炎炎:盛美、有光輝的樣子。

〔四〕「求政事」三句：按，政事、言語、文學本是所謂「孔門四科」的三種，這裏借指陸贄文章包含的内容。傳世《陸宣公奏議》文字優美，鏗鏘可誦，清代頗爲流行。

其五

我有髦士，執籩受膰〔一〕，毋過貌儒之門〔二〕。我告髦士，暨百有位：木無二本〔三〕，川無二源，道無二歧〔四〕；請以一貫之〔五〕，名臣是師。

〔一〕籩：古代祭器之一，竹製，形狀像高脚碟子。膰：烤熟的祭肉。

〔二〕貌儒：虚僞的儒者。

〔三〕二本：兩條主根；兩個根本。《孟子・滕文公》上：「天之生物也，使之一本，而夷子二本故也。」

〔四〕「道無」句：真理之路只有一條，没有分岔。

〔五〕以一貫之：用一個原則貫串起來。《論語・里仁》：「子曰：『參乎！吾道一以貫之。』」

自春徂秋偶有所觸拉雜書之漫不詮次得十五首〔一〕

其一

道力戰萬籟〔二〕，微芒課其功。不能勝寸心，安能勝蒼穹？相彼鸞與鳳〔三〕，不棲枯枝松〔四〕。天神倘下來，清明可與通〔五〕。返聽如有聲〔六〕，消息鞭愈聾〔七〕。死我信道篤〔八〕，生我行神空〔九〕。障海使西流，揮日還於東〔一〇〕。

〔一〕道光七年，作者在北京，從春到秋，用古體寫了十五首詩，有對國家社會問題的見解，有個人身世的感慨，以及思想抱負的表露等。漫不詮次，即不作系統排列。

〔二〕道力：修煉身心而得的力量。萬籟：原指自然界的各種聲音。這裏引申爲干擾心靈的事物。

〔三〕相：看。《詩·小雅·伐木》：「相彼鳥矣，猶求友聲。」鸞鳳：比喻有賢德才智之士。

〔四〕枯枝松：比喻腐朽的東西。晉曹攄《感舊》詩：「棲鳥去枯枝。」

〔五〕清明：神志清朗。《禮·孔子閑居》：「清明在躬，氣志如神。」

〔六〕返聽：傾聽自己的內心世界。《後漢書·王允傳》「內視反聽」注：「內視，自視也；反聽，自聽也。言皆恕己不責於人也。」

〔七〕「消息」句：外界的盈虛消長儘管要衝擊我，我却像個聾子。意指世俗的毁譽憎愛自己毫不在乎。　鞭：鞭打。這裏比喻外界的攻擊。

〔八〕「死我」句：即使給我的是死，我仍然頑强相信我所追求的理想。　信道：《孔子家語·五儀解》：「篤行信道，自强不息。」《論語·泰伯》：「篤信好學，守死善道。」

〔九〕「生我」句：假如給我以生命，我便要天馬行空似地，遠遠高出於惡俗的東西之上。

〔一〇〕「障海」兩句：我的志願是改變整個社會，猶如堵住東海强迫它向西流，指揮將落的太陽返回東方。　障海西流：古詩：「百川東到海，何時復西歸？」韓愈《進學解》：「障百川而東之，回狂瀾於既倒。」　揮日還東：《淮南子·覽冥訓》：「魯陽公與韓構難，戰酣日暮，援戈而撝之，日爲之反三舍。」撝，通「揮」。

其二

黔首本骨肉〔一〕，天地本比鄰〔二〕。一髮不可牽，牽之動全身〔三〕。聖者胞與言〔四〕，夫豈夸大陳？四海變秋氣，一室難爲春〔五〕。宗周若蠢蠢〔六〕，嫠緯燒爲塵〔七〕。所以慨慷士〔八〕，不得不悲辛。看花憶黃河，對月思西秦〔九〕。貴官勿三思，以我爲杞人〔一〇〕。

【校】

此爲《破戒草》詩。「慨慷」：吴系諸本與王本、類編本皆作「慨慷」。「慷」下邃本注：「一作『慷慨』。」王本、類編本注：「一本作『慷慨』。」王校本作「慷慨」。周按，此宜從吴本作「慨慷」爲是。

〔一〕黔首：人民。《史記·秦始皇本紀》：「更名民曰黔首。」因爲當時老百姓用黑布包頭，所以稱爲黔首。黔：黑色。骨肉：比喻至親。《管子·輕重丁》：「兄弟相戚，骨肉相親。」

〔二〕比鄰：鄰居。王勃《送杜少府之任蜀州》詩：「天涯若比鄰。」

〔三〕「一髮」兩句：比喻局部與全體不可分割的關係。作者《上大學士書》：「但天下事，有牽一髮而全身爲之動者，不得不引申觸類及之也。」

〔四〕胞與言：宋張載《西銘》：「民吾同胞，物吾與也。」與：同黨，同類。

〔五〕「四海」兩句：比喻國家社會衰敗，個人不可能維持美滿的生活。秋氣：秋天肅殺蕭條之氣。《吕氏春秋·義賞》：「秋氣至則草木落。」

〔六〕宗周：周王都。指代周王朝。《詩·小雅·正月》：「赫赫宗周，褒姒滅之！」蠢蠢：動亂不安。《左傳·昭公二十四年》：「今王室實蠢蠢然，吾小國懼焉。」注：「蠢蠢，動擾貌。」

〔七〕嫠緯：寡婦織布機上的緯綫。嫠：寡婦。《左傳·昭公二十四年》：「嫠不恤其緯，而憂宗周之隕，爲將及焉。」意説，寡婦不擔心自己織布機的緯綫不够，反而擔心國家衰亡，那是因爲國破則家亡，自己亦難以生存。

〔八〕慨慷士：激勵風發、關心國事的人。

〔九〕「看花」兩句：在看花的時候，我想起黄河，它經常泛濫成災，給附近人民帶來很大痛苦。在對月的時候，又想到西北邊境很不平静，可能會牽動大局。按，黄河在道光初年水患極爲嚴重，每年撥銀三百多萬兩修治，毫無成效。道光六年諭旨即有「現在淮陽及安東海沭一帶皆成巨浸，小民蕩析離居，饑寒交迫」等語。同年又有新疆回族上層分子張格爾叛亂，和闐等地失守。因此作者有這兩句話。西秦：五胡十六國之一，在今甘肅西南部。這裏指代西北一帶。

〔一〇〕杞人：《列子・天瑞》：「杞國有人憂天地崩墜，身亡所寄，廢寢食者。」以後遂有「杞人憂天」的話，比喻無謂的擔心。

其　三

名理孕異夢〔一〕，秀句鐫春心〔二〕。莊騷兩靈鬼〔三〕，盤踞肝腸深〔四〕。古來不可兼〔五〕，方寸我何任〔六〕？所以志爲道〔七〕，淡宕生微吟〔八〕。一簫與一笛〔九〕，化作太古琴〔一〇〕。

〔一〕名理：辨名推理。春秋時代，我國出現名家學派，它以辨論名實爲宗旨。所謂「名實」，即概念與事實的關係。這一學派以公孫龍爲代表人物，現存《公孫龍子》六篇，可以窺見這一學派的主張。這裏作者泛指哲學。《世説・言語》：「裴僕射善談名理。」

〔二〕鎸春心：猶今言「塑造美好的心靈」。鎸：刻，鑿。春心：原指春日的心情。《楚辭・招魂》：「目極千里兮傷春心。」這裏指關懷社會的温熱的心。作者《秋夜花游》詩：「酒杯清復深，秋士多春心。」

〔三〕莊騷：《莊子》與《離騷》（兼及《楚辭》）。

〔四〕「盤踞」句：意指莊周與屈原對自己影響極深。作者《辨仙行》：「六藝但許莊騷鄰，芳香惻悱懷義仁，荒唐心苦余所親。」

〔五〕不可兼：指莊周式的哲理與屈原式的文藝不能兼而得之。作者《最録李白集》：「莊、屈實二，不可以并，并之以爲心，自白始。」

〔六〕方寸：心靈。任：負載，承擔。

〔七〕志：《論語・爲政》：「吾十有五而志於學。」爲道：踐行正確的道理。《禮・中庸》：「道不遠人，人之爲道而遠人，不可以爲道。」

〔八〕淡宕：恬静舒徐。這裏指不經不覺，自然而然。

〔九〕簫、笛：指自己的詩詞創作。是龔氏的特殊用語。作者《後游》詩：「前度未吹簫，今朝好吹笛。」

〔一〇〕太古琴：遠古時代的琴。句謂自己的詩詞格調高古，意藴深微，因此無法爲俗人所理解接受。白居易《廢琴》詩：「絲桐合爲琴，中有太古聲。」

其 四

我有秦時鏡〔一〕，窈窕龍鸞痕。我有漢宫玉〔二〕，觸手猶生温。我有墨九行〔三〕，驚鴻若可捫〔四〕。玉皇忽公道〔五〕，奇福三至門〔六〕。欲供三炷香，先消萬古魂。古春伴憂患〔七〕，詰屈生酸馨〔八〕。且摺三千本，贈與人間存。

〔一〕秦時鏡：作者收藏的秦代銅鏡。吴昌綬《定盦先生年譜》有注云：「昌綬得先生鏡拓一紙，自題云：『此羽琌山人平生第一寶也，手拓本丁亥付裝，記之。』又云：『都一百十又三字，别有釋文。』案：鏡銘罕逾百字者，此鏡徑三寸許，字細如髮，制作精絶，惜釋文已佚，拓本未能悉辨。原鏡不知流傳何所矣。」

〔二〕漢宫玉：指趙飛燕玉印。見《乙酉十二月十九日得漢鳳紐白玉印一枚……》詩注。

〔三〕墨九行：作者所藏王獻之書《洛神賦》刻石殘本，稱爲《宋刻洛神賦九行》。作者在跋尾中説：「王子敬《洛神賦》九行，百七十六字，用麻箋寫，宋徽宗刻石秘府，拓賜近臣者也。」又說：「此本即孫氏（按，孫承澤）藏，著録《庚子銷夏記》者也。入歙吴蘇谷家，又入揚州秦編修恩復家，秦丈以貺予。」

〔四〕「驚鴻」句：拓本中「翩若驚鴻」的字句，似乎拿手觸摸也可以感覺得到。　驚鴻：曹植《洛神賦》：「翩如驚鴻，婉若游龍。」這裏兼喻其字迹之飄逸。　捫：摸。

〔五〕玉皇：道教稱天帝爲玉皇大帝，簡稱玉皇。

〔六〕奇福：見《乙酉十二月十九日得漢鳳紐白玉印一枚……》詩「自誇」句注。

〔七〕古春：這裏喻指古代美好的遺物。李賀《蘭香神女廟》詩：「古春年年在。」

〔八〕詰屈：曲折。　馨：香氣。作者《驛鼓三首》之一詩：「小夢温馨亂客腸。」

其五

朝從屠沽游〔一〕，夕拉騶卒飲〔二〕。此意不可道，有若茹大鯁〔三〕。傳聞智勇人，傷心自鞭影〔四〕。蹉跎復蹉跎，黄金滿虚牝〔五〕。匣中龍劍光〔六〕，一鳴四壁静。夜夜輒一鳴，負汝汝難忍。出門何茫茫，天心牖其逞〔七〕。既窺豫讓橋〔八〕，復瞰軹深井〔九〕。長跪奠一卮〔一〇〕，風雲撲人冷〔一一〕。

〔一〕屠：宰殺牲畜的人。　沽：賣酒的人。《後漢書·禰衡傳》：「吾焉能從屠沽兒耶？」

〔二〕騶卒：被官府役使從事僕役性勞動的人，如馬夫、門子之類。作者《乙丙之際箸議第十九》：「田父、野老、騶卒之所習熟，今學士大夫謝之，以爲不屑知，自珍獲知之，而以爲創聞。」又張祖廉《定盦先生年譜外紀》云：「（先生）在京師，嘗乘驢車獨游豐臺，於芍藥深處藉地坐，拉一短衣人共飲，抗聲高歌，花片皆落。益陽湯郎中鵬過之，先生亦拉與共飲，問同坐何人，先生不答。郎中疑爲仙人，又疑爲俠，終不知其人。」按，此殆亦引車賣漿、屠沽騶卒之流。

〔三〕茹：吞吃。　鯁：魚骨。作者《行路易》詩：「我欲食江魚，江水澀嚨喉，魚骨亦不可以餐；冤屈復冤屈，果然龍蛇蟠我喉舌間，使我説天九難，説地九難。」又《上大學士書》：「如銜魚乙以爲茹，如藉猬栗以爲坐，細者五十餘條，大者六事。」魚乙，即鯁。

〔四〕「傷心」句：因爲傷時憂世，像良馬一樣，不等人家鞭策，只看見鞭影便快跑起來。暗示自己的改革社會的主張，並非受到什麽人的驅使，而是自己認爲應該這樣。　鞭影：《指月録》：「阿難白佛：『外道得何道理，稱贊而云？』世尊曰：『如此良馬，見鞭影而行。』」

〔五〕虚牝：低下的溪谷地帶。韓愈《贈崔立之評事》詩：「可憐無益費精神，有似黄金擲虚牝。」

〔六〕匣中龍劍：劍匣中的寶劍。比喻改革社會的理想、抱負。晉王嘉《拾遺記》卷一：「（帝顓頊）有曳影之劍，騰空而舒，若四方有兵，此劍則飛起指其方，則克伐；未用之時，常於匣裏如龍虎之吟。」

〔七〕天心：天帝之心。《書·咸有一德》：「克享天心，受天明命。」 牖：啓發，誘導。 逞：快意。

〔八〕豫讓橋：豫讓是戰國時晉人，爲晉卿智伯家臣。後趙襄子滅智氏，他用漆塗身，又吞炭使啞，躲在橋下，謀刺趙襄子，爲智伯報仇，失敗被捕後，求得趙氏衣服，拔劍擊衣，然後伏劍自殺。

〔九〕瞰：俯視，向下看。 軹深井：聶政是戰國時刺客，韓國軹邑（今河南省濟源縣南）深井里人。嚴遂（仲子）與韓相俠累有怨，求聶政刺之，聶初以母在不許。母死，聶政乃獨行仗劍刺殺俠累，然後毀形自殺。

〔一〇〕長跪：古人席地而坐，屈膝到地，屁股靠着脚跟；從坐的姿態改變爲挺起腰腿，雙膝着地，稱爲長跪，是向人致敬的表示。 奠一卮：獻上一杯酒致祭。 奠：設酒食以祭。

〔一一〕風雲：比喻節烈的氣概。 庾信《朱雲折檻贊》：「身摧欄檻，義烈風雲。」

其六

造化大癰痔，斯言韓柳共〔一〕。我思文人言，毋乃太驚衆。儒家守門户，家法毋徇縱〔二〕。事天如事親〔三〕，誰云小兒弄〔四〕。我身我不有〔五〕，周旋折旋奉〔六〕。不然命何物，夏后氏特重〔七〕。亦有衛武公〔八〕，靡樂在矇誦〔九〕。智慧固不工〔一〇〕，趨避矧無用〔一一〕。一日所履歷〔一二〕，一夕自甄綜〔一三〕。神明甘如飴〔一四〕，何處容隱痛？沈沈察其幾〔一五〕，默默課於夢。少年讕語多〔一六〕，斯言粹無縫。患難汝何物，屹者爲汝動〔一七〕。

〔一〕「造化」兩句：柳宗元《天説》：「韓愈謂柳子曰：若知天之説乎？吾爲子言天之説……夫果蓏飲食既壞，蟲生之；人之血氣敗逆壅底，爲癰瘍疣贅瘻痔，蟲生之……物壞，由蟲之生；元氣陰陽之壞，由人之生……吾意有能殘斯人使日薄月削，禍元氣陰陽者滋少，是則有功於天地者也，繁而息之者，天地之讎也。」這段話大意是：人對大自然，正如疾病和病菌之於人身，一點都没有好處，所以大自然是討厭人類的，減少人類，是有功於大自然的。柳宗元却以唯物主義精神指出：「天地，大果蓏也；元氣，大癰痔也；陰陽，大草木也。其烏能賞功而罰禍乎？」柳宗元認爲，所謂天地、元氣、陰陽，不過等於瓜果、癰痔、草木，是自然界物質的一部分，它根本不能獎賞好人，也不能懲罰壞人。祈求上天主持公道，那是毫無用處的。

〔二〕家法：儒家經學師弟相傳的一家一派的見解。《後漢書・儒林傳・序》：「於是立五經博士，各以家法教授。」徇縱：放棄或改變。徇：舍己從人。縱：放逸，恣肆。

〔三〕「事天」句：《禮・哀公問》：「是故仁人之事親也如事天，事天如事親。是故孝子成身。」

事：侍奉。

〔四〕小兒弄：小兒游戲。《新唐書・杜審言傳》：「審言病甚，宋之問、武平一等省候何如，答曰：『甚爲造化小兒所苦，尚何言？』」

〔五〕「我身」句：《莊子・知北游》：「舜曰：『吾身非吾有也，孰有之哉？』」蘇軾《臨江仙》詞：「長恨此身非我有，何時忘却營營？」

〔六〕「周旋」句：只是一種周旋進退的工具。周旋：應接別人。《左傳・文公十八年》：「先大夫臧文仲教行父事君之禮，行父奉以周旋，弗敢失墜。」折旋：同折還。《禮・玉藻》：「折還中矩。」

〔七〕「不然」兩句：《書・益稷》：「禹曰……天其申命用休。」蔡沈傳：「天豈不重命而用休美乎？」《淮南子・精神訓》：「禹曰：吾受命於天，竭力而勞萬民。」夏后氏：夏禹。

〔八〕衛武公：春秋時衛國國君，前八一二年至前七五八年在位。

〔九〕靡樂：喜樂，愛好。矇誦：《國語・周語》「矇誦」注：「有眸子而無見曰矇。《周禮》矇主弦歌諷誦，謂箴諫之語也。」《國語・楚語》上：「衛武公年數九十有五……臨事，有瞽史之導；宴居，有師工之誦。史不失書，矇不失誦，以訓御之，於是乎作懿詩以自儆也。」

〔一〇〕智慧不工：智慧無法施展它的本領。工：擅長，高明。《孟子・公孫丑》上：「雖有智慧，不如乘勢。」

〔一一〕矧：何況。
〔一二〕履歷：經歷。
〔一三〕甄綜：分析總結。
〔一四〕甘如飴：像糖那樣甜蜜。《詩・大雅・綿》：「堇荼如飴。」
〔一五〕察其幾：觀察它（指生命）的細微隱秘之處。幾，隱微之處。
〔一六〕讕語：虚浮妄誕之言。
〔一七〕屹者：獨立特行、堅定不移的人。屹，山高聳的樣子。

其七

我生愛前輩，匪盡獲我心〔一〕。論交少年場〔二〕，歲月逝駸駸〔三〕。少年太飛揚，由哀樂不深〔四〕。礌硠聽高談〔五〕，有諦難爲尋〔六〕。風霜欺脆枝〔七〕，金石成苦音〔八〕。前輩即背謬〔九〕，厥謬亦沈沈〔一〇〕。

〔一〕匪：非。　獲我心：令我稱心、滿意；使我心悦誠服。《詩・邶風・緑衣》：「我思古人，實獲我心。」
〔二〕少年場：少年人的圈子裏。古樂府有《結客少年場行》。《樂府詩集》云：「結客少年場，言少年時結任俠之客，爲游樂之場，終而無成，故作此曲也。」

〔三〕駸駸：迅速的樣子。

〔四〕哀樂不深：哀和樂的感情都很浮淺。辛棄疾《醜奴兒·書博山道中壁》詞：「少年不識愁滋味，愛上層樓。愛上層樓，爲賦新詞强説愁。」《晉書·王羲之傳》：「中年以來，傷於哀樂，與親友别，輒作數日惡。」都可以説明少年哀樂不深。

〔五〕礧硠：又作「雷硠」，巨大的響聲。韓愈《調張籍》詩：「乾坤擺雷硠。」

〔六〕諦：佛家語。道理。

〔七〕風霜：比喻艱難困苦；這裏特指反動勢力。《後漢書·盧植傳論》：「風霜以别草木之性，危亂而見貞良之節。」

〔八〕金石：鐘磬之類的打擊樂器。唐錢起《省試湘靈鼓瑟》詩：「苦調凄金石，清音入杳冥。」

〔九〕背謬：荒謬背理。

〔一〇〕「厥謬」句：那荒謬也是深沉的。

其八

弱齡羨高隱〔一〕，端居媚幽獨〔二〕。晨誦白駒詩〔三〕，相思在空谷〔四〕。稍長誦楚些〔五〕，招魂招且讀〔六〕。陳爲樂之方〔七〕，巫陽語何縟〔八〕？嘉遁苦太清〔九〕，行樂苦太濁。願言移歌鐘〔一〇〕，來就伊人躅〔一一〕。天涯富蘭蕙〔一二〕，吾心富丘壑〔一三〕。蹉跎復蹉跎，芳流兩寂寞〔一四〕。忽忽生遐心，終朝閟金玉〔一五〕。

〔一〕弱齡：少年時候。　高隱：指隱居的高士。《南史·阮孝緒傳》：「著《高隱傳》，上自炎黄，終於天監末，斟酌分爲三品。」

〔二〕端居：安居，閑居。　媚：愛。《詩·大雅·卷阿》：「媚於天子。」箋：「媚，愛也。」　幽獨：默然獨處。張衡《思玄賦》：「幽獨守此仄陋兮。」

〔三〕白駒詩：指《詩·小雅·白駒》。舊説詩人諷刺周宣王不能任用賢人，以致賢人騎着白馬回家鄉去。

〔四〕在空谷：指在空谷的高人隱士。《白駒》：「皎皎白駒，在彼空谷。生芻一束，其人如玉。」

〔五〕楚些：即《楚辭》。其中有些篇章用「些」（音娑去聲）這一特殊的語尾助詞，所以也稱「楚些」。

〔六〕招魂：《楚辭》中的一篇，相傳是宋玉所作，以招屈原之魂；也有人説是屈原自招其魂，或招楚懷王之魂。

〔七〕陳：陳述。　爲樂之方：取樂的方法。《招魂》假借巫陽的語氣，向被招的靈魂講了一大套動聽的話，希望靈魂回來。其中羅列居住之美，飲食之豐，衣服之麗，歌舞之佳以及美女、僕從如何嬌好的話。

〔八〕巫陽：古筮師名。《楚辭・招魂》：「帝告巫陽曰：『有人在下，我欲輔之。魂魄離散，汝筮予之。』」縟：繁瑣。

〔九〕嘉遁：真正的隱逸。《易・遁》：「嘉遁貞吉。」

〔一〇〕願言：希望。言，語助詞。歌鐘：即編鐘，用來配合歌唱，故稱。這裏泛指樂器。

〔一一〕躅：脚迹。

〔一二〕蘭蕙：兩種香草。比喻君子賢人。屈原《離騷》：「吾既滋蘭之九畹兮，又樹蕙之百畝。」唐褚遂良《安德山池宴集》詩：「良朋比蘭蕙。」

〔一三〕丘壑：高山深谷。黄庭堅《題子瞻枯木》詩：「胸中元自有丘壑，故作老木蟠風霜。」

〔一四〕「芳流」句：致使蘭蕙和丘壑都感到寂寞。意指賢者無友，丘壑無主。

〔一五〕「忽忽」兩句：悠悠忽忽地，我産生了疏遠社會的心，終日不言不語，把美好的理想藏在心裏。宋玉《高唐賦》：「悠悠忽忽，怊悵自失。」遐心：疏遠之心。《詩・小雅・白駒》：「毋金玉爾音，而有遐心。」箋：「毋愛女聲音而有遠我之心。」閟：閉藏。

其九

一代功令開〔一〕，一代人材起。雖生雲礽朝〔二〕，實增祖宗美。曰開國之留〔三〕，其言在青史。何代無先君〔四〕，何時無哲士〔五〕？煌煌祖宗心，斯人獨稱旨〔六〕。天姿若麟鳳，宏加以切劘〔七〕。稽古有遥源〔八〕，遵王無要軌〔九〕。在昔與先民，三稱口容止〔一〇〕。少壯心力殫〔一一〕，匪但求榮仕〔一二〕，有高千載心〔一三〕，爲本朝瑰瑋〔一四〕。人或玷功令〔一五〕，功令不任誹〔一六〕。屋漏胎此心，九廟赫在咫〔一七〕。天步其艱哉〔一八〕，光岳鍾難恃〔一九〕。盲氣六合來〔二〇〕，初日照濛汜〔二一〕。抱此葵藿孤〔二二〕，斯人拙無比〔二三〕。一夫起鋤之〔二四〕，萬夫孰指使〔二五〕？一夫怒用目〔二六〕，萬夫怒用耳〔二七〕。目怒活猶可，耳怒殺我矣〔二八〕。去去亦何求？買山請歸爾〔二九〕。不先百年生，難向蒼蒼理〔三〇〕。箸書落人間，高名亦難毀；其言明且清〔三一〕，胡由妒神鬼？大藥可延年，名山可送死。死生竟何憾，將毋九廟耻〔三二〕？

【校】

此爲《破戒草》詩。「盲氣六合來」：「盲」，吴本、堂本、「四部」本、「文庫」本、「續四庫」本、王本、類編本、王校本皆作「肓」。唯邃本作「盲」。王本、類編本、王校本於「肓」下注：「一本作『盲』。」周按，作「盲」是，作「肓」誤。

〔一〕功令：有關考核、録用學者的條令。《史記・儒林傳序》：「太史公曰：『余讀功令，至於廣厲學官之路，未嘗不廢書而嘆也。』」索隱：「按：謂學者課功著之於令，即今之學令是也。」

這裏指科舉制度。

〔二〕雲礽：《爾雅·釋親》：「玄孫之子爲來孫，來孫之子爲晜孫，晜孫之子爲仍孫，仍孫之子爲雲孫。」仍，通「礽」。這裏指開國以後的若干代皇帝。

〔三〕開國之留：這裏指科舉考試制度。

〔四〕先君：前代的賢君。

〔五〕哲士：聰明賢能的人。

〔六〕「煌煌」兩句：開國皇帝的心理，在於如何維持統治；提出實行科舉制度的人正好符合皇帝的心意。按，科舉考試，清代沿用明代的辦法。康熙二年曾一度廢止八股文，只考策論，實行了兩科，禮部侍郎黄機奏稱，制科向係三場，今止用策論，減去一場，似覺太易，且不用經文爲文，人將置聖賢之學於不講。康熙七年又恢復八股文。

〔七〕「宏加」句：再加上切磋琢磨的功夫使他學識廣博。切劘：磨煉，切磋。

〔八〕稽古：追索、考察古代。遥源：遥遠的源頭。庾信《周兖州刺史廣饒公宇文公神道碑》：「高陽之子，少典之孫，蒼林遠遘，若水遥源。」

〔九〕遵王：遵循、恪守先王之道。《書·洪範》：「無偏無陂，遵王之義；無有作好，遵王之道；無有作惡，遵王之路。」覂軌：覆車。覂：《説文》：「覆也。」

〔一〇〕「在昔」兩句：對於在昔和先民，反覆稱道，態度恭敬。《書·伊訓》：「弗咈先民時若」疏：

「《周語》云：『先民，古賢人也。』《魯語》云：『古曰在昔，昔曰先民。』然則先民在古昔之前，遠言之也。」《詩·商頌·那》：「自古在昔，先民有作。」　三稱：多次稱説。三，表示多。韓愈詩：「闖然入其户，三稱天下言。」　口容止：《禮·玉藻》：「君子之容舒遲，見所尊者齊遬，足容重，手容恭，目容端，口容止。」注：「不妄動也。」

〔一一〕心力殫：用盡心力；竭盡心血。殫：罄盡。《己亥雜詩》六十：「華年心力九分殫，淚漬蟫魚死不乾。」自注：「抱功令文二千篇，見歸安姚先生學塽。」可見這句是指在科舉文章上費盡心血。

〔一二〕榮仕：當高官顯宦。

〔一三〕高千載心：高出千載之上的志向、心願。

〔一四〕瑰瑋：奇麗特異。《三國志·蜀書·許靖傳》：「文休倜儻瑰瑋，有當世之具，足下當以爲指南。」

〔一五〕玷功令：玷污了科舉制度。這是指科舉場中的舞弊行爲等。

〔一六〕不任誹：意謂「功令」本身没有問題，不能歸咎於它。

〔一七〕「屋漏」兩句：懷着不欺暗室的嚴肅心情，猶如先帝的神靈赫然近在眼前。　屋漏：舊説指房屋的西北角。《禮·中庸》「尚不愧於屋漏」疏：「言君子之人在室之中，屋漏雖無人之處，不敢爲非。」　胎：孕育。　九廟：封建帝王的祖廟。　赫：光輝，顯明。　咫：周尺八寸，相當現在公制二百零七毫米。　按，以上一大段，作者肯定在開國之初，朝廷采用科舉考試制度，起了發現人材的作用；　而當時的讀書人，也抱着遵先王之道的精神，嚴肅對待考試，以便在朝廷上發揮才智，建立功業，成爲高出千載之上的本朝名臣賢相。

〔一八〕天步艱哉：國家命運進入困難時期。　天步：國運。《詩・小雅・白華》：「天步艱難。」

〔一九〕「光岳」句：所謂三光、五岳靈氣所鍾的説法，如今也靠不住了。　光岳：日月星辰和五岳大地。　封建帝王常常誇説自己是日月星辰下凡，或山川靈氣積聚而生。　鍾：匯聚。　杜甫《望岳》詩：「造化鍾神秀。」

〔二〇〕盲氣：狂風。《禮・月令》：「仲秋之月，盲風至。」注：「疾風也。」《莊子・齊物論》：「大塊噫氣，其名爲風。」　六合：天地四方。《莊子・齊物論》：「六合之外，聖人存而不論。」

〔二一〕濛汜：日月西落之處。《楚辭・天問》：「日月安屬？　列星安陳？　出自湯谷，次於蒙汜。」王逸注：「汜，水涯也。　日出東方湯谷之中，暮入西極蒙水之涯。」蒙，一作「濛」。

〔二二〕「抱此」句：我抱着葵藿傾向太陽似的耿耿孤忠。　葵藿：葵和豆葉。　曹植《求通親親表》：「若葵藿之傾葉，太陽雖不爲之回光，然終向之者，誠也。　臣竊自比葵藿。」《宋書・彭城王義康傳》：「臣草莽微臣……敢抱葵藿傾陽之心。」杜甫《自京赴奉先縣咏懷五百字》詩：「葵藿傾太陽，物性固難奪。」　孤：孤忠。　得不到鑒察、支持的耿耿忠心。

〔二三〕斯人：作者自指。　拙無比：不識時務，愚蠢之至。　拙：杜甫《自京赴奉先縣咏懷五百字》：「杜陵有布衣，老大意轉拙。許身一何愚，竊比稷與契。」按，以上兩句暗指作者曾提出改變科舉考試制度的主張。他有一篇《述思古子議》，主張廢除八股文，仿照漢代「諷書射策」的辦法，來考選士子。他指出八股文是强解經義的「侮經」，試帖詩是「强爲感慨」，而文體又是「唱嘆蔓衍」，毫無實用價值。

〔二四〕鋤：鏟除。指鏟除自己的議論、主張。漢朱虚侯《耕田歌》：「非其種者，鋤而去之。」

〔二五〕「萬夫」句：暗指有人煽風點火，鼓動更多的人來反對自己。

〔二六〕怒用目：由於親眼看到而發怒。

〔二七〕怒用耳：只是聽到造謡的話便發怒。

〔二八〕「目怒」兩句：得罪一個人還可以活下去，得罪了上萬人就活不成了。古樂府《獨漉篇》：「獨漉獨漉，水深泥濁。泥濁尚可，水深殺我。」爲句法所本。

〔二九〕買山請歸：回到家鄉買塊地歸隱。《世説・排調》：「未聞巢由買山而隱。」

〔三〇〕「不先」兩句：生在百年前，還有申辯的餘地，現在是連向上天申辯的可能性都没有了。蒼蒼：指天。《莊子・逍遥游》：「天之蒼蒼，其正色邪？」理：説理，申辯。

〔三一〕明且清：《禮・緇衣》：「《詩》云：『昔吾有先正，其言明且清，國家以寧，都邑以成，庶民以生。』」

〔三二〕「死生」兩句：個人的生死有什麽關係，我便是死了也並無遺憾，只是你們死抱着衰亡腐朽的東西不放手，豈不是連皇帝的先靈也要感到恥辱嗎？　按，以上一大段，作者指出時世已經不同，情況也發生變化，科舉制度一定要加以改變。這一主張立刻受到大地主大官僚集團的强烈反對，甚至煽動不明真相的人企圖加害。但是作者並没有收回自己的主張。

其　十

蘭臺序九流〔一〕，儒家但居一。諸師自有真〔二〕，未肯附儒術。後代儒益尊〔三〕，儒者顔益厚。洋洋朝野間，流亦不止九。不知古九流，存亡今孰多？或言儒先亡，此語又如何〔四〕？

【校】

此爲《破戒草》詩。　「儒家」：諸本皆同。「家」下邃本注：「一作『也』。」

〔一〕蘭臺：漢朝宫内藏圖籍之處。東漢史家班固曾官蘭臺令史。他在《漢書·藝文志·諸子略》中，把先秦學術分爲十個派别，即儒家者流、道家者流、陰陽家者流、法家者流、名家者流、墨家者流、縱横家者流、雜家者流、農家者流和小説家者流。但又説：「諸子十家，其可觀者九家而已。」把小説家排除在外，因此後世只稱爲九流。　序：通叙。班固對各流派都有一段序言式的文字加以介紹。

〔二〕諸師：指儒家以外各學派的開創者。　自有真：有自己的獨立見解。

〔三〕「後代」句：按，自從漢武帝采納董仲舒的意見，罷黜百家，獨尊儒術以來，儒家受到歷代統治者的尊崇，不但在學術界取得壓倒一切的權威地位，其思想體系更成爲整個封建社會的統治支柱之一。

〔四〕「或言」兩句：按，班固在當時已經慨嘆：「儒家者流……於道最爲高。……然惑者既失精微，而辟者又隨時抑揚，違離道本，苟以嘩衆取寵。後進循之，是以五經乖析，儒學寖衰。」（《漢書·藝文志》）經過二千多年的變化，作者認爲這種「違離道本」的現象更加嚴重，後世儒家實際上已變了質，和先秦儒家有很大不同，故詩中這樣説。

其十一

壽短苦心長，心緒每不竟〔一〕。豈徒庸庸流，賫志有賢聖〔二〕。爲鬼那能續〔三〕，他生渺茫更〔四〕。所以難放達，思得賢子孫。繼志與述事〔五〕，大哉孝之源。長夜集百端，早起無一言。倘能心親心，即是續親壽。呼兒將告之，晝然先自疚〔六〕。

〔一〕心緒不竟：來不及想清楚一件事情，又轉到另一件事情上去。竟：終盡，完成。

〔二〕賫志：懷抱大志。

〔三〕爲鬼：指死亡。
〔四〕渺茫更：更渺茫。爲押韻而改變語序。
〔五〕繼志：繼承先人的志願。述事：闡揚先人的事業。《禮·中庸》：「夫孝者，善繼人之志，善述人之事者也。」
〔六〕盡然：傷心的樣子。《書·酒誥》：「民罔不盡傷心。」

其十二

中年何寡歡？心緒不縹緲〔一〕。人事日齷齪〔二〕，獨笑時頗少。忽憶姚歸安〔三〕，錫我箴銘早〔四〕：雅俗同一源，盍向源頭討？汝自界限之，心光眼光小。萬事之波瀾，文章天然好〔五〕。不見六經語，三代俗語多〔六〕？孔一以貫之〔七〕，不一待如何？實悟實證後，無道亦無魔〔八〕。

〔一〕縹緲：形容像烟雲一樣靈活。
〔二〕齷齪：庸俗可厭。
〔三〕姚歸安：姚學塽。見《柬王徵君並約其偕訪歸安姚先生》詩注。
〔四〕錫：賜。箴銘：古代文體名。箴是規戒性的韻文；銘則兼用於規戒與褒揚，故後人常以兩者並稱。

〔五〕「萬事」兩句：根據萬物活動的不同形態寫出來的文章，是天然地美好。

〔六〕三代：夏、商、周。

〔七〕一以貫之：《論語·里仁》：「子曰：『吾道一以貫之。』」原指他的學説貫穿着一個基本觀念。但作者這裏談的是雅俗，意思説孔子整理古籍，對於雅言、俗語一視同仁，不加歧視。與原意有異。

〔八〕「無道」句：雅的東西無所謂正道，俗的東西也無所謂魔道了。意指打破雅俗的界限，便不再產生厚此薄彼的想法。

其十三

曉枕心氣清，奇淚忽盈把〔一〕。少年愛惻悱〔二〕，芳意嫭幽雅〔三〕。黄塵澒洞中〔四〕，古抱不可寫〔五〕。萬言摧燒之，奇氣又瘖啞〔六〕。心死竟何云〔七〕？結習幸漸寡。憂患稍稍平，此心即佛者。獨有愛根在〔八〕，拔之暑難下〔九〕。夢中慈母來，絮絮如何舍？

〔一〕奇淚：莫明所以、忽而其來的眼淚。

〔二〕惻悱：凄酸憂鬱。這裏指《楚辭》一類文章。

〔三〕婥：美好的樣子。

〔四〕澒洞：盛大而紛亂。

〔五〕古抱：不同流俗的襟懷。　寫：同「瀉」，宣泄。

〔六〕瘖啞：啞口不言。這裏指窒息。

〔七〕心死：心情沮喪、意志消沉到極點。《莊子·田子方》：「夫哀莫大於心死，而人死亦次之。」

〔八〕愛根：恩愛的感情。根：佛家語。佛教認爲凡因接觸外界事物而産生感覺的，都稱爲根，如眼、耳、鼻、舌、身、意，稱爲六根。

〔九〕謈：《説文》：「大呼自冤也。」《漢書·東方朔傳》：「(郭)舍人不勝痛，呼謈。」

其十四

危哉昔幾敗，萬仞墮無垠〔一〕。不知有憂患，文字樊其身〔二〕。豈但戀文字，嗜好雜甘辛。出入仙俠間，奇悍無等倫〔三〕。漸漸疑百家，中無要道津〔四〕。縱使精氣留，碌碌爲星辰。聞道幸不遲，多難乃緣因〔五〕。空王開覺路〔六〕，網盡傷心民。

〔一〕「萬仞」句：猶如從萬丈高山跌進無底深淵。

〔二〕樊：以籬笆圍繞。這裏意指沉浸於其中。

〔三〕無等倫：没有誰比得上。等倫：同輩。
〔四〕津：渡口。這裏比喻指引真理的方向。
〔五〕緣因：佛家語。《大藏法數》卷四：「謂一切功德善根，資助了因，開發正因之性，故名緣因。」

按，作者所聞的「道」，其實是指佛教的唯心主義哲學，這是作者在政治上失意和遭受一連串打擊以後產生的消極思想，反映了作者的階級局限和思想弱點。

〔六〕空王：佛的另稱。《圓覺經》：「佛爲萬法之王，又曰空王。」

其十五

戒詩昔有詩〔一〕，庚辰詩語繁〔二〕。第一欲言者，古來難明言〔三〕。姑將譎言之〔四〕，未言聲又吞。不求鬼神諒，矧向生人道？東雲露一鱗，西雲露一爪。與其見鱗爪，何如鱗爪無！況凡所云云，又鱗爪之餘！懺悔首文字，潛心戰空虛〔五〕。今年真戒詩，才盡何傷乎！

〔一〕戒詩：見《戒詩五章》注〔一〕。
〔二〕庚辰：嘉慶二十五年（一八二〇）。
〔三〕「第一」兩句：最想説的最重要的話，自古以來都是難以明白説出來的。

〔四〕譎言：用權變詭詐的話去説。這裏指變換一種方式去申説。

〔五〕戰空虚：鍛煉進入空虚的境界。意指修煉佛法。

棗花寺海棠下感春而作〔一〕

詞流百輩花間盡〔二〕，此是宣南掌故花〔三〕。大隱金門不歸去〔四〕，又來蕭寺問年華〔五〕。

〔一〕棗花寺：即崇效寺，在北京外城白紙坊。徐珂《清稗類鈔·園林類》：「京都崇效寺花事最盛，順、康時以棗花名，乾隆中以丁香名，光緒中以牡丹名。然都人士皆呼之爲棗花寺。」

〔二〕花間盡：在花開花落之中，隨着時間流逝而消失乾净。王安石《雜咏五首》之二詩：「歌舞可憐人暗换，花開花落幾春風。」

〔三〕宣南：北京宣武門南的簡稱。　掌故花：因爲崇效寺海棠和許多文人的軼聞掌故有關，故稱。

〔四〕大隱金門：指住在京師。晉王康琚《反招隱》詩：「小隱隱陵藪，大隱隱朝市。」金門：金馬門，漢代長安宫殿門名。這裏借指北京。李白《玉壺吟》：「世人不識東方朔，大隱金門是謫仙。」

〔五〕蕭寺：佛寺。唐李肇《國史補》：「梁武帝（蕭衍）造寺，命蕭子雲飛白大書一『蕭』字，後寺毁，惟此一字獨存。」後稱佛寺爲蕭寺。

按，嘉慶、道光間，崇效寺海棠很盛，文人酒會常在這裏舉行，屢見賦咏。如趙懷玉《崇效寺看花歌》有「就中海棠更佳絶，垂絲帳暖春沈沈」句，秦瀛《清明後三日過崇效寺看花》詩有「春風昨夜海棠顛，游冶青驄非少年」句，孫原湘《崇效寺看海棠》詩有「離花一里見花頂，白雲繞寺成紅霞」句，均可見海棠盛況。又作者在道光二年（一八二二）應壬午恩科會試後等候放榜，曾和朋友到崇效寺集會。楊鍾羲《雪橋詩話》卷十記云：「夏玉延（按，名寶晉，高郵人），頻伽（按，郭麐）婿也，壬午造榜日，吴蘭雪（按，吴嵩梁）招客棗花寺，二十四客集者才十四人，既而稍稍引去，惟蘭雪首唱一詩，雪樵和之，玉年、受笙各作一畫，定盦填《一蕚紅》詞，玉延次韻。想見長安聽榜情味。」這次集會在寫這首詩之前五年，作者所以有「問年華」的感嘆。龔氏的《一蕚紅》詞，今未見，想是編集時删去。又，孔憲彝《對岳樓詩續録》有《尺五莊餞春雅集》七古一首，約寫於道光十九至二十年間。詩中有句云：「人生行樂感慨繫，花時聚散曾前歲。眼前不見龔舍人，六橋烟水誰聯轡？（自注：戊戌春，曾同龔定盦儀部崇效寺看花。）」戊戌是道光十八年。孔寫此詩時，龔氏已經離開北京，故有「眼前不見」的話。又，翁同龢《策馬獨游花之寺看海棠》詩：「乾嘉以後詞流盡，莫問城南掌故花。（原注：「詞流百輩花間盡，此是宣南掌故花」，近人龔瑟人海棠詩也。）剩有老舲詩句在，斷縑殘字補窗紗。」

西郊落花歌

出豐宜門一里〔一〕，海棠大十圍者八九十本。花時車馬太盛，未嘗過也。三月二十六日，大風；明日風少定，則偕金禮部應城、汪孝廉潭、朱上舍祖轂、家弟自穀出城飲而有此作〔二〕。

西郊落花天下奇，古來但賦傷春詩。西郊車馬一朝盡，定盦先生沽酒來賞之。先生探春人不覺，先生送春人又嗤。呼朋亦得三四子，出城失色神皆癡。如錢唐潮夜澎湃〔三〕，如昆陽戰晨披靡〔四〕，如八萬四千天女洗臉罷〔五〕，齊向此地傾胭脂。奇龍怪鳳愛漂泊，琴高之鯉何反欲上天爲〔六〕？玉皇宮中空若洗，三十六界無一青蛾眉〔七〕。又如先生平日之憂患，恍惚怪誕百出無窮期。先生讀書盡三藏〔八〕，最喜維摩卷裹多清詞〔九〕。又聞净土落花深四寸〔一〇〕，冥目觀想尤神馳。西方净國未可到，下筆綺語何漓漓〔一一〕！安得樹有不盡之花更雨新好者〔一二〕，三百六十日長是落花時。

【校】

此爲《破戒草》詩。題：吴系諸本及王校本同。王本、類編本題下增「有序」二字。本書從吴本。「玉皇宫中空若洗」：諸本皆同。「中」下邃本注：「一無此字。」王本、類編本、王校本注：「一本無『中』字。」

〔一〕豐宜門：金代京城（中都）南面城門，舊址約在北京右安門（俗呼南西門）外西南，似在今右安門與豐臺間。朱一新《京師坊巷志稿》：「考豐宜門，金之正南門，見《大金國志》。兹地當城南關廂，與《憫忠寺記》『門臨康衢』之言足資參證。范成大《攬轡録》：乾道六年使金，至燕山城外燕賓館，緣城過新石橋，中以杈子隔絶，道左邊過橋，入豐宜門，即外城門也。」張祥河《關隴輿中偶憶》：「京師豐宜門外三官廟，海棠最盛，花時爲士大夫宴集之所。」

〔二〕金應城：浙江錢塘人，作者友人金應麟之弟，時在禮部任職。汪潭：字印三，號寄松，浙江錢塘人。舉人。朱祖轂、龔自穀：生平不詳。上舍：清代對監生的稱呼。

〔三〕錢唐潮：宋祝穆《方輿勝覽》：「錢塘每晝夜潮再上，至八月十八日尤大。」

〔四〕昆陽戰：歷史上以弱勝强的著名戰役。公元二三年，漢光武帝劉秀爲了解除王莽軍隊對昆陽（故城在今河南省葉縣境）的包圍，帶領八九千人同敵人進行决戰。那時敵軍共有四十餘萬，但劉秀利用敵軍將領王尋、王邑輕敵懈怠的弱點，用精兵三千突破王莽軍隊的中堅，乘鋭進擊，大破敵軍。《後漢書·光武帝紀》記載這次戰役中最激烈的場面時説：「城中亦鼓噪而出，中外合埶（勢），震呼動天地。莽兵大潰，走者相騰踐，奔殪百餘里間。會大雷風，屋瓦皆飛，雨下如注，滍川盛溢，虎豹皆股戰，士卒争赴，溺死者以萬數，水爲不流。」

陸游《春寒》詩：「震瓦戰昆陽。」披靡：軍隊潰敗。

〔五〕八萬四千：佛經中形容事物極多時，常説八萬四千。如「八萬四千塵勞」、「八萬四千法門」等。作者《戒詩五章》之五：「橫看與側看，八萬四千好。」

〔六〕「奇龍」兩句：形容落花漫天飛舞的情景。琴高：人名。唐陸廣微《吴地記》：「乘魚橋在交瀆。郡人丁法海與琴高友善，高世隱不仕，共營東皋之田。時歲大稔，二人同行田畔，忽見一大鯉魚，長可丈餘，一角兩足雙翼，舞於高田。法海試上魚背，静然不動，良久遂下。請高登魚背，魚乃舉翼飛騰，冲天而去。」鮑照《代白紵舞歌詞四首》之四：「池中赤鯉庖所捐，琴高乘去騰上天。」

〔七〕三十六界：即三十六天。佛家、道家都説上界有三十六天。青蛾眉：青色的彎彎的眉毛。指代女子。古代婦女拿黛畫眉，黛色近青。全句比喻樹上無花。

〔八〕三藏：佛教典籍經藏、律藏、論藏的總稱，包括一切佛教法義。

〔九〕維摩卷：即《維摩詰所説經》，有鳩摩羅什譯本。天女散花的故事，就出自這部佛經。

〔一〇〕净土：佛家語。指莊嚴潔净的極樂世界。落花深四寸：《瓔珞經・普稱品》：「於其空中而興微雲，雨諸香花，時空中花積至於膝。」《無量壽經》：「風吹散華，遍滿佛土，隨色次第，而不雜亂，柔軟光澤，馨香芬烈，足履其上，陷下四寸，隨舉足已，還復如故。」

〔一一〕綺語：佛教認爲穢雜不正的話，是佛戒「十惡」之一。漓漓：水滲入地下的樣子。這裏是形容詞語揮灑散布。

〔一二〕更雨新好者：《妙法蓮華經·化城喻品》：「香風吹萎華，更雨新好者。」雨：用作動詞。撒下，落下。

述懷呈姚侍講元之 有序〔一〕

憶在江左之歲〔二〕，喜從人借書，人來借者尤盛。鈕非石樹玉、何夢華元錫助其搜討〔三〕。凡文淵閣未著録者〔四〕，及流傳本之據善本校者，必輾轉録副歸〔五〕。辛巳之京師〔六〕，則有程大理同文、秦編修恩復兩君〔七〕，皆與予約，每得一異書，互相借鈔，無虚旬。無何，大理使關東，編修還揚州，而余竟以母憂去〔八〕。先母憂半年，吾家火。至丙戌〔九〕，復之京師，距煨燼已五年，書頗少；又客籍皆變易〔一〇〕，好事者稀，此事闃寂久矣〔一一〕。丁亥春〔一二〕，姚侍講忽來借乙部諸書〔一三〕。以歲月之不居也，與學殖之就荒落也〔一四〕，感而作詩。

祭書歲歲溯從壬〔一五〕，自壬午災後，歲以酒醢祭亡書百種〔一六〕。無復搜羅百氏心〔一七〕。爲道敢云能日損〔一八〕，崇朝結習觸何深〔一九〕！上方委宛空先讀〔二〇〕，阮公元撫浙日，進七閣未著録書百種，睿廟時錫名《委宛别藏》〔二一〕。副墨浙中有之〔二二〕。同志徐王仗續尋〔二三〕。星伯舍人，北堂徵君，蒐羅精博，日下無過之者〔二四〕。定有雄文移七閣〔二五〕，跂公好事冠儒林〔二六〕。

〔一〕姚侍講：姚元之（一七七三—一八五二），字伯昂，號薦青，又號竹葉亭生，晚號五不翁，安徽桐城人。嘉慶十年進士，授編修，道光六年擢翰林院侍講，歷官工部、兵部、刑部侍郎，內閣學士。著有《竹葉亭雜詩稿》、《竹葉亭雜記》。

〔二〕在江左之歲：嘉慶二十一年（一八一六），作者隨侍父親在上海居住。江左：江東，指南京以下的長江南岸地區。

〔三〕鈕非石：見《題紅蕙花詩册尾》詩注。何夢華：何元錫，字夢華，浙江錢塘人。精目録學，善校讎，家多善本書。詳見《己亥雜詩注》一七七首。

〔四〕文淵閣未著録：《四庫全書》没有收入的書籍。清乾隆三十七年，詔開四庫全書館，將政府收藏和向地方徵集的古今書籍匯聚起來，加以選汰，編成《四庫全書》，計三千五百零三種，七萬九千三百多卷，初藏於清宮的文淵閣，後又分寫六部，分貯於圓明園、遼寧、熱河、揚州、鎮江、杭州的文源閣、文津閣、文宗閣、文匯閣、文溯閣、文瀾閣，合稱七閣。

〔五〕録副：抄一個副本。

〔六〕辛巳：道光元年（一八二一）。

〔七〕程大理：見《祭程大理於城西古寺》詩注。秦編修：秦恩復，字近光，號敦夫，江蘇江都人。乾隆進士，授編修。富藏書，精校勘。參閲《己亥雜詩注》一一〇首。

〔八〕母憂：母親去世。

〔九〕丙戌：道光六年（一八二六）。

〔一〇〕客籍：見《秋心三首》之二「曉來」句注。

〔一一〕闃寂：静寂。引申指没有人去管。

〔一二〕丁亥：道光七年（一八二七）。

〔一三〕乙部諸書：《四庫全書》分「經」、「史」、「子」、「集」四大類，乙部書，指歷史類的著作。

〔一四〕學殖：學問。《左傳·昭公十八年》：「夫學，殖也，不殖將落。」注：「殖，生長也。言學之進德如農之殖苗，日新日益。」

〔一五〕「祭書」句：我年年祭奠書籍，是從壬午年（道光二年，一八二二）開始的。按當時作者北京的寓所失火，平日辛苦搜尋的善本書或它的鈔本，十之八九被毁，數量達百種之多。作者深感痛惜，每年都在毁書那天置酒設肴，祭奠失去的書籍。

〔一六〕醓：肉醬。

〔一七〕「無復」句：從此以後，再也没有搜集各種書籍的心情了。《宋史·李燾傳》：「燾博極載籍，搜羅百氏，慨然以史自任。」

〔一八〕「爲道」句：《老子》：「爲學日益，爲道日損。」李嘉謨曰：「爲學所以求知，故日益；爲道所以去妄，故日損。」

〔一九〕崇朝結習：《漢書・淮南王安傳》：「淮南王安，爲人好書，鼓琴……招致賓客方術之士數千人，作爲《内書》二十一篇，《外書》甚衆。……安入朝，獻所作《内篇》，新出，上愛秘之，使爲《離騷》傳（按，指注解），旦受詔，日食時上。」《文心雕龍・神思》：「淮南崇朝而賦《騷》。」即指此事。　崇朝：天亮到早飯之間那段時間。喻時間短促。

〔二〇〕上方：天上。這裏借指皇室。　委宛：指《委宛別藏》，叢書名。嘉慶間，阮元搜求《四庫全書》未收的古書，共得一百七十四種，每書加上題解，隨書進呈。清仁宗表示嘉許，詔建委宛別藏儲藏，這批古書因此稱《委宛別藏》。按，《太平御覽》卷六七九引《孔靈符》：「會稽山南有宛委山，其上石俗呼爲石匱，壁立於雲，累梯然後至焉。」相傳夏禹得金簡玉字於此。據此，則當作「宛委」爲是。

〔二一〕睿廟：清仁宗顒琰的廟號。

〔二二〕副墨：副本。

〔二三〕徐王：徐：徐松，字星伯，大興人。嘉慶十年進士。究心史地之學，有著述多種。詳見《己亥雜詩》四十二首。　王：王蘐齡，見《柬王徵君蘐齡》詩注。

〔二四〕日下：京師。這裏指北京。

〔二五〕移：張大，引申爲豐富，充實。　七閣：指收藏《四庫全書》的七閣。

〔二六〕跂：踮起脚尖，形容殷切盼望的神態。　公：指姚元之。　好事：喜歡多事。這裏指具有搜求罕見書籍的興趣。

哭鄭八丈 師愈，秀水人〔一〕

醇古淡泊士〔二〕，滔滔辯有餘。青燈同一笑，恍到我生初。頑福曾無分〔三〕，清才清不癯〔四〕。四方帆馬興〔五〕，千幅鳳鸞書〔六〕。爲有先生在，東南意不孤〔七〕。論交三世久〔八〕，問字兩兒趨〔九〕。余兩幼兒曰橙，曰陶，丈爲啓蒙，設皋皮焉〔一〇〕。天命雖秋肅〔一一〕，其人春氣腴〔一二〕。鄉音嘩謇謇〔一三〕，破帽惻吾吾〔一四〕。儻蕩爲文罷〔一五〕，欹斜使酒餘〔一六〕。心肝纖滓盡〔一七〕，孝友閭門俱〔一八〕。科第中年淡，星壬暮癖殊〔一九〕。卜云來日少，笑指逝川徂〔二〇〕。老健偏奇絶，神明少壯無。別離剛歲换，問訊訝春疏。訃至全家詫，三思忽牖予〔二一〕：由來炊火絶，窮死一黔婁〔二二〕。天道古如此，知之何晚歟？不知段清標丈。與李，復軒茂才〔二三〕。今夕復何如？

〔一〕鄭師愈：浙江秀水人，作者的世交。汪中《述學·別録》有《上朱侍郎書》，後云：「再有請者，秀水鄭贊善，一代名德，且與先師學士有淵源之舊。身後有子三人，皆貧不自立。然清門世學，文行修飾。其第三子修亮，經年卧疾，若存若亡。第七子師靖，寄食亳州，僅能糊口。第八子師愈，才調最美，比於贊善，可云具體而微； 又善星命，以之入世，雅俗共賞。向依金糧儲； 糧儲用財有坤道之吝嗇，今又卒官，鄭君益無所托。 表康成之里，字任昉之孤，不於夫子，其誰望之？ 且其人國子監生，未有考校之事，薦以一館，無嫌也。 夫子豈有意乎？ 中與鄭君久不相見，時念之，故敢陳乞。」據此，鄭師愈身世略可窺見。

〔二〕醇古：古樸厚道。

〔三〕頑福：借先人「餘蔭」得來的非分之福。

〔四〕癯：枯瘦。

〔五〕「四方」句：坐船乘馬，四方奔走，興致很好。

〔六〕鳳鸞書：形容書法鸞飛鳳舞，非常出色。

〔七〕「東南」句：江浙的江山就不覺得孤寂了。

〔八〕三世：從祖至孫三代。

〔九〕問字：從學，向人請教學問。《漢書・揚雄傳》：「劉棻嘗從雄學作奇字。」黄庭堅《謝送碾壑源揀芽》詩：「客來問字莫載酒。」按：作者聘鄭爲龔橙和龔陶的開蒙老師。

〔一〇〕皋皮：虎皮。宋代哲學家張載坐在虎皮上講《周易》，後人因稱教授生徒爲「坐擁皋皮」。

〔一一〕天命：上天的意旨。這裏指鄭的命運。 秋肅：像秋天那樣蕭條、肅殺。比喻命運不好。

〔一二〕「其人」句：鄭的爲人則是和氣的，有如温煦的春天。

〔一三〕謇謇：忠貞直言的樣子。

〔一四〕「破帽」句：戴着又破又舊的帽子，可憐巴巴的。　吾吾：音余余，疏遠的樣子。《國語・晉語》二：「暇豫之吾吾，不如烏烏。人皆集於苑，己獨集於枯！」注：「吾，讀如魚。吾吾，不敢自親之貌也。」

〔一五〕儻蕩：放任不拘的樣子。《漢書・史丹傳》：「貌若儻蕩不備，然心甚謹密。」

〔一六〕欹斜：傾側，東歪西倒。　使酒：醉酒任性。

〔一七〕纖滓盡：没有半點污穢不潔的東西。元周權詩：「妾有嫁時鏡，皎皎無纖滓。」

〔一八〕闔門俱：全家都是。　闔門：全家。

〔一九〕星壬：星相占卜之術。星，以星象占驗吉凶的方術。壬，指六壬，用陰陽五行占卜吉凶的方法之一，與遁甲、太乙合稱三式。　暮癖：晚年的癖好。

〔二〇〕逝川：逝去的河水。《論語・子罕》：「子在川上，曰：『逝者如斯夫！不舍晝夜。』」

〔二一〕牖：啓發。

〔二二〕黔婁：春秋時齊國人，隱居不仕，爲人深於計謀，幾次設計解除國家面臨的危險。家貧，死後布被不能蔽體。著有《黔婁子》四篇。見皇甫謐《高士傳》。陶潛《咏貧士》詩：「安貧守賤者，自古有黔婁。」這裏代表窮苦的讀書人。

〔二三〕段：段玉立，字清標。見《丙戌秋日獨游法源寺尋丁卯戊辰間舊游……》詩注。　李：李學璜，字復軒。見《李復軒秀才惠序吾文鬱鬱千餘言詩以報之》詩注。

歌筵有乞書扇者〔一〕

天教僞體領風花〔二〕，一代人材有歲差〔三〕。我論文章恕中晚〔四〕，略工感慨是名家〔五〕。

〔一〕作者對當時流行的演唱文學内容鄙俗、文字惡劣，極表不滿。剛巧有人在筵席上請他題扇，便寫下這首詩。作者在《己亥雜詩》一〇三首中説過：「元人百種，臨川四種，悉遭伶師竄改，崑曲俚鄙極矣！酒座中有徵歌者，予輒撓阻。」和這首詩表示的態度正同。

〔二〕僞體：真正文藝的反面，即惡劣粗俗的作品。風花：這裏指戲曲、曲藝等演唱文學。

〔三〕「一代」句：文藝人材也像天文歷法上有歲差一樣，在一個朝代中有逐步向後倒退的現象。歲差：天文學名詞。由於太陽和月亮對地球自轉産生微小的影響，使天球上黄道和赤道的交點（春分、秋分兩點）每年都産生微小的變化，即每年沿黄道向西移動約差五十點二秒，約二萬五千七百八十年循環一周。這種現象稱爲歲差。

〔四〕恕中晚：對中、晚唐作品采取寬容的態度。中晚，宋代以後，有些文藝評論家對前朝的文藝作品劃分爲幾個時期，如唐詩就有初、盛、中、晚之分。

〔五〕「略工」句：只要能够略爲寫出一點真實的感慨，我就承認他是個名家了。言下之意，這些演唱作品連這起碼的水平都没有。

夢中作〔一〕

不是斯文擲筆驕〔二〕，牽連姓氏本寥寥〔三〕。夕陽忽下中原去〔四〕，笑咏風花殿六朝〔五〕。

〔一〕「夢中作」是一種有意隱蔽的手法，不想把真正的作意暴露，略等於「無題」。道光七年，作者選録了從道光元年（一八二一）以來自己寫的詩一百二十八篇，題爲《破戒草》，又另存《破戒草之餘》五十七篇，勒成二卷。（這兩卷詩都完整保存下來。）由於作者平時發表的作品中，頗有刺痛當政的大地主大官僚集團的鋒棱，他們甚至以爲某篇作品是針對某人而發的。所以作者選録了這批詩歌之後，頗有感觸，又寫了這首詩，却假托是夢中所作。

〔二〕「不是」句：當放下筆杆的時候，對於所寫的詩歌，我並没有引爲驕傲。斯文：原指禮樂制度。《論語·子罕》：「天之將喪斯文也，後死者不得與於斯文也。」這裏指自己創作的詩文作品。　擲筆：《宋史・林希傳》：「草制罷，擲筆於地。」

〔三〕「牽連」句：它牽涉當代人物的姓名本來是很少很少的。意説：這些作品本來就不是有意諷刺某個具體的人。

〔四〕「夕陽」句：暗示清王朝的美好日子已經一去不返。全句暗用屈原《離騷》句意：「欲少留此靈瑣兮，日忽忽其將暮。」

〔五〕殿：居於最後。　六朝：指建都於建康（今南京）的吴、東晉、宋、齊、梁、陳六個朝代。這些朝代的詩歌，追求形式優美，但缺乏内容，而且有不少屬於頹廢淫靡之作。作者在這裏説自己的詩歌像六朝吟咏風花一樣，没有什麽思想内容，是故意説反話。

僞鼎行〔一〕

皇帝七載〔二〕，青龍麗於丁〔三〕，招摇西指〔四〕。爰有僞鼎爆裂而砰訇〔五〕。孺子啜泣相告，隸妾駭驚〔六〕。襲子走視〔七〕，碎如琉璃一何脆且輕！佤離疥癩百醜千怪如野干形〔八〕，厥怒虎虎不鳴如有聲。然而無有頭目，卓午不受日〔九〕，當夜不受月與星。徒取雲雷傳汝敗漆朽壞〔一〇〕，將以盗膻腥〔一一〕。内有饕餮之饞腹〔一二〕，外假渾沌自晦逃天刑〔一三〕。四凶居其二〔一四〕，帝世何稱？主人之仁不汝埋榛荆，俾登華堂函牛羊〔一五〕，垂四十載，左揖棽鐘右與甗鑊并〔一六〕。主人不厭斁汝〔一七〕，汝宜自憎。福極而碎，碎如琉璃脆且輕。東家有飲器〔一八〕，昨墮地碎聲嚶嚶〔一九〕；西家有屠狗盎〔二〇〕，今日亦墮地不可以盛。千年決無土花蝕〔二一〕，萬年吊古之淚無由生。吁！寶鼎而碎則可惜，斯鼎而碎兮於何取榮名？請諏龔子僞鼎行〔二二〕！

【校】

此爲《破戒草》詩。「傳汝」：諸本皆同。「傳」下邃本注：「一作『傳』。」王本、類編本、王校本注：「一本作『傳』。」按，「傳」字誤。「敗漆」：「漆」，吴本、堂本、「四部」本、「文庫」本、「續四庫」本並作「桼」，字通；王校本作「漆」。邃本、王本、類編本作「黍」，誤。「帝世何稱」：諸本皆同。「世」下邃本注：「一無此字。」王本、類編本、王校本注：「一本無『世』字。」

〔一〕殷、周兩代的奴隸主貴族，盛行銅器，用於日常生活和祭祀的，花樣繁多。鼎是食器的一種，大腹，三足，有耳，形制方、圓、大、小不一。傳説有九個大鼎是代表王權的重寶，周滅殷，便把它們遷到洛陽，秦滅周，又搬走周的九鼎。漢代以後，鑄鼎技術逐漸失傳，偶然在地下發現大鼎，視爲奇寶。清代嗜古風氣在皇室和官僚士大夫當中十分普遍，古氣盎然的鼎，成爲富貴人家顯示風雅的陳設。在這種古風彌漫之下，就有製造假古董的人拿僞品騙人，上當的「風雅之士」自然不少。至於作者是否真的打破一個僞鼎，缺乏證明。很可能只是借用這個題材，諷刺那些假古董式的大官僚。那些家伙道貌岸然，擺出嚇人的神氣，實則腐朽衰敗，滿肚子醜惡，正與僞鼎相似。

〔二〕「皇帝」句：指道光七年。

〔三〕青龍：太歲。古代紀年所用值歲干支的別名。《爾雅·釋天》：「太歲……在丁曰强圉。」這裏指丁亥年。《後漢書·律曆志》：「青龍移辰，謂之歲。」麗：附着。

〔四〕招摇：北斗的第七星。在斗柄末端。招摇西指就是斗柄西指。《鶡冠子》：「斗柄指西，天下皆秋。」

〔五〕砰磅：象聲詞。形容巨大的響聲。

〔六〕隸妾：奴婢。

〔七〕龔子：作者自指。

〔八〕佩離：歪斜破碎的樣子。　疥癩：一種皮膚病。這裏指疙里疙瘩的樣子。

〔九〕卓午：正午。

〔一〇〕雲雷：指鼎上的雲雷紋飾。《論衡·儒增》：「雷樽刻畫雲雷之形。」傅：塗抹，粉飾。
朽壤：腐爛的泥土。

〔一一〕「將以」句：打算用來盛取魚肉一類腥膻的東西。按，鼎是食器。

〔一二〕饕餮：古代傳説中一種貪吃的怪獸。古銅器多用以爲紋飾。

〔一三〕「外假」句：外表裝成渾沌一團，掩人耳目，逃過上天的刑罰。渾沌：渾圓一團、不識不知的樣子。又，渾沌爲堯時「四凶」之一，見注〔一四〕。自晦：自我韜晦。

〔一四〕四凶：傳説帝堯時代有四個壞人，名字叫渾敦（即渾沌）、窮奇、檮杌、饕餮。詳見《左傳·文公十八年》。居其二：指四凶中占了渾沌、饕餮兩個。

〔一五〕函牛羊：盛載牛羊。《後漢書·劉陶傳》：「舉函牛之鼎。」《詩·周頌·我將》：「我將我享，維羊維牛。」

〔一六〕左揖棽鐘：意謂與棽鐘并列。揖：拱手爲禮。這裏有平起平坐之意。棽鐘：刻有許多花紋的銅鐘。棽：枝條茂密的樣子。按，阮元曾藏有周虢叔大棽鐘（見況周頤《選巷叢譚》）。

麢鑊：刻有鹿形的銅鑊。麢：似鹿而大的獸。

〔一七〕厭斁：討厭。

〔一八〕飲器：尿壺。《淮南子·道應訓》：「大敗智伯，破其頭以爲飲器。」注：「飲，溺。」

〔一九〕嚶嚶：《詩·小雅·伐木》：「鳥鳴嚶嚶。……嚶其鳴矣，求其友聲。」這裏有物傷其類之意。

〔二〇〕屠狗盎：殺狗的盆。盎：大腹斂口的盆。

〔二一〕土花：苔蘚。古器物因長久埋在地下，上面緊粘着泥漬、銹蝕，其色青緑，亦名「土花」。

〔二二〕諏：咨詢。《左傳·襄公四年》：「咨事爲諏。」

按，玉堂居士《蠡莊詩話》卷九有一段記載：「揚州某富商最好古。一日游燕市，見市有古銅器，高約四尺餘，非鼎非彝，黝然而黑，信爲舊物，破價而得，如獲奇珍。於是日事摩挲，不忍釋手，冀其有大用也。越數載，銅物忽通身裂縫，細如牛毛，隱隱出黄水，着手臭欲徹骨，濯之不去，知爲廢物，深悔無及，乃入爐熔化之，無他異，惟糞汁數斗而已。」又，李伯元《南亭筆記》：「阮文達（按，阮元）予告歸，搜羅金石，旁及鐘鼎彝器，一一考訂，自詡老眼無花。一日，有以折足鐺求售者。再三審視，鐺容升許，洗之，色緑如瓜皮，大喜，以爲此必秦漢物也。以善價得之。偶宴客，以之盛鴨，藉代陶器。座客摩挲嘆賞，文達意甚得也。俄而鐺忽砰然有聲，土崩瓦解，沸汁橫流。恚甚，密拘其人至，鞬之室，命每歲製贋鼎若干，償其工價。此後贈人之物，遂無一真者。」此事可靠程度難説，姑録之以備參考。

四言六章 有序

龔子掃徹悟禪師塔作也〔一〕。在西直門外紅螺寺〔二〕。

【校】

此爲《破戒草》詩。序：鄧本作：「龔子掃徹悟禪師塔作也。塔在西直門外紅螺寺。」是。

吴系諸本、王本、類編本及王校本「在」上均無「塔」字，誤，應補。

〔一〕徹悟禪師：僧人際醒，字徹悟，一字訥堂，號夢東，河北豐潤人；俗姓馬。二十二歲大病後出家，在房山縣三聖庵落髮。精研佛典，通性、相二宗，先後在廣通寺、覺生寺住持。嘉慶五年居紅螺山資福寺，十五年示寂。能詩，又著有《示禪教律》、《念佛伽陀》等。掃塔：掃墓。塔：僧人的冢。

〔二〕紅螺寺：即資福寺。《宛署雜記》：「資福寺在白紙坊，正統初年敕賜今名，嘉靖初太監馬海重修。離城約十里。」按，懷柔縣北有紅螺山，山下亦有紅螺寺，但與此不同。

其一

悠悠生民，孰不有覺〔一〕！孰知固然？孰知生之靡樂〔二〕？

〔一〕覺：佛家語。佛家稱心靈爲覺苑。南本《涅槃經》：「佛者名覺，既自覺悟，復能覺他。」

〔二〕靡樂：不樂。《詩·秦風·晨風》：「未見君子，憂心靡樂。」

其二

孰爲大人？蟠物之先〔一〕。以闡以引，引我生民。

〔一〕蟠物之先：能高站在事物的開頭的人。《老子》：「不爲物先，不爲物後，故能爲萬物主。」唐劉允濟《天賦》：「彼蒼者天，成形物先。」

其三

吁嗟小子，聞道不遲？造作辨聰，百車文詞。電光暫來〔一〕，一貧無遺。不可捉搦〔二〕，倏既逝而〔三〕。

〔一〕電光：比喻事物變滅迅疾無常。《五燈會元》：「此事如擊石火，似閃電光。」陶潛《飲酒二十首》之三：「一生復能幾，倏如流電驚。」

〔二〕捉搦：抓住。唐孫樵《與王霖秀才書》：「如赤手捕長蛇，不施控騎生馬，急不得暇，莫可捉搦。」

〔三〕而：語氣助詞。《詩・齊風・著》：「俟我於著乎而。」

其四

唏其逝矣〔一〕！不可恃矣！恃先覺之言，其言明明。無言不售，無謀不成，無堅不摧，以祈西生〔二〕。

〔一〕唏：悲嘆的聲音。　逝矣：《論語·陽貨》：「日月逝矣，歲不我與。」

〔二〕西生：求生於西方佛國。

其五

先覺誰子？西山徹公〔一〕。我受之東父〔二〕，以來報功〔三〕。云何報功？余左挈東父，右隨慈公，又挾江子，四人心同，以旅於西邦。浙居士錢東父、吴中居士江鐵君、慈風和上與余四人者〔四〕，皆奉徹公書，篤信贊嘆。

【校】

「先覺誰子」：「子」，吴系諸本並作「予」。鄧本作「子」，下注：「吴本誤作『予』。」王本、類編本、王校本皆依鄧本作「子」，是。　「我受之東父」：諸本皆同。鄧本「之」下注：「吴本無『之』字。」非是。

〔一〕西山：指北京城西的紅螺山。

〔二〕受之東父：從錢東父那裏接受徹悟的指導。

〔三〕報功：報答徹悟的功德。

〔四〕錢東父：見《寒月吟》注〔四〕。　江鐵君：江沅，見《趙晉齋魏……江鐵君沅同集虎丘秋宴作》詩注。　慈風和上：杭州喬松庵僧人。和上，同「和尚」。

其　六

既至於西，西人浩浩。余慈母在焉，迎予而勞〔一〕。各知其夙〔二〕，而無憶悼。遐哉邇哉，孰肯不到？亦唯徹公是報。

〔一〕勞：慰問。

〔二〕夙：指夙緣。前世因緣。

春日有懷山中桃花因有寄〔一〕

東風淋浪卷海來〔二〕，長安人道青春回〔三〕。春回不到窮巷裏，忽憶山中花定開。山中花開，白日皓皓。明妝子誰〔四〕？温馨清妙〔五〕。夕爇熏爐搗蕙塵〔六〕，朝緘清淚郵遠人。粉光入墨墨光膩，昨日正得江南鱗〔七〕：葆君青雲心〔八〕，勿吟招隱吟〔九〕，花開歲歲勿相憶，待君十載來重尋。我有答君詩，殷勤兼報桃花知：勿惜明鏡光，爲我分光照花枝；勿惜頮面水〔一〇〕，爲我浴花傾胭脂。但惜芳香珍重之幽意，勿使滿園胡蝶窺。托君千萬詞，詞意不可了。長安桃李漸漸明，何似春山此時好。春縱好，山寂寂，清琴玉壺罷消息〔一二〕，蠟燭彈棋續何夕〔一二〕？安能坐此愁陽春，不如歸侍妝臺側〔一三〕。

〔一〕作者在北京接到妻子的來信，因借懷念山中桃花爲名，寫了這首詩回寄，叙述近况和表達對她的懷念。山中桃花：指杭州棲霞嶺的桃花。

〔二〕淋浪：水流不斷的樣子。這裏形容風勢浩大不息。

〔三〕長安：借指北京。

〔四〕明妝：妝飾艷麗。

〔五〕温馨：温香。

〔六〕爇：點燃。搗蕙塵：把香的餘燼壓緊。

〔七〕江南鱗：江南的來信。漢樂府《飲馬長城窟行》：「客從遠方來，遺我雙鯉魚。呼兒烹鯉魚，中有尺素書。」

〔八〕葆：保持。青雲心：遠大的理想、志向。按，以下四句是妻子信中的囑咐。

〔九〕招隱吟：《楚辭》有一篇《招隱士》，相傳是漢代淮南小山所作，意在招唤山中的隱士。這裏則有希望回鄉歸隱之意。

〔一〇〕頮面水：洗臉水。頮：洗面。

〔一一〕罷消息：不聞消息。杜甫《哀江頭》詩：「去住彼此無消息。」

〔一二〕彈棋：古代的博戲。《後漢書·梁冀傳》：「少爲貴戚，逸游自恣。性嗜酒，能挽滿、彈棋、格五、六博、蹴鞠、意錢之戲。」注引《藝經》曰：「彈棋，兩人對局，白黑棋各六枚，先列棋相當，更先彈也。其局以石爲之。」何夕：杜甫《今夕行》：「今夕何夕歲云徂，更長燭短不可孤，咸陽客舍一事無，相與博塞爲歡娛。」

〔一三〕歸侍妝臺：指回鄉陪伴妻子。

菩薩墳 有序

菩薩墳者，亦曰公主墳，遼聖宗第十女墓也。小字菩薩〔一〕，未嫁而死，《遼史》無傳。北方海棠少，此地始生之。自是海棠之盛，逾於江國，土人因以海棠謚主云。墳在西山無相寺。

菩薩葬龍沙〔二〕，魂歸玉帝家。餘春照天地〔三〕，私謚亦高華〔四〕。大脚鸞文勒〔五〕，明妝豹尾車〔六〕。南朝人未識，拜殺斷腸花〔七〕。

【校】

此爲《破戒草之餘》詩。題：諸本皆同。唯《詩話》本作《過菩薩墳》，可參。序：「西山」，諸本皆同。唯《詩話》本作「西南」。

〔一〕菩薩：原爲佛家語，梵文音譯之略，意爲「覺有情」。遼國統治者篤信佛教，故以此作爲公主的小名。

〔二〕龍沙：長城以西沙漠地區。後泛指塞外沙漠地區。這裏指京郊西山。

〔三〕餘春：暮春、殘春。這裏指公主墳上留下的海棠花。

〔四〕私謚：私下給某個已逝的人一個美號。

〔五〕大脚：對纏足而言。鸞文：鸞鳳的紋樣。鞝：靴筒。

〔六〕豹尾車：地位高貴者乘坐的一種車子。車上懸掛豹尾。見崔豹《古今注》。《漢書・揚雄傳》：「是時趙昭儀方大幸，每上甘泉，常法從，在屬車間豹尾中。」

〔七〕斷腸花：秋海棠的别名。多産南方，爲多年生草本，性好濕，秋日開淡紅小花。元伊世珍《琅環記》卷中：「昔有婦人思所歡不見，輒涕泣，恒灑淚於北牆之下。後灑處生草，其花甚媚，色如婦面，其葉正緑反紅，秋開，名曰斷腸花。」

太常仙蝶歌 有序

太常仙蝶〔一〕，士大夫知之稔矣〔二〕，曷爲而歌之？蝶數數飛入姚公家，吾歌爲姚公也。姚公者，太常少卿仁和姚公祖同也〔三〕。公爲大吏歷五省，易事難説〔四〕，見排擠，不安其位，公岳立不改，雖投閑，人忌之者尚衆。異哉，蝶能識當代正人！不惟故實之流傳而已。吾歌以紀之，且招蝶也。

恭聞故實太常寺，蝶壽三百猶有加。銜玉皇之明詔，視臺閣猶烟霞〔五〕。不聞願見即許見，矧聞飛入太常家？本朝太常五百輩，意者公其飛仙之身耶？仙人正人事一貫，天上豈有仙奸邪！所以公立朝人不識〔六〕，仙靈識公非誣誇。慰此蹇蹇〔七〕，其來衙衙〔八〕。感德輝而下上〔九〕，助靈思之紛拏〔一〇〕。我聞此事，就公求茶〔一一〕。道焰十丈，不敵童心一車〔一二〕。鸞漂鳳泊咄咄發空喟〔一三〕，雲情烟想寸寸凌幽遐〔一四〕。人生吉祥縹渺罕并有，何必中秋兒女睹璧月之流華〔一五〕？玉皇使者識我否〔一六〕？寓園亦在城之涯。幽夏靈氣怒百倍，相思遲汝五出紅梨花〔一七〕。予寓齋紅梨一樹，京師無其雙也。

【校】

此爲《破戒草之餘》詩。「不聞願見即許見」：「即」，吴系諸本、王本、類編本及王校本並作「不」。唯鄧本作「即」，下注：「吴本作『不』。」王校本「不」下注：「一本作『即』。」本書從鄧本。周按，「即」當爲作者所定，意較佳。

〔一〕太常仙蝶：傳説北京太常寺的一種蝴蝶。《清一統志》：「太常寺，在都察院北，外有神樂署，犧牲所。署中有仙蝶一，色黄，大如花碗。」

〔二〕稔：熟悉。

〔三〕姚祖同（一七六一——一八四二）：字秉璋，一字亮甫，浙江錢塘人。乾隆四十九年召試，賜舉人授内閣中書，充軍機章京。累遷兵部郎中，鴻臚寺卿。嘉慶二十年出爲河南布政使，二十一年調山西，又調直隸，二十四年擢安徽巡撫，二十五年調河南。道光二年因事降補太常寺少卿，五年再出任陝西按察使，七年調廣東，十一年以左副都御史原品休致。（見《杭州府志·名臣》及《清史稿·列傳》卷一六八。）序中所謂「爲大吏歷五省」，指嘉慶年間歷任布政使、巡撫。「不安其位」，指道光二年降太常寺少卿。舊本繫此詩於道光七年，那時姚已出任廣東按察使，與詩中稱太常不合，且姚亦不在北京，亦非投閑。疑誤。

〔四〕易事難説：《論語·子路》：「君子易事而難説也。」這裏指姚作爲地方長官，屬下的人工作起來容易，但要討他歡喜却困難。説，同「悦」。

〔五〕臺閣：《後漢書·仲長統傳》：「光武皇帝……政不任下，雖置三公，事歸臺閣。」注：「臺閣，謂尚書也。」後人因稱中央各部院爲臺閣。

〔六〕立朝：在朝爲官。

〔七〕蹇蹇：通謇謇，忠貞直言的樣子。這裏指不肯阿諛諂媚的人，即姚祖同。

〔八〕衙衙：《楚辭·九辯》：「屬雷師之闐闐兮，導飛廉之衙衙。」注：「行貌。」

〔九〕德輝：道德光輝。賈誼《吊屈原賦》：「鳳凰翔於千仞兮，覽德輝而下之。」

〔一〇〕紛拏：錯雜相牽。

〔一一〕「就公」句：指到姚家作客傾談。

〔一二〕「道焰」兩句：姚給我的印象是：縱有十丈高的道德光輝，也及不上他那充實飽滿的真純心靈。

〔一三〕鸞漂鳳泊：喻人生東飄西泊。韓愈《岣嶁山》詩：「科斗拳身薤倒披，鸞飄鳳泊拏虎螭。」咄咄：驚嘆聲。

〔一四〕雲情烟想：指縹緲高遠的遐想。

〔一五〕「何必」句：意謂一切都團圓美滿只能存在於想像之中。流華：流瀉的光輝。歐陽詹《月》詩：「浩露助流華。」

〔一六〕玉皇使者：指仙蝶。

〔一七〕「幽夏」兩句：清幽的初夏季節，仙蝶的靈氣百倍焕發，我那園子裏的五瓣紅梨花正在想念和等候着你呢！　遲：等候。　五出：五瓣。

附録：關於太常仙蝶的傳説，清代有不少記載，除吴昌綬《龔定庵年譜・後記》所録者外，更録數則於後：乾隆《御制詩五集》卷四十二《太常仙蝶詩序》：「昔曾問之尚書三泰，以爲誠有。昨召見侍郎德明，亦偶言及。翼日，德明以錦匣呈覽，並云：冬月入蟄，每不見，兹忽至其家，似欲入禁中者然。詩以志實。」詩云：「蠕動蟄之時，來賓果是奇。異夫群物體，睹此一仙姿。薌久太常號（人皆謂之太常仙蝶，合署人無不知而敬者），神超大造司。欣兹百年遇，用志五言詩。」

英和《恩福堂筆記》：「太常寺仙蝶，久著靈異。相傳乾隆五十三年仲冬，純廟（按，清高宗）欲觀，即於地壇印宅内得之，置於貯帛匣以進。旋賜五言律詩一首。詩注載侍郎德明以錦匣呈覽，並云兹忽至其家。先文莊公（按，德保）管太常寺有年，每於署中見之。其時亦有七言一章以紀。次年正月，先公捐館，三月望日卜葬，是日天寒大雪，二蝶自雪中飛來，向先靈翔舞，觀者稱異。」

陳康祺《郎潛紀聞》：「太常仙蝶，好與士大夫之風雅者作緣，或數千里相訪；值名人官奉常，則無不至。本朝勝流紀此者多矣。以余所聞，吴縣潘鄭庵師祖蔭，長太常時，蝶曾一至；仁和許星叔丈庚身，以太常卿奉諱南歸，卜葬之日，蝶亦栩栩然來。」又云：「見亭河帥麟慶官中書時，亦見仙蝶於薇垣，且至其第，又至河南開歸道署，又再至袁浦節署。時河帥適得金尚書光第《仙蝶圖》（尚書見仙蝶集於京寓馬纓花下而作，覃溪學士有詩），因遍徵題咏，以識奇緣。」

龍顧山人《十朝詩乘》卷十二：「太常仙蝶，相傳元臣盡節者所化。乾隆時，侍郎德明管太常寺事，召對時偶詢及，方冬蟄，蝶忽集侍郎家，翌日以錦盒呈覽，賜詩云：『蠕動蟄之時，來賓果是奇。異夫群物體，睹此一仙姿。』勒於太常寺大堂。介野園、金蘭畦皆有《仙蝶圖》，擇石題野園圖云：『少宗伯公攝奉常，夙聞親睹檐牙陽，畫之尺幅靡蕪香，乞題皇子皇孫章。』時野園兼直上齋也。蘭畦圖，翁覃溪有詩。又阮文達居京師阜成門内土岡，有園十畝，雜植花樹，仙蝶飛至，呼之，落扇，次年復至，客有能畫者，視之，即落其袖，畫成乃去。文達舊藏董思翁詩册，有『名園蝶夢』句，遂以『蝶夢』名園，索吴門楊補帆圖之。……即浙撫罷官重入翰林時事。」

周按：

此詩由龔自珍編於《破戒草之餘》丁亥（道光七年，一八二七）。本書主要因姚祖同任太常寺少卿的實際時間與其不合，故疑原編之繫年有誤。樊《譜》認爲：「該詩原繫於道光七年並無錯誤。」並舉三點理由：《破戒草》、《破戒草之餘》皆爲龔自珍道光七年十月所編，由作者本人自編其本年之詩，不可能弄錯（按，也偶有例外，如《漢朝儒生行》便是，但那是故意爲之）。姚氏於道光二年任太常寺少卿，五年授陝西按察使，六年正月被調離陝西按察使，奉旨到京，「尋以四品京堂候補」，至次年八月中旬奉命偕刑部尚書赴湖北公幹，「察勘王家營隄工」，同年十月始被實授爲廣東按察使，因此道光六年初至七年八月中之前姚氏均「投閒」在京，可與龔自珍交往。贈詩予已離任或暫賦閒的友好，可稱其最近的職銜，但也可稱較早前的職銜，視需要與習慣而定，此舉非太罕見，故詩人在《太常仙蝶歌》中稱姚氏爲「太常少卿」，並不奇怪。（此三點乃代撮其要，原文見樊書三〇六—三〇八頁。）周按，樊《譜》之説可以成立，《太常仙蝶歌（有序）》仍應按龔氏原編繫於丁亥道光七年爲是。

世上光陰好

世上光陰好，無如綉閣中。静原生智慧，愁亦破鴻濛〔一〕。萬緒含淳待〔二〕，三生設想工〔三〕。高情塵不滓〔四〕，小别淚能紅。玉茁心苗嫩，珠穿耳性聰。芳香箋藝譜〔五〕，曲盝數窗櫳〔六〕。遠樹當山看，行雲入抱空。枕停如願月，扇避不情風〔七〕。晝漏長千刻，宵缸夢幾通〔八〕。德容師窈窕〔九〕，字體記玲瓏〔一〇〕。朱户春暉别〔一一〕，蓬門淑晷同〔一二〕。百年辛苦始，何用嫁英雄〔一三〕？

【校】

此爲《破戒草之餘》詩。「心苗」：「苗」，諸本皆同。《詩話》本誤作「茁」。「行雲」：諸本作「雲行」，與上句「遠樹」失對，誤。唯《詩話》本作「行雲」，是。「晝漏長」：「長」，諸本並同，但與下句失對，誤。唯《詩話》本作「辰」，是。應據改。「淑晷」：「晷」，諸本並同。唯《詩話》本作

「景」，似更勝。

〔一〕鴻濛：古人認爲自然界的元氣，充塞在天地之間。

〔二〕含淳待：抱着天真淳樸的心情等待。

〔三〕三生：原指過去、現在、未來。這裏僅指未來的生活。

〔四〕滓：渣滓。用作動詞，玷污。

〔五〕「芳香」句：在曲譜上打記號，曲譜都染上香氣。　箋：表明，識別。

〔六〕曲盝：同「曲録」，木屈曲的樣子。　窗櫳：窗格子。

〔七〕不情：無情。

〔八〕宵釭：晚上的燈。

〔九〕「德容」句：效法「窈窕淑女」，有良好的聲譽。　德容：美好的聲譽。《詩·周南·關雎》：「窈窕淑女。」

〔一〇〕玲瓏：靈巧清晰。全句説她書法端麗。

〔一一〕朱户：指富貴人家。　春暉別：另有一番春光。這裏比喻女孩子的美好生活。

〔一二〕「蓬門」句：貧窮人家的閨女，閨中生活也差不了很遠。　蓬門：編草爲門。指代貧苦人家。　淑晷：美好的時光。　晷：日影。引申指時間。

〔一三〕「百年」兩句：所謂「百年偕老」，原是辛苦的開頭，即使嫁得英雄，又有什麼好處？

投錢學士林〔一〕

晚達高名大隱身〔二〕，對門踪迹各清真。恍逢月下騎鸞客〔三〕，何處容他啖肉人〔四〕！

〔一〕錢林（一七六二—一八二八）：字東生，一字志枚，號金粟，浙江仁和人。嘉慶十三年進士，官翰林院侍讀學士。精熟《史記》及遼、金、元三代兵制。著有《文獻徵存録》、《玉山草堂詩集》等。阮元《定香亭筆談》：「仁和錢金粟福林，綜覽經籍，兼工詞翰，下筆機速，刻晷可待。華實并茂之士，此爲翹楚。福林本名林，以時有同名者，改今名。」

〔二〕晚達：命運通達比較晚。一般指晚年得官。錢林四十七歲（嘉慶十三年，一八〇八）才中進士，照當時的看法，便是功名較晚。大隱：隱在都市。見《棗花寺海棠下感春》詩「大隱」句注。

〔三〕騎鸞客：乘鸞的仙人。江淹《雜體·班婕妤咏扇》詩：「畫作秦王女，乘鸞向烟霧。」

〔四〕啖肉人：《左傳·莊公十年》：「肉食者鄙，不能遠謀。」

顧丈千里得唐睿宗書順陵碑遠自吳中見寄余本以南北朝磨厓各一種懸齋中得此而三書於幀尾〔一〕

其一

南書無過瘞鶴銘〔二〕，北書無過文殊經〔三〕。忽然二物相顧啞〔四〕，排闥一丈蛟龍青〔五〕。文殊經在山東水牛山。

〔一〕顧千里：顧廣圻（一七七〇—一八三九），字千里，號澗蘋，又號思適居士。江蘇元和（今屬蘇州）人。縣學生。讀書極博，善校讎。著有《思適齋文集》十八卷。參閱《己亥雜詩》一三六首注。唐睿宗：李旦，高宗第八子，初封豫王，武則天廢中宗，立爲皇帝；武則天稱帝，改稱皇嗣；則天死後，復爲皇帝，三年後傳位於太子隆基，廟號睿宗。順陵：武則天母親楊氏的陵墓，在咸陽北原。《陝西金石志》卷十引趙氏《石墨鐫華》云：「順陵殘碑，存。文見王氏《金石萃編》。長安二年（立）。僅存三石：一、八行共四十八字；一、十九行共一百三十六字；一、七行共三十六字。正書。今在咸陽。武三思撰，相王旦書，碑用武后製字。書不知真出旦否，方整遒健，可録也。」吳中：今屬江蘇蘇州。磨厓：刻在石崖上的文字。

〔二〕南書：指「南派」書法。阮元《揅經室集》有《南北書派論》，云：「正書、行草之分爲南、北兩派者，則東晉、宋、齊、梁、陳爲南派，趙、燕、魏、齊、周、隋爲北派也。南派由鍾繇、衛瓘及王羲之、獻之、僧虔等，以至智永、虞世南；北派由鍾繇、衛瓘、索靖及崔悦、盧諶、高遵、沈馥、姚元標、趙文深、丁道護等，以至歐陽詢、褚遂良。」瘞鶴銘：著名摩崖刻石。梁天監十三年（五一四）華陽真逸撰文，上皇山樵正書。原刻在鎮江縣焦山西麓石壁上，曾兩次墜落江中，又被撈起，已極殘破。字體雄秀，爲清代書家所極力推重。今餘石尚存。

〔三〕北書：指「北派」書法。注見上。文殊經：碑名，全稱是《文殊般若經碑》，北齊刻，没有年月。碑在山東寧陽縣水牛山。宣統《山東通志・藝文》：「北齊文殊碑，在寧陽縣水牛山頂，碑并額高五尺六七寸，廣二尺弱。楷隸十行，行三十字，字徑一寸五六分。額刻佛像，像右刻『文殊』二字，像左刻『般若』二字。其書以鍾王筆作北派體，茂密俊逸，渾厚閎整，視徂徠寫經猶過之，微論經石峪、尖山摩崖矣。」

〔四〕啞：表驚嘆之聲。《韓非子・難一》：「啞！是非君人者之言也。」

〔五〕排闥：推門而入，闖進門來。《史記・樊噲傳》：「噲乃排闥直入。」王安石《書湖陰先生壁二首》之一：「兩山排闥送青來。」蛟龍青：青蛟龍。指《順陵碑》拓本。

其二

唐二十帝帝書聖〔一〕，合南北手爲唐型〔二〕。會見三物皆却走〔三〕，召伯虎敦赫在庭〔四〕。召伯虎敦，百有三名，余所獲器也。

〔一〕「唐二」句：唐朝二十代皇帝，而睿宗則是唐代皇帝中書法最好的。二十帝：按，連武則天，唐代共二十四個皇帝。書聖：書法最傑出的。

〔二〕合南北手：綜合南朝、北朝的書法風格。即合南北派的書風爲一手。

〔三〕三物：指《瘞鶴銘》、《文殊經》、《順陵碑》三種拓本。

〔四〕召伯虎敦：今名召伯虎簋，一種青銅禮器。傳世有二器，其一一百零四字，製於周宣王五年（前八二三）；其一一百零七字（除去重文四字，則爲一百零三字），製於宣王六年（前八二二），龔氏所藏即此器。郭沫若《兩周金文辭大系》云：「召伯虎即《大雅·江漢》之召虎。」「此銘所記與《大雅·江漢》篇乃同時事，乃召虎平定淮夷，歸告成功而作。」按，作者曾將此器稱爲衛公虎大敦。有《說衛公虎大敦》一文。

四月初一日投牒更名易簡〔一〕

匪慕宋朝蘇易簡〔二〕，翻似漢朝劉更生〔三〕。從此請歌行路易，萬緣簡盡罷心兵〔四〕。

〔一〕作者幾次改變名字，初名自暹，繼名自珍，又改名易簡，最後又改名鞏祚。投牒：投遞文書。牒，書札。

〔二〕蘇易簡（九五八—九九六）：北宋人，字太簡。太宗時代考進士第一，官翰林學士承旨，極受太宗寵眷，曾親手用飛白體寫「玉堂之署」四字賜給他。升參知政事，出任陳州知州卒。著有《文房四譜》、《續翰林志》等。

〔三〕劉更生：即劉向（約前七七—前六），漢代目録學家、經學家、文學家。字子政，初名更生。漢宣帝時，石顯等盤踞高位，劉向發表自己的政見，屢受打擊，幾次下獄，成帝即位，石顯等被誅，因改名向。著有《别録》、《説苑》、《列女傳》等。

〔四〕簡盡：摒棄凈盡。簡：經選擇而汰除。心兵：心靈對外界事物作出反應，如兵之應敵，故稱。

常州高材篇送丁若士履恒〔一〕

丁君行矣龔子忽有感，聽我擲筆歌常州。天下名士有部落，東南無與常匹儔。我生乾隆五十七，晚矣不及瞻前修。外公門下賓客盛，謂金壇段先生〔二〕。始見臧在東顧子述來裒裒〔三〕。奇才我識惲伯子〔四〕，絶學我識孫季逑〔五〕，最後乃識掌故趙〔六〕，味辛。獻以十詩趙畢酬。三君折節遇我厚〔七〕，我益喜逐常人游。乾嘉輩行能悉數，數其派别徵其尤〔八〕：易家人人本虞氏〔九〕，毖緯户户知何休〔一〇〕；聲音文字各窔奥〔一一〕，大抵鐘鼎工冥搜〔一二〕；學徒不屑談賈孔〔一三〕，文體不甚宗韓歐〔一四〕。人人妙擅小樂府〔一五〕，爾雅哀怨聲能遒〔一六〕。近今算學乃大盛，泰西客到攻如讎〔一七〕。常人倘欲問常故〔一八〕，異時就我來諮諏〔一九〕。勿數耈耋數平輩〔二〇〕，蔓及洪孟慈管孝逸莊卿山張翰風周伯恬〔二一〕。其餘鼎鼎八九子，奇人一董方立先即邱〔二二〕。所恨不識李夫子〔二三〕，申耆。南望夜夜穿雙眸，曾因陸子祁生屢通訊〔二四〕，神交何異雙綢繆〔二五〕？識丁君乃二十載，下上角逐忘春秋。丁君行矣龔子忽有感，一官投老誰能留？珠聯璧合有時有〔二六〕，一散人海如鳧鷗。噫！才人學人一散人海如鳧鷗，明日獨訪城中劉〔二七〕。申受丈。

〔一〕道光七年丁亥，作者在北京送朋友丁履恒南歸。丁是江蘇常州府武進人，作者聯想到常州籍的許多朋友，以及還未見面的知名人士，稱他們爲「常州高材」。這首詩把乾隆、嘉慶年間常州的著名學者認真地誇贊一番。讀了它，我們可以知道常州在經學、文學、詞學等方面，都有它的獨特成就，難怪當時人們就有「常州學派」的説法。丁履恒（一七七〇—一八三二）：字若士，一字道久，號冬心。嘉慶六年拔貢生，十三年津澱召試，列二等，選贛榆縣教諭。年五十八，始得山東肥城縣知縣。三年後，母死，歸家不出，道光十二年卒於家。生平喜獎掖後進，扶助朋友。著有《春秋公羊例》、《左氏通義》、《毛詩名物志》、《思賢閣詩稿》、《望雲聽雨山房札記》等。包世臣《山東肥城縣丁君家傳》：「君生而英異，九經、三傳過目成誦。嘗從伯兄學，課業輒倍常兒。好學深思。無所不貫，爲人倜儻爽邁，表裏如一，而内行篤修。嘗磊落有經世之志，益講求農田、水利、錢法、鹽政、兵制，著有爲論説，以待求取。時錢塘袁子才方以文詞號召後進，讀君詩，賞嘆不置。得其延譽，足以救貧，君以爲異趣，卒不往。」

〔二〕外公：指外祖父段玉裁。

〔三〕臧：臧庸（一七六七—一八一一），初名鏞堂，字拜經，一字在東，武進人。深於經學，在阮元幕下協助纂輯《經籍籑詁》、《十三經注疏校勘記》。著有《孝經考異》、《韓詩遺説》、《拜經日記》及《拜經堂文集》等。顧：顧子述。這裏似爲子明之誤。子明，顧文炳字。《光緒武進陽湖合志》卷二十三：「庸與同里顧文炳從餘姚盧文弨游，盡得所學。……文炳，字子明。博通訓詁，《十三經注疏》條舉無遺。道光元年舉於鄉。」李兆洛《抱經堂詩鈔序》說：「同几席者臧在東、顧子明，頗能研求一二。」也可證臧、顧二人齊名。（按：顧子述，名汝明，號尚志，也是武進人。段玉裁於乾隆五十七年，曾委托臧、顧二人增編《戴東原文集》爲十二卷。段玉裁《戴東原年譜》中謂「友人臧庸、顧明編次失體」云云，則又作「顧明」也。）來裒裒：聚會頻繁。裒：多。

〔四〕惲伯子：惲敬（一七五七—一八一七），字子居，號簡堂，陽湖人。乾隆四十八年舉人，歷官浙江富陽，山東平陰，江西新喻、端金等縣知縣，後署吳城同知，被劾去官。古文辭自成一家，自稱「自司馬遷而下無北面」，又說自己的學問「非唐非宋，不主故常」。他和同邑張惠言寫作古文辭，別樹一幟，和桐城派分庭抗禮，社會上稱爲陽湖派。著有《大雲山房文稿》等。

〔五〕絶學：原指中斷的學術。後引申指超卓獨特的學術。作者《己亥雜詩》五十九首：「東南絶學在毗陵。」孫季逑：孫星衍（一七五三—一八一八），字淵如，陽湖人。乾隆五十二年一甲二名進士，授編修，充三通館校理，官至山東布政使。少年時已有詩名，與同里楊芳燦、洪亮吉、黄景仁齊名。後來改研經學，旁及文字音訓、諸子百家、金石文字，又工篆隸，精校勘。著有《尚書今古文注疏》、《周易集解》、《寰宇訪碑録》、《平津館文稿》、《芳茂山人詩集》等。所刊《平津館叢書》、《岱南閣叢書》，世稱善本。

〔六〕掌故趙：深通掌故的趙懷玉。字憶孫，一字味辛，武進人。乾隆五十四年召試，賜舉人，授內閣中書，出署山東登州、兖州知府。辭官後主講通州石港書院。善詩，與孫星衍、洪亮吉、黄景仁齊名。著有《亦有生齋文集》。光緒《陽湖縣志》：「懷玉年十二能詩，以世家少負重名，交滿天下，求文者自遠而至。晚年病廢家居，里中文人日集其庭，商榷議論。」

〔七〕折節：降低身份，虚己待人。《史記·越王句踐世家》：「折節下賢人。」

〔八〕徵其尤：述説最著名的人物。徵：求。尤：最特出的。

〔九〕虞氏：指虞翻（一六四—一三三）。漢代《易經》立於學官，有施、孟、梁丘、京氏四家，其中孟氏一派到三國時由虞翻繼承并作訓注，後人稱爲「虞氏《易》」。清代武進張惠言專研虞氏，著有《周易虞氏義》、《虞氏消息》等。此後，虞氏《易》成爲武進學者研究的專題。

〔一〇〕毖緯：即秘緯。毖，通「秘」。漢代有些儒家爲了神化儒術和孔丘，製造了許多占卜神數和預言，稱爲緯書，有所謂《易緯》、《書緯》、《詩緯》、《禮緯》等，還故作神秘，稱之爲「秘經」或「秘緯」。《後漢書·鄭玄傳》：「遂博稽六藝，粗覽傳記，時睹秘書緯術之奥。」又《王允傳》：「及董卓遷關中，允悉收斂蘭臺、石室圖書秘緯要者以從。」朱彝尊《經義考》有「毖緯」五卷，都是圖讖一類書目。徐養原《緯候不起於哀平辨》：「何休注公羊，述演孔圖於終篇。鄭康成曰：『公羊長於讖。』」按，東漢經師何休（一二九—一八二），根據《公羊春秋》學説，認爲《春秋》是孔丘「據亂而作，其中多非常異義可怪之論」。爲了發明這些義理，他寫了《春秋公羊經傳解詁》。魏晉以後，這一學派很少有人研究，直到清代乾、嘉年間，武進人莊存與著《春秋正辭》，重新撿起公羊經學，傳給外孫劉逢禄，劉著《公羊何氏釋例》，把何休的學說大加闡揚，常州學者紛紛加以研究，如李兆洛、丁履恒等都是公羊經學家，龔自珍、魏源也屬於這一派。

〔一一〕「聲音」兩句：古代經書、子書的文字，不論在讀音、意義、形體方面，都同現代有很大不同，深奥難懂。常州學者大抵都善於從鐘鼎文字中找尋古文字的來源根據。 窔奥：深奥。室東南隅叫「窔」，西南隅叫「奥」，故窔奥指隱密深奥之處。

〔一二〕冥搜：搜訪及於幽遠之處。

〔一三〕學徒：從師受業的生徒。 賈孔：賈公彦和孔穎達。賈公彦：唐永年人，撰《周禮義疏》、《儀禮義疏》，發揮鄭玄的學說。孔穎達：唐衡水人，官國子監祭酒，奉太宗命撰《易》、《書》、《禮記》、《春秋左傳》等五經《正義》。兩人的撰作後來都收入《十三經注疏》中。清代公羊學家認爲他們解經不足爲據，所以不屑談到他們。

〔一四〕韓歐：韓愈、歐陽修。按，清代桐城人姚鼐，纂輯《古文辭類纂》，提倡所謂「唐宋八大家古文」，所收文章以韓愈、歐陽修爲主，下及清代桐城人方苞、劉大櫆，自此有「桐城派古文」之稱。但常州人惲敬、張惠言寫文章都不宗奉韓、歐，自成一格，同邑陸繼輅、董士錫等也贊同這個主張，在古文中别樹一幟，當時稱爲「陽湖派古文」。

〔一五〕小樂府：指詞。清代詞的寫作，起初有朱彝尊等一批人，提倡填詞要效法南宋姜夔、張炎，影響很大。他們都是浙江人，社會上稱爲「浙派」。到了嘉慶年間，武進張惠言提出填詞應以寄托爲主，必須上法五代、北宋。張琦、董士錫等人加以推揚，於是形成「常州詞派」。張惠言的《詞選》，附録同時人的作品，其中黄景仁、左輔、惲敬、錢季重、張惠言、張琦、李兆洛、丁履恒、陸繼輅都是常州人。

〔一六〕爾雅：風格高雅純正。《漢書·儒林傳序》：「文章爾雅，訓辭深厚。」

〔一七〕「泰西」句：西洋人帶來數學上的新見解、新問題，他們琢磨研究，互相問難。按，清代乾、嘉年間，常州出現不少數學家。有馬負圖著《開方密率法》一卷，莊存與著《算法約言》一卷，湯洽名著《勾股算指》一卷、《太初術長編》二卷，董祐誠著《割圜連比例圖解》三卷、《橢圓求周術》一卷、《堆垛求積術》一卷、《三統術衍補》一卷。（見《武進陽湖兩縣合志》）

〔一八〕常故：有關常州的人物掌故。

〔一九〕諮諏：詢問、查訪。

〔二〇〕耇、耋：均老壽之意。這裏指老一輩。

〔二一〕洪：洪飴孫（一七七三—一八一六），字孟慈，陽湖人，洪亮吉之子。嘉慶三年舉人，官湖北東湖知縣。生平博覽群書，著有《青埵山人詩》、《毗陵藝文志》等。馬家駒《讀書札記三則》：「定公於嘉慶十九年（一八一四）隨父到徽州，參加志局，才見到洪亮吉子飴孫（孟慈），距亮吉之死已五年。飴孫覆定公信，稱其爲『世兄』，是以晚輩相呼的。」（洪飴孫生於乾隆三十年代。） 管：管繩萊，字孝逸，陽湖人，管世銘孫。官安徽含山知縣。著《萬緑草堂詩集》、《鳳蓀樓詞》。光緒《武進縣志》説他：「風幹倜儻，文詞瑰磊有奇氣。官含山縣，多惠政，善斷疑獄，民至今思之。」 莊：莊綬甲，見《雜詩己卯自春徂夏在京師作得十有四首》之二注。 張：張琦，字翰風，陽湖人。嘉慶十八年舉人，歷官山東鄒平、章丘、館陶知縣。精地理學，又善醫術，詩文與兄惠言齊名。著有《戰國策釋地》、《素問釋義》及詩文集等。 周：周儀暐，見《逆旅題壁次周伯恬原韻》詩注。

〔一三〕 一董：董祐誠（一七九一——一八二三），字方立，陽湖人。嘉慶二十三年舉人。五歲通曉九九數，十八歲對算學已有很深造詣。又攻習曆數、地理，講求典章、禮儀、政術，力求有用於世。可惜三十三歲早逝。《清史列傳·董祐誠傳》：「祐誠涉獵既廣，撰述亦富，善深沉之思，書之號鉤棘難讀者，一覽無不通曉，復爲出新意，闡隱曲，補罅漏。專門名家，他人殫數十年之力而探索之者，祐誠晨夕間已突過之。」著作除前引數學外，尚有《蘭石詞》一卷。方履籛《董方立誄并序》：「雅好周髀，尤明曆象，八會五羅之編，九宫一算之術，究今昔之隱，通中西之法，守根據窮，披浮索藴，潛思以致睿，鉤賾以達明，聞秘籍而輒求，廢人事而推測，足以補季長未合之理，詮子雲摹擄之文。乃界句繩之曲直，陳累黍之多寡，取徑度於中星，勒斜弦於黄道。所著有《割圜連比例術圖解》三卷，《橢圓求周術》一卷，《斜弧三邊求角外術》一卷，《堆垛求積術》一卷，《三統術衍補》一卷。又嘗考輿地之記，箋桑酈之詳，爲《水經注疏證》，成三卷，而病作不竟其業。又撰《長安志》三十卷，則代人之作也。」即邱去世。

〔二三〕李夫子：李兆洛（一七六九—一八四一），字申耆，號紳綺、養一老人，陽湖人。嘉慶十年進士，官安徽鳳臺知縣，後主講江陰暨陽書院。學問淵博，尤精天文、輿地之學。著《養一齋文集》，輯《大清一統輿地全圖》等。參見《己亥雜詩》一三二首注。

〔二四〕陸子：陸繼輅（一七七二—一八三四），字祁孫，一字祁生，陽湖人。九歲喪父，母親管教很嚴。十七歲結交丁履恒、吴廷敬，其後又與惲敬、莊曾貽、張琦、洪飴孫、李兆洛等交游，學問大進。嘉慶五年中式舉人，二十二年官安徽合肥縣訓導，以勞議叙江西貴溪縣知縣。道光十四年卒。古文能自成一家。著有《崇百藥齋文集》、《合肥學舍札記》。

〔二五〕綢繆：原指緊密纏繞，引申爲情意殷切。傳李陵《與蘇武詩三首》之三：「與子結綢繆。」

〔二六〕珠聯璧合：比喻人材或美好事物的會聚。這裏指好朋友的聚合。

〔二七〕城中劉：指劉逢禄，那時還在京任禮部主事。參見《雜詩自春徂夏在京師作得十有四首》之六詩注。

按，關於清代常州學派，梁啓超在《儒家哲學》一文中説：「常州派可以莊存與（方耕）、劉逢禄

（申受）爲代表。常州在有清一代，無論哪一門學問，都有與人不同的地方。古文有陽湖派，詞有陽湖派，詩亦有陽湖派。尤其在經學方面，主張今文學。今古文的争執，東漢以後已漸消滅，直到清代中葉又將舊案重提。提案的人就是莊、劉。他們反對東漢以後的古文，恢復西漢以前的今文。研究《公羊傳》，專求微言大義，以爲東漢以後，解經的人都在訓詁名物上做功夫，忘却了主要的部分。自他們專提今文以後，今文在學術界很有極大的勢力。」

秋夜花游〔一〕

海棠與江蘺〔二〕，同艷異今古〔三〕。我折江蘺花，間以海棠嫵。狂呼紅燭來，照見花雙開〔四〕。恨不稱花意，踟蹰清酒杯。酒杯清復深，秋士多春心〔五〕。且遣秋花妒，毋令秋魄沉〔六〕。云何學年少？四座花齊笑。躑躅取鳴琴〔七〕，彈琴置當抱。靈雨忽滂沱〔八〕，仙真窗外過〔九〕。雲中君至否〔一〇〕？不敢問星娥〔一一〕。

〔一〕這首詩疑是寫一次秋夜的冶游。「花」與仙人，都有所比擬。李賀有《花游曲》，其序云：「寒食諸王妓游，賀入座，因采梁簡文詩調賦《花游曲》，與妓彈唱。」可見所謂「花游」的含義。

〔二〕海棠：指秋海棠。多年生草本，莖高二尺餘，色微紅，多汁。葉心臟形，端尖。秋月開花，色淡紅。有相思草、斷腸花等異名。江蘺：傘形科草本植物，高一二尺，葉似芹但分裂更細。秋日莖上簇生白色小花，五瓣，排列成復傘形花序。全體有香氣。屈原《離騷》：「扈江離與辟芷兮，紉秋蘭以爲佩。」

〔三〕「同艷」句：兩者雖然同樣艷麗，但有今古的區別。宋陳思《海棠譜·序》：「世之花卉種類不一，或以色而艷，或以香而妍。梅花占於春前，牡丹殿於春後，騷人墨客特注意焉，獨海棠一種風姿艷質，固不在二花下，自杜陵入蜀，絶吟於是花，世因以此薄之。其後都官鄭谷已爲舉似（谷詩：「浣花溪上空惆悵，子美無心爲發揚。」）。本朝列聖品題，雲章奎畫，烜耀千古，此花始得顯聞於時，盛傳於世矣。」同書引宋沈立《海棠記·序》：「蜀花稱美者有海棠焉，然記牒多所不録，蓋恐近代有之。」又引沈立《海棠記》：「唐贊皇李德裕嘗言，花名中之帶『海』者，悉從海外來。故知海椶、海柳、海石榴、海木瓜之類，俱無聞於記述。豈以多而爲稱耶？又非多也，誠恐近代得之於海外耳。」按，據此，則海棠似唐代始從國外傳入。而有關秋海棠的記載，更遲至南宋楊萬里的詩中才出現（楊萬里《張子儀太守折送秋日海棠》詩：「新樣西風較劣些，重陽還放海棠花。春紅更把秋霜洗，且道精神佳不佳。」「木渠野菊總無光，秋色今年付海棠。爲底夜深花不睡？翠紗袖上月和霜。」）這比起《離騷》對江蘺的記載，要遲了上千年，所以作者説是「異今古」。

〔四〕「狂呼」兩句：用蘇軾《海棠》詩意：「只恐夜深花睡去，高燒銀燭照紅妝。」

〔五〕秋士：境遇不佳、有遲暮之感的男子。《淮南子·謬稱訓》：「春女思，秋士悲，而知物化矣。」這裏是作者自指。　春心：感情熾烈的心。參見《自春徂秋偶有所觸拉雜書之漫不詮次得十五首》之三「秀句」句注。句意謂自己雖然遭際不好，但志氣並未消沉。

〔六〕秋魄：指秋海棠。魄：花之精魄。宋張冕《海棠》詩：「晨曦遠借彤雲暖，秋魄微侵甲帳寒。」

〔七〕躑躅：徘徊不進。

〔八〕靈雨：《詩·鄘風·定之方中》：「靈雨既零。」傳：「靈，善也。」又可理解爲伴隨仙人出現的仙風靈雨。屈原《九歌·山鬼》：「東風飄兮神靈雨。」

〔九〕仙真：仙人。

〔一〇〕雲中君：屈原《九歌·雲中君》中描寫的仙人。

〔一一〕星娥：女仙。李商隱《聖女祠》詩：「星娥一去後，月姊更來無？」

猛憶

狂臚文獻耗中年〔一〕，亦是今生後起緣。猛憶兒時心力異，一燈紅接混茫前〔二〕。

〔一〕狂臚：拚命搜求，羅列。　文獻：見《同年生徐編修（寶善）齋中夜集……》詩「東南」句注。

〔二〕「一燈」句：心靈的光芒一直透到天地開闢以前。　一燈：《華嚴經》卷七十八：「譬如一燈入於暗室，百千年暗悉能破盡。」《大明三藏法數》解釋説：「謂燈能破暗，以喻菩提之心，能破煩惱之暗也。」燈，喻心靈的智慧。　混茫：混然一團的宇宙。　杜甫《寄高使君岑長史》詩：「篇終接混茫。」按，作者在二十一歲，曾寫過一組文章，名《壬癸之際胎觀》，目的在探索人類起源、法律道德的産生、統治權力的來歷以及天道循環的道理等等。所謂「混茫前」，便是指這些東西。

銘座詩〔一〕

精微惚恍〔二〕，少所樂兮〔三〕。躬行且踐〔四〕，壯所學兮。曰以事天〔五〕，敢不諾兮。事無其耦，生靡樂兮〔六〕；人無其朋〔七〕，孤往何索兮？借瑣耗奇，嗜好托兮〔八〕；浮湛不返〔九〕，徇流俗兮〔一〇〕。吁！瑣以耗奇兮，不如躬行以耗奇之約兮〔一一〕。回念故我，在寥廓兮。我詩座右，榮我獨兮〔一二〕。

【校】

此爲《破戒草之餘》詩。「生靡樂兮」：諸本皆同。唯堂本、「續四庫」本「生」作「住」。「借瑣耗奇」：諸本皆同。唯王校本另注：「『借瑣耗奇。』龔橙云原本有『兮』字，疑是。」周按，其注誤，見下。「吁瑣以耗奇兮」：諸本皆同。獨鄧本作「吁瑣以耗奇」，於句下注：「原本有『兮』字。」可見爲龔橙所刪。王校本注文當移置此句下，但彼疑「借瑣耗奇」句當有「兮」字，則非是。

〔一〕寫詩放在桌上，經常勉勵自己，如座右銘，叫銘座詩。詩中寄托了壯志未伸、獨行無侶的悲哀。

〔二〕精微：精深微妙的哲理。惚恍：深奥而難以把捉的哲理。《老子》：「道之爲物，惟恍惟忽，忽兮恍，其中有像；恍兮忽，其中有物。」

〔三〕少所樂：少年時期樂意追求的。

〔四〕躬行：親身實行。《孔子家語·六本》：「聞善必躬行之。」

〔五〕事天：《禮·哀公問》：「是故仁人之事親也如事天，事天如事親。」作者《自春徂秋……得十五首》之六：「事天如事親，誰云小兒弄。」

〔六〕「事無」兩句：事情如果没有配對，人生就不快樂了。耦：同「偶」。董仲舒《春秋繁露·楚莊王》：「百物皆有合偶，偶之合之，仇之匹之，善矣。」

〔七〕無朋：猶「無友」。《禮·學記》：「獨學而無友，則孤陋而寡聞。」

〔八〕「借瑣」兩句：借助對瑣碎事情的嗜好去消磨自己的奇氣。瑣：指金石文字及掌故文獻之類。作者《撰羽琌山館金石墨本記成弁端二十字》詩：「坐耗蒼茫想，全憑瑣屑謀。」句意與此相仿。托：依托。

〔九〕浮湛：同「浮沉」。《漢書·爰盎傳》：「盎病免家居，與閭里浮湛相隨行，斗鷄走狗。」

〔一〇〕徇：曲從。

〔一一〕約：簡要。《孟子·公孫丑》上：「夫二子之勇，未知其孰賢，然而孟施舍守約也。」

〔一二〕榮：顯露。《吕氏春秋·務大》：「其名無不榮者。」注：「榮，顯也。」

東陵紀役三首〔一〕

其一

天俔徽音在〔二〕，龍飛故劍亡〔三〕。兩宫儀斐亹〔四〕，七萃淚淋浪〔五〕。鬱律川原勢〔六〕，低徊葆吹長〔七〕。東行三百里，何處白雲鄉〔八〕？

〔一〕道光七年九月，道光帝旻寧拜祭東陵，並視察孝穆成皇后移葬事。作者以内閣中書身份奉旨先往安排事宜。詩即紀述此行。東陵：在今河北省遵化縣西北。《清史稿·禮志》

五：「康熙二年，相度遵化鳳臺山建世祖陵，曰孝陵。」又：「雍正元年，定聖祖陵曰景陵。」又：「凡孝陵，景陵以下，世宗曰泰陵，高宗裕陵，仁宗昌陵，宣宗慕陵，文宗定陵，穆宗惠陵，並在直隸易、遵化二州，稱東、西陵。東陵鳳臺山，封昌山；西陵太平峪，封永寧山。」關於此次謁陵的情況，《東華續録》作了如下記載：道光七年九月庚申，「上啓鑾謁東陵。辛酉，孝穆皇后梓宫至寶華峪，暫安於享殿。壬戌，上謁昭西陵、孝陵、孝東陵、景陵、裕陵。甲子，上至寶華峪臨視孝穆皇后奉安地宫，奠酒畢，回鑾。丁卯，上還京師。」前後共八日。按，孝穆皇后鈕祜禄氏，道光帝登位前封爲福晉，嘉慶十三年卒。道光帝即位後追封皇后。初葬王佐村，道光七年移葬寶華峪。

〔二〕天俔：《詩·大雅·大明》：「大邦有子，俔天之妹。文定厥祥，親迎於渭。」舊注説是歌頌周文王皇后太姒的美德。作者借用比喻孝穆皇后。　徽音：美好的聲譽。《詩·大雅·思齊》：「太姒嗣徽音，則百斯男。」

〔三〕龍飛：比喻皇帝登極。《易·乾》：「飛龍在天。」疏：「飛龍在天，猶聖人之在王位。」　故劍：指原來的妻子。漢宣帝登位前曾娶許廣漢女兒爲妻，即位後，大臣商議立霍光的女兒爲皇后，宣帝却要重尋「故劍」，於是立許氏爲皇后。見《漢書·外戚傳》。

〔四〕兩宫：太后和皇帝同時存在，稱兩宫；太上皇和皇帝同時存在，也稱兩宫；兩位皇后同時存在，也稱兩宫。這裏是指道光帝和他的母親孝和睿皇后。　儀斐亹：禮儀十分隆重。

斐亹：有文彩的樣子。

〔五〕七萃：周代禁衛軍，凡七隊。這裏借指清帝的禁衛軍。《穆天子傳》卷三：「天子大饗正公諸侯王，勒七萃之士於羽琌之上。」

〔六〕鬱律：深密高峻的樣子。　川原勢：這裏指皇陵一帶的地勢。

〔七〕葆吹：用羽毛裝飾的口吹樂器。這裏指代祭樂之聲。南朝齊王融《豫章文獻王墓志銘》：「鯨驂惋慕，葆吹徘徊。」

〔八〕白雲鄉：仙境。《莊子·天地》：「乘彼白雲，至於帝鄉。」《飛燕外傳》：「吾老是鄉矣，不能效武皇帝求白雲鄉也。」

其二

帝子華年小〔一〕，初弦寶月沈〔二〕。端嫻三肅禮〔三〕，憫動六宮深〔四〕。徒殯飛秋雪〔五〕，迎神下彩禽。松楸依在咫〔六〕，慈孝萬年心。

【校】

此爲《破戒草之餘》詩。　「慈孝」：諸本皆同。邃本「孝」下注：「一作『考』。」

〔一〕帝子：《楚辭·屈原〈九歌·湘夫人〉》：「帝子降兮北渚。」注：「帝子，謂堯女也。」這裏指前不久夭逝的皇子。《東華續録》道光七年二月甲寅：「皇次子奕綱薨。」在世僅四個月。

〔二〕初弦寶月：喻奕綱。初弦：即上弦。　沈：指去世。

〔三〕三肅禮：指宫中妃嬪等對死去的皇子行禮。段玉裁《經韻樓集·釋拜》：「肅拜者何謂也？　舉首下手之拜也，婦人之拜也。《少儀》曰：『婦人雖有君賜，肅拜。』是則肅拜爲婦人之常，猶拜手爲男子之常也。」

〔四〕憫：哀憐。　動：通「慟」。極度悲痛。

〔五〕「徒殯」句：送殯的人一色白衣服，像秋雪翻飛。　徒：步行。　殯：指殯棺，即棺柩。句指奕綱的棺柩也一起移葬。

〔六〕松楸：松樹和楸樹。古人多植之於墓地，因亦作墓地的代稱。這裏指皇子墓與孝穆皇后陵墓。　依在咫：兩墓相依，近在咫尺。

其三

閣事疏朝請〔一〕，君恩許看山。口銜星宿去〔二〕，袖拂鳳凰還〔三〕。望眼將連海，詩聲欲過關〔四〕。雲旗風馬隊〔五〕，旬日夢魂間。

〔一〕閣事：官府的公事。閣：官衙。這裏指内閣。　朝請：漢代的制度，諸侯朝見天子，春天稱爲朝，秋天稱爲請。後來泛指朝見。

〔二〕口銜星宿：指帶着皇帝聖旨。《後漢書·朱穆傳》：「手握王爵，口含天憲。」天憲，指皇帝御旨，也稱天章。天章又可指天上列宿，所以作者説「口銜星宿」。

〔三〕鳳凰：司馬相如《上林賦》：「拂翳鳥，捎鳳凰，捷鵷雛，揜焦明，道盡途殫，回車而還。」寫的是行獵歸來的情景，作者借指東陵行役回來，亦因東陵在鳳臺山上。

〔四〕過關：遠出關門之外。按，東陵向北不遠便是長城。

〔五〕「雲旗」句：旗幟如雲，馬隊如風。

李中丞宗瀚家獲觀古拓隋丁道護書啓法寺碑狂書一詩〔一〕

羽琌山館三百墨〔二〕，妒君一紙葵花色〔三〕。何不贈歸羽琌山，置之漢玉秦金側。

〔一〕李宗瀚（一七六九—一八三一），字公博，號春湖，江西臨川（今撫州）人，乾隆五十八年進士，授編修，歷官侍讀學士、太僕寺卿、宗人府丞、左副都御史。道光八年擢工部侍郎。十一年本生父卒，奔喪死於衢州。生平癖好金石文字，游山水，曾到廣西桂林，登幽探勝，在岩壁間手拓唐宋人石刻真迹。又精於書法，爲時人所重。著有《韋廬詩集》。徐世昌《晚清簃詩話》：「（宗瀚）生平無他嗜好，獨嗜金石文字，所聚名拓至數十百種，築湖東樓庋之。中以漢《夏承碑》、隋丁道護《啓法寺碑》、唐虞永興《夫子廟堂碑》、褚登善《孟法師碑》爲尤，世稱臨川四寶。」 中丞：清人稱左副都御史。 啓法寺碑：隋仁壽二年（六〇二）周彪撰文，襄州祭酒從事丁道護書。碑原在湖北襄陽縣，後毁。（按，詩題作「啓法師碑」者，誤。）此碑字近北體，而帶南帖神味。李宗瀚所藏拓本，據説當時已成海内孤本。

〔二〕羽琌山館：見《撰羽琌山館金石墨本記成弁端二十字》詩注。 三百墨：三百本碑帖拓本。三百：是約數。

〔三〕一紙葵花色：指啓法寺碑的古拓。葵花色：淡黄顔色。指拓本的紙色。

附録：李宗瀚《隋丁道護書啓法寺碑》詩（自注：何義門太史舊本，手題簽存。前後有研山堂印、孫承澤印，最後有魏國公印，爲賈秋壑鈐記。）

隋書罕署名，道護碑傳二。開皇仁壽年，興國啓法寺。後來信居上，書老筆亦恣。六一得其精，胡乃楊本嗜？一夔殊已足，觀樂他且置。骨體肖龍藏，倍溢妍華致。化度雖後塵，右方闡緘秘。悦生堂不録，銷夏篇不記。兩家印篆留，近入義門笥。氣壓集古千，源導貞觀四。其文頌金像，頗説佛靈異。我聞菩提法，妙具千手臂。法法皆圓通，始了第一義。丁真合同參，誰問楞伽字？（徐世昌纂《晚晴簃詩彙》卷一〇九）

九月二十七夜夢中作〔一〕

官梅只作野梅看，似是宋句〔二〕。月地雲階一倍寒〔三〕。翻是桃花心不死〔四〕，春山佳處淚闌干〔五〕。

〔一〕這是作者在京師感慨宦情冷落而作。舊繫在道光七年，作者時任内閣中書。

〔二〕官梅：種在官衙裏的梅。比喻在京師當一員小官。野梅：長在山野的梅花。比喻在野之身。句意謂自己雖然是個官員，其實同在野的隱士也差不了很遠。似是宋句：宋吴自牧《夢粱録》卷十九引宋高似孫《游園咏》曰：「翠華不向苑中來，可是年年惜露臺。水際春風寒漠漠，官梅却作野梅開。」（又見宋周密《武林舊事》卷四）龔氏所謂「宋句」，似即指此。

〔三〕月地雲階：以月作地，以雲作階，原意指仙人洞府（見牛僧孺《周秦行記》）。這裏借指内閣官署。蘇軾《次韻楊公濟奉議梅花十首》之四：「月地雲階漫一樽，玉奴終不負東昏。」

〔四〕桃花：借喻作者妻子何吉雲。龔氏在《春日有懷山中桃花因有寄》詩中，就曾以桃花比擬妻子。何吉雲希望丈夫留在京師，在事業上有所成就。（參閲《春日有懷山中桃花因有寄》「葆君青雲心，勿吟招隱吟」句注。）

〔五〕春山佳處：作者《春日有懷山中桃花因有寄》詩：「長安桃李漸漸明，何似春山此時好？」這裏指妻子的住地。淚闌干：眼淚縱橫。

夢中作四截句 十月十三夜也〔一〕

其一

抛却湖山一笛秋，人間無地署無愁〔二〕。忽聞海水茫茫緑，自拜南東小子侯〔三〕。

【校】

此爲《破戒草之餘》詩。「南東」：諸本皆作「南東」。「東」下邃本、王校本注：「一作『東南』。」王本、類編本注：「一本作『東南』。」周按，定盦詩用「南東」一語頗多，此處亦宜按吴本作「南東」。

〔一〕借「夢中作」爲題，發抒胸中鬱勃不平的感慨。寫於道光七年，作者三十六歲。截句：即絶句。

〔二〕「抛却」兩句：自從離開家鄉的湖山，來京師作一員閑官，就覺得要在人間找一塊無愁的地方都不可能了。一笛秋：在秋天吹笛。代表自由自在的隱居生活。張祖廉《定盦先生年譜外記》：「童時居(西)湖上，有小樓在六橋幽窈之際，嘗於春夜，梳雙丫髻，衣淡黄衫，倚闌吹笛，歌東坡《洞仙歌》詞，觀者艷之。或爲作『湖樓吹笛圖』以紀其事，余學士集題《水仙子》詞一闋。」

〔三〕小子侯：《禮·曲禮》：「天子未除喪，曰予小子。生名之，死亦名之。」注：「生名之曰小子王，死亦曰小子王也。晉有小子侯，是僭取于天子號也。」作者寫此詩時，母親段氏已逝(道光三年七月去世)，父親麗正是年辭官歸家，所以用「小子侯」自比。意思是返回故鄉奉侍父親。

其二

黄金華髮兩飄蕭，六九童心尚未消〔一〕。叱起海紅簾底月〔二〕，四廂花影怒於潮〔三〕。

〔一〕六九：百六陽九的省稱。道家認爲是倒霉的運數。這裏代表衰世。《太平經鈔甲部》卷一：「昔之天地與今之天地有始有終，同無異矣。初善後惡，中間興衰，一成一敗。陽九百六，六九乃周，周則大壞，天地混齏，人物糜潰，唯積善者免之。」洪邁《容齋續筆》卷六：「史傳稱百六陽九爲厄會。以曆志考之，其名有八：初入元百六曰陽九，次曰陰九，又有陰七陽七、陰五陽五、陰三陽三，皆謂之災歲。大率經歲四千五百六十而災歲五十七，以數計之，每及八十歲則值其一。」按，作者認爲嘉慶、道光之際，清王朝已進入衰世，在文集中屢屢提到。此詩則用「六九」指代之。

〔二〕海紅：一種朱紅的顏色。

〔三〕花影怒於潮：按，洪亮吉《北江詩話》載孫星衍夫人王采薇詩，有「一院露光團作雨，四山花影下如潮」句。洪氏認爲幽奇惝恍，未經人道。然上句實不稱下句，未若龔氏此兩句沉烈瑰麗，銖兩悉稱。才人之奇，正不可及。

其　三

恩仇恩仇日苦短。魯戈如麻天不管〔一〕。賓客漂流半死生，此公又築忘憂館〔二〕。

〔一〕魯戈：見《觀心》詩注。

〔二〕此公：作者自指。　築忘憂館：《西京雜記》卷四：「梁孝王游於忘憂之館，集諸游士，各使爲賦。」句意謂要重新招集一批客人、朋友。

按，作者喜歡交結賓客，屢見於詩中。清人筆記亦多有記載。這首詩表達了作者始終没有消失結客的豪情。

其　四

一例春潮汗漫聲〔一〕，月明報有大珠生〔二〕。紫皇難慰花遲暮〔三〕，交與鴛鴦訴不平。

〔一〕一例：一樣。

〔二〕大珠：這裏比喻科舉考試中名列第一的狀元。

〔三〕紫皇：天神。《太平御覽》卷六五九引《秘要經》：「太清九宮，皆有僚屬，其最高者，稱太皇、紫皇、玉皇。」

按，這首詩致慨於考中科舉的人毫無真才實學，不過是水中幻影，而别人却以爲是真正的大明珠。末二句自嘆遲暮，而且頗有不平，然而這種不平，又只能在親密的人中間傾訴。

又按，王端履《重論文齋筆録》卷三：「吾浙某科鄉試時，以『月點波心一顆珠』爲題。予彼時有擬作一首，藏之篋中，已不復記憶。己亥（按，道光十九年）春日，偶檢得之，不忍棄置，録之於後。（詩略。）」「月點波心一顆珠」是浙江鄉試試帖詩題，但不知出於何年。看來作者的「月明報有大珠生」與此題有一定關係，並可推知作者此詩所指是科舉之事，特録以備考。

程秋樵江樓聽雨卷周保緒畫〔一〕

其一

周郎心與筆氤氳〔二〕，天外驚濤落紙聞。絶憶中唐狂杜牧〔三〕，高樓風雨定斯文〔四〕。

〔一〕周保緒：周濟（一七八一—一八三九），字保緒，一字介存，號未齋，晚號止庵，江蘇荆溪（今宜興）人。嘉慶十年進士，官淮安府學教授。著有《晉略》、《味隽齋詞》、《介存齋論詞雜著》等。蔣寶齡《墨林今話》：「（保緒）山水專師北宗，用筆沈厚，真力彌滿，生硬中自具書卷之氣，可與安邑宋芝山頡頏。尤愛畫石，離奇瘦透，饒有别致。論畫刻有《折肱録》，洞中肯綮，沾丐後學不淺。晚年僑寓金陵，得江氏致園，易名春水，因自號止庵，又曰白門逋客，又曰春水翁。嘗割宅與湯雨生都督同居。五十後仍官淮上。」

〔二〕氤氳：光、色、氣融匯糾結的樣子。

〔三〕中唐狂杜牧：杜牧（八〇三—八五三），字牧之，中唐著名詩人。曾任司勳員外郎，後爲考功郎中，知制誥。他憂國憂民，立志用世，但也有「清狂」的一面。如唐人孟棨《本事詩》載：「杜（牧）爲御史，分務洛陽時，李司徒罷鎮閑居，聲伎豪華，爲當時第一，洛中名士，咸謁見之。李乃大開筵席，當時朝客高流，無不臻赴。……時會中已飲酒，女奴百餘人，皆絶藝殊色。杜獨坐南行，瞪目注視，引滿三卮，問李云：『聞有紫雲者，孰是？』李指示之。杜凝睇良久，曰：『名不虚得，宜以見惠！』李俯而笑，諸妓亦皆回首破顔。杜又自飲三爵，朗吟而起曰：『華堂今日綺筵開，誰唤分司御史來。忽發狂言驚滿座，兩行紅粉一時回。』意氣閑逸，旁若無人。」

〔四〕高樓風雨：李商隱《杜司勳牧》詩：「高樓風雨感斯文，短翼差池不及群。刻意傷春復傷别，人間唯有杜司勳。」 斯文：指詩篇。

其　二

賈誼長沙謫未還〔一〕，江東文酒緒闌珊。論文剩有何無忌〔二〕，指點吾徒夢裏山。

〔一〕賈誼（前二〇〇—前一六八）：西漢著名文學家、政論家。洛陽人。十八歲即有名於時。始爲博士，遷太中大夫，後被周勃、灌嬰等大臣排擠，貶爲長沙王太傅。渡湘水時，爲賦以吊屈原。後爲梁懷王太傅。三十三歲即鬱鬱以終。名作有《過秦論》、《陳政事疏》、《鵩鳥賦》等，後人輯有《賈誼集》。這裏借喻遠謫南方的有才華的友人。

〔二〕何無忌：東晉人，鎮北將軍劉牢之外甥。牢之每有大事，常同他討論。由州郡從事轉太常博士。桓玄篡位，他率領軍隊屢破玄兵，威名遠震。盧循起義，他舉兵鎮壓，戰敗被殺。作者因周保緒喜言軍事，所以拿何無忌作爲比擬。按，周濟的學問和抱負，既似詩人杜牧，而能文善武，也與何無忌相近。所以作者拿二人作爲比擬。魏源《荆溪周君保緒傳》有一段記述頗爲生動，可作瞭解本詩的參考：「君少與同郡李君兆洛、張君琦、涇縣包君世臣以經學相切劘，兼習兵家言，習擊刺騎射。至是益交江淮豪士，互較所長，盡通其術，並詳訓練營陣之制……兩江總督大學士孫公（按，孫玉庭）聞其名，過揚州，邀見舟中，縱談兵事。曰：『君將才也。承平無所試，可姑試之兩淮私梟乎？』君笑曰：『諾。』孫公令淮北各營伍及州縣聽君號令。時淮北梟徒千百爲群，器械精鋭。君則招諸豪士數十輩，兼募巡卒，教以擊刺，月餘皆可用。偵擊其大隊於安東，屢敗擒之。淮北斂迹。然君遂謝事，曰：『鹾務不治本而徒緝私，私不可勝緝也。』淮南諸商争延重君，遂措貲數萬金，托君辦鹾淮北。君則以其貲購妖姬，養豪客劍士，過酒樓酣歌恒舞，裙屐雜沓；間填小樂府，倚聲度曲，悲歌慷慨，醉持丈八矛揮霍如飛，滿堂風雨；醒則磨墨數斗，狂草淋漓，或放筆爲數丈山水，雲垂海立，見者毛髮竪。人皆莫測君爲何許人。」

庚寅　道光十年(一八三〇)

紀夢七首〔一〕

其一

好月簾波夜，秋花馥一床。神機又靈怪，仙枕太飛揚〔二〕。帝遺奇文出，巫稱此魄亡〔三〕。飄摇穹塞外〔四〕，别有一齊梁〔五〕。

〔一〕這七首詩，作者借紀夢爲名，其實所寫的都是清代北方邊區的軼聞掌故。作者在内閣工作時，有機會看到滿、蒙文字檔案，知道一些外間所不知的隱秘。由於不便明白宣説，故托爲紀夢，用迷離惝恍的手法，曲折表達。但詩中所述的事，因徵考不足，很難具體實指。

〔二〕仙枕：五代王仁裕《開元天寶遺事》卷上：「龜兹國進奉枕一枚，其色如碼碯，温温如玉，其製作甚樸素，若枕之，則十洲三島、四海五湖，盡在夢中所見，帝因名爲『游仙枕』。」

〔三〕此魄亡：這些文字無人能解。魄，指文字的形義。作者在《擬上今方言表》中説：「文字有形有義。聲爲其魂，形與義爲體魄。魄魂具，而文字始具矣。」按，以上兩句暗示所見的並非漢字。

〔四〕穹塞外：指長城以北的邊遠地區。

〔五〕齊梁：指像齊、梁時代那樣艷美的文學作品。

其二

十部徵文字〔一〕，聱牙爲審音〔二〕。雖非沮頡體〔三〕，而有老莊心〔四〕。萬枋獅油燭〔五〕，三抽象罔琴〔六〕。恭聞天可汗〔七〕，賜槧在書林〔八〕。

〔一〕十部：作者在《蒙古聲類表序》中説：「今欲推見蒙古字母，則諸家之法具在。……至其部數，則定以十部。每部之數，則以三爲例。」徵：考查，驗證。

〔二〕聱牙：不順口。韓愈《進學解》：「周誥殷盤，詰屈聱牙。」

〔三〕沮頡體：漢字形體。沮：沮誦，黄帝時代的左史，傳説他和倉頡共同創製漢字。晉衛恒《四體書勢》：「昔在黄帝，創製萬物，有沮誦、倉頡篇，始作書契，以代結繩。」

〔四〕老莊心：暗指佛教思想和老莊思想有共同之處。

〔五〕枋：同「柄」。獅油燭：以獅油澆製而成的蠟燭。清趙學敏《本草綱目拾遺·獸部》引朱排山《柑園小識》：「獅子油白膩如脂肪，氣味俱薄，利小便。」

〔六〕抽：彈奏。鮑照《學劉公幹體五首》之五詩：「抽琴爲爾歌。」　象罔琴：比喻佛教的虚無思想。《莊子·秋水》：「象罔得之。」疏：「象罔，無心之謂。」

〔七〕天可汗：唐代西域各屬國稱唐朝皇帝爲天可汗。這裏借指清帝。

〔八〕槧：書版。這裏指刻書。　書林：書庫，書局。這裏指武英殿，清代出版官書的衙門。

按，康熙年間，曾下詔用滿洲、蒙古、拉丁、唐古特四種語言翻譯佛教《心經》。乾隆時，又從西藏、蒙古、滿洲及漢譯《大藏經》中抄出經咒，編爲《滿漢蒙古西番合璧大藏全咒》，以及四譯對照的《金剛經》、《四十二章經》等。此詩即暗指此等事。

其　三

大辯聲音重〔一〕，琅琅先自聞。陣圖攢密雨〔二〕，疑義抉重雲〔三〕。白馬刑何益〔四〕，黄龍地遂分〔五〕。夜臨千帳語〔六〕，争祀某參軍。

〔一〕大辯：高深宏大的議論。《老子》：「大辯若訥。」

〔二〕「陣圖」句：軍事地圖上標繪的部隊配置密如雨點。

〔三〕「疑義」句：對人們提出的疑問，幾句話就解釋明白。

〔四〕白馬刑：殺白馬舉行盟誓。《戰國策·趙策》：「蘇秦從燕之趙，始合縱，説趙王曰：『今天下之將相，相與會於洹水之上，通質，刑白馬以盟之。』」

〔五〕黄龍：古地名。遼太祖耶律阿保機平定渤海，改置黄龍府。金代在此建都，轄地包括今吉林省及遼寧省東北部。又古國名。公元四〇九年，北燕統治者馮跋建都龍城，其地即今遼寧省朝陽縣，南朝稱此國爲黄龍國。

〔六〕夜臨：龔橙本作「夜聆」。

其四

持問胭脂色，南人同不同〔一〕？模糊綃帕褶〔二〕，慘憺唾盂中〔三〕。我有靈均淚〔四〕，將毋各樣紅〔五〕？星星私語罷〔六〕，出鞘一刀風。

〔一〕「持問」兩句：試問塞外婦女的眼淚顔色，和南方婦女是否一樣？胭脂：《史記·匈奴列傳》「過焉支山」索隱：「《括地志》云：『焉支山一名删丹山，在甘州删丹縣東南五十里。』」《西河故事》云：「匈奴失祁連、焉支二山，乃歌曰：『亡我祁連山，使我六畜不蕃息；失我焉支山，使我婦女無顔色。』」焉支，通胭脂。胭脂色：這裏指眼淚的顔色。參閲《又書一首》詩「豈無」句注。

〔二〕綃帕：絲手帕。褶：皺褶。

〔三〕唾盂：即唾壺。參閲《又書一首》詩「豈無」句注。
〔四〕靈均：屈原的字。
〔五〕將毋：大概，或許。
〔六〕星星：細碎零星。這裏是形容悄聲説話的樣子。劉禹錫《步虚詞》：「星星仙語人聽盡，却向五雲翻翅飛。」陳陶《小笛弄》詩：「媧皇碧玉星星語。」

其五

按劍因誰怒？尋簫思不堪〔一〕。月明湩酒薄〔二〕，天冷塞花憨〔三〕。駝帽春猶擁，貂靴舞不酣。忽承飛騎賜，行帳下江南〔四〕。

〔一〕尋簫：追尋舊日的情感。
〔二〕湩酒：乳汁製成的酒。
〔三〕塞花：邊塞上的花。這裏比喻女性。
〔四〕行帳：塞北少數民族的帳篷。　下：龔橙本作「畫」。

其六

明鏡如錢小，新妝入佩環。來朝聞選馬，昨夜又開關。燈火秋潮至，人聲畫角間，一丘狐兔盡，諸婢獵前山。

其七

八部諸龍孽〔一〕，旁師鬬幾家〔二〕？ 歸依誤天女〔三〕，密咒比瑜伽〔四〕。 玉貌猶餐肉，經筵不供花〔五〕。 宗風向西極〔六〕，吾道化龍沙〔七〕。

〔一〕八部諸龍：佛家語。見《戒詩五章》之三「天龍」句注。 孽：庶子。

〔二〕旁師：在正宗之外另立派别的佛教宗師。

〔三〕歸依：佛家語。誠心歸向之意。

〔四〕密咒：又稱陀羅尼，所謂秘密真言。 瑜伽：又稱秘密瑜伽，屬於佛教的密宗。傳入我國後，稱爲法相宗。

〔五〕供花：佛教徒認爲花是對佛祖的六種供養之一。《金剛經》：「在在處處，若有此經，則爲一切世間天、人、阿修羅所應供養，當知此處則爲是塔，皆應恭敬作禮圍繞，以諸花香而散其處。」

〔六〕宗風：佛家語。一個宗派獨特的風儀。多指禪宗而言。

〔七〕龍沙：指我國西北少數民族居住的地區。

按，滿族入關前，信奉喇嘛教，入關後仍然尊信，並借以羈縻邊疆少數民族上層分子。陳康祺《郎潛紀聞》云：「喇嘛一教，較浮屠、天方尤爲誕妄。其人飲酒食肉，被服鮮麗，習技擊，娶婦女，無復戒律。其中又有紅教、黄教之别。黄教能畫符治病，唪經咒。其唪經則有吉祥天母、大游戲、迎新年、龍王水、寶匣沐浴諸名目。其皈依釋迦、金剛、毗盧藥師、無量壽諸佛，則又與浮屠同出。其髡首不蓄髪亦同。蓋本朝龍興之初，喇嘛教效順最早，而其術盛行東土，又夙爲蒙古諸部落所崇信，故優禮彼教。」可作本詩參考。

周按：

《紀夢七首》至《哭洞庭葉青原昶》及《秋夜聽俞秋圃彈琵琶……》此十四首皆録自龔橙所編《定盦詩集定本（上）》。王本、類編本併入《定盦集外未刻詩》。王校本云録自《定盦集外未刻詩》，乃誤從王本、類編本。

題盆中蘭花四首〔一〕

其一

憶昨幽居絶壁下，漠漠春山罕樵者。薜荔常爲苦竹衣〔二〕，鵁鶄誤僦鼪鼯舍〔三〕。天榮此魄不用媒〔四〕，可憐位置費君才〔五〕。珍重不從今日始，出山時節千徘徊。

〔一〕這一組詩舊繫於道光十年，缺乏根據。詩中借蘭花抒情寓意，表現了「自憐幽獨」和憶念妻子的情懷。是作者在京師「冷署閑曹」中所作。

〔二〕薜荔：桑科常緑灌木，蔓生，又名木蓮。苦竹：禾本科植物，高五六丈，莖可製器，笋味苦，不可食。

〔三〕鵁鶄：涉禽類，頭頸赤褐色，胸背有疏毛似蓑衣，喙長腿高，産我國南部。鼪：黄鼬，又名黄鼠狼。鼯：鼯鼠。形如松鼠，尾長，前後肢有薄膜，能從高處飛降。

〔四〕天榮此魄：大自然把蘭花滋養起來，令它蓬勃生長。

〔五〕位置：安放，布置。

其二

華堂四宧下紅羅〔一〕，謝家明月何其多〔二〕？鬱金帳中聞夜語〔三〕，謝娘新病能詩魔〔四〕。二月奇寒折萬木，嚴霜夜夜雕明燭。小屏風下是何人？剪摵雲鬟换新緑〔五〕。

〔一〕四宧：猶「四隅」。《爾雅·釋宫》：「室東北隅謂之宧。」

〔二〕謝家明月：用唐人張泌詩意。張泌《寄人》詩：「別夢依依到謝家，小廊回合曲闌斜。多情只有春庭月，猶爲離人照落花。」作者借「謝家」指妻子何吉雲住的地方。

〔三〕鬱金帳：用鬱金薰染過的帳子。鬱金：一種黄色染料。

〔四〕謝娘：東晉王凝之妻子謝道韞，能詩。這裏比喻何吉雲。詩魔：佛教徒認爲寫詩是一種魔障。

〔五〕雲鬟：女子美麗的髮髻。這裏比喻蘭的葉子。鬟：龔橙本作「鬘」。

其　三

謚汝合歡者誰子〔一〕？一寸春心紅到死。旁人誤作淡妝看，持問燕姬何所似〔二〕？吾琴未碎百不憂〔三〕，佳名入手還千秋〔四〕。合歡人來夢中去〔五〕，安能伴卿哦四愁〔六〕？

〔一〕合歡：指并蒂。

〔二〕燕姬：燕地的美女。這裏借指侍妾。

〔三〕吾琴：比喻自己的妻子。《詩·小雅·常棣》：「妻子好合，如鼓瑟琴。」

〔四〕佳名：指「合歡」之名。

〔五〕合歡人：指自己的妻子。

〔六〕四愁：漢代張衡有《四愁詩》。這裏泛指愁苦的詩篇。

其四

燕山齼齼雲不嬌〔一〕，靈藥幾堆春未苗〔二〕。菖蒲茸生恰相似〔三〕，女兒甘遜神仙驕〔四〕。宣州紙工渲染薄〔五〕，畫師黄金何處索？一別春風小景空，磁盆倚石成零落。

〔一〕燕山：山名。位於河北平原北側，呈東西走向，由潮白河河谷直到山海關。齼齼：疑應作「齪齪」。拘謹局促的樣子。

〔二〕靈藥：指蘭花。

〔三〕菖蒲：指石菖蒲。生於水石之間，外形頗似蘭。茸生：柔密叢生。

〔四〕女兒：蘭據説是女性植物。《淮南子》：「男子樹蘭，美而不芳。」神仙：菖蒲傳説是仙草。李白《送楊山人歸嵩山》詩：「爾去掇仙草，菖蒲花紫茸。」

〔五〕「宣州」句：是説紙上的畫蘭遠比不上真蘭。宣州紙：即宣紙。工：質量好。渲染：中國畫技法名。以水墨或顏色烘染物像，使之分出深淺明暗，增强質感。

飲少宰王定九丈鼎宅少宰命賦詩〔一〕

天星爛爛天風長，大鼎次鼒羅華堂〔二〕。吏部大夫宴賓客，其氣上引爲文昌〔三〕。主人佩珠百有八〔四〕，珊瑚在冒凝紅光〔五〕。再拜醻客客亦拜〔六〕，滿庭氣肅如高霜。黄河華岳公籍貫〔七〕，秦碑漢碣公文章〔八〕，恢博不棄賤士議〔九〕，授我筆硯温恭良〔一〇〕。擇言避席何所道〔一一〕？敢道公之前輩韓城王〔一二〕：與公同里復同姓〔一三〕，海内側伫豈但吾徒望〔一四〕。狀元四十宰相六十晚益達〔一五〕，水深土厚難窺量。維時純廟久臨御〔一六〕，宇宙瑰富如成康〔一七〕。公之奏疏秘中禁〔一八〕，海内但見力力持朝綱〔一九〕。閲世雖深有血性，不使人世一物磨鋒芒〔二〇〕。邇來士氣少凌替〔二一〕，毋乃大官表師空趨蹌〔二二〕。委蛇貌托養元氣〔二三〕，所惜内少肝與腸〔二四〕。殺人何必盡砒附〔二五〕，庸醫至矣精消亡〔二六〕。公其整頓焕精采〔二七〕，勿徒鬚鬢矜斑蒼〔二八〕。乾隆嘉慶列傳誰？第一歷數三滿三漢中書堂〔二九〕。國有正士士有舌〔三〇〕，小臣敬睹吾皇福大如純皇〔三一〕。

【校】

此爲《定盦詩集定本（上）》詩。「公之奏疏秘中禁」至「勿徒鬚鬢矜斑蒼」：鄧本於句下附按語：「（鄧）實按：原本此十二句有魏默深先生手筆，改爲『公之奏疏秘中禁，海内但知元老持朝綱。閲世雖深有血性，不使朝宁争鋒芒。爾來士氣少凌替，如魚逐隊空趨蹌。委蛇貌託養元氣，疇肯報國輸肝腸。殺人何必盡砒附，庸醫至矣精消亡。得公整頓换士氣，豈唯鬚鬢矜斑蒼』云云。」孝拱注曰：『宜録從原。』」王本、類編本、王校本皆録從原作。

〔一〕王鼎（一七七〇——一八四二），字省崖，一字定九，陝西蒲城人。嘉慶元年進士，歷官翰林院侍講學士、侍讀學士、吏部侍郎、順天府尹。道光五年擢軍機大臣上行走，十八年晉東閣大學士。鴉片戰争英國侵略者進犯東南沿海，他堅决主戰。清廷向英國屈服投降，他極爲氣憤，遺疏彈劾大學士穆彰阿擅權賣國，然後閉門自縊。陳康祺《郎潛紀聞》：「蒲城王文恪公鼎，爲宣宗朝名宰相，長户部十年，綜核出入，人莫能欺。管刑部多所平反，先後讞獄九省，理重案三十餘起，彈劾大吏，不少瞻徇。勘兩淮鹽務，奏上節浮費、革根窩（按，《清史稿·王鼎傳》作『減窩價』）等八條，並請裁鹽政，由總督兼轄，淮綱爲之一振。道光二十一年，河決開封，公奉命往治，駐工六閲月，糜帑少而成功速，皖豫之民，至今德之。還朝值西夷和議初成，公侃侃力争，忤樞相穆彰阿。公退，草疏置之懷，閉閤自縊，冀以尸諫回天聽也。時軍機章京領班陳孚恩，方黨穆相，就公家滅其疏，别撰遺摺，以暴疾聞。」又附記云：「余初入京，聞老輩言是事，猶以爲未確。頃見孫方伯衣言所撰《張文毅芾神道碑銘》，首云：『子丑之間，海鯨波山，有臣一個，奮回其瀾。』又云：『頷頷蒲城，深矉太息，閉閤草奏，忠奸別白，疏成在懷，遂繯以絶。或匿不聞，聞以暴疾。』則情事昭然矣。」按，王鼎自縊事，林則徐《哭王文恪公詩》、曾寅光《逸事識餘》、薛福成《庸庵筆記》、湯紀尚《書蒲城王文恪遺事》等，均有提及，此不備録。

舊繫此詩於道光十年（庚寅），疑誤。王鼎任吏部右侍郎在嘉慶二十一年六月，轉左侍郎在同年七月，至次年十二月轉署刑部左侍郎。《清史列傳·王鼎傳》所載甚明。作者此詩題稱王爲「少宰」，詩中又稱王爲「吏部大夫」，則此詩當寫於嘉慶二十一年至二十四年間。若道光以後，王已擢左都御史，後又授軍機大臣，詩中不應再稱王爲「少宰」、「吏部大夫」矣。

〔二〕大鼎次鼐：喻朝廷大臣。鼐：特大的鼎。宋王君玉《國老談苑》卷二：「寇準出入宰相三十年，不營私第。處士魏野贈詩曰：『有官居鼎鼐，無地起樓臺。』」

〔三〕文昌：星座名。屬紫微垣，共六星。《星經》：「文昌六星如半月形，在北斗魁前，其六星各有名。」封建時代認爲文昌是主宰文運的星宿，又稱文曲星。

〔四〕佩珠百有八：胸前掛着一百零八顆朝珠。據《清會典事例·冠服》：「凡文官五品、武官四品以上，及翰林中書科道、侍衛等官，得佩戴朝珠，其數共一百零八粒，以珊瑚、水晶、金珀等製成，懸於胸前。」

〔五〕珊瑚：王鼎是吏部侍郎，官階正二品。《清會典》載：二品官掛朝珠，帽頂飾小寶石一顆，上銜鏤花珊瑚。　冒：同「帽」。

〔六〕釂客：向客人敬酒，請他乾杯。

〔七〕「黄河」句：黄河、華山是王鼎的家鄉。王是陝西蒲城人，蒲城東面是黄河，南面是華山，作者拿這兩處山水頌揚王鼎。

〔八〕「秦碑」句：王鼎寫的文章，有如秦朝的碑，漢代的碣，高華古雅，不同尋常。　碣：圓形的碑。

〔九〕恢博：胸懷寬廣，道德弘深。《新唐書・李適傳》：「子季卿在朝薦進才髦，與人交有終始，恢博君子也。」這裏稱譽王鼎。

〔一〇〕温恭良：態度謙恭和藹。《論語・學而》：「夫子温良恭儉讓以得之。」

〔一一〕擇言：貢獻意見。　避席：表示尊敬。

〔一二〕韓城王：王杰（一七二五—一八〇五），字偉人，陝西韓城人。乾隆二十六年一甲一名進士，由内閣侍讀擢升至軍機大臣，東閣大學士，太子太保。嘉慶十年卒，年八十一。有《葆淳閣集》。

〔一三〕同里：同鄉。按清代習慣，同省的人都可以稱爲同鄉，蒲城、韓城都屬陝西同州府，所以作者説王杰和王鼎是同里。

〔一四〕側伫：側身而立。表示景仰、期待。杜甫《壯游》詩：「側伫英俊翔。」

〔一五〕「狀元」句：王杰三十七歲中狀元，六十二歲任軍機大臣，六十三歲當東閣大學士（相當於宰相）。六十六歲加太子太保銜，七十八歲又加太子太傅銜。所以説「晚益達」。

〔一六〕純廟：清高宗（乾隆）的廟號。臨御：君主在位治理天下。作者《太倉王中堂奏疏書後》：「高宗皇帝臨御六十年。」

〔一七〕成康：周成王（名誦，武王之子）、康王（名釗，成王之子）時代。《史記·周本紀》：「成康之際，天下安寧，刑錯四十餘年不用。」

〔一八〕秘中禁：秘藏在中樞政府，外間不知道它的内容。

〔一九〕力力持朝綱：勤勤懇懇、盡心盡力地處理政務。力力：形容費盡心力。古樂府：「側側力力，念君無極。」

〔二〇〕磨鋒芒：挫掉鋭氣，喪失進取精神。

〔二一〕凌替：受影響而衰落廢棄。

〔二二〕「毋乃」句：這豈不是因爲做大官的給人的榜樣只是作揖行禮而已嗎？表師：做出榜樣。按，龔橙本作「表帥」。趨蹌：見《祭程大理同文於城西古寺而哭之》詩「彭鏗」句注。

〔二三〕委蛇：對事情敷衍應付。《莊子·應帝王》：「吾虚而與之委蛇。」貌托：借口，假托。養元氣：培養國家的元氣。

〔二四〕「所惜」句：可惜他們内裏缺少的是忠肝熱腸。唐李翺《釋懷賦》：「惟肝腸之有殊兮，守不同其何責。」《南史・陳後主紀》：「（陳）叔寶全無心肝！」

〔二五〕砒附：砒霜、附子。兩種中藥名。有劇毒。

〔二六〕精消亡：精血消亡，一命嗚呼。《戰國策・燕策》三：「今太子聞光壯盛之時，不知吾精已消亡矣。」

〔二七〕煥精采：讓他們煥發光采。作者《上大學士書》：「願中堂淬厲聰明，煥發神采。」

〔二八〕「勿徒」句：不要光恃自己鬚髮花白，擺老資格。

〔二九〕中書堂：即中堂。宋高承《事物紀原・中堂》：「唐制，宰相常於門下省議事，謂之政事堂。永淳中，中書令裴炎移在中書省。」後因稱宰相爲中堂。這裏指内閣大學士。清制，内閣大學士滿洲人三員，漢人三員。

〔三〇〕正士：正直之士。《書・泰誓》下：「囚奴正士。」有舌：敢於大膽講話。

〔三一〕吾皇：指嘉慶帝。純皇：指乾隆帝。

按，清高宗晚年寵任奸相和珅，政治日益腐敗，王杰身爲大臣，不過小心謹慎，不肯同流合污而已。詩中對乾隆年間的政治局面和王杰的政績，頗嫌頌揚過分。但嘉慶末年，社會政治危機日益深重，在宰臣中要找一個像王杰的人已經不容易，所以作者借題發揮，主要是對當時的執政大臣發出告誡，而不在於對王杰作身後定論。

周按：

此詩《定盦詩集定本》也繫於庚寅（道光十年，一八三〇），鄧實認爲「辛巳（道光元年，一八二一）以前作」（見前引《定盦詩集定本》鄧實按語）。按，「少宰」爲吏部侍郎的別稱，據清人王先謙撰《東華録》、《東華續録》（《續修四庫全書》三六九至三七五册，上海古籍出版社，一九九五年）與中國第一歷史檔案館編《嘉慶帝起居注》（桂林：廣西師範大學出版社，二〇〇六年），王鼎於嘉慶二十一年六月丁丑（二十九日）任吏部右侍郎，七月丙辰（初九）轉左侍郎，至嘉慶二十四年閏四月庚戌（十九日），調任刑部右侍郎（之後便不可再以「少宰」、「吏部大夫」稱之矣），故詩必作於此前。而據吴《譜》，嘉慶二十一年至二十三年龔氏皆不在京，至嘉慶二十四年「春應恩科會試不售留京師」，始在京。故飲宴的可能「時區」便縮窄至嘉慶二十四年初至閏四月十八日的範圍。再吟諷其詩，雖以「賤士」自稱，而議論風生，陳辭慷慨，氣無少沮，但也非牢騷語，可見本詩的寫作，應在嘉慶二十四年（一八一九）春至四月二十五日會試放榜前的一段時間内（會試放榜日見《嘉慶帝起居注》及《東華續録》載）。

哭洞庭葉青原昶〔一〕

黑雲雁背如磐墮，蟋蟀酸吟蟪蛄和〔二〕。欲開不開蘭蕊稀，似淚非淚海棠卧。主人對此情無聊，早起脈脈容光凋〔三〕。果然故人訃書至〔四〕，神魂十丈爲飄搖。故人葉氏子，家在洞庭東山之東里。孝友纏綿出性情，嗜好卑紈綺〔五〕。更兼愛客古人風，名流至者百輩同。已看屋裏黄金盡，尚恐人前渌酒空〔六〕。湖山窟宅仙靈地〔七〕，兩度詩人載詩至〔八〕。料理盤餐料理床，縱横談笑縱横字。貽我聰明一片心，我詩未成君替吟。此生欲踐買鄰約〔九〕，此日猶難息壤尋〔一〇〕。君言吾約終難踐，人事天心異所願。有如王家玉茗席家梅〔一一〕，買山不成不相見。山中茶花數王園，梅花數席園。與君分袂時〔一二〕，祝我歸來遲〔一三〕。我歸可憐十分早，歸來睹此難爲詞。難爲詞，况尋約！白日西傾花亂落。買山縱成良不樂，放聲問君君定哭。東山烏飛飛滿陲，西山秋老雨如絲〔一四〕。君魂縹緲歸何處？吹裂湖心笛一枝〔一五〕。

〔一〕葉昶，字青原，太湖洞庭山東里人。隱居不仕。作者於嘉慶末年曾兩次游歷洞庭，并訪問葉昶，有詩。至道光十九年南歸，又有詩憶葉，即《己亥雜詩》一三八首，詩後并有注云：「擬尋洞庭山舊游，不果，亦不得葉山人昶消息。」知葉該年雖無消息，但仍健在。此詩則是聞葉凶訊後作，其時應在道光二十年（一八四〇）秋間。舊繫此詩在道光十年，誤。

〔二〕蟪蛄：蟬的一種，體形較小，青紫色。

〔三〕脈脈：含情凝視的樣子。

〔四〕訃書：報喪的書信。

〔五〕卑紈綺：看不起滿身羅綺的富貴人家。紈綺：兩種絲織物名。指代富貴子弟。

〔六〕「已看」兩句：他明知財産花得差不多了，還怕對客人招待不周，樽裏缺乏美酒。

〔七〕湖山：這裏指太湖和洞庭山。

〔八〕兩度至：作者《與徐廉峰書》：「余以戊寅歲（嘉慶二十三年，一八一八）來游洞庭兩山……庚辰（嘉慶二十五年，一八二〇）春又游。」

〔九〕踐買鄰約：履行在洞庭山買幢房子，同做鄰居的約言。《南史·吕僧珍傳》：「宋季雅罷南康郡，市宅居吕僧珍宅側，僧珍問宅價，曰：『一千一百萬。』怪其貴。季雅曰：『一百萬買宅，一千萬買鄰。』」

〔一〇〕難息壤尋：難尋息壤。意思説還未到買宅歸隱的時候。息壤：見《桐君仙人招隱歌》詩「兩家」句注。

〔一一〕有如：誓詞開頭的用語。　玉茗：茶花的一種。

〔一二〕分袂：離别，分手。

〔一三〕歸來遲：意思是祝會試成功，走上仕途，爲國家社會多多出力。《易·歸妹》：「遲歸有時。」

〔一四〕東山、西山：指東、西洞庭山。　陲：邊疆。這裏指山的周圍。

〔一五〕「吹裂」句：向秀《思舊賦·序》：「鄰人有吹笛者，發聲寥亮。追思曩昔游宴之好，感音而嘆，故作賦云。」李肇《唐國史補》卷下：「李舟好事，嘗得村舍烟竹，截以爲笛，堅如鐵石，以遺李牟。牟吹笛天下第一，月夜泛江，維舟吹之，寥亮逸發，上徹雲表。俄有客獨立於岸，呼船請載。既至，請笛而吹，甚爲精壯，山河可裂，牟平生未嘗見。及入破，呼吸盤擗，其笛應聲粉碎。」

秋夜聽俞秋圃彈琵琶賦詩書諸老輩贈詩册子尾〔一〕

秋堂夜月彎環碧，主人無聊召羈客〔二〕。幽斟淺酌不能豪，無復年時醉顏色〔三〕。主人有恨恨重重，不是諸賓噱不工〔四〕。羈客由來藝英絶〔五〕，當筵躍出氣如虹。我疑慕生來撥箭，又疑王郎舞雙劍。皆昔年酒徒事〔六〕。曲終却是琵琶聲，一代宫商創生面〔七〕。我有心靈動鬼神，却無福見乾隆春；席中亦復無知者，誰是乾隆全盛人？君言請讀乾隆詩，卅年逸事吾能知。江南花月嬌良夜，海内文章盛大師。弇山羅綺高無價〔八〕，倉山樓閣明如畫〔九〕，范閣碑書夜上天〔一〇〕，江園簫鼓春迎駕〔一一〕。弇山謂畢尚書沅，倉山謂袁大令枚。范閣在浙東，有進書事。江園在揚州，有迎駕事。任吾談笑狎諸侯，四海黄金四海游，爲是昇平多暇日，争將餘事管春愁。諸侯頗爲春愁死，從此寰中不豪矣〔一二〕，詞人零落酒人貧，老抱哀弦過吾子。我從瑣碎搜文獻，弦師笛師數徵宴〔一三〕。鐵石心腸愧未能〔一四〕，感慨如麻卷中見。今宵感慨又因君，婁體詩成署後塵〔一五〕。語予倘贈詩，乞用吴婁東體。攜向名場無姓氏〔一六〕，江南第一斷腸人。

【校】

此爲《定盦詩集定本(上)》詩。「躍出」：「躍」，鄧本作「請」，下注：「原作『躍』。此『請』字默深先生手改。」王本、類編本、王校本皆從原作。

〔一〕俞秋圃：江蘇華亭人，善琵琶。王曇曾建琵琶亭館於蘇州，延海内琵琶名手奏藝，品評高下，以俞秋圃爲吴下琵琶十一人之冠。

〔二〕羈客：遠離故鄉的人。這裏指俞秋圃。

〔三〕年時：往年，當年。

〔四〕噱不工：説笑話不够高明。

〔五〕英絶：極其卓絶。

〔六〕慕生、王郎：據自注，與作者是同時人，惟未詳爲誰。　撥箭：可能是投壺的一種動作。　王郎舞雙劍：杜甫《短歌行贈王郎司直》詩：「王郎酒酣拔劍斫地歌莫哀。」

〔七〕宫商：古代五聲音階中的兩個音。這裏指代音樂。

〔八〕弇山：指畢沅。見《偶感》詩「昆山」句注。羅綺：指歌妓舞女。

〔九〕倉山：指袁枚（一七一六—一七九八），字子才，號簡齋，浙江錢唐（今杭州）人。乾隆四年進士，任江寧知縣。父死辭官，築室於江寧小倉山，署名隨園，泉石清雅，有二十四景，賓客滿座，極一時之盛。

〔一〇〕范閣：范氏天一閣。明清兩代著名藏書樓。在浙江寧波。范閣創建於明嘉靖四十年（一五六一），第一代主人范欽，爲嘉靖進士，官至兵部右侍郎，他收羅海内善本，分列四部，建閣收藏。傳至清代，子孫又繼續增加收貯，成爲著名藏書室。乾隆三十七年（一七七二），開四庫全書館，令全國藏書家提供善本書籍以供采擇，范欽八世孫范懋獻書六三八種，爲全國各藏書家之冠，高宗命鈔寫收入《四庫全書》中，並賞賜范氏《古今圖書集成》一套。

〔一一〕江園：在揚州虹橋東岸。乾隆二十七年賜名净香園。嘉慶《揚州府志》：「净香園：沿虹橋東岸，河面極寬，臨波繞榭，遍種蓮花，故御題曰『净香』。中有青琅玕館、荷浦薰風、香海慈雲諸勝，爲布政使銜江春别業。」按，江春字穎長，號鶴亭，安徽歙縣人。

〔一二〕寰中不豪：整個社會的豪邁氣概消失了。寰中，宇内，天下。

〔一三〕弦師：即琴師。徵宴：請其赴宴。

〔一四〕鐵石心腸：形容不動感情。皮日休《桃花賦・序》：「貞姿勁質，剛態毅狀，疑其鐵腸石心，不解吐婉媚辭。」

〔一五〕婁體：又稱梅村體。清初詩人吴偉業（號梅村）寫的七古詩，有自己的風格，後人稱爲婁東體或梅村體。（吴爲江蘇太倉人，婁江東流經過太倉，故稱婁東。）後塵：追隨别人之後。晉張協《七命》：「余雖不敏，請尋後塵。」

〔一六〕無姓氏：作者《秋心三首》之三詩：「某水某山迷姓氏，一釵一佩斷知聞。」這裏指没有考中科舉。

按，作者在嘉慶十五年應順天鄉試，中式副榜貢生。嘉慶二十三年應浙江鄉試，中式第四名舉人。詩中既自稱「名場無姓氏」，應是考中舉人以前。因爲中了舉人，便屬於名場中人，不能説無姓氏了。舊編此詩在道光十年，那時作者已中了進士，顯然是錯誤的。

周按：

此詩舊繫於庚寅（道光十年，一八三〇），乃據龔橙編録《定盦詩集定本》紀年；而鄧實認爲是「辛巳（道光元年，一八二一）以前作」。（《定盦詩集定本》上《紀夢七首》詩下鄧實按語云：「實按，自《紀夢七首》起至下《秋夜聽俞秋圃彈琵琶》一首止共十四首，爲吴刻本所無，蓋辛巳以前作也，不在《破戒草》之内，《破戒草》始辛巳訖丁亥。」）按，據此，則《定盦詩集定本》《紀夢七首》題下之「庚寅」紀年，殆爲「庚辰」（嘉慶二十五年，一八二〇）之筆誤，因龔橙選録此《定本》乃按作年先後編次，如該十四首果訂爲「庚寅」之作，便不會置於集首，而應置「辛巳」、「壬午」諸詩之後，「戊戌」詩之前（王佩諍校本即按道光十年處理，又云，該十四首録自《定盦集外未刻詩》，實誤）；　而王文濡編校《龔自珍全集》、夏田藍編《龔定盦全集類編》則另編於道光十八年戊戌（一八三八）詩之中，却未知何據。照估計，當是見其中有《哭洞庭葉青原昶》一首，便「想當然」地移置於彼處吧——但葉昶又並非歿於該年。不過，其實那十四首詩的年代並不一致，其中有確爲「辛巳以前作」者，如《秋夜聽俞秋圃彈琵琶……》、《飲少宰王定九丈鼎宅》等；　而亦有「丁亥」甚至「戊戌」以後作者，如《哭洞庭葉青原昶》便是。

本書改繫此詩於「嘉慶二十三年（一八一八）龔自珍鄉試中舉前」；　而前此劉先生曾定爲龔氏「嘉慶十八年喪妻後至二十年續娶前之間」所作（劉逸生《龔自珍詩編年訂誤三題》，載《學術研究》一九八六年二期），近是。然樊克政《龔自珍年譜考略》以爲不確，認爲「該詩當作於嘉慶二十一年秋，或嘉慶二十二年秋，或嘉慶二十三年七月」，「當其父任蘇松太兵備道，侍任於上海時」（見樊書一一八—一二〇頁）。

據詩中「携向名場無姓氏」句，已可知此詩必作於「嘉慶二十三年秋鄉試中舉前」。再從「秋夜」、「江南第一斷腸人」及「我從瑣碎搜文獻，弦師笛師數徵宴」數語尋味，又可知必作於「嘉慶十八年七月喪妻後至二十年續娶前之間」；　更明確點説，實作於嘉慶十九年（一八一四）秋侍父於徽州知府任所、助編《徽州府志》時。何解？理由是：其自稱「第一斷腸人」，固爲用白居易《琵琶行》「座中泣下誰最多？江州司馬青衫濕」之典，但更應與龔自珍當時的實際境況與心情相關。

具體説來就是：

一、科場蹭蹬失意：嘉慶十八年（一八一三）八月應順天鄉試未售。連同嘉慶十五年（一八一〇）應順天鄉試僅中副榜，已兩度失意於科場。

二、又遭喪妻之痛：龔氏於嘉慶十七年（一八一二，二十一歲）四月新婚後，居於其父徽州知府任所（今安徽省歙縣），次年（嘉慶十八年）四月入都，準備參加八月之鄉試，七月，其妻即病卒於徽州府署，龔於試後歸來，已不及見，人天懸隔，傷何可言！是時不可能即有文酒徵宴之事，故詩定非此年所作。至嘉慶十九年三月，龔氏攜亡妻靈柩返杭州暫厝，事畢復回徽州，時其父正議修《徽州府志》，「命自珍任徽討文獻之役」（龔自珍《徽州府志氏族表序》），「凡甄綜人物，搜輯掌故」的工作，皆委龔氏任之（見清人吴昌綬《定盦先生年譜》、黄守恒《定盦年譜稿本》），詩中謂「我從瑣碎搜文獻」云云，即指此。

綜上可見，該詩必作於嘉慶十九年甲戌（一八一四，二十三歲）之秋。因其時龔氏正經受幾乎同時發生的應試不第以及青年喪偶之雙重打擊，倍感傷痛，再加點文藝的誇張，所以會自稱「江南第一斷腸人」（江南，既指徽州住地，也指本身的籍貫）。倘若果如樊《譜》所言，詩「作於嘉慶二十一年秋，或二十二年秋，或二十三年七月」的話，則「創痛」已漸平復，且新近還有再婚之喜（龔氏於嘉慶二十年續弦）與弄璋之慶（長子龔橙於嘉慶二十二年九月出生），而生活亦見寫意，正是其文思泉湧、意氣風發並廣泛交朋接友的時候（參吴《譜》、樊《譜》等），横看竪看，都不似「斷腸人」的樣子，更遑論傷心程度位居「第一」了。如上述推斷正確，則本詩便是現存龔詩寫作年份可考者最早的一篇。

辛卯 道光十一年（一八三一）

題鷺津上人書册〔一〕

上人不知何代客〔二〕，手書古德雙箴銘〔三〕。圭峰慈雲各一偈〔四〕，台宗賢宗無渭涇〔五〕。上人定生南宋後，慈雲懺師其祖庭〔六〕。絕似初本破邪序〔七〕，不數僞刻遺教經〔八〕。永興逸少具可作〔九〕，雙赴腕底輸精靈。別有法乳出智永〔一〇〕，骨真髓肖無瞞詷〔一一〕。真臟見獲祖禰定〔一二〕，此原此委吾瀉瓶〔一三〕。師乎豈墮文字海？小游戲耳大典型〔一四〕。嗟予學書苦濁惡〔一五〕，百廿種病無參苓〔一六〕。腕僵爪怒習氣重〔一七〕，抑左申右欹不寧〔一八〕。子昂墨猪素所鄙〔一九〕，玄宰佻達如蜻蜓〔二〇〕。古今幽光那悉數〔二一〕？珠埋滄海玉閟扃〔二二〕。香花旦旦願供養，詩贊侑之師其聽：由於虛和絕點翳〔二三〕，所以高秀干青冥〔二四〕。氣莊志定欵肅肅〔二五〕，筆冲墨粹神亭亭〔二六〕。筆未著紙早有字，紙上筆墨翻不停。天女身騎落花下，顧眄中有風與霆。青鸞紫鳳雖治逸，翔啄一一梳其翎〔二七〕。蕩掃萬古五濁惡〔二八〕，不示迹象留芳馨。美人眉宇定疏朗，才許縹緲而娉婷〔二九〕。愁容雖然亦幽窈，夢雨何似皎月瑩〔三〇〕？毫端妙藏相丈六，八十種好無定形〔三一〕。橫看竪看八萬態，朝離暮合碧化青。以詩通禪古多有〔三二〕，以禪通字譬難醒。師如法王法自在〔三三〕，吾誓願學修吾今〔三四〕。明珠什襲三百顆〔三五〕，顆顆夜射春天星。羽琌山人函著録〔三六〕，十華三秘吉金樂石暉瓏玲〔三七〕。

〔一〕鷺津上人：僧人名。時代、履歷不詳。

〔二〕上人：佛家語。上德之人。後作爲僧人的專稱。

〔三〕古德：佛家語。古代有道行的高僧。《景德傳燈録》卷二十八：「先賢古德，碩學高人，博達古今，洞明教綱。」

〔四〕圭峰：唐代僧人宗密（七八〇—八四一），華嚴宗五祖。俗姓何，果州西充（今屬四川）人。出家後常住陝西鄠縣圭峰草堂寺，世稱圭峰大師。生平主要闡述華嚴教義，同時對其他宗派特別是禪宗亦廣事撰述。卒後，唐宣宗追贈定慧禪師。著述甚多，主要有《華嚴經行願品別行疏鈔》、《注華嚴法界觀門》、《圓覺經大疏》等。　慈雲：宋代僧人，又稱靈應尊者，天台宗的著名傳人。名遵式，字知白，修道於杭州天竺靈隱寺，宋真宗賜號慈雲。撰有《定往生净土懺儀》等。

〔五〕台宗：天台宗。　賢宗：華嚴宗，又稱賢首宗。此宗起於六朝人杜順，他崇奉《華嚴經》教義，傳至第三代法藏，稱爲賢首國師。因他大力傳播此宗，後人遂又稱華嚴宗爲賢首宗。　無渭涇，没有界綫。涇、渭：二水名，在陝西中部合流，據説涇水清，渭水濁，合流時各不相犯。

〔六〕懺師：和尚。佛家有慈悲懺法等，以供信徒懺悔之用：僧人替人修懺所念經文也叫懺，所以和尚又稱懺師。　祖庭：始祖。

〔七〕破邪序：法帖名，全稱《破邪論序》。相傳爲唐代書法家虞世南撰文并書。清代有李宗瀚藏宋拓本。傳世還有《破邪論》一卷，據説也是虞世南書，有葉雲谷藏本。作者説的初本，是指李宗瀚藏的宋拓本。

〔八〕遺教經：法帖名。全稱《佛遺教經》。相傳是唐代僧人道常所書，但僞托王羲之名。傳世有明人章仲玉墨池堂摹刻本。作者認爲《遺教經》是假貨色。

〔九〕永興：虞世南（五五八—六三八），唐初書法家，曾任李世民記室參軍，升秘書監，封永興縣子。　逸少：王羲之（三二一—三七九），字逸少，東晉會稽人，官至右軍將軍。　具：同「俱」。　可作：死而復生。《禮·檀弓》下：「死者如可作也，吾誰與歸？」

〔一〇〕法乳：佛家語。來源。拿正法教導學佛的人，如同母親哺育嬰兒，所以稱爲「法乳」。　智永：陳朝僧人，王羲之裔孫，名書法家。傳世有《草書千字文》。

〔一一〕瞞詷：欺瞞挑剔。詷，刺探。引伸爲挑剔。

〔一二〕祖禰：祖先。禰：入廟供奉的亡父的神主。

〔一三〕瀉瓶：傾瀉瓶水，點滴無遺。這裏指可以原原本本説得一清二楚。《涅槃經》卷四十：「自事我來，持我所説十二部經，一經於耳，曾不再問，如寫瓶水，置之一瓶。」

〔一四〕典型：典範。

〔一五〕濁惡：佛家有所謂五濁十惡。這裏指書法粗劣，書品低下。

〔一六〕百廿：虚數。表示多。　參苓：人參和茯苓。指代藥物。

〔一七〕爪怒：指手指血脈僨張，寫字時筋力外露。米芾《海岳名言》：「世人但以怒張爲筋骨，不知不怒張，自有筋骨焉。」

〔一八〕「抑左」句：收斂左邊，伸展右邊，總是寫得歪歪斜斜，像站不穩似的。《晉書·衛恒傳》：「崔瑗作《草書勢》曰：『方不中矩，員不副規；抑左揚右，望之若崎。』」

〔一九〕子昂墨猪：趙孟頫（一二五四—一三二二），字子昂，元初書法家，學王體自成一家，但也有人譏爲墨猪。《法書要録》卷一《衛夫人筆陣圖》：「善筆力者多骨，不善筆力者多肉。多骨微肉者謂之筋書，多肉微骨者謂之墨猪。」

〔二〇〕玄宰：董其昌（一五五五—一六三六），字玄宰，明代華亭（今上海市松江）人。書畫家。

書法初學顔(真卿)、虞(世南),後學鍾(繇)、王(羲之),自謂於率易中具秀色。佻達:輕薄放恣。按,清代中葉,有一派書法家爲了矯正風行已久的趙、董書體的軟媚庸熟的流弊,便極力推崇北朝的碑版。這種主張的倡導者中,以阮元最爲有名。其後包世臣、康有爲更大力發展這一主張。影響所及,嘉道以後書法家學習碑版蔚爲風氣。龔氏也是厭薄趙、董而推崇碑版書法的人,生平注意收藏魏晉南北朝碑版,自刻印曰「漢後隋前有此家」。

〔二一〕幽光:這裏指被埋没的有才能的書法家。

〔二二〕閟扃:深藏,密閉。

〔二三〕虚和:虚冲平和。　絶點翳:胸中一塵不染。形容心無雜念。《世説·文學》:「於時天明月净,都無纖翳,太傅嘆以爲佳。」翳:遮蔽物。

〔二四〕青冥:天。

〔二五〕欬肅肅:形容寫字時神態端謹,不苟言笑。《集韻》:「欬,謦欬,言笑也。」《爾雅·釋訓》:「穆穆、肅肅,敬也。」

〔二六〕神亭亭:神氣清明。亭亭:明亮的樣子。

〔二七〕「青鸞」兩句:筆勢飛動有如青鸞紫鳳,在飄逸中又能保持整飭,有如飛翔啄食之後細心整理羽毛。

〔二八〕五濁惡：佛教認爲世上有五種濁惡，即一、衆生濁，二、見濁，三、煩惱濁，四、命濁，五、劫濁。見《法華經・方便品》。

〔二九〕娉婷：意近「娉婷」。美好的樣子。

〔三〇〕夢雨：迷離的細雨。李商隱《重過聖女祠》詩：「一春夢雨常飄瓦。」

〔三一〕「毫端」兩句：又如筆底藏有如來佛的丈六金身，呈現出八十種美妙的相貌，而不是死板單調。八十種好：佛經説如來佛有三十二種相，細分又有八十種好，又稱八十隨形好。例如鼻高不現孔，眉如初月，手紋不斷之類。王勃《釋迦如來成道記》：「八十種隨形之妙好，粲若芬花。」

〔三二〕以詩通禪：拿佛法來談詩。如宋人嚴羽的《滄浪詩話》，即喜歡用佛理作比喻。他認爲：「論詩如論禪。漢、魏、晉與盛唐之詩，則第一義也。大曆以還之詩，則小乘禪也，已落第二義矣。晚唐之詩，則聲聞辟支果也。」又説：「大抵禪道唯在妙悟，詩道亦在妙悟。」清人王士禛也有這種見解。

〔三三〕法王：佛教徒對釋迦牟尼的尊稱。《無量壽經》卷下：「佛爲法王，尊超衆聖，普爲一切天人之師。」自在：佛教認爲心中離開煩惱束縛，通達而没有障礙，便是自在。《華嚴經・毗盧遮那品》：「當如法王得自在。」

〔三四〕修吾今：風雨樓本作「終吾齡」。

〔三五〕什襲：重重包裹，珍重收藏。

〔三六〕函：包容。

〔三七〕十華、三秘：都是作者收藏的古代珍貴文物。據張祖廉《定盦年譜外記》所載，三秘是漢趙婕伃玉印、秦天禽四首鏡、唐石本晉王大令《洛神賦九行》。十華是大圭有三孔、召伯虎敦、孝成廟鼎、秦鏡十有一字、元虞伯生隸書卷、楊太真圖臨唐絹本、赤蛟大硯、古瓦有丹砂翡翠之色者一、優樓頻羅花一甕、君宜侯王五銖。吉金：古代以祭祀爲吉禮，故稱青銅祭器（如鼎彝之類）爲吉金。一説，吉金猶善金，指適於鑄造祭器的金屬，後因作爲鐘鼎彝器的統稱。樂石：原指可做樂器的石料。後泛指碑碣。《秦始皇嶧山刻石文》：「刻此樂石，以著經紀。」暉瓏玲：玲瓏四照。

張詩舲前輩游西山歸索贈〔一〕

其一

鸞吟鳳唱下人寰〔二〕，絶頂題名振筆還。樵客忽傳仙墨滿，禁中才子昨游山〔三〕。

〔一〕張詩舲：張祥河（一七八五—一八六二），字元卿，號詩舲，江蘇婁縣（今上海松江）人。嘉慶二十五年進士，以內閣中書用。道光四年充軍機章京，七年升户部主事，十年補户部員外郎，升郎中，咸豐間官至順天府尹、工部尚書。蔣寶齡《墨林今話》：「張詩舲廉訪祥河，庚辰進士，官河南臬使。工詩詞，著有《小重山房集》。初以孝廉留京師，富陽董相國延至邸第，與袁少邇上舍、周芸皋太史講求六法。是時《大清會典》將告成，館臣以君充繪圖，得叙知縣。有『他年誇野老，曾繪六官來』之句。」竇鎮《國朝書畫家筆録》：「張祥河工詩詞，通籍後，畫名著公卿間，皆欲得其一幀爲几席之玩。山水私淑文氏寫意，花卉力追青藤、白陽，筆頗健舉。」

〔二〕鸞、鳳：喻軍機章京與內閣中書。嘂：大聲叫喊。

〔三〕禁中才子：指軍機章京、內閣中書。他們是宫廷的擬稿、寫作人員，所以稱爲「禁中才子」。

其二

去年扈從東巡守〔一〕，玉佩瓊琚大放辭〔二〕。等是才華不巉削〔三〕，願携康樂誦君詩〔四〕。

〔一〕扈從：跟隨皇帝車駕。

〔二〕「玉佩」句：那些達官貴人寫詩作文，大放厥詞。韓愈《祭柳子厚文》：「玉佩瓊琚，大放厥詞。」

〔三〕巉削：高峻險陡。在這裏是比喻詩格，指注意刻畫而又嫌過於顯露，失却自然的美。

〔四〕康樂：指謝靈運（三八五—四三三）。南朝宋人，謝玄之孫，襲封康樂公。善詩文，兼工書畫，山水詩稱一時獨步。

其　三

畿輔千山亙長雄〔一〕，太行一臂怒趨東〔二〕。祝君腰脚長如意，吟遍蜿蜒北幹龍〔三〕。

《禹貢》：「太行恒山，至於碣石，入於海。」則形家所稱北幹龍也。君去年出山海關，今年游西山，已睹太行首尾。

〔一〕畿輔：京城周圍地區。長雄：即雄長。稱雄。

〔二〕太行一臂：指太行山的支脈西山。

〔三〕蜿蜒：曲折前行之狀。這裏形容山勢。漢李尤《德陽殿賦》：「雜虬文之蜿蜒。」北幹龍：古代地理家把山脈稱爲龍脈，横亘中國北部的山脈稱北幹龍。清張若霈《東巡盛京謁陵禮成恭紀》詩：「長白蜿蜒走幹龍。」魏源《葱嶺三幹考》：「葱嶺即昆侖，其東出之山，分三大幹。以北幹爲正。北幹自天山爰祖，由伊犂繞宰桑泊之北，而起阿爾泰山，東走杭愛山，起肯特嶺，爲外興安嶺，包外蒙古各部，綿亘而東，直抵混同江入海，其北盡於俄羅斯。」

周按：

此詩舊繫於道光十一年辛卯（一八三一），乃據《定盦集外未刻詩》紀年。而詩中有「去年扈從東巡守，玉佩瓊琚大放辭」之句及「君去年出山海關，今年游西山，已睹太行首尾」等注文。查《清代起居注册·道光朝》（臺北故宮博物院藏，國學文獻館影印，一九八五年）及王先謙撰《東華續録》，道光十年庚寅（一八三〇）全年清帝均無出山海關「東巡守」之事，而道光九年己丑（一八二九）則有其事：八月十九日庚辰，「上奉皇太后東巡盛京，恭謁祖陵，自東華門啓鑾」，至冬十月二十四日乙酉，「上奉皇太后還京師」，「駕進宮」，前後歷時兩個多月。與之相應，張祥河（詩舲）《小重山房詩詞全集·詩舲詩外》卷三有《八月二十六日朝陽坡行帳置酒爲太夫人壽謹成一首》詩云：「朝陽坡上麗朝陽，扈蹕東來載寵光。……」（見《續修四庫全書》一五一三册，三三四頁下。）又有《盛京》及《九月二十五日蒙賜文綺謹記》等詩多首（同書三三四頁下—三四六頁下）。而《九月……》詩「上廄曾叨賞，官庖屢賜生。天恩隆束帛，士數合登瀛」數句，正可與《小重山房詩詞全集·詩舲續稿·關中集》之《余性喜鵝道光九年扈駕盛京至紅牆上賜生樞臣因得一鵝隨行六十六日……》詩（載同上書五〇八頁上）並看，證實所謂「去年扈從東巡守」之「去年」乃指道光九年，而「玉佩瓊琚大放辭」則是説扈駕官員張祥河當時寫了不少優美詩章（這自然是對年長友人客套的恭維話）。故十分清楚，《張詩舲前輩游西山歸索贈》應爲龔氏道光十年庚寅（一八三〇）之作，而非十一年辛卯（一八三一）的作品。

甲午　道光十四年（一八三四）

題蘭汀郎中園居三十五韻郎中名那興阿内務府正白旗人故尚書蘇楞額公之孫園在西澱圓明園南四里澱人稱曰蘇園〔一〕

山林與鐘鼎〔二〕，時命視所遇；菀枯良難論〔三〕，神明各成痼〔四〕。我當少年時，盛氣何跋扈〔五〕，妄思兼得之，咄咄托豪素〔六〕。蹉跎復蹉跎，造物尚我妒。一官虱人海〔七〕，開口見牴牾〔八〕。羽陵雖草創〔九〕，江東渺雲樹〔一〇〕。經濟本非材〔一一〕，進退豈有據？羸馬嘶黃塵〔一二〕，默默入冷署〔一三〕。居然成兩負〔一四〕，有若沾泥絮〔一五〕。偉哉造物偏〔一六〕，福命別陶鑄〔一七〕。熊魚許兼兩，豈曰匪天助？兼之者誰歟？之子美無度〔一八〕。蘭汀司空孫〔一九〕，華年擅朝譽。勳戚邁百年〔二〇〕，風烟喬木故〔二一〕。貂褕馳朱輪〔二二〕，而不傲韋布〔二三〕。兄弟直明光〔二四〕，車蓋瀼曉露〔二五〕。瑶池侍宴歸〔二六〕，賓客雜鷗鷺〔二七〕。有園五百笏〔二八〕，有木三百步〔二九〕，清池足荷芰，怪石出林櫶〔三〇〕。禁中花月生，天半朱霞曙。黃封天府酒〔三一〕，白鹿上方胙〔三二〕。詩壘挾談兵，文場發武庫〔三三〕。收藏浩雲烟，贋鼎不參預〔三四〕，金題間玉躞〔三五〕，發之羨且怖。讀罷心怦怦〔三六〕，願化此中蠹。羽陵書畫籍，對此不足簿〔三七〕。唐有何將軍〔三八〕，晉有謝太傅〔三九〕。謝無賓客傳，傳何者鄭杜。我生老著述，歲月輸君富〔四〇〕，夢景落江湖，束縛那得去？遁五志終決〔四一〕，壯六迹猶佇〔四二〕。一丘縱華予〔四三〕，林林朱顏暮〔四四〕。幽幽空谷駒〔四五〕，莽莽江關賦〔四六〕。長爲山澤癯，諒君肯南顧！

〔一〕蘭汀郎中：那興阿，字蘭汀，滿洲正白旗人，官内務府郎中，道光十七年選温州知府。《東華續録》（道光十七年七月）：「浙江巡撫烏爾恭額奏：『遵旨察看新選温州知府那興阿，堪以勝任。』得旨：『應對明敏，内務府之長技，斷不可墮入彀中，慎之！』」蘇楞額：那興阿祖父，嘉慶二十二年官工部尚書，道光二年因修築裕陵不慎，免職，發工地差遣。（見《東華續録》）

〔二〕山林、鐘鼎：指代隱居與出仕。杜甫《清明二首》之一詩：「鐘鼎山林各天性。」

〔三〕菀枯：榮枯。比喻地位優劣，處境好壞。

〔四〕痼：癖好。《新唐書·田遊巖傳》：「臣所謂泉石膏肓，烟霞痼疾者。」

〔五〕跋扈：氣勢淩人。

〔六〕「咄咄」句：我常在詩詞中表露這種心思，口氣是那樣咄咄逼人。咄咄：《世説·排調》：「殷（仲堪）有一參軍在坐，云：『盲人騎瞎馬，夜半臨深池。』殷曰：『咄咄逼人！』仲堪眇目故也。」　豪素：筆和紙。

〔七〕虱人海：置身於人海之中。虱，置身。韓愈《瀧吏》詩：「得無虱其間，不武亦不文。」

〔八〕牴牾：抵觸。指碰釘子。

〔九〕羽陵：指羽琌山館。

〔一〇〕江東雲樹：杜甫《春日憶李白》詩：「渭北春天樹，江東日暮雲。何時一樽酒，重與細論文。」仇兆鰲云：「公居渭北，白在江東，春樹暮雲，即景寓情，不言懷而懷在其中。」

〔一一〕經濟：經世濟民。杜甫《上水遣懷》詩：「古來經濟才，何事獨罕有。」

〔一二〕羸馬：瘦弱的馬。這裏是作者自喻。

〔一三〕冷署：清冷的官署。

〔一四〕兩負：指山林鐘鼎兩樣都違反初意。

〔一五〕沾泥絮：原來比喻心思寂然不動。這裏指一籌莫展；無所作爲。宋道潛《贈妓》詩：「禪心已作沾泥絮，不逐東風上下狂。」

〔一六〕偏：指偏愛蘭汀郎中。

〔一七〕「福命」句：特別給予他幸福的命運。　陶鑄：燒製瓦器名陶，熔鑄金屬名鑄。比喻造就、培育。

〔一八〕之子：這個人。這裏指蘭汀。《詩·魏風·汾沮洳》：「彼其之子，美無度。」朱熹集傳：「無度，言不可以尺寸量也。」

〔一九〕司空：古代官名。清代俗稱工部尚書爲司空。

〔二〇〕勳戚：有功勳的皇親國戚。

〔二一〕風烟喬木：《孟子·梁惠王》：「所謂故國者，非謂有喬木之謂也，有世臣之謂也。」

〔二二〕貂褕：美麗的貂皮衣。　朱輪：指代顯貴所乘的車。漢制，公、列侯及二千石以上得乘朱輪車。

〔二三〕不傲韋布：没有瞧不起寒儉的讀書人。　韋布：皮帶布衣，寒素的服裝。《晉書·阮籍傳》：「夫布衣韋帶之士，孤居特立，王公大人所以禮下之者，爲道存也。」

〔二四〕直明光：在内廷值班。　明光：漢宫殿名。這裏借指清宫。清制，内務府掌管内府政令，凡直宿日，派總管一人，如因事不能入直，以郎中代之。

〔二五〕「車蓋」句：清早進入皇宫，車蓋上沾滿了露水。　瀼：沾滿的樣子。

〔二六〕瑶池：見《反祈招·序》注。這裏比喻御苑。

〔二七〕鷗鷺：水鳥類。這裏比喻在野的士人。
〔二八〕笏：古代官員執持的手板，後也用爲面積計算單位。一笏等於一方尺。
〔二九〕步：古代計量單位。一步的長度歷代不一，有八尺、六尺、六尺四寸之别。
〔三〇〕林櫨：山林。
〔三一〕黄封：宋胡繼宗《書言故事·酒類》：「御賜酒曰黄封。」
〔三二〕上方：漢代官署名。這裏指代朝廷。胙：祭祀用的肉。
〔三三〕「詩壘」兩句：他既會談詩，又能論文。杜甫《壯游》詩：「氣劘屈賈壘，目短曹劉牆。」《晉書·杜預傳》：「在内七年，損益萬機，不可勝數，朝野稱美，號曰『杜武庫』，言其無所不有也。」同上《杜預傳贊》：「元凱文場，稱爲武庫。」
〔三四〕贋鼎：僞鼎。
〔三五〕金題玉躞：明楊慎《畫品》卷一引《海岳書史》云：「隋唐藏書皆金題玉躞，錦贉綉褫。金題，押頭也。玉躞，軸心也。」
〔三六〕心怦怦：心跳的樣子。形容吃驚而艷羨的神態。
〔三七〕簿：登録。
〔三八〕何將軍：唐玄宗時，長安近郊有何將軍園林，詩人杜甫、鄭虔曾到園中游覽，杜甫爲此寫了兩組詩，現存集中。何將軍名字及生平都不可考，僅見於杜詩中。

〔三九〕謝太傅：謝安，東晉人，官至太傅。

〔四〇〕「歲月」句：説到年紀，我不如你年輕。《漢書·楚元王傳》：「今將軍當盛位，帝春秋富，宜納宗室，又多與大臣共事。」

〔四一〕遁五：指歸隱。《易·遁》：「九五，嘉遁，貞吉。」　終：有些本子作「修」，誤。

〔四二〕壯六：進退兩難。《易·大壯》：「上六，羝羊觸藩，不能退，不能遂。」　佇：停滯。

〔四三〕華予：使我快樂。屈原《九歌·山鬼》：「歲既晏兮孰華予。」

〔四四〕林林：衰老的樣子。《史記·律書》：「林鐘者，言萬物就死，氣林林然。」

〔四五〕空谷駒：《詩·小雅·白駒》：「皎皎白駒，在彼空谷。生芻一束，其人如玉。」

〔四六〕江關賦：南朝文學家庾信晚年任職於北朝，寫了《哀江南賦》。杜甫《咏懷古迹五首》之一：「庾信平生最蕭瑟，暮年詩賦動江關。」

寓蘇園五日臨去郎中屬題水流雲在卷子二首〔一〕

其一

水作主人雲是客，雲留五日尚纏綿。不知何處需霖雨，去慰蒼生六月天〔二〕。時予預考試差，故郎中以膺使祝予。

【校】

此從《未刻詩》補入。　「以脣使祝予。」「脣」，王本、類編本、王校本均作「應」，龔譜亦然（三七四頁），誤。

〔一〕蘭汀郎中有《水流雲在圖》，作者藉此立意。

〔二〕「不知」二句：作者這時正準備應考鄉試的考官（清代各省鄉試正副考官都須通過考試中式，才能充任），這二句比喻自己希望外任考官的心情。

其　二

雲爲主人水爲客，雲心水心同脈脈。　水流終古在人間〔一〕，那得與雲翔紫極〔二〕？

君官內務府，予奉職外廷，故云耳。

〔一〕水流：作者自喻。流，有些本子作「落」，誤。

〔二〕紫極：紫微垣爲皇極之地，因稱皇宮爲紫極。

按，作者曾自稱「考差未嘗乘軺車」，可見從未做過考官。這次應考，自然也以失敗作結。繆荃孫云：「龔補中書，考差。先君問徐星伯先生曰：『定庵如得差，所取必異人。』星伯先生曰：『定庵不能作小楷，斷斷不得差。如其夫人與考，則可望矣。』蓋吉雲夫人有書名也。」（《古學匯刊》第六編引）

丙申　道光十六年（一八三六）

同年馮文江官廣西土西隆州以事得譴北如京師老矣將南歸鴛鴦湖索詩贈行〔一〕

馮君才大行孔修〔二〕，少年挾策長安游〔三〕。金門獻賦不見收〔四〕，一官謫去南蠻陬〔五〕。僮花仡鳥盈炎州〔六〕，爰有土司新改流〔七〕。土城十雉山之幽〔八〕，榕樹漠漠天風遒〔九〕。白象在菁蛇在湫〔一〇〕，山鬼睇月蘭桂愁〔一一〕。土官部族各有酋〔一二〕，中華姓苑愕弗搜〔一三〕。蘆笙銅鼓沸以啾〔一四〕，可駭可喜姑可留。狂吟百篇森百憂，男兒到此非封侯，雄長鼪鼯狖與猴〔一五〕。豈知造物忌未休，齮之齕之詗且求〔一六〕，書下下考一牒投〔一七〕。君辭瘴癘走挾輈〔一八〕，拂衣逝矣鷹脱韝〔一九〕，北還京華尋故儔〔二〇〕，訪我別我城南頭：此別誓買三版舟〔二一〕，誓還鄉里狐枕丘〔二二〕。宦海浩浩君身抽，魂安夢穩非贓賕〔二三〕，走萬里路汔小休〔二四〕。閉門風雨百感瘳〔二五〕，樵青明嫿宜菱謳〔二六〕，菱田孰及鴛湖秋〔二七〕！

〔一〕馮文江：生平未詳。　西隆州：在廣西西部，北鄰貴州，南接雲南。清代屬泗城府，現改爲隆林各族自治縣。嘉慶《廣西通志》引《西隆州志》：「西隆寒暑不時，瘴癘獨甚，居民多在山頂，以避嵐霧陰翳之氣。」　鴛鴦湖：一名南湖，在浙江嘉興縣。湖分爲東西兩部，似鴛鴦交頸而相連，故稱。

〔二〕行孔修：品行十分好。《禮·曲禮》上：「行修言道，禮之質也。」韓愈《進學解》：「文雖奇而不濟於用，行雖修而不顯於衆。」孔：很。

〔三〕挾策：原意是挾着書本。引申爲帶着一身本領。策：寫書的竹簡。《莊子·駢拇》：「問臧奚事，則挾策讀書。」　長安：借指京師。

〔四〕金門：漢代宮門名。這裏借指朝廷。《漢書·揚雄傳》下：「歷金門，上玉堂有日矣。」　獻賦：用司馬相如向皇帝獻賦的典故（見《西京雜記》卷三），比喻參加進士考試。錢起《贈裴舍人》詩：「獻賦十年猶未遇，羞將白髮對華簪。」

〔五〕南蠻陬：少數民族聚居的南方邊遠之地。《周禮·職方氏》「八蠻」注：「南方曰蠻。」陬：邊隅，角落。

〔六〕僮：即壯族。主要分布在廣西一帶。　仡：仡佬族。散居於貴州、廣西、雲南等地。　炎州：指南方之地。

〔七〕土司：元、明、清時代在西北、西南少數民族地區設置的、由各族首領充任並世襲的官職。改流：明代開始，在一些少數民族地區廢除世襲土司，改由朝廷任命流官（不是世襲的官）治理，稱爲「改土歸流」。清代繼續執行這種政策。西隆州於康熙五年（一六六六）改土司爲流官，隸屬思恩府。乾隆五年（一七四〇）改屬泗城府。

〔八〕十雉：言其小。雉：古代計算城牆面積的單位。長三丈，高一丈爲一雉。晉潘岳《馬汧督誄》：「率寡弱之衆，據十雉之城。」

〔九〕榕樹：桑科常緑喬木，高四五丈，枝上有氣根下垂。兩廣生長最多。

〔一〇〕菁：西南一帶稱大竹林爲菁。《嘉慶一統志》卷五百：「山廣菁深，重岡疊寨。」湫：水潭。

〔一一〕睇：斜視；小視。《楚辭·九歌·山鬼》：「既含睇兮又宜笑。」

〔一二〕土官：即土司。又泛稱少數民族頭領。酋：各族的首領、頭人。

〔一三〕姓苑：《新唐書·藝文志》有何承天《姓苑》十卷、崔日用《姓苑略》一卷。這裏泛指《百家姓》之類的著作。

〔一四〕蘆笙：西南少數民族地區流行的簧管樂器。銅鼓：也是當地的樂器。以銅鑄成，製作十分精美。今壯、仡佬等族中仍有保存。

〔一五〕雄長：首領。鼪鼯：見《題盆中蘭花四首》之一詩注。狖：長尾猿。

〔一六〕齮齕：原意爲用牙齒咬。引申爲傷害，摧殘。詗：刺探，偵察。

〔一七〕下下考：官吏考績的最下等。《新唐書・百官志》一：「流外官，以行能功過爲四等：清謹勤公爲上，執事無私爲中，不勤其職爲下，貪濁有狀爲下下。凡考，中上以上，每進一等，加禄一季……有下下考者，解任。」

〔一八〕瘴癘：舊指惡性瘧疾之類的疾病，過去認爲由山林間濕熱空氣所致。廣西以前被稱爲瘴癘之區。走挾輈：形容走得飛快。《左傳・隱公十一年》：「公孫閼與潁考叔争車，潁考叔挾輈以走。」輈：車前的横木。

〔一九〕鷹脱韝：蒼鷹脱出羈絆。韓愈《送侯參謀赴河中幕》詩：「今君得所附，勢如脱韝鷹。」韝：同「韝」。皮製臂衣，綁在臂上讓鷹站立。

〔二〇〕故儔：舊友。

〔二一〕三版：又作「三板」、「舢板」、「杉板」。一種小船。《稗海紀游》：「海船大，不能近岸，凡欲往來，則乘三板。」

〔二二〕狐枕丘：意指終老於鄉間，不再出仕。《禮・檀弓》：「古之人有言云：『狐死正丘首。』仁也。」疏：「所以正首而向丘者，丘是狐窟穴根本之處，雖狼狽而死，意猶向此丘。」屈原《九章・哀郢》：「狐死必首丘。」

〔二三〕贓賕：受賄貪污。

〔二四〕汔小休：也該稍爲休息一下。《詩・大雅・民勞》：「民亦勞止，汔可小休。」汔，庶幾，差不多。

〔二五〕「閉門」句：《詩・鄭風・風雨》：「風雨瀟瀟，鷄鳴膠膠。既見君子，云胡不瘳！」瘳：病愈。

〔二六〕樵青：人名。此處泛指婢女。《顔魯公文集》卷九《浪迹先生玄真子張志和碑》：「肅宗嘗錫奴婢各一，玄真配爲夫婦，名夫曰漁童，妻曰樵青。人問其故。魚僮使捧釣收綸，蘆中鼓枻；樵青使蘇蘭薪桂，竹裏煎茶。」　明嫿：明麗美好。　菱謳：采菱時唱的歌曲。

〔二七〕「菱田」句：按，南湖盛産菱，名「南湖菱」。

丁酉　道光十七年（一八三七）

題王子梅盜詩圖〔一〕

歲丁酉初秋〔二〕，龔子爲逐客〔三〕。室家何搶攘〔四〕，朝士亦齮齕〔五〕。古書亂千堆，我書高一尺。呼奚抱之走〔六〕，播遷得小宅。當我未遷時，投刺喜突兀〔七〕。刺字秦漢香〔八〕，入門奇氣溢。衣裾莓苔痕，乃是泰岱色〔九〕。尊甫宰山左〔一〇〕，弱歲記通籍〔一一〕。年家禮數謙〔一二〕，才地笑談勃。愁眉暫飛揚，窘抱一開豁。琅琊晉高門〔一三〕，龍優豹乃劣〔一四〕。讀我同年詩〔一五〕，奇夢肖奇筆。令叔詩效韓〔一六〕，字字捫崋崒〔一七〕。我欲躋登之〔一八〕，氣餒言恐窒。君才何桀桀〔一九〕，體制偏臚列〔二〇〕。君狀亦觥觥〔二一〕，可啖健牛百。早抱名山心〔二二〕，溧錦自編輯〔二三〕。愧予汗漫者〔二四〕，老不自收拾。壯歲富如此，他年充棟必〔二五〕。奇寶照庭户，光怪轉紆鬱〔二六〕。自言有所恨，客歲遇山賊〔二七〕，劫掠資斧空〔二八〕，禍乃及子墨〔二九〕。今所補存者，賊手十之七。我獨不吊詩，吊賀意相埒〔三〇〕。若輩遍朝市〔三一〕，何必盡胠篋〔三二〕？若輩忌語言，賊嚇君語〔三三〕。明目恣恐嚇。語言即文字，文字真韜匿〔三四〕。賊語可悟道，又可抵閲歷。我喜攻人短，君當宥狂直。從來才大人，面目不專壹。菁英貴醞釀〔三五〕，蕪蔓宜抉剔。葉剪孤花明，雲净寶月出〔三六〕。清詞勿需多，好句亦須割。剥蕉層層空，結穗字字實。願君細商量，惜君行將發。我貧無酒錢，不得留君啜。君行當復還，鹿鳴燕笙瑟〔三七〕。遲君菊花大〔三八〕，再與暢胸臆。室家幸粗定，筆硯蘇其魄。送君言難窮，東望氣漻泬〔三九〕。

【校】

此從《未刻詩》補入。「菊花大」：「大」，鄧本、王本、類編本皆作「天」。王校本作「大」，誤，應據改。

〔一〕王子梅：王鴻，字子梅，江蘇吴縣（今屬蘇州）人。官山東聊城縣丞。著有《子梅詩稿》。（參閲《己亥雜詩注》二九〇首）《盗詩圖》是描繪他的詩稿被人搶走的事。作者爲這幅畫題詩，旨在借題發揮，把朝廷中表面是官實際是强盗的人痛駡了一頓。

〔二〕歲丁酉：道光十七年（一八三七）。

〔三〕爲逐客：指被迫遷居。

〔四〕搶攘：混亂不安。《漢書·賈誼傳》：「國制搶攘，非甚有紀。」

〔五〕齮齕：見《同年馮文江官廣西土西隆州……索詩贈行》詩「齕之」句注。這裏指趁機攻擊。

〔六〕奚：原指女奴，後泛指僮僕。

〔七〕投刺：投遞名帖。　突兀：突然而至。

〔八〕秦漢香：指書法具有秦漢碑刻的風格。

〔九〕泰岱：泰山。

〔一〇〕尊甫：對别人父親的敬稱。這裏指王鴻的父親王大淮。　山左：指山東省，因在太行山之左（自北向南看），故稱。

〔一一〕通籍：記名於門籍，可以進出宫門。後謂作官爲通籍。這裏指考中科舉。

〔一二〕年家：作者和王鴻父親是同年，彼此來往以年家相稱。對其後輩則稱年家子。

〔一三〕「琅琊」句：王氏的郡望是琅琊，是晉代的高門大族。晉琅琊郡治今山東臨沂縣。按，王戎、王衍、王導、王羲之等達官名流均晉代琅琊人。

〔一四〕「龍優」句：王家子弟，優異的是龍，劣等的也還是豹。《南史・王僧虔傳》：「於時王門家中，優者龍鳳，劣猶虎豹。」

〔一五〕同年：科舉時代稱同榜考中的人。這裏指王大淮。

〔一六〕令叔：對人叔父的敬稱。這裏指王鴻叔父王大堉。效韓：仿效韓愈。

〔一七〕捫崋崒：峭削奇崛，仿佛可以用手觸摸出來。崋崒：山高峻的樣子。

〔一八〕躋登：登上。

〔一九〕才槃槃：《世説・賞譽》下注引南朝宋檀道鸞《續晉陽秋》：「時人爲一代盛譽者語曰：『大才槃槃謝家安。』」槃槃：大的樣子。

〔二〇〕體制：詩文的各種體裁。

〔二一〕骯骯：剛直的樣子。《後漢書・郭憲傳》：「常聞『關東骯骯郭子横』，竟不虚也。」注：「骯骯，剛直之貌。」

〔二二〕名山心：著書立説藏之名山的打算。《史記・太史公自序》：「藏之名山，傳之其人。」

〔二三〕溧錦：杜甫《寄岳州賈司馬六丈巴州嚴八使君兩閣老五十韻》詩：「賈筆論孤憤，嚴君賦幾篇？定知深意苦，莫使衆人傳。貝錦無停織，朱絲有斷弦。浦鷗防碎首，霜鶻不空拳。」似是「溧錦」詞意所本。

〔二四〕汗漫：原指不着邊際。這裏引申爲漫無檢束。

〔二五〕充棟必：必充棟。一定會多得堆滿屋子。柳宗元《唐故給事中皇太子侍讀陸文通先生墓表》：「其爲書，處則充棟宇，出則汗牛馬。」

〔二六〕紆鬱：曲折深沉。

〔二七〕客歲：去年。

〔二八〕資斧：旅費。

〔二九〕子墨：指詩賦等文學作品。《漢書・揚雄傳》：「雄從至射熊館，還，上《長楊賦》，聊因筆墨之成文章，故籍翰林以爲主人，子墨爲客卿以諷。」王安石《試院五絶》之一：「少時操筆坐中庭，子墨文章頗自輕。」

〔三〇〕埒：相等。

〔三一〕若輩：汝輩，你們。

〔三二〕胠篋：打開箱子偷東西。《莊子・胠篋》：「將爲胠篋探囊之盜。」

〔三三〕忌語言：害怕別人講出真相。

〔三四〕韜匿：隱藏。

〔三五〕菁英：同「精英」。

〔三六〕「葉剪」二句：清況周頤《蘭雲菱夢樓筆記》載楊蓉裳跋甘肅詞人狄道吴鎮（信辰）詞集云：「葉脱而孤花明，雲净而峭峰出。」

〔三七〕鹿鳴燕：即鹿鳴宴。清代鄉試中式的舉人，在放榜後與主考各官一起舉行宴會，稱鹿鳴宴。作者祝王鴻鄉試成功。笙瑟：《詩·小雅·鹿鳴》：「我有嘉賓，鼓瑟吹笙。」

〔三八〕遲：等候。

〔三九〕氣漻泬：天高氣清。《楚辭·宋玉〈九辯〉》：「泬寥兮天高而氣清。」

戊戌 道光十八年（一八三八）

會稽茶〔一〕

茶以洞庭山之碧蘿春爲天下第一〔二〕，古人未知也。近人始知龍井〔三〕，亦未知碧蘿春也。會稽茶乃在洞庭、龍井間，秀穎似碧蘿而色白，與濃緑者不同。先微苦，滌脾，甘甚久，與龍井驟芳甘不同；凡所同者，山水芳馨之氣也。其村名曰平水，平水北七里曰花山，土人又辯花山種細於平水，外人益不知。戊戌七月，會稽人來饋此，予細問其天時、地力、人力，大抵花山采以清明，平水采以穀雨。明年當謁天台大師塔，歸路訪禹陵舊游〔四〕，再詣稽山。印之詩以代發願：明年不反棹浙江，有如此茶矣！

茶星夜照越江明〔五〕，不使風篁即龍井。負重名〔六〕。來歲天台歸楫罷〔七〕，春波吸盡鏡湖平〔八〕。

〔一〕會稽：舊縣名，即今浙江紹興市。

〔二〕碧蘿春：茶名。又作碧螺春。《吴縣志》引《柳南隨筆》：「洞庭東山碧蘿峰，石壁産野茶數株。每歲土人持筐采歸，以供日用。歷數十年如是，未見其異也。康熙某年，按候以采，而其葉較多，筐不勝貯，因置懷間。茶得熱氣，異香忽發，采茶者争呼：嚇殺人香！因遂以名。自後每值采茶，土人男女長幼務必沐浴更衣，盡室而往。貯不用筐，悉置懷間。而土人朱正元獨精製法，出自其家尤稱妙品，每斤價值三兩。己卯（按，康熙八年）車駕幸太湖，宋犖購此茶以進，上以其名不雅，題之曰『碧螺春』。自是地方大吏歲必采辦，而售者往往以僞亂真。正元殁，製法不傳，即真者亦不及曩時矣。」

〔三〕龍井：在杭州市風篁嶺。原名龍泓，又名龍泉。鍾毓龍《説杭州》第四章《説水》：「龍井：在城外風篁嶺上，其地即以龍井名。吴赤烏中，葛稚川煉丹於此。泉出石罅，甃以小圓池，蓄之，下復爲方池承之。一泓清澈，望之泠然，大旱不涸。有傳有龍居焉，故名。古爲禱雨之所。或見小蟹、斑魚、蜥蜴之類，即以爲龍。因建龍王祠於其上，名曰惠濟。井上有記，宋秦少游撰，米元章書。南宋度宗咸淳五年，安撫潛説友建門，篆『龍井』二大字爲匾。因此龍井之名，直傳至今。其實本名龍泓也。以産茶著。」按，龍井一帶産茶，由來甚久。《杭州府志·物産》：「武林諸泉，惟龍泓入品，其地産茶，爲南北山絶品。（《煮茶小品》）龍井茶不過數十畝，外此有茶皆不及。（《廣群芳譜》引《茶箋》）龍井茶與香林、寶雲、石人塢者絶異，采於穀雨前者尤佳，啜之淡然似乎無味，過後有一種太和之氣彌淪齒頰之間，此無味之味，乃至味也。其貴如珍，不可多得。（《湖壖雜記》）」

〔四〕禹陵：傳説的大禹陵墓，在紹興會稽山上。北宋乾德年間在山上建廟紀念，爲稽山名勝之一。

〔五〕茶星：喻佳茶爲上天瑞應。范仲淹《和章岷從事鬥茶歌》：詩：「森然萬象中，焉知無茶星。」

越江：指錢塘江及其支流。浙江一帶是古越地，紹興又曾是越州的治所，故稱。

〔六〕風篁：山名。《杭州府志》引《一統志》：「風篁嶺在縣西南高峰前，嶺最高峻，修篁怪石，風韻蕭疏，因名。龍井在其下。」

〔七〕天台：山名，在浙江天台縣北，爲仙霞嶺支脈，山勢雄偉，向爲佛教勝地。

〔八〕鏡湖：見《補題李秀才夢游天姥圖卷尾·序》注。

題梵册〔一〕

儒但九流一〔二〕，魁儒安足爲〔三〕？ 西方大聖書〔四〕，亦掃亦包之。 即以文章論，亦是九流師。 釋迦謚文佛〔五〕，淵哉勞我思〔六〕。

〔一〕這是題在佛經上的詩。 梵册： 指佛經。
〔二〕九流： 見《十月廿夜大風不寐起而書懷》詩注。
〔三〕魁儒： 大儒。 多指宋、明以來的儒家著名人物，如程頤、朱熹之類。
〔四〕西方大聖書： 指佛經。《列子・仲尼篇》：「西方之人有聖者焉。」李知幾云：「意其説佛也。」
〔五〕謚文佛：《隋書・釋老志》：「所謂佛者，本號釋迦文者，譯言能仁。 謂德充道備，堪濟萬物也。」《釋氏稽古録》有釋迦文佛宗派祖師授受圖，内載三十三祖，至慧能而止。
〔六〕「淵哉」句： 這個謚號很深刻，值得我們認真去思索。《漢書・叙傳》下：「淵哉若人！ 實好斯文。」

以子絶四一節題課兒子爲帖括文兒子括義云天地不仁以萬物爲芻狗聖人不仁以天地爲芻狗閲之大笑成兩絶句示之〔一〕

其一

造物戲我久矣，我今聊復戲之。誰遣春光漏泄〔二〕？難瞞一介癡兒。

〔一〕道光十八年（一八三八），作者在北京，曾出一個八股文題目讓兒子試作。這個兒子可能是昌匏（即龔橙），那一年二十二歲。帖括文：指科舉文章。明代以後規定用八股文。八股文題目花樣繁多，有大題、小題、截搭題等，不下三四十種。其中「一節題」是取「四書」中一章裏的一節作爲題目，如「子絶四」就是。因爲《論語·子罕》中「子絶四：毋意，毋必，毋固，毋我」是一章，此章分兩節，前三字是一節，後八字是一節。作者拿「子絶四」爲題，稱爲一節題。《老子》原來有兩句話：「天地不仁，以萬物爲芻狗；聖人不仁，以百姓爲芻狗。」（芻狗是古代祭祀時陳設的草狗。祭祀時擺在神前，珍重愛惜；祭祀完了，丢在路上，任人踐踏。）魏源在《老子本義》中解釋説：「悲哉！天地有時而不仁乎，乃視萬物如土苴而聽其生死也；聖人其不仁乎，乃視斯民如草芥而無所顧惜也。」作者兒子把《老子》這兩句只換了兩個字，那意思就成爲：聖人不僅把百姓當成芻狗，連天地（整個自然界）也變成自己手裏的芻狗了。這并非説聖人能向天地報復，而是指出聖人的心狠手辣，比天地更有過之，更高一籌。作者所以看了大笑，原因在此。

〔二〕春光：借指大自然的秘密。杜甫《臘日》詩：「漏泄春光有柳條。」

其二

造物盡有長技〔一〕：死生得喪窮通。何物敵他六物？從今莫問而翁〔二〕。

〔一〕長技：特長的技藝。《管子·明法解》：「效其智能，進其長技。」

〔二〕而翁：你的父親。作者自指。

按，「聖人」有兩個含義，一是思想的統治者，如孔丘、釋迦之類；一是政權的統治者，如帝王便是。這些「聖人」們一向都以天地爲芻狗，可是他們又從來不肯承認，總説自己便是上天的化身，或説是代天立言。作者在這裏加以揭露和譏刺。

乞羅保陽〔一〕

其一

長安有一士，方壯鬢先老。讀書一萬卷，不博侏儒飽〔二〕。掌故二百年〔三〕，身先執戟老〔四〕。苦不合時宜，身名坐枯槁。今年奪俸錢〔五〕，造物簸弄巧〔六〕。相彼蚴蟉梅〔七〕，風雪壓攲倒〔八〕。剥啄討屋租〔九〕，詬厲雜僮媪〔一〇〕。筆硯欲相弔〔一一〕，藏書恐不保。妻子忽獻計，賓朋僉謂好。故人有大賢，盍乞救援早！如臧孫乞羅〔一二〕，素王予上考〔一三〕。西行三百里，遂抵保陽道。

【校】

此從《未刻詩》補入。　題：鄧本作《過保陽四首》，題下注：「原作《乞羅保陽》。」王本、類編本一依鄧本。王校本從原作，另注：「又題《過保陽四首》，乃龔橙竄改。」本書從原作。　「長安有一士，方壯鬢先老」：鄧本於句下附按語：「（鄧）實按：此首二句爲孝拱所增。」王本、類編本一依鄧本。王校本另注：「『長安有一士，方壯鬢先老。』乃龔橙所增。」

〔一〕道光十八年冬，作者在北京任禮部主事，因事被罰俸（原因未詳），生活窘迫，想起朋友托渾布正任直隸布政使，駐節保定府，便到保定去向他乞貸，并寫了這四首詩。　乞糴：原意是借米，這裏引申爲借錢之意。《左傳・僖公十三年》：「冬，晉薦饑，使乞糴於秦。」　保陽：今河北省保定市，清代爲直隸省保定府，布政使駐在此地。

〔二〕侏儒飽：《漢書・東方朔傳》：「朱儒長三尺餘，奉一囊粟，錢二百四十；臣朔長九尺餘，亦奉一囊粟，錢二百四十。朱儒飽欲死，臣朔飢欲死。」朱儒：同侏儒，個子特矮的人。

〔三〕「掌故」句：精熟本朝二百年的掌故。按，由清初立國（順治元年，一六四四）至本年（道光十八年，一八三八），差不多有二百年。

〔四〕執戟：指自己是一員郎官。漢代東方朔的職位是執戟郎，作者引以自比。

〔五〕奪俸錢：按清代統治者對於在工作中犯錯誤的官員，有停發薪俸的規定。作者這次被罰俸的原因，未見記載，不知其詳。《清會要》：「凡處分之法三：一曰罰俸，其等七。罰其應得之俸，以年月爲差。有罰俸一月，罰俸二月，罰俸三月，罰俸六月，罰俸九月，罰俸一年，罰俸二年之別。」

〔六〕簸弄：玩弄、作弄。

〔七〕蚴蟉：見《後游》詩注。

〔八〕攲倒：傾側，傾跌。

〔九〕剝啄：扣門聲。

〔一〇〕詬厲：辱駡。　僮媪：指僕人。

〔一一〕相吊：相互哀憐。

〔一二〕臧孫乞糴：《左傳·莊公二十八年》：「冬饑，臧孫辰告糴於齊，禮也。」臧孫辰是魯國大夫，向齊國求借糧食渡過饑荒。

〔一三〕素王：孔子。　上考：官吏成績考核的最上等。參閲《題王子梅盜詩圖》詩注。

其二

大賢爲誰歟？邈邈我托公〔一〕。壁立四千仞〔二〕，氣象如華嵩〔三〕。見我名刺笑，不待閽言通〔四〕。蒼生何芸芸〔五〕，帝命蘇其窮〔六〕。故人亦蒼生，此責在吾躬。置酒急酌之，暖此冬心冬〔七〕。三鳳出堂後〔八〕，峙立皆温恭。冬心暖未已，饋我孤館中。朝饋四簋溢〔九〕，夕饋益豐隆〔一〇〕。賤士不徒感，默默捫其衷〔一一〕。

〔一〕邈邈：高遠的樣子。

〔二〕壁立：高峻矗立。《世説·賞譽》上：「王公目太尉，巖巖清峙，壁立千仞。」

〔三〕華嵩：華山和嵩山。比喻雄偉高大。

〔四〕閽：閽人。門房。《周禮·天官》有「閽人」一職，「掌守王宫之中門之禁」。後因稱守門人爲閽人。韓愈《上宰相書》：「足三及門而閽人辭焉。」

〔五〕芸芸：衆多的樣子。

〔六〕蘇其窮：爲百姓解除困苦。《書·仲虺之誥》：「徯我後，後來其蘇！」

〔七〕冬心冬：極度冰凉的心。江淹《燈賦》：「悁連冬心，寂歷冬暮。」

〔八〕三鳳：指托渾布的三個兒子。《新唐書·薛收傳》：「元敬……與收及收族兄德音齊名，世稱『河東三鳳』。」

〔九〕簋：圓口圈足的古代食器。《詩·秦風·權輿》：「每食四簋。」

〔一〇〕豐隆：豐盛。

〔一一〕捫其衷：猶捫心。

其三

默默何所捫〔一〕，憶丙子丁丑〔二〕：家公領江海〔三〕，四坐盡賓友。東南騷雅士，十或來八九。家公遍觴之，館亦翹材有〔四〕。我器量不宏，我情誼不厚，豈無綈袍贈〔五〕，或忘穆生酒〔六〕。求釜但與庾〔七〕，求奇莫與偶〔八〕。嗚呼此一念，澆漓實可醜〔九〕。上傷造物和，下令福德朽。所以壯歲貧，天意蓄報久。昔也雛鳳蹲〔一〇〕，今也餓鴨走。既感目前仁，自慚往日疚〔一二〕。我昔待賓客，能如托公否？

〔一〕「默默」句：我静静思索甚麽呢？

〔二〕丙子、丁丑：指嘉慶二十一、二十二年（一八一六、一八一七）。

〔三〕家公：家父。領江海：管理江海關。這裏指清代在上海所設的江海關（見《清會典·總理各國事務衙門》）。

〔四〕翹材：有特殊才能的人。這裏是指托渾布。漢丞相公孫弘曾開翹材館，收容人才。見《西京雜記》。

〔五〕綈袍贈：春秋時代，魏國人范睢在中大夫須賈門下作賓客，須賈出使齊國，范睢隨行。在國外時，須賈懷疑范睢接受齊國的收買，回國後向公子魏相報告。魏相下令把范睢賜死。范睢詐死逃出魏國，改姓名爲張禄，做了秦國丞相。後來須賈出使到秦，范睢扮成窮困不堪的樣子，私下去見須賈。須賈説：「范叔一寒至此乎？」送了他一件綈袍。范睢見他還有故人之情，才免他一死。見《史記·范睢傳》。高適《咏史》詩：「尚有綈袍贈，應憐范叔寒。」綈：一種質地較粗的絲織品。

〔六〕穆生酒：漢朝穆生，曾和皇族公子劉交一起跟浮丘伯學《詩》。劉交襲封爲楚王，聘穆生爲中大夫。每逢宴會，因穆生不喝烈酒，特意爲他準備甜酒。後來劉交死去，他兒子繼位，起初還設甜酒，後不再設，穆生知道這是對他厭倦了，便辭官而去。見《漢書·楚元王傳》。

〔七〕「求釜」句：人家要一釜的穀，自己只給了一庾。《論語·雍也》：「子華使於齊，冉子爲其母請粟。子曰：『與之釜。』請益。曰：『與之庾。』」　釜：古代量名。《考工記》説，六斗四升爲一釜。　庾：古代量名。一庾等於二斗四升。

〔八〕「求奇」句：人家要一件東西，自己没有給兩件。　奇、偶：單數和雙數。

〔九〕澆漓：風俗浮薄。

〔一〇〕雛鳳：小鳳凰。比喻英俊少年。兼指地位的尊貴，處境的優越。《晉書·陸雲傳》：「此兒若非龍駒，定是鳳雛。」

〔一一〕疚：指心中負疚的事。作者《己亥雜詩》八〇首：「報恩如此疚心多。」

其　四

嫠不恤其緯，憂天如杞人〔一〕。賤士方奇窮，乃復有所陳：冀州古桑土〔二〕，張堪往事新〔三〕。我觀畿輔間，民貧非土貧，何不課以桑，治織紝組紃〔四〕。昨日林尚書〔五〕，銜命下海濱〔六〕，方當杜海物〔七〕，氄毳拒其珍〔八〕。中國如富桑，夷物何足攟〔九〕？我不談水利，我非剿迂聞〔一〇〕。無稻尚有秋〔一一〕，無桑實負春〔一二〕。婦女不懶惰，畿輔可一淳。我以此報公，謝公謝斯民。

〔一〕「夔不」兩句：參閲《自春徂秋偶有所觸拉雜書之漫不詮次得十五首》之二「宗周」兩句與「以我」句注。

〔二〕冀州：西漢時，曾將今河北省中南部地區劃爲冀州。這裏指清代的直隸省。桑土：適宜種桑的地區。

〔三〕張堪：東漢人，字君游，曾官漁陽（治所在今北京市密雲縣西南）太守，獎勵百姓從事農業和蠶桑，使地方殷富。百姓歌曰：「桑無附枝，麥穗兩岐。張君爲政，樂不可支。」事見《後漢書・張堪傳》。

〔四〕「治織」句：讓她們從事絲織的工作。《禮・内則》：「治絲繭，織紝組紃，學女事，以共衣服。」織：織作。動詞。紝：繒帛。組：絲帶子。紃：絲繩。

〔五〕林尚書：林則徐，字少穆，福建侯官（今閩侯）人。嘉慶進士。爲禁烟派代表人物，著名愛國政治家。本年在湖廣總督任内，後任兩廣總督。著有《林文忠公政書》、《雲左山房詩集》等。

〔六〕銜命：受命。《林則徐集・日記》：「（道光十八年十一月）十五日，癸丑。晴。卯刻肩輿入内，第四起召見，約三刻有餘。旋奉諭旨：『頒給欽差大臣關防，馳驛前往廣東查辦海口事件，該省水師兼歸節制。欽此！』」又：「二十三日，辛酉。晴。……午刻開用欽差大臣關防，焚香九拜，發傳牌，遂起程。」

〔七〕杜海物：禁止外洋貨物進口。杜：塞，拒絶。海物：原指海産。這裏指「舶來品」，主要是鴉片之類。《書·禹貢》：「海物惟錯。」作者《送欽差大臣侯官林公序》：「鴉片烟則食妖也……食妖宜絶矣，宜并杜絶呢羽毛之至，杜之，則蠶桑之利重，木棉之利重，蠶桑木棉之利重，則中國實。又凡鐘錶、玻璃、燕窩之屬，悦上都之少年，而奪其所重者，皆至不急之物也，宜皆杜之。」

〔八〕毹毼：鳥獸細毛。這裏指代毛織物和羽緞之類的奢侈品。俞樾《茶香室叢鈔》：「《香祖筆記》云：羽紗羽緞出海外荷蘭、暹羅諸國，康熙初入貢止一二匹，蓋緝百鳥毹毛織成。按近世所謂羽紗、羽緞者，襲其名而非復是物矣。」

〔九〕夷物：外國的物品。指上述奢侈品。何足攟：何足取。攟：拾取。

〔一〇〕剿迂聞：抄襲迂腐不通的傳聞之説。剿，抄襲。

〔一一〕有秋：豐收。《書·盤庚》上：「若農服田力穡，乃亦有秋。」

〔一二〕負春：辜負了大好春光。《詩·豳風·七月》：「春日載陽，有鳴倉庚。女執懿筐，遵彼微行，爰求柔桑。」

退朝偶成〔一〕

夕月隆宗下〔二〕，朝霞景運升〔三〕。天高容婞直〔四〕，官簡易趨承〔五〕。口轂漸如炙〔六〕，心輪莫是冰〔七〕？屠龍吾老矣〔八〕，羞把老蛟罾〔九〕。

【校】

此詩録自《定盦詩集定本（上）》，王校本云録自《定盦集外未刻詩》，乃誤從王本、類編本。

〔一〕道光十八年，作者四十八歲，在京師浮沈宦海已經二十年，始終還是一員冷署閑曹。平生志願，無法施展。每當跟隨衆官上朝，心裏總是感觸很深。這是他在退朝以後寫下的一首詩。

〔二〕隆宗：北京紫禁城内由保和殿通向西面養心殿、慈寧宫等内苑的宫門。在乾清門西側，東西向。

〔三〕景運：宫門名，在乾清門東側，與隆宗門正面相對。

〔四〕天高：《詩·小雅·正月》：「謂天蓋高，不敢不局。」天：這裏比喻最高統治者，即道光皇帝。婞直：强硬固執。屈原《離騷》：「鮌婞直以亡身兮。」

〔五〕趨承：趨奉奔走。

〔六〕「口轂」句：我在人前，嘴裏變得逐漸油滑。《史記·孟子荀卿列傳》：「炙轂過髡。」這是一句贊揚淳于髡的話，因爲他很有口才，人們便用「裝油罐子炙熱了」來形容他辯論不窮。過，通「輠」、「鍋」，即油罐子。是裝油脂準備潤滑輪軸的（轂，爲車輪中心插軸的部分）。拿火烤熱鍋裏的油脂，油脂順利流出，比喻口才圓滑，應變不窮。

〔七〕心輪：猶「心月」、「心月輪」。佛教用來比喻心，言心性如月之圓明。陸游《月夜》詩：「炯炯冰輪升。」這裏僅用其冰涼之意。

〔八〕屠龍：指高超但又無法使用的技能。這裏借指作者改革社會的遠大抱負。《莊子·列禦寇》：「朱泙漫學屠龍於支離益，單千金之家。三年技成，而無所用其巧。」　老矣：《左傳·僖公三十年》：「臣之壯也，猶不如人，今老矣，無能爲也已。」

〔九〕蛟：似龍的動物。　罾：用網捕捉。韓愈《秋懷十一首》之四：「有蛟寒可罾。」

庚子　道光二十年（一八四〇）

題龔蘧生倚天圖〔一〕

干將莫邪虹彩韜，張雷逝矣不復遭〔二〕。科頭據樹仰天笑，天風謖謖吹松濤〔三〕。江東一官冷如水，八詠量呼沈郎起〔四〕。臨歧遍索阿連詩，夢草春枯秋變紫〔五〕。庚子仲冬，乞養歸田，適蘧生哥哥攝篆廣文〔六〕，將有寶婺之行〔七〕，出示「倚天圖」，率綴數語。教之。自珍。

〔一〕此首原佚，據樊《譜》補。　龔蘧生（一七八九——一八四一），作者伯父龔履正之長子，名自潤，更名自芳，字蘧生，道光二年（一八二二）舉人，能詩；　先後署任浙江開化、金華兩縣教諭，補泰順縣學教諭（據樊《譜》引《龔氏家譜》等）。　此詩爲道光二十年庚子（一八四〇）仲冬十一月作，時定盦已辭官歸鄉，而堂兄蘧生將往金華履新，臨別之際，以「倚天圖」囑定盦題詩，因有此作。　全詩爲兄長懷才不遇而嘆惜慰勉，兼自抒抑塞磊落之情。

〔二〕「干將」二句：　慰蘧生兼自傷，時無張、雷，寶劍也只得韜光沉埋，不爲世用。　干將、莫邪：　古代著名之一對雌雄寶劍。　韜：　掩蓋，隱藏。　張雷：　張華、雷煥，皆西晉人。《晉書·張華傳》載：　西晉張華善望氣，見斗牛間常有紫氣，因委雷煥爲豐城縣令而密訪之。　煥到縣，掘監獄地基，入地四丈餘，獲龍泉、太阿兩寶劍，即古之名劍干將、莫邪。華與煥各佩其一。　後華死，失劍所在。　煥死，煥子佩劍行經延平津，劍忽從腰間躍出墮水。　使人没水取之，「但見兩龍各長數丈，蟠縈有文章」，「須臾光彩照水，波浪驚沸，於是失劍」。

〔三〕此兩句描繪畫面形象。　科頭：　不戴帽子，露出頭髻。　比喻舒散隨意、兀傲自得的樣子。　唐王維《與盧員外象過崔處士興宗林亭》詩：　「科頭箕踞長松下，白眼看他世上人。」　仰天笑：李白《南陵別兒童入京》詩：「仰天大笑出門去，我輩豈是蓬蒿人。」　謖謖：象聲詞，此形容風吹松林之聲。全句兼以喻人之風度勁挺、氣概不凡。南朝宋劉義慶《世説新語·賞譽》：「世目李元禮謖謖如勁松下風。」劉孝標注引《李氏家傳》：「膺嶽峙淵清，峻貌貴重。」蘇軾《西湖壽星院此君軒》詩：「卧聽謖謖碎龍鱗，俯看蒼蒼立玉身。」

〔四〕兩句意謂，金華教諭一職雖是冷署閒官，無可施展，但你此去定會激發詩情，寫出像《八詠詩》那樣的連篇佳作，令沈約前輩也要起而嘆賞，引爲同調。　江東：又稱江左，泛指長江下游之東、南部地區，包括浙江在内。　官冷如水：指府縣儒學教職閒散清苦。《新唐書·鄭虔傳》載，鄭虔有「三絶」之稱，玄宗愛其才，爲置廣文館，以之爲博士。杜甫《醉時歌》曰：「諸公衮衮登臺省，廣文先生官獨冷。早第紛紛厭粱肉，廣文先生飯不足。」明清時因稱儒學教官爲「廣文先生」。　量：估計，預料。　沈郎：即沈約（四四一——五一三），吴興武康（今浙江吴興）人，南朝著名文學家，其詩「長於清怨」（鍾嶸《詩品》）。任東陽郡守（治今浙江金華）時，作《八詠詩》於玄暢樓，抒寫不得志之情懷。各首均以一五言詩句爲題，依次是：《登臺望秋月》、《會圃臨春風》、《歲暮愍衰草》、《霜來悲落桐》、《夕行聞夜鶴》、《晨征聽曉鴻》、《解佩去朝市》、《被褐守山東》，時稱絶唱。玄暢樓亦因此被改名爲「八詠樓」，成爲金華名勝，歷代不少騷人墨客，如唐之崔顥、崔融、嚴維，宋之李清照等，都曾登覽抒懷，留下佳句名篇。

〔五〕末兩句説，臨别之際，蘧生兄定要找我這位小弟題詩，其實，我亦因爲有志難伸而衰頹才竭矣。　阿連：指謝惠連（四〇七—四三三），南朝文學家，謝靈運之堂弟。幼聰敏，「十歲即能屬文，族兄靈運嘉賞之，云『每有篇章，對惠連輒得佳語』。嘗於永嘉西堂思詩，竟日不就，忽夢見惠連，即得『池塘生春草』，大以爲工。常云『此語有神功，非吾語也』」（《南史·謝方明列傳》附「惠連」）。詩人大小謝也是堂兄弟關係，故作者用爲比擬。

〔六〕攝篆：代理官職。　攝，暫代。《左傳·僖公二十八年》：「舟之僑先歸，士會攝右。」杜預注：「權代舟之僑也。」　篆，篆文之官印，指代官職權位。明唐寅《代送廖通府帳詞啓》：「某忝同僚寀，猥攝篆於應宿之司。」

〔七〕寶婺：金華的古稱。

辛丑　道光二十一年（一八四一）

書魏槃仲扇〔一〕

女兒公主各風華〔二〕，想見皇都選婿家〔三〕。三代以來春數點〔四〕，二南卷裏有桃花〔五〕。

〔一〕這是作者逝世前數日寫的，時間在道光二十一年（一八四一）八月。地點在揚州魏源的絜園。　魏槃仲：名彦，魏源的侄兒。他在《書傳青主字册定庵先生跋後》云：「先生一日問余近讀何書，對曰：《詩經》。先生即取素扇書絶句見貽。」即是此詩。

〔二〕「女兒」句：平民的女兒和貴族公主各有自己的風度華采。　女兒：女孩子。《詩·周南·桃夭》：「桃之夭夭，灼灼其華。之子於歸，宜其室家。」這首詩借桃花起興，贊頌平民女兒的婚姻。　公主：一本作「公子」。按，公子也就是公主，即國君的女兒。《左傳·桓公三年》：「於大國，雖公子，亦上卿送之。」釋文：「公子，公女。」《詩·召南·何彼襛矣》：「何彼襛矣，華如桃李。平王之孫，齊侯之子。」傳：「美王姬也。雖則王姬，亦下嫁於諸侯。」集傳：「以桃李二物興男女二人也。」這首詩歌頌貴族公主的婚姻。　風華：風度才華。

〔三〕「想見」句：從這兩首詩，可以想見在周王朝的國都，那些有女兒待嫁的家庭是如何重視美滿婚姻。

〔四〕三代以來：夏、商、周三朝以來。

〔五〕二南：指《詩經》中的《周南》、《召南》。　有桃花：這裏是指《周南·桃夭》和《召南·何彼襛矣》篇。詳見上注。

編年未詳

失　題〔一〕

未定公劉馬〔二〕，先牽鄭伯羊〔三〕。海棠顛未已〔四〕，獅子吼何狂〔五〕？楊叛春天曲〔六〕，藍橋昨夜霜〔七〕。微雲纔一抹〔八〕，佳婿憶秦郎〔九〕。

【校】

此佚詩，王校本云輯自《小横香室清人佚事記》。實乃出於李伯元著《南亭四話》卷一《莊諧詩話》之「定盦軼詩」條，原文爲：「寶山蔣劍人家蓄有龔手書五律一首，情愫惝恍，寄託遥深，決爲本事詩無疑。蔣與王紫詮友善，詩遂入王手。余又得諸王孫幼詮。惟尋繹龔《全集》，此詩獨未載，想係生前散佚，或刻集時刪去。顧詩實好詩，照録如後，以供同嗜。詩云……」（薛正興據一九二五年大東書局石印本點校，第一〇頁，南京：江蘇古籍出版社，二〇〇〇年。又見孫文光、王世芸編《龔自珍研究資料集》一二七頁，合肥：黄山書社，一九八四年）。「海棠」句：「未」，原文作「不」。王校本作「末」，誤，應據改。

〔一〕所賦何事未詳。

〔二〕公劉馬：《孟子·梁惠王》下：「王曰：『寡人有疾，寡人好色。』對曰：『昔者大王好色，愛厥妃。詩云：「古公亶父，來朝走馬，率西水滸，至於岐下，爰及姜女，聿來胥宇。」當是時也，内無怨女，外無曠夫。』」朱熹集傳：「大王，公劉九世孫。」

〔三〕鄭伯羊：《左傳·宣公十二年》：「楚子圍鄭，旬有七日。鄭人卜行成，不吉；卜臨於大宫，且巷出車，吉。國人大臨，守陴者皆哭。楚子退師。鄭人修城。進復圍之，三月，克之。入自皇門，至於逵路。鄭伯肉袒牽羊以逆。」《楚世家》集解引賈逵云：「肉袒牽羊，示服爲臣隸也。」

〔四〕海棠顛：宋陸游《花時遍游諸家園》十首之一：「看花南陌復東阡，曉露初乾日正妍。走馬碧鷄坊裏去，市人唤作海棠顛。」清宋湘《贈海棠》詩「照舊春風照舊顛」自注：「花時春風大作，京師呼爲海棠顛。」

〔五〕獅子吼：宋洪邁《容齋三筆》卷三：「陳慥字季常，公弼之子，居於黄州之岐亭，自稱龍邱先生，又曰方山子。好賓客，喜蓄聲妓。然其妻柳氏絶凶妒，故東坡有詩云：『龍邱居士亦可憐，談空説有夜不眠。忽聞河東獅子吼，拄杖落手心茫然。』河東獅子，指柳氏也。」

〔六〕楊叛：《樂府詩集》卷四十九《楊叛兒》引《唐書·樂志》：「楊伴兒，本童謡歌也。齊隆昌時，女巫之子曰楊旻，少時隨母入内，及長爲何后寵。童謡云：『楊婆兒，共戲來所歡。』語訛，遂成楊伴兒。」陳後主《楊叛兒》：「青春上陽月，結伴戲京華。龍媒玉珂馬，鳳軫綉香車。水映臨橋樹，風吹夾路花。日昏歡宴罷，相將歸狹斜。」

〔七〕藍橋：《太平廣記》卷五十《裴航》：「唐長慶中，有裴航秀才，因下第游於鄂渚……因傭巨舟，載於湘漢。同載有樊夫人，乃國色也。言詞問接，帷帳昵洽，航雖親切，無計道達而會面焉。因賂侍妾裊烟，而求達詩一章曰：『同爲胡越猶懷想，況遇天仙隔錦屏！儻若玉京朝會去，願隨鸞鶴入青冥。』詩往，久而無答……航無計，因在道求名醞珍果而獻之。夫人乃使裊烟召航相識。及褰帷，而玉瑩光寒，花明景麗，雲低鬟鬢，月淡修眉，舉止烟霞外人，肯與俗塵爲偶。航再拜揖……飲訖而歸。操比冰霜，不可干冒。夫人後使裊烟持詩一章曰：『一飲瓊漿百感生，玄霜搗盡見雲英。藍橋便是神仙窟，何必崎嶇上玉清！』航覽之，空愧佩而已。」

〔八〕微雲一抹：宋秦觀《滿庭芳》詞：「山抹微雲，天連衰草，畫角聲斷譙門。暫停征棹，聊共引離樽。多少蓬萊舊事，空回首、烟靄紛紛。斜陽外，寒鴉萬點，流水繞孤村。銷魂。當此際，香囊暗解，羅帶輕分。謾贏得、青樓薄幸名存。此去何時見也？襟袖上、空惹啼痕。傷情處，高城望斷，燈火已黄昏。」宋胡仔《苕溪漁隱叢話後集》卷三十三引《藝苑雌黄》：「程公闢守會稽，少游客焉，館之蓬萊閣。一日席上有所悦，自爾眷眷不能忘情，因賦長短句。所謂『多少蓬萊舊事，空回首、烟靄紛紛』也。其詞極爲東坡所稱道，取其首句，呼之爲『山抹微雲君』。」

〔九〕佳婿秦郎：宋蔡絛《鐵圍山叢談》卷四：「范内翰祖禹，作《唐鑑》，名重天下，坐黨錮事久之。其幼子温，字元實，與吾善。温嘗預貴人家會，貴人有侍兒，善歌秦少游長短句，坐間略不顧温，温亦謹不敢吐一語。及酒酣歡洽，侍兒者始問：『此郎何人耶？』温遽起，叉手而對曰：『某乃「山抹微雲」女婿也。』聞者多絶倒。」